JN039508

新☆ハヤカワ・SF・シリーズ

5054

ビンティ
―調和師の旅立ち―

BINTI
THE COMPLETE
TRILOGY
BY
NNEDI OKORAFOR

ンネディ・オコラフォー
月岡小穂訳

A HAYAKAWA
SCIENCE FICTION SERIES

日本語版翻訳権独占
早　川　書　房

© 2021 Hayakawa Publishing, Inc.

BINTI
The Complete Trilogy
by
NNEDI OKORAFOR
Copyright © 2015, 2017 by
NNEDI OKORAFOR
Translated by
SAHO TSUKIOKA
First published 2021 in Japan by
HAYAKAWA PUBLISHING, INC.
This book is published in Japan by
arrangement with
AFRICANFUTURISM PRODUCTIONS INC.
c/o DONALD MAASS LITERARY AGENCY
through THE ENGLISH AGENCY (JAPAN) LTD.

カバーデザイン　川名 潤

あの晴れた日に、アラブ首長国連邦シャールジャの
ハリド・ラグーンを泳いでいた小さな青いクラゲに、
本書を捧げる。

目次

ビンティ

―調和師の旅立ち―

登 場 人 物

ビンティ……………………16歳の調和師師範。数学の天才少女
ヘルー……………………〈サード・フィッシュ〉号での友人
ハラス……………………ウウムザ大学学長。クモ型異星種族
オクパラ……………………数学部の主任教授
デーマ……………………武器学部の教授
サイディア・ンワニィ……ビンティのカウンセラー
オクゥ……………………ビンティの親友。メデュースの若者
ジャラール…………………オクゥのクラスメート
ハイファ……………………武器学部のクーシュ族の学生
カピカ……………………オセンバ村のヒンバ評議会の議長
ニーカ……………………カピカの二番目の妻
ディーリー…………………ビンティのかつての親友
モアウーゴ…………………ビンティの父
オメヴァ……………………ビンティのいちばん上の兄
オマイヒ……………………ビンティのいちばん上の姉
ヴェラ……………………ビンティの11歳上の姉
ペラア……………………ビンティの2歳下の妹
ティティ……………………ビンティの祖母。砂漠民
〈アーリヤ〉………………砂漠民の巫女
ムウィンイ…………………砂漠民の少年
クー………………………クーシュランド軍参謀総長

第一部　ビンティ

トランスポーターのスイッチを入れ、心のなかで祈った。作動しなかったら、どうしよう。安物のトランスポーターは、水一滴、砂一粒でさえショートの原因になりうる。調子が悪いときは、なんどもスイッチを入れなおさなければならない。お願い、動いて。今だけは故障しないで。

　砂のなかでトランスポーターが振動し、あたしはほっと、ため息をついた。マニ石に似た小さくて黒い平らなその物体は静かな稼働音を立てて、ゆっくりと地面から浮かびあがり、ようやく荷物運搬用フォース・フィールドを生成した。これでシャトルにまにあう。笑みがこぼれた。人さし指で額（ひたい）の〝オティーゼ〟を拭（ぬぐ）って両膝をつく。甘い香りのその赤土が付いた指先を砂に押しこみ、「感謝します」と小声で言った。ここから約八百メートル、暗く人けのない道を徒歩でゆく。トランスポーターが正常に動いてくれれば、時間にまにあいそうだ。

　立ちあがり、じっとして目を閉じた。全人生が両肩に重くのしかかっている。あたしは過去を捨て、新たな人生を歩もうとしている。あたしが真夜中に家を出たことを家族は知らない。このことを知ったら、九人のきょうだい――妹一人と弟一人をのぞいては、みんなあたしより年上だ――はさぞかし驚くだろう。両親も、あたしがこんなことをするとは夢にも思わないはず。家族が気づくころには、あたしは地球を離れたあとだ。両親は、二度とあたしを迎え入れるべきではないと、どなり合い、近くに住む四人のおばと二人のおじは、あたしが一族の顔に泥を塗ったとわめき散らし、陰口をたたくだろう。あたしは間違いなく、のけ者にされる。

「進め」低い声でトランスポーターに命じ、地団駄を踏んだ。両足首につけた細い金属製のアンクレットが耳ざわりな音を立てたが、かまわず、もういちど地団駄を踏んだ。ひとたびトランスポーターのスイッチが入ったら、むやみにさわらないほうがいい。「進め」ふたたび言う。額に汗がにじむ。フォース・フィールドによって持ちあげられた二個の大型スーツケースは、ぴくりとも動かない。スーツケースを小突くと、スムーズに動きだし、あたしはまたしても安堵のため息をついた。少しは運が味方してくれたようだ。

十五分後、チケットを買い、シャトルに乗りこんだ。太陽が地平線から顔をのぞかせはじめている。ドレッドヘアのふわふわした先端が、すでに着席している乗客の顔に触れないよう注意し、床に目を落としたまま通路を進む。あたしたちヒンバ族は髪がふさふさだ。子どものころからものすごく多かったあたしの髪を、おばは〝オドド〟と呼ぶ。オドド草みたいにもじゃもじゃだからだ。家を出る直前、この旅のために特別に調合した香りのいいオティーゼを髪に塗りこんだ。ヒンバ族のことをよく知らない乗客たちの目にあたしの姿がどう映ろうと、かまうものか。

あたしが通りかかると、一人の女性がパッと身をそらし、いやなにおいでも嗅いだかのように顔をゆがめた。「失礼」あたしは小声で言い、足もとを見つめた。ほぼ全員の視線を感じる。無視しようとしたが、こらえきれずに、ちらりと周囲を見まわした。あたしより少し年上に見える二人の若い女性が両手で口をおおった。その手は日光を浴びたことがないのかと思うほど青白い。ほかの乗客もみな、太陽は敵だと言わんばかりに肌が白かった。ヒンバ族はあたしだけ。急いで自分の席へ向かった。

　このシャトルは新型の流線形モデルだ。Aレベルの授業中に教師が弾道係数の計算に使っていた銃弾に似ている。気流と磁場と指数エネルギーの相互作用により、高速での滑空が可能で、時間と機材さえあれば造れる手軽な乗物だ。道路状態の悪い灼熱の砂漠地帯と街をつなぐうえでも最適だった。ヒンバ族は地元を離れたがらないけど。あたしは窓ぎわの席にすわり、シートにもたれかかった。

　大きな窓から、父が経営するアストロラーベの店の明かりと、兄が〈ザ・ルート〉の屋根に設置した砂嵐分析計が見えた。〈ザ・ルート〉は両親のとても大きな家の呼び名で、一族は六世代前からそこに住んでいる。村でいちばん、いや、市街地を含めてもいちばん歴史のある家かもしれない。石とコンクリートでできているので、夜は寒く、日中は暑い。屋根の上にはソーラーパネルが並び、夜だけ成長する発光植物が屋根と外壁をおおっている。あたしの寝室は最上階だ。シャトルが動きだし、あたしは家が見えなくなるまで目で追いつづけた。

「あたしは何をしてるの?」自分に問いかけた。

　一時間半後、シャトルは発着港に着いた。最後にシャトルを降りて正解だった。発着港の風景に圧倒されて、しばし立ちすくんでしまったからだ。今日のあたしの服装は、水面のようにつややかな赤いロングスカート、淡いオレンジ色のごわごわしたウインドブレーカー、薄革のサンダルにアンクレット。こんな服装の人はほかに見当たらなかった。誰もが、ゆったりとした薄手の服をまとい、ベールをつけている。足首を出している女性はいない。耳ざわりな音を立ててるアンクレットなど論外だ。顔が火照(ほて)る。あたしはフーッと口から息を吐き出した。

「バカ、バカ、バカ」小さく言った。あたしたちヒンバ族は旅をせず、故郷にとどまりつづける。先祖から伝わる土地は命そのもの——そこを離れることは死に等しい。ヒンバ族が葬られる場所は故郷以外にありえない。オティーゼとは赤い大地。この発着港にいるのは大半がクーシュ族で、あとは非ヒンバ族がちらほらいるだけだ。ここでは、あたしは外国人。つまり、よそ者だ。「いったい何を考えてたの？」あたしは自問した。

　あたしは十六歳。故郷の街を出たことはいちどもなく、ましてや発着港の近くにきたことなどなかった。あたしはひとりぼっち。家族を置いて家を出てきた。百パーセントだった結婚の可能性は、ゼロになるだろう。家出した女と結婚したがる男性などいるはずがない。あたりまえの人生と引き換えに、あたしは数学の惑星間テストで高得点をあげ、ウウムザ大学に合格した。奨学金も受けられることになった。あたしがどんな選択をしようと、二度と普通の生活には戻れそうにない。

　周囲を見まわし、次に取るべき行動を瞬時に悟った。ヘルプデスクへ向かうことだ。

　保安検査官はあたしのアストロラーベを念入りにフルスキャンした。ショックで目眩がする。落ち着け。目を閉じて口から息を吐き出した。地球を離れる、ただそれだけのために、あたしの人生がぜんぶ——あたし自身のことだけでなく、家族のことや、あたしの将来の見通しまで——丸裸にされてしまうのだ。呆然と突っ立っていると、脳裏に母の声が聞こえてきた。

「わたしたちヒンバ族がウウムザ大学に行かない理由があるの。あの大学はみずからの利益のために、あんたを入学させようとしているのよ、ビンティ。あんなところへ行ったら、都合よく利用されるだけよ」本当にそうなのだろうかと考えこまずにはいられない。まだウウムザ大学に到着すらしていないけど、人生を捧げる覚悟はできている。誰のアストロラーベでもフルスキャンするのか、検査官に問いただしたかったが、思いとどまった。もうスキャンは完了したあとかもしれないし、ここを通過できるかどうかの決定権はあたしにはない。へたに騒ぎ立てないほうが身のためだ。

検査官の手からアストロラーベをひったくりたくなった。検査官はクーシュ族の男性で、真っ黒なターバンとベールをつけていた。かなりの高齢でなければ着用を許されないはずのものだ。関節炎とおぼしき節くれだった手が震え、アストロラーベを落としそうになった。背中が曲がったその姿は、枯れたヤシの木を思わせる。

「宇宙旅行ははじめてだよね。フルスキャンするのでお待ちください」と、検査官。あたしの故郷の砂漠よりも乾いた声だ。だが、意外にも、アストロラーベの扱いに慣れているあたしの父に負けないほど、手ぎわがよかった。あたしは感心すると同時に驚いた。検査官が的確な方程式をふたつ三つ唱えてロックを解除し、さっきとは打って変わって、しっかりした手つきで、あたしの指にしか反応しないはずのダイヤルを操作したからだ。

スキャンが終わると検査官は薄緑色の鋭い目で、あたしを見あげた。アストロラーベの内容だけでなく、あたしの中身までのぞかれた気がした。後ろに並ぶ大勢の人々のあいだから、ささやき合う声や明るい笑い声、子どものぐずる声が聞こえてくる。ターミナルは涼しいのに、身体が熱くなるほどの社会的圧力を感じた。こめかみが痛くなり、足がジンジンしてきた。

「おめでとう」検査官がアストロラーベを差し出し、しゃがれ声で言った。

あたしは困惑し、顔をしかめて検査官を見た。

「なんのことですか？」

「きみはヒンバ族の誇りだよ、お嬢さん」検査官はあたしと目を合わせると、満面の笑みを浮かべ、あたしの肩を軽く叩いた。いまや、あたしの全人生を知っている。ウウムザ大学に合格したことも。

「まあ」と、あたし。涙が目にしみる。「ありがとうございます」かすれた声で言うと、アストロラーベを受け取った。

ターミナルは人でごった返していた。人波をかき分けるように先を急ぐ。洗面所でオティーゼを塗りなおし、髪を後ろで束ねようかとも思ったが、そのまま進みつづけた。白か黒の服を着た人がやたらと多い。クーシュ族だ。女性は一様に白い服を身につけているが、ベルトやベールの色はさまざまだった。男性はいかにも勇ましげな黒い服をまとっている。テレビや街のそこかしこでクーシュ族を見たことはあるが、これほど大勢のクーシュ族をいちどに見たのははじめてだ。未知の世界に足を踏み入れた感じがした。

搭乗検査を待つ列に並んでいると、後ろから髪を引っ張られた。振り向くと、クーシュ族女性のグループと目が合った。あたしを見つめている。あたしの後ろに並んでいる全員が見つめていた。

あたしの髪を引っ張った女性は自分の指を見て、こすり合わせながら顔をしかめた。オティーゼでオレンジ色に染まった指先のにおいを嗅ぐと、「ジャスミンの花みたいなにおいがする」と、驚いた表情で左隣の女性に言った。

「うんちじゃないの？　うんちみたいなにおいだって聞いたわよ。だって、どう見てもうんちじゃない？」

「ううん、本当にジャスミンの花の香りよ。うんちみたいに、べとべとしてるけど」

「あの髪は本物なの？」別の女性が、指先をこすり合わせている女性に訊いた。

「さあね」

「〝泥まみれ族〟って不潔よね」最初の女性がぼそっと言った。

あたしは背中をまるめ、前へ向きなおった。クーシュ族の前ではよけいなことを言うなと、母に釘を刺されている。父も、クーシュ族の商人がアストロラーベを買いにきたときは、できるだけ下手に出るという。「じゃないと、連中とけんかをおっぱじめて、こてんぱんにしてしまいそうだからな」と、父は言った。父は争いごとが嫌いだ。争いごとはよくないと口では言うが、いざけんかになったら、暴風で巻きあげられた砂のように大あばれするに決まっている。そして、あばれるだけあばれたら、〈セブンの神々〉に祈りを捧げるのだ——これ以上争いごとが起こりませんように……その言葉に嘘はありません、と。

あたしは髪を前へ引き寄せ、ポケットのなかの〝エダン〟に触れた。その不思議な言語に……その不思議な金属に……その不思議な感触に……精神を集中させる。エダンを見つけたのは八年前。夕方近くに砂漠を探検していたときだった。エダンとは、本来の目的すら忘れられた古い機器の総称で、もはや骨董品としか呼べないもののことだ。

あたしのエダンはどんな本よりも興味深い。あたしは父の店で新デザインのアストロラーベ——それこそ、ここにいるクーシュ族の女たちが見たら、奪い合いのけんかになりそうなものだ——を作ったが、そのどれよりも人の心を惹きつける。そんなすごいものがあたしのポケットに入っていることを、この女どもは知らない。こいつらは——たぶん男たちも——あたしのことをとやかく言っているみたいだけど、勝手に詮索すればいい。エダンのことも、あたしの行き先も、あたしが何者なのかも知らないくせに。ありがたいことに、もう誰もあたしの髪にはさわらなかった。それぐらいの分別はあるようだ。あたしも争いごとは好きじゃない。

あたしが進み出ると、男性警備員が眉をひそめた。警備員の背後に入口が三つある。まんなかのひとつが惑星ウウムザ・ユニ行きの〈サード・フィッシュ〉号へ続いている。大きな円形の入口の向こうに、やわらかな青い光に照らされた長い通路が見えた。

「前へどうぞ」と、警備員。丈の長い白衣に灰色の手袋。発着港の下位職員の制服だ。ストリーミング動画や本で見たことはあるが、とても間抜けに見えて、吹き出しそうになった。言われたとおり、前へ出てボディスキャナーをくぐる。赤い光と熱に包まれた。

ピーッというアラーム音とともにボディスキャンが完了すると、警備員はあたしの左ポケットに手を伸ばし、エダンを取り出した。自分の顔に近づけ、眉根を寄せる。

あたしは待った。この警備員に何がわかるというのだろう？

警備員は星形の多面体をじっくり調べ、突起を押したり、あたしが二年かかっても解読できなかった奇妙な記号をじっと見たりしている。エダンを顔に近づけ、青や黒や白の複雑な輪模様や渦巻き模様をよく見た。その模様は、少女が十一歳になった通過儀礼として頭につけるレースの飾りにそっくりだ。

「これは何でできているのかね？」警備員がエダンをスキャナーにかざしながら、たずねた。「めずらしい金属のようだが」

あたしは肩をすくめた。後ろに並んでいる大勢の人々の視線が痛い。あたしを砂漠の洞窟に住む砂漠民だとでも思っているのだろうか。砂漠民は真っ黒に日焼けしているため、影が歩いているように見える。大きな声では言えないが、あたしにも父方の砂漠民の血が流れている。あたしの肌が黒いのも、もじゃもじゃの髪も、そのせいだ。

「身もとを確認したところ、あんたは調和師（ハーモナイザー）だな。しかも、最高級のアストロラーベを作る優秀な調和師だ」と、警備員。「しかし、この物体はアストロラーベじゃない。あんたが作ったのか？　作りかたは知ってるのに、材料はわからないのか？」

「あたしが作ったんじゃありません」と、あたし。

「じゃあ、誰が？」
「あの……それは大昔のものなんです」と、あたし。
「数学も数理フローも関係ありません。もう動かない算定装置で、お守り代わりに持ってるだけです」ちょっとだけ嘘をついた。でも、あたしにもエダンの本来の目的はわからない。

警備員はもっと何か訊きたそうだったが、それ以上は何も言わなかった。あたしは内心、笑みを浮かべた。国家警備員はろくな教育も受けていないくせに、仕事柄、人に指図する機会が多く、とくにあたしのような者には高圧的な態度を取る。民族に関係なく、警備員とはどこでもそのようなものらしい。この警備員は〝算定装置〟がどんなものかわからないようだが、貧しいヒンバ族の少女に教養で劣るとは思われたくなかったのだろう。大勢の前で恥をかかないうちに、あたしを通過させた。あたしはついに〈サード・フィッシュ〉号の入口に立った。

通路の奥までは見えないものの、入口を見ただけで魅了された。まさしく生物テクノロジーの最高傑作だ。〈サード・フィッシュ〉号はミリ12という生き物で、見た目はエビに近い。穏やかな性格とは裏腹に、過酷な宇宙空間に耐えうる強靭（きょうじん）な外骨格を生まれながらに持っている。そのうえ、体内で三つの呼吸室が育つよう、遺伝子改良をほどこされていた。

科学者たちは成長の速い植物をその広い呼吸室に植えた。呼吸室は船内で排出された二酸化炭素を取りこんで酸素を生成するほか、ベンゼン、ホルムアルデヒド、トリクロロエチレンを吸収する。あたしが読んだ本に書かれていたもののなかでも、トップレベルの驚異的テクノロジーだ。あとで呼吸室へ案内してもらおう。でも、今は船のテクノロジーのことを考えている場合ではない。あたしは今、故郷と未来との間（はざま）にいる。

あたしは青い光に照らされた通路へと一歩を踏み出した。

すべてはこうして始まった。あたしは自室を与えられ、グループの一員となった。グループは十五歳から十九歳までの十二人で構成され、あたし以外は全員がクーシュ族だ。一時間後、あたしたちのグループは船の技師に呼吸室のひとつへ案内してもらった。呼吸室のしくみを知りたいと切望する新入生はあたし一人ではないようだ。呼吸室の空気はジャングルや森のにおいがした。ジャングルとか森のことは本でしか知らないけど。丈夫な葉を持つ植物が天井、壁、床と、あらゆる方向に伸び、花が自然のままに咲き乱れている。ふんわりといい香りがする。ずっとここでにおいを嗅いでいたいくらいだ。

数時間後、あたしたちはグループ・リーダーと顔を合わせた。リーダーは厳しい表情をした中年男性で、あたしたち十二人をじろじろ見ると、あたしの前で立ちどまり、たずねた。

「どうして、きみは赤土を全身に塗りたくって、そんなアンクレットをジャラジャラぶら下げているんだ？」ヒンバ族だからだとあたしが答えると、リーダーは冷たく言った。「それはわかっているが、わたしの質問に対する答えにはなってない」あたしは、赤土を塗って肌を保護するのがヒンバ族の伝統であること、アンクレットはヘビよけであることを説明した。リーダーはしばらくのあいだ、あたしを見た。新入生たちはめずらしい蝶でも見るような目で、あたしを見つめている。

「オティーゼを塗るのはかまわん」と、リーダー。「だが、そんなにたくさん塗ったら船内が汚れる。それから、ここにヘビはいないから、アンクレットは必要ない」

あたしはアンクレットをはずした。歩くたびに音がするよう左右の足首に二本ずつを残して。

約五百人の乗客のうち、あたしは唯一のヒンバ族だ。

ヒンバ族の頭のなかは革新とテクノロジーでいっぱいだが、あくまでも狭い世界のなかのことで、あたしたちヒンバ族は地球の外へは出ない。ヒンバ族にとって宇宙の探索は、地球を出ることではなく、内なる精神世界を旅することなのだ。過去にウウムザ大学へ行ったヒンバ族は一人もいない。この船にヒンバ族があたし一人なのは覚悟していた。それでも、現実は厳しかった。

船内は、数学、実験、学習、読書、発明、勉強、想像、解明などがいかにも好きそうな人であふれていた。ヒンバ族ではないが、あたしと同じタイプの人間であることはすぐにわかった。民族は違っても、共通点がいっぱい見つかった。たちまち、たくさんの友だちができた。地球を離れて二週間めには大の仲よしになっていた。

ウーロ、レミ、クゥガ、ヌール、アナジャマ、ローデン、ダラス。あたしと同じグループなのは、ウーロとレミだけだ。ほかの五人とは食堂や、教授たちがさまざまな講義を行なう学習室で知り合った。大邸宅で育った少女ばかりで、もちろん砂漠を歩いたことも、枯れ草に潜むヘビを踏んづけたこともない。曇りガラスごしならまだしも、地球の直射日光に耐えられそうには見えなかった。

でも、あたしが〝数学的瞑想(ツリーイング)〟の話をすると、ちゃんと理解してくれた。みんなであたしの部屋に集まってすわり(あたしの荷物がいちばん少ないからだが)、星々をながめ合い、複雑な方程式を思い浮かべてはそれを分解することを繰り返した。長時間これを続けていると、ツリーイングに没頭し、数学という浅瀬に迷いこんでしまう。ツリーイングができなければ、あたしたちの誰もウウムザ大学に合格できなかったはずだが、ツリーイングは簡単ではない。優秀なあたしたちは、たがいを〝神〟の領域へ押しあげようと切磋琢磨(せっさたくま)した。

そして、食堂でヘルーと出会った。話をしたことはないが、食事中、テーブルを挟んでほほえみ合った。ヘルーの出身地はあたしの知らない遠い街だ。どんな場所だろう？　雪が積もっていて、男たちは灰色の巨大な鳥に乗り、女たちは鳥とテレパシーで会話するのかもしれない。

あるとき、あたしは食堂で配膳待ちの列に並んでいた。ドレッドヘアの一本を後ろからつままれ、むっとして勢いよく振り向くと、友人の一人といっしょにいたヘルーと目が合った。ヘルーはすぐにあたしの髪を放し、にこっと笑い、身がまえるように両手を上げた。

「ごめん、つい」と、ヘルー。指先に赤いオティーゼが付いている。

「つい？」あたしはわざと怒ったように言った。

「二十一本あるね」と、ヘルー。「しかも、三角形の模様がモザイク状に編みこんである。暗号か何か？」

暗号が隠されているのは本当だ。髪に編みこまれたパターンは、あたしの家族の血統、文化、歴史を示している。父が暗号を作り、髪に編みこむ方法は母とおばたちが教えてくれた。そのことをヘルーに話そうかと思ったが、ヘルーを見ると胸が高鳴って言葉が出てこなかった。あたしは肩をすくめて前へ向きなおり、スープボウルを手に取った。ヘルーは長身で誰よりも歯が白い。それに、数学がとても得意だ。あたしの髪に隠された暗号に気づいたほどだから。

でも、ヘルーと話の続きをする機会は奪われ、あたしの髪の秘密は言えずじまいになった。あんな大事件が起こったせいだ。それは出発してから十八日後。銀河系随一の有力かつ革新的な大学がある惑星ウウムザ・ユニまであと五日という日のことだった。愛する家族がいる地球ははるかかなたに遠のいたが、あたしは人生最高の幸せを感じていた。

あたしは食堂のテーブルにつき、細かく砕いたココナッツ入りの乳白色のデザートを頬張ると、フォークを置き、ヘルーに視線を送った。ヘルーは横の少年とのおしゃべりに夢中で、気づいていない。あたしは両手でエダンをもてあそびながら、ヘルーを見つめた。冷たいデザートが舌のうえでとろけた。隣ではウーロとレミが水の精のように声を震わせ、さも恋しげに故郷の街の民謡を歌っている。

そのとき誰かの悲鳴が上がった。ヘルーの胸がぱっくり開き、あたしは生温かい血しぶきを浴びた。ヘルーの背後に一体のクラゲ型異星種族メデュースがいた。

ヒンバ族の文化では、命のないものに祈ることは神への冒瀆とされている。だが、父でさえその謎を解明できなかった金属のかたまりに、あたしは祈るしかなかった。その金属を胸に押し当て、目を閉じ、祈った。エダンよ、あたしをお守りください。どうかお願いします。

身体が震えた。このまま恐怖のために死んでしまうのかもしれない。息を止めた。これ以上、やつらの悪臭を吸いこみたくない。顔に浴びたヘルーの血はまだ乾かず、ドロドロしていた。謎に包まれたその金属、エダンに祈った。いま自分の命を守ってくれるものは、このエダンしかないのだから。

大きく口から息を吐き出し、片目をそっと開け、すぐにまた閉じた。目の前の空間に一体のメデュースが力なく浮かんでいた。あたしに襲いかかろうとして、触手を伸ばしてきたものの、エダンに触れたとたんに動けなくなったようだ。エダンに触れた触手は灰白色に変わり、たちまち枯れ葉のように干からびてしまった。

ほかにも複数のメデュースの存在が感じられた。身のつまった大きな透き通った丸い傘からガスを吸ったり吐いたりするたびに、かすかにシューッと音がする。傘全長は地球の成人男性の身長よりもずっと大きい。傘は上質の絹のように薄く、傘の下から、長い触手が気味の悪い巨大な麺の束のように床に垂れていた。あたしは握りしめたエダンをさらに強く胸に押し当てた。エダンよ、あたしをお守りください。

食堂にいた人たちはみんな死んだ。百人以上はいただろう。船じゅうの人が死んでしまったにちがいない。きっと何が起こったかもわからないうちに死んだのだろう。メデュースは食堂に乱入し、〝ムージュ＝ハ・キ＝ビラ〟――クーシュ族はそう呼んでいる――を開始した。このメデュースの殺戮方法は歴史の授業で習うことになっている。歴史や文学や文化の授業は、クーシュ族が構築したものが民族を越えて採用されているからだ。クーシュ族とメデュースの争いにヒンバ族は関係ないが、ともかく、あたしたちヒンバ族も学ばなければならない。クーシュ族の最大の敵とそのしうちを他民族も知るべきであると、クーシュ族は考え、科学と数学の授業にもメデュースの解剖学と基礎テクノロジーを取り入れている。

〝ムージュ＝ハ・キ＝ビラ〟は〝大いなる波〟という意味だ。メデュースは戦いにおいては水のように動く。メデュースの母星に水は存在しないが、水を神と崇めている。遠い昔、祖先が水から生まれたからだ。クーシュ族は、大部分が水からなる地球上の、もっとも水が豊富な土地に住んでいる。そのため、メデュースを自分たちより下等だと考えている。

メデュースとクーシュ族は大昔のちょっとした意見の対立をきっかけに敵対するようになり、そののち戦争に発展した。どうにか休戦協定を結ぶところまでこぎつけたにもかかわらず、メデュースは〝ムージュ＝ハ・キ＝ビラ〟を行なったのだ。

あたしが友だちと話してたときに。

あたしの大切な友だちと。

ウーロ、レミ、クゥガ、ヌール、アナジャマ、ローデン、ダラス。みんなで幾晩も夜ふかしした。ウウムザ大学の授業は難しいのだろうか、特別なことをするのだろうか、そのような不安を笑い飛ばして。ああでもない……こうでもないと頭をひねってアイデアを出し合ったりもした。あたしたちには共通点が多かった。家族のことは思い出さなかった。夜中にこっそり家を出てきたことも、その数時間後に、あたしを非難するメッセージが家族からアストロラーベに届いたことも。あたしは未来だけを見て笑っていた。未来は光り輝いていた。

　メデュースが襲撃してきたのは、そんなときだった。あたしの目の前でヘルーは左胸を切り裂かれた。シャツがみるみる血で染まっていった。ヘルーを背後から切り裂いたのは、メデュースの触手から突き出た剣のようなものだった。紙のように薄く……しなやかで、血に染まっていた。指先のようにくねくね動くその先端が、ヘルーの鎖骨のあたりから突き出て、肉にからまっている。

〝ムージュ＝ハ・キ＝ビラ〟

　そのとき、自分がどんな行動を取り、何を言ったのか、記憶がない。あたしは目を開け、一部始終を見ていた。頭のどこかが叫び声を上げていた。なぜか、5（ファイブ）という数字に集中した。頭のなかで繰り返し口にする――〝ファイブ、ファイブ、ファイブ、ファイブ、ファイブ、ファイブ、ファイブ、ファイブ、ファイブ〟ショックで見開かれたヘルーの目がうつろになっていった。くぐもった声が出て、口から大量の血が噴き出た。そして、泡を吹き、前のめりに倒れはじめた。どさっという鈍い音とともにヘルーの頭がテーブルに落ちた。首がよじれ、横向きになったヘルーの顔が見えた。目を見開いていた。左手は曲がったまま痙攣（けいれん）していたが、やがて動かなくなった。しかし、目はずっと開いていた。もう、まばたきはしなかった。

　ヘルーは死んだ。ウーロ、レミ、クゥガ、ヌール、アナジャマ、ローデン、ダラスも死んだ。みんな死んだ。

食堂は血なまぐさいにおいがしていた。

あたしがウウムザ大学へ行くことに賛成してくれた家族は一人もいなかった。親友のディーリーでさえ反対した。入学許可証が届いてからまもなく、まだあたしの家族が入学に反対していたころ、ディーリーが冗談を言った――たとえおまえが大学へ行くことになっても、メデュースに襲われる心配だけはしなくてすむだろう……惑星ウウムザ・ユニ行きの航宙船に乗ってるのは、どうせクーシュ族ばかりだからな、と。

「メデュースはクーシュ族を皆殺しにするかもしれないけど、おまえには見向きもしないさ！」ディーリーは言い、大笑いした。あたしがウウムザ大学へ行けるわけがないと決めつけていたのだ。

急に、あのときの言葉を思い出した。あれ以来、ディーリーのことは頭から追い出し、ディーリーからのメッセージも読んでいない。ウウムザ大学へ行くためには愛する人たちの言うことを無視するしかなかった。ウウムザ大学から奨学金交付の通知が届いたとき、砂漠へ行き、何時間も泣きつづけた。喜びの涙だった。

大学がどんなところか知った日から、ウウムザ大学はあたしの夢だった。銀河系一の難関であるウウムザ大学の学生のうち、地球人はたったの五パーセント。そのなかの一人になれる。知識と創造力と探求心に富むエリートたちの仲間入りができる。胸が躍った。あたしは家に帰り、家族に自分の意思を伝え、また泣いた。こんどはショックの涙だった。

「行けるわけないでしょ」と、いちばん上の姉は言った。「あんたは調和師なの。父さんの店を継ぐのはあんたしかいないのよ」

「わがまま言わないで」スーム姉さんは吐き捨てるように言った。たった一歳年上なだけで、妹の人生を支配できる気でいるのだ。「名声を追うのはやめて、道理をわきまえなさい。家を出て銀河系の向こうへ飛んでゆくなんて無理よ」

兄たちには鼻であしらわれた。両親は何も言わなかった。〝おめでとう〟のひとことさえ、なかった。沈黙がすべてを語っていた。ディーリーも同じだった。ディーリーは、おめでとうの言葉に続けて、ウウムザ大学でおまえより頭がいいやつはいないと言った。しかし、そのあと、笑って付け加えた。

「でも、行けるわけない。ヒンバ族だからだ。ぼくたちヒンバ族は神がお選びになった道を歩まなければならない」はっきり、そう言った。

あたしはヒンバ族としてははじめて、ウウムザ大学の入学許可という名誉を授けられた。いやがらせのメッセージ、命をおびやかす脅迫、あざけりやひやかし。街にいるクーシュ族の反応に、あたしは身を隠したくなった。でも、心のなかでは、ウウムザ大学へ行きたい……行く必要があると強く思っていた。心のおもむくままに行動せずにはいられなかった。その衝動は数学的と言えるほどに強かった。あたしは一人で砂漠にすわり、風の音に耳を傾けた。父の店でアストロラーベ作りに集中するときのように、いくつもの数字を思い浮かべ、感じた。その数字を積みあげてゆき、あたしの運命の道筋は決まった。

家族には内緒で入学確認書類を記入し、アップロードした。砂漠は、こっそり行動するにはうってつけの場所だった。大学からの面談要請書がアストロラーベに届いても、家族に気づかれない。すべての準備が整うと荷物をまとめ、シャトルに乗った。あたしは〝ビトルス〟一族の血を引いている。父は調和師範（マスター・ハーモナイザー）で、あたしがその後継者になる予定だ。〝ビトルス〟一族は数学の深層を理解し、数理フローをコントロールする方法を習得している。人数は少ないが、満ち足りた生活を送り、武器や戦争には無縁だが、身を守ることはできる。「われわれは神の恩寵（おんちょう）を受けている」という父の言葉どおりだ。

エダンを胸に押し当て、こんどは両目を開けた。目の前にいるメデュースは青くて半透明だが、触手の一本は違っていた。故郷の村のそばにある塩水湖の水のようにピンクがかっており、狭いところに育つ木の枝のようにちぢこまって、まるまっている。あたしはエダンをかざした。メデュースは後ろへ飛びのきながら、ガスを吐き出し、大きな音を立てて吸いこんだ。あたしは思った――メデュースが怖がってる。恐怖を感じてるんだ。

あたしは立ちあがった。いまここで死ぬ運命ではないようだ。広い食堂をすばやく見まわした。血のにおいやメデュースが吐くガスのにおいに混じって、料理のにおいがした。焼いてマリネされた肉、茶色い長粒米、スパイシーなレッドシチュー、平たいパン。そして、あの濃厚なデザート。あたしの大好物だ。大テーブル上の料理はそのままだった。死体が冷たくなったように温かい料理は冷め、死んだメデュースが溶けたようにデザートは溶けている。

「近づかないで！」あたしはかんだかい声を出し、メデュースに向かってエダンを突き出した。立ちあがった拍子に、衣ずれの音とアンクレットのジャラジャラいう音がした。尻をテーブルに押しつけた。後ろにも横にもメデュースがいるが、目の前の一体に向かって言った。「これであんたを殺せるのよ！」ひとことひとことに力をこめた。咳払いし、さらに声を張りあげた。「さっき、あんたの仲間がどうなったのか見たでしょ？」

五、六十センチ先のしぼんだ死体を身ぶりで示した。やわらかかった身体は乾燥し、色も半透明から濁った茶色に変化していた。あたしを襲おうとして、なぜか死んでしまったのだ。あたしが声を発すると同時に、その死体はこなごなに砕けた。声のちょっとした振動でも崩れてしまうほど、もろくなっていたようだ。あたしはテーブルから離れてショルダーバッグをつかみ、料理が置かれたままの大テーブルへ近づいた。脳みそをフル回転させる。数字が次々に浮かんでは消えてゆく。よかった。あたしには父譲りの才能がある。父に教わった先祖の流儀を、家族の誰よりうまくできる。

「あたしはナミブのビンティ・エケオパラ・ズーズー・ダムブ・カイプカ」小声で言った。あたしがぼんやりした表情でツリーイングを始めようとすると、父は必ず、あたしが何者であるかを思い出させてくれた。アストロラーベについても、よく熱心に語っていた。アストロラーベのしくみ、芸術性、通信装置としての真価、系統などについて。父は瞑想状態のあたしに、回路、ケーブル、金属、油、熱、電気、数理フロー、棒状の砂岩についての三百年ぶんの知識を口頭で伝えた。

　十二歳になるころには、あたしは調和師師範になっていた。精神の流れと交信し、複数の流れをまとめてひとつのフローにする。数学的視覚は母から受け継いだ。母は家族を守るためだけに、その能力を使っているが、あたしは銀河系一の大学でスキルを磨くつもりだ……生き延びることができれば、の話だが。

「ナミブのビンティ・エケオパラ・ズーズー・ダムブ・カイプカ。それがあたしの名前」もういちど口にした。

　いくつもの方程式が浮かんでは消え、脳内の扉を押し広げてゆく。方程式はしだいに複雑になり、満足のいくレベルに達した。頭がすっきりした。

〝$V-E+F=2$〟、〝$a^2+b^2=c^2$〟――頭に浮かんでいたのはその方程式だった。いまや次に取るべき行動はわかっていた。配膳台に近づくと、トレーをつかんだ。まず鶏（チキン）の手羽を山盛りにした。それから、七面鳥の脚を一本と、ビーフステーキを三枚。パンを何個か。ロールパンは傷みにくいだろう。オレンジを三個、トレーにどさっと置いた。果汁が豊富でビタミンCがとれる。

水のパックも二袋つかみ、ショルダーバッグに押しこんだ。乳白色のデザートもひときれ、忘れずにトレーにのせた。名前は知らないが、これほどおいしいものは食べたことがなかった。ひとくちかじるたびに、あたしの精神を安定させ、活力を与えてくれそうだ。生き延びることになるとしたら、なおさら必要になるだろう。

エダンをかかげたまま、すばやく移動した。ただでさえ、食べものを詰めこんだショルダーバッグの重みで背中が痛いのに、左手には料理がいっぱいのった重たいトレーを持っている。メデュースは触手で床をなでるようにして、浮かびながら追いかけてきた。メデュースに目はないが、触手の先端に嗅覚受容体があるという。あたしのにおいを追ってきているのだろう。

各部屋へ続く廊下は広く、すべてのドアに金メッキがほどこされていた。父なら、資源の無駄づかいだと吐き捨てるように言うだろう。金は通信導体であり、数学的信号がほかのなにより強いからだ。それがここでは、けばけばしい装飾のために浪費されている。

自分の部屋の前まで来て、突然われに返った。次に何をすればいいか、急にわからなくなった。ツリーイングを停止すると、頭がぼんやりとして、自信が持てなくなった。網膜スキャンによりドアロックを解除することしか思い浮かばなかった。ドアが開き、身体をすべりこませた。ドアが背後で閉まると、空気が吸いこまれる音がした。部屋が密閉されたのだ。このしくみが働いたのは、船の緊急システムが作動したせいだろう。

倒れこむようにして、どうにかトレーとショルダーバッグをベッドに置いた。部屋の奥に移動し、黒い着陸用座席のそばのひんやりとした床に身を投げ出す。汗ばんだ頬をしばらく床につけ、ため息をついた。ウーロ、レミ、クゥガ、ヌール、アナジャマ、ローデン、ダラス。友だちの姿が頭に浮かんだ。ヘルーのやさしい笑い声が聞こえた気がした……それに続いて思い出されたのは、ヘルーの胸がぱっくり開く音と、あたしの顔にかかった血の生温かさだった。唇を嚙(か)み、涙をこらえた。

「ここにいなきゃ。ここにいなきゃ。ここにいなきゃ」そっと言った。もう、ここから逃げられない。涙があふれそうになり、目をぎゅっと閉じた。身体をまるめ、しばらくそのままでいた。

あたしはアストロラーベを顔の高さまで持ちあげた。自分で型取りをして彫刻し、ピカピカに磨きあげた棒状の砂岩を使って、外装もあたしが作った。子どもの手のひらほどの大きさだが、これ以上に高品質なアストロラーベはどの店でも手に入らないだろう。あたしが両手で持ったときにちょうどいい重さになるよう慎重に調整し、ダイヤルもあたしの指にしか反応しないようにしてある。数理フローは適正なので、孫子(まご)の代まで使えるだろう。このアストロラーベは二カ月前、この旅のために特別に作ったものだ。それまでは、三歳のときに父が作ってくれたものを使っていた。

そのアストロラーベに向かって家族の名前を呼ぼうとした。

「だめ」そうつぶやくと、アストロラーベをお腹の上に置いた。家族がいるのはいくつもの惑星の先だ。知らせたって、泣かせるだけじゃないか。あたしは電源ボタンにそっと触れた。「緊急事態」手のなかのアストロラーベが熱を帯び、振動して鎮静作用のあるバラの香りを出した。そして、また冷たくなった。「緊急事態」もういちど言った。こんどは温かくなりもしなかった。

「宙図を出して」固唾(かたず)をのんで待つ。ドアをちらっと見た。メデュースは壁を通り抜けることはできないと、本で読んだことがある。しかし、本に書いてあることが本当だとはかぎらない。とくにメデュースに関しては。この部屋のドアは頑丈だが、安心はできない。クーシュ族はヒンバ族のあたしにだけ、セキュリティが脆弱な部屋を割り当てたかもしれないのだ。メデュースはその気になれば……命の危険をおかしてでも、あたしを殺したいと思えば……いつでも侵入してくるだろう。あたしはクーシュ族ではない……でも、クーシュ船に乗っている地球人には違いない。

突然、アストロラーベが熱を帯び、振動した。

「現在地は、目的地の惑星ウウムザ・ユニまで百二十一時間の位置です」ささやくような声だ。メデュースはあたしに現在地を知られても問題ないと考えているのだろう。室内空間にホログラムの宙図が映し出された。白、水色、赤、黄、オレンジ色をした多数の点が、球体を中心にゆっくりとまわっている。球体の大きさは、大きめのハエほどのものから、あたしのこぶし大のものまで、さまざまだ。恒星や惑星、先進宙域はすべて数理ネットによって区分されており、見慣れたものは容易に見つけられた。船は太陽系から遠く離れ、〝ジャングル〟と呼ばれる宙域の中心部を減速して進んでいた。船のパイロットがもっとも警戒するべき宙域だ。

「少しは用心してるはずだけど」あたしは気分が悪くなった。

でも、とにかく船は依然として惑星ウウムザ・ユニをめざして進んでいるとわかり、ちょっと元気が出た。あたしは目を閉じ、〈セブンの神々〉に祈った。神にたずねたかった。「なぜ、このようなことをなさったのですか？」だが、そのようにたずねることは神への冒瀆だ。理由をたずねてはならない。理由をたずねることは質問ではないからだ。

「あたしはここで死ぬんだわ」

七十二時間後、あたしはまだ生きていた。しかし、食料は底をつき、水もほとんど残っていない。この狭い部屋に心身ともに閉じこめられ、どこへも逃げられない。涙を流すのはやめなければならない。一滴の水さえ無駄にはできないのだから。室内にトイレはないため、ビーズの装飾品類を入れていたケースに用を足さなければならなかった。オティーゼはひと瓶しかなかったが、できるだけ身体を清潔にしておきたくて少し使用した。方程式を唱えながら、室内を歩きまわった。たとえ水や食料の不足が原因で死ぬことはないとしても、数理フローのせいで焼け死ぬだろう。自分を忙しくさせておくために、いらいらと数理フローを生み出しては放出するということを繰り返しているからだ。

もういちど宙図を見て、気づいた。船はいまも惑星ウウムザ・ユニへ向かっていた。

「でも、なぜ?」小声で言った。「きっとセキュリティ・システムが……」

目を閉じ、その先を想像するのをやめようとした。だが、いつもながら、自分を止められなかった。惑星ウウムザ・ユニから発せられた黄色い閃光に包まれ、この船が炎のかたまりとなって音もなく四散する光景が、脳裏に浮かんだ。あたしは立ちあがり、足を引きずるようにして部屋の奥へ行き、また戻ってきた。

「メデュースが自殺行為を? そんなのおかしいわ。システムを解除する方法がわからないのかも……」

弱々しくドアをノックする音がして、あたしは天井に届きそうなほど跳びあがった。その場に立ちすくみ、全身の神経を耳のようにした。部屋にこもって二十四時間が経過してからこの瞬間まで、あたしが聞いたのは自分の声だけだ。ふたたびノックの音がした。最後のノックは激しかった。ドアを蹴破(けやぶ)ろうとしているかのようだった。

「あ……あっちへ行って!」あたしは叫び、エダンをつかもうとした。と同時に、ドアがドンと音を立て、怒りに満ちたシューッという耳ざわりな声がした。悲鳴を上げて、できるだけドアから遠ざかり、いちばん大きなスーツケースの上に倒れこみそうになった。考えろ、考えろ、考えろ。エダンのほかに武器はない……とはいえ、これをどう使えばいいのか。

船の乗員乗客は全員が死んだ。惑星ウウムザ・ユニまで、まだあと四十八時間ほど。無事にたどりつけるのか、それとも、吹き飛ばされてしまうのか。勝ち目のない戦いでは、次の一手を予測することはできないという。でも、あたしは最後の最後まで戦う性分だ。みずから命を絶ったり、人生をあきらめたりは絶対にしたくない。覚悟はできている。メデュースはとても頭がいい——エダンをものともせず、あたしを殺す方法を見つけるだろう。

それなのに、あたしはいちばん手近な武器であるエダンを手に取らなかった。もう壮絶な最後の抵抗をするつもりはなかった。むしろ……死と向き合う気になった……死を受け入れることにした。ベッドの上にすわりこみ、死を待った。すでに身体は自分のものではないように感じていた。なるようになればいい。そして、あきらめの境地で、エダンに目を落とし、複雑に分岐したその青い多面体を見つめた。

見えた。

この目で見た。

笑みを浮かべ、思った——どうして、いままで気づかなかったのだろう？

あたしは窓辺の着陸用座席にすわり、ドレッドヘアにオティーゼをなでつけた。赤く染まった両手をながめ、鼻に近づける。油の混じった粘土のにおいを嗅ぐと、甘い香りの花や、砂漠に吹く風、大地を思い出した。〝故郷〟。涙が目にしみる。故郷を離れるべきではなかった。エダンを手に取り、さっき見えたものを探した。なんどもエダンをひっくり返し、じっくり見た。何年も前から、この青い星形の多面体をなでたり、押したり、ながめたりして、あれこれ考えたものだ。

ふたたびドアがドンと鳴った。

「あっちへ行って」あたしは弱々しくつぶやいた。エダンの突起のひとつにオティーゼをこすりつけた。指紋に似た渦巻き模様がある部分だ。ゆっくりと円を描くように、渦巻き模様をなでる。心が落ち着き、肩の緊張がやわらいだ。食料と水のことしか考えられなかった精神は、数学的なトランス状態に落ちていった。さながら石が深い水中に落ちてゆくように。深く深く沈んでゆき、水で包まれているように感じた。

雑念だらけだった意識が晴れてゆくと、静寂が訪れた。あたしはエダンをさすりつづけた。故郷のにおいがし、砂漠を吹きわたる砂まじりの風の音がした。深く沈んでゆくにつれて胃がむかむかしはじめ、全身がすっきりと心地よく、まるでからっぽのように軽くなってきた。手のなかのエダンが重い。手のひらを貫通しそうなほど重く感じられた。

「まあ」あたしは息をついた。渦巻きの中心に小さなボタンを見つけたのだ。さっき目にとまったのは、これだ。ずっと目にしてきたはずなのに、こんなものがあったことに今はじめて気づいた。人さし指でボタンを押した。〝カチッ〟というかすかな音とともにボタンが沈む。エダンの感触が溶けた蠟のようになり、まわりの景色が揺らめいた。またしてもドアをドンと叩く音。つづいて、これまで経験したことがないほどの静寂。ほんのかすかな物音がしてもドアに穴が開きそうなほど静かだ。低く無機質だが、はっきりとした声が聞こえた。

「おい、小娘」

あたしは一瞬にしてトランス状態から放り出された。目を見開き、声にならない叫びを上げる。

「おい」ふたたび声がした。最後に聞いた人間の声は、食堂でメデュースに殺された人々の叫び声だ。あれから七十二時間以上たつ。

室内を見まわす。あたしのほかには誰もいない。ゆっくりとそばの窓を振り返り、船外を見た。窓に映る自分のほかには何もなく、宇宙の暗闇が広がっていた。

「よく聞け、小娘。おまえは死ぬ」その声はゆっくりと言った。「まもなく」ほかにもさまざまな声がしたが、低すぎて聞き取れなかった。「抵抗したら苦しむだけだ。われわれがとどめを刺してやる」

あたしは跳びあがった。頭に血がのぼり、床に崩れ落ちそうになりつつも、力なく膝をついた。エダンは握ったままだ。またノックの音がした。

「ドアを開けろ」命令口調だ。

両手が震えてきたが、エダンは落とさなかった。いまやエダンは熱を持ち、鮮やかな青い光を放っている。数理フローがエダンのなかを流れつづけているので、手の筋肉が締めつけられた。エダンを手放したくても手放せない状態だ。

「いやよ」あたしは歯を食いしばった。「この部屋で死んだほうがましよ。自分の意思でね」

ノックの音が止まった。同時に、さまざまな音がした。ドアに近づくのではなく遠ざかってゆく、ひきずり歩きのような音。おびえたようなうめき声や、悲嘆の声。がやがやいう声。何体ものメデュースの声がする。

「こいつは魔物だ！」

「穢(けが)らわしい物体を持っているわ」と、別の声。はじめて聞く、かんだかい声だった。きっと女のメデュースだ。「あの物体の力を借りて、わたしたちの言葉を真似しているのよ」

「いや、あいつにはわれわれの言葉を理解する能力があるにちがいない」と、また別の声。

「魔物め！　ぼくがドアを無力化し、あいつを殺す」

「オクゥ、そんなことをしたら、おまえのほうが死……」

「あいつを殺す！」と、オクゥと呼ばれたメデュース。

どなり声だ。「そのために命を落とすなら、本望だ！あいつはドアのすぐ向こうにいるんだから、もう……」

「あたしは魔物じゃない！」あたしは唐突に叫んだ。「オ……オクゥ！」奇妙なことに、なんの抵抗もなくそのメデュースの名前を口にしていた。「オクゥ、あたしと話しましょう」

あたしは痙攣した両手を見た。手のなかのエダンから数理フローが流れ出ている。あたしがいままで引き出したなかで、おそらくいちばん強いと思われる数理フローが真っ青に光りながら、稲妻のようにジグザグに枝分かれし、閉じたドアをゆっくりと貫いてゆく。木の枝のように分かれた鮮やかな青い光は形を変えながらも、とぎれることはなかった。数理フローはメデュースに到達した。あたしとメデュースは数理フローによってつながった。自分で引き出した数理フローなのに、もはやコントロール不能だ。あたしは叫びたい気持ちを必死に我慢した。今は自分の命を守ることが最優先だ。

「あんたに話しかけてるのよ！　あたしが！」

沈黙。

あたしはゆっくりと立ちあがった。心臓が早鐘を打っている。痛みで震える脚を引きずりながらドアに近づく。ドアの素材である有機鋼は非常に薄いが、地球上でもっとも強い物質のひとつだ。数理フローが触れた部分には穴が開き、緑色の小片が穴を縁取っていた。あたしはその部分に手を触れた。ほかのものは目に入らなかった。ドアに金メッキがほどこされていることも、金がもっともすぐれた通信導体であることも頭になかった。ドアの向こうにメデュースどもがいることさえ忘れていた。

メデュースたちが動く音がしたが、あたしはドアから離れたい気持ちと必死に闘った。鼻の穴をふくらませながらエダンを握りしめる。肩にかかる髪の重みが心強い。ヒンバ族の象徴ともいえるオティーゼの重みだ。たとえ遠く離れていても、故郷の人々があたしに力を与えてくれる気がした。

　ドアに何かがぶちあたるようなドンという大きな音がして、あたしは悲鳴を上げた。それでも、その場に踏みとどまった。

「魔物（イーヴル・スイング）め」オクゥと呼ばれるメデュースの声がした。オクゥの声だけはほかのメデュースとの区別がつく。もっとも怒りに満ち、もっとも恐ろしい声だからだ。テレパシーのようなものではなく、口頭で話しかけているように聞こえた。〃イーヴル〃の〃ヴ〃の摩擦（まさつ）音や、〃スィング〃の〃スィ〃の気息（きそく）音も聞き取れた。メデュースに口はあるのだろうか？

「あたしは魔物なんかじゃないわ」

　ドアの向こうから、ささやき合う声や忙しく動きまわる音がした。つづいて、女のメデュースの声が言った。

「ドアを開けなさい」

　メデュースたちはなにやらささやき合っていた。数分が過ぎた。あたしはドアにもたれかかりながら床にへたりこんだ。それにつれて、ドアを貫いている青い数理フローの位置も、あたしの肩の高さあたりまで下がった。新たにドアに穴が開き、穴を縁取る緑色の小片がいくつか肩から膝へと落ちてきた。あたしはドアに頭をもたせかけたまま小片を見つめた。急に笑いがこみあげてきた。それと同時に、からっぽのお腹がグーグー鳴り、あたしは腹筋が痛くなるほどくすくす笑いつづけた。

　こんどは静かで冷静な声がした。

「われわれの言葉が理解できるのか？」この低くうなるような声は、あたしを魔物よばわりした者、オクゥだ。

「わかるわ」

「地球人に理解できるのは暴力だけのはずだ」

あたしは目を閉じて、弱った身体の緊張を解き、ため息をついた。

「あたしがいままでに殺したのは、食料にするための小動物だけよ。できるだけ苦しめないように殺したし、祈りを捧げて、犠牲にした動物の命に感謝したわ」あたしはもう疲れきっていた。

「おまえの言葉など信じられるか」

「あたしだって、あんたたちの言うことなんか信じないわ。どうせドアを開けたら、あたしを殺すんでしょ。あんたたちは殺すことしか考えないんだから」あたしは目を開けた。どこに残っていたのかと思うほど、身体じゅうに活力が戻ってきた。怒りのあまり、うまく息ができない。「そうよ……あんたたちは……あたしの友だちを殺した！」咳きこみ、力なくくずおれた。

「あたしの友だちを」ささやき声になり、涙があふれた。「あああああ、あたしの友だち！」

「地球人は殺さなければならない。われわれが殺られるまえに」

「あんたたちは大バカよ」あたしはとめどなく流れる涙を拭いながら、吐き捨てるように言った。涙にむせび、深呼吸して息を整えようとした。大きく息を吐いた拍子に鼻水が飛んだ。腕で顔を拭っていると、メデュースたちはまたしてもなにやらささやき合った。

「わたしたちと会話するために、おまえが送ってきたこの青い光は何？」と、かんだかい声。

「知らないわ」あたしは鼻をすすりながら、答えた。立ちあがり、ベッドへ向かう。すぐにドアから離れたほうがいい気がしたのだ。あたしが移動すると、青い光もついてきた。

「なぜわれわれはおまえの言葉を理解できるんだ？」と、オクゥ。ドアから離れていても、オクゥの声ははっきりとわかった。

「し……知らないわ」あたしはベッドに腰をおろし、

あおむけになった。

「いままで地球人と話したメデュースはいない……大昔は別にして」

「そんなの、どうでもいいわ」あたしは、ぶすっと答えた。

「ドアを開けろ。危害は加えない」

「いやよ」

長い沈黙が流れた。そのあいだに、あたしは眠りに落ちてしまったにちがいない。何かを吸いこむような音で目を覚ました。はじめはその音のことなど気にもとめず、顔に付いた鼻水が乾いた跡を腕で拭おうとした。メデュースの襲撃前から、この船はさまざまな音を発していた。〈サード・フィッシュ〉号は生き物なので、ほかの動物と同じように、ときおり内部からゴボゴボと音がしたり、振動したりする。あたしは上体を起こした。吸いこむような音がしだいに大きくなってきたせいだ。ドアがガタガタ揺れている。わずかに傾いたかと思うと、ついには完全に床に崩れ落ちた。外側の金メッキがむき出しになった。室内のよどんだ空気が勢いよく廊下へ出て、急にひんやりとした新鮮な空気に入れ替わった。

そこにメデュースたちが立っていた。数はわからない。身体が透き通っているうえ、重なり合うように身を寄せ合っているからだ。見えるのは、からみ合う半透明の触手と、ゆるやかに揺れる丸い傘だけだ。あたしは握りしめたエダンを胸に押し当て、部屋の奥にある窓に背中を押しつけた。

一体のメデュースが突進してきた。あたしの故郷の砂漠で旅人を夜襲するオオカミのように俊敏だった。あたしは近づいてくるメデュースを見つめた。集まってあたしの思い出に浸(ひた)る両親やきょうだい、おじやおばたちの姿が脳裏に浮かんだ。どの顔も苦悩と喪失感でいっぱいだ。あたしの魂が肉体を離れ、地球へ、故郷の砂漠へと戻ってゆく。あたしはそこで砂漠民にいろんな話をすることになるのだろう。

　近づいてこようとしたメデュースは動きを止めていた。時間がゆっくり流れていたとしか思えない。だが、次の瞬間には、あたしの頭上に浮かんでいた。頭すれすれのところに触手が垂れさがっている。あたしは息をのみ、苦痛と死を覚悟した。しなびたピンク色の触手があたしの腕をかすめ、その部分のオティーゼがこすり取られた。触手はやわらかく、すべすべしていた。

　あれが見えた。すぐ近くに。映画や娯楽動画でしか見たことのない、氷のように白いもの。メデュースの毒針だ。あたしの脚よりも長い。あたしの目は、触手の束から突き出た毒針に釘づけになった。乾燥して、ひび割れ、白い霧のようなものがただよい出ている。あたしの胸から数十センチの位置だ。急にその色が白から鈍い淡灰色(たんかいしょく)に変化した。あたしは痙攣した両手を見た。エダンを握りしめたままだ。エダンから流れ出た数理フローがメデュースの全身を包み、その向こうへ伸びてゆく。あたしはメデュースを見あげ、にやりと笑ってささやきかけた。

「あんたたちはこれが苦手みたいね」

　メデュースは触手を震わせ、あとずさりはじめた。変形したピンク色の触手の一部が、あたしのオティーゼで赤く染まっている。

「おまえは悪の根源だ」そのメデュースが言った。オクゥと呼ばれたメデュースだ。あたしは笑いだしそうになった。なぜ、これほどまでに、あたしを憎むのだろう？

「この女はまだ穢らわしい物体を持っているぞ」ドア付近から別のメデュースの声がした。

　あたしから離れるにつれて、オクゥは落ち着きを取り戻しはじめた。やがて、仲間とともにそそくさと姿を消した。

　十時間が過ぎた。

もう食料も水も残っていない。荷物をスーツケースに入れたり出したりした。忙しくして、のどの渇きと空腹をまぎらわせたかった。しかし、数時間おきに排尿の欲求が起こるたびに、自分の窮状を思い知らされた。エダンから出る数理フローのせいで、いまだに両手の痙攣が止まらず、動くこともままならないが、そこはどうにかした。この船は新鮮な空気を生成して循環させており、気圧も一定に保たれている。でも、メデュースがそのシステムを無力化したら、どうしよう？　そうでなくても、またメデュースが戻ってきて、あたしを殺そうとするかもしれない。そんな最悪の事態を想像しては必死に打ち消した。

荷物の出し入れをしていないときは、エダンをじっくり観察した。その表面の模様が数理フローで輝いている。どういうしくみでメデュースとコミュニケーションできたのか、知る必要がある。簡単な方程式をいろいろと当てはめてみたが、答えは得られなかった。

しばらくして、難しい方程式も試したものの、無駄だった。ベッドにあおむけになり、ツリーイングに身をまかせる。瞑想状態に入りかけたとき、メデュースが現われた。

「それはなんだ？」

あたしは悲鳴を上げた。ずっと窓の外を見ていたので、声がするまでメデュースの姿が目に入らなかったのだ。

「どういうこと？」息もできず、金切り声を上げた。「あたし……何がどうしたって？」

オクゥだ。あたしを殺そうとしたメデュース。部屋を出ていったときとは打って変わって、生き生きとしている。毒針は見えないけど。

「おまえの皮膚に塗られているものはなんだ？」断固とした口調だ。「ほかの地球人は塗ってないぞ」

「当然よ」あたしはぴしゃりと言った。「オティーゼといって、あたしたちヒンバ族に特有のものなの。この船の乗員乗客は全員がクーシュ族だから、塗ってるのはあたし一人よ」

「いったい、それはなんだ？」オクゥはまだ戸口にいた。

「どうして、そんなこと訊くの？」

オクゥが部屋に入ってきた。あたしはエダンを掲げ、あわてて言った。

「大部分……大部分は故郷の粘土と油でできてるわ。あたしの故郷は砂漠地帯だけど、あたしたちが住んでる地域には神聖な赤土があるの」

「なぜ肌に塗り広げるんだ？」

「ヒンバ族は大地の子だからよ。それに……それに、きれいだから」

オクゥは長いあいだ沈黙し、あたしはオクゥを見つめつづけた。メデューースを観察するチャンスだった。動きを見るかぎり、身体には前後があるようだ。全身が半透明なのに、真っ白な毒針は、だらりと垂れさがった触手のひだに隠れて見えなかった。オクゥはあたしの言葉の意味を嚙みしめているのか、あるいは、どうやってあたしを殺そうかと頭を悩ませているのか、わからない。しばらくするとオクゥは部屋を出ていった。数分後、心臓の鼓動が落ち着いてくると、あたしは妙なことに気づいた。しぼんでいたはずのオクゥの触手が、張りを取り戻したように見えたのだ。あんなにぐるぐるとまるまっていたのに、もうあまり曲がっていなかった。

オクゥは十五分後に戻ってきた。あたしはすぐに触手を確認した。見まちがいではなかった。触手はピンク色だが、まるまってはいない。偶然にあたしのオティーゼに触れたことで、変化が生じたのかもしれない。

「オティーゼとやらを少しくれ」オクゥは部屋にすべりこんできた。

「もうないわ！」あたしはパニックになった。オティーゼは大瓶ひとつぶんしか持ってきていない。いちどに作った量としては最大だ。惑星ウウムザ・ユニに着いてから赤い粘土を探して新たに作るまで、それで足りるはずだった。とはいえ、最適な粘土が見つかるとはかぎらない。そこは地球とは違う惑星なのだ。もしかすると、その惑星には粘土がないかもしれない。

入学準備をするあいだ、あたしはウウムザ大学に到達することだけを考え、ウウムザ大学がある惑星自体については、充分な時間をかけて調べることができなかった。知っていることといえば、地球よりずっと小さいが、地球に似た環境であるらしいこと、また、特別な服装や酸素マスクなどの類は必要ないようだということぐらいだ。でも、惑星上には、あたしの皮膚に害を及ぼすものが存在する可能性もある。オクゥにオティーゼをぜんぶ渡すわけにはいかない。オティーゼはヒンバ族の文化そのものなのだから。

「われわれの族長はヒンバ族について知っている。おまえは大量のオティーゼを持っているはずだ」

「本当にヒンバ族のことを知ってるなら、あたしからオティーゼを取りあげることは、あたしの魂を奪うことに等しい行為だとわかるはずよ」声がうわずった。オティーゼの瓶はベッドの下にある。あたしはオクゥに向かってエダンを突き出した。

しかし、オクゥはその場から動かなかった。わずかに曲がったピンク色の触手がぴくぴくしただけだ。

あたしは賭けに出てみた。

「オティーゼのおかげで治ったんでしょ？　その触手が」

オクゥは勢いよくガスを噴出し、また吸いこむと出ていった。

五分後、オクゥは五体の仲間を連れて戻ってきた。

「あの穢らわしい物体は何でできているんだ？」と、オクゥ。ほかの五体は無言で後ろに立っている。

まだベッドにいたあたしはベッドカバーの下に足を

もぐらせた。

「知らないわ。でも、以前、砂漠民の女性から聞いたところでは、〝神の石〟でできてるそうよ。あたしの父は、そんなものは存在しないって……」

「穢らわしい物体だ」と、オクゥ。

メデュースたちは部屋に入ってこなかった。そのうちの三体は大きな音を立て、くさいガスを噴出した。メデュースはこのガスを吸って呼吸する。

「その物体のおかげであたしは命拾いしたのよ。穢らわしくなんかないわ」

「メデュースにとっては有害だ」と、五体のうちの一体。

「あたしに近づきすぎたせいよ」あたしはそのメデュースを見すえた。「あたしを殺そうとしたせいだわ」

沈黙。

「おまえはどうやって、われわれと意思疎通しているんだ？」

「わからないわ、オクゥ」あたしは友だちと話しているかのように、名前を呼んだ。

「おまえの名は？」

あたしは上体を起こした。本当は、またすぐベッドに横になってしまいそうなほど疲れている。

「ナミブのビンティ・エケオパラ・ズーズー・ダムブ・カイプカよ」メデュースの名前が一語だけなのは、ヒンバ族と比べてメデュースの文化が単純だからなのではないかと言おうとしたが、もうそんな気力も体力も残っていなかった。

オクゥが近づいてこようとしたので、あたしはエダンを突き出した。

「近寄らないで！　どうなるか知ってるはずよ！」だが、オクゥはふたたびあたしを襲おうとはしなかった。触手がしなびはじめるほど近づこうともしなかった。

壁に作り付けの金属テーブルのそばで停止した。テーブルには、開けっぱなしのスーツケースと、水が入っていた容器がひとつ置いてある。

「何か必要なものはあるか？」と、オクゥ。そっけない口調だ。

あたしはオクゥを見つめた。何が必要だろう？　もう何も残っていない。

「水、食べもの」

あたしがそれ以上言うまもなく、オクゥは消えた。

あたしは窓にもたれかかり、船外の暗闇を見ないようにした。すぐ近くに、押しつぶされたドアが倒れている。あたしの運命の鍵はいまやメデュースたちに握られていた。あたしはあおむけになり、深い眠りに落ちた。これほど熟睡したのは地球を出てからはじめてだ。

煙のかすかなにおいで、あたしは目を覚ました。ベッドの上、すぐ鼻の先に皿があり、燻製（くんせい）した魚の厚切りがひとつのっていた。その横には水が入ったボウルがある。

エダンを両手で握りしめたまま身体を起こすと前かがみになり、いっきに水を飲み干した。次に、やはりエダンを握ったまま、左右の前腕を合わせて魚の切り身を挟み、前腕にのせた。切り身を上のほうに移動させ、前傾姿勢になってひとくちかじると、香ばしさと塩辛さが口いっぱいに広がった。この船のシェフは、魚に充分な餌をやって太らせると自由に交尾させ、それから寝かしつける。二度と覚めることのない眠りだ。風味づけの時間をとりながらも、肉質が壊れない程度の時間で調理する。まともなヒンバ族だったらそうするように、あたしは食べるまえに料理手順をシェフにたずねていた。シェフは全員がクーシュ族だった。クーシュ族はたいてい、いわゆる〝迷信的儀式〟は行なわない。だが、シェフといっても、みんなウウムザ大学の学生で、魚を寝かしつけることも含めて、そのような儀式をすると言っていた。あのとき、あたしはあらためてウウムザ大学へ進む道を選んでよかったと思った。

魚はおいしいが、骨が多かった。やわらかいがしっかりした長い骨が歯に挟まり、舌先で取ろうとしながら顔を上げると、戸口にメデューースが浮かんでいた。そのしなびた触手を見るまでもなく、オクゥだとわかった。あたしは驚いて息をのみ、魚の骨をのどに詰まらせそうになった。残りの魚を皿に戻して骨を吐き出し、声を出そうと口を開きかけたものの、ふたたび閉じた。

あたし、まだ生きてる。

オクゥはじっとして何も言わない。だが、あたしたちは青い数理フローでまだつながっていた。数秒が過ぎた。オクゥは空中に浮かんだまま、呼吸するたびにくさいガスを吐き出している。あたしは魚の食べかすを舌で掃除しながら、これが最後の食事かもしれないと考えていた。やがて、ふたたび左右の前腕で残った魚を挟むようにして口に運び、食事を続けた。

「ねえ」沈黙を破ったのは、あたしだった。「あたしたちヒンバ族の村は湖のほとりにあるの」オクゥを見る。反応はない。「ヒンバ族はその湖にいる魚をすべて知ってるのよ」あたしは話しつづけた。「湖で繁殖してる魚を捕まえては、こんなふうに燻製にしてるわ。ただし、食べるまえに骨をぜんぶ取りのぞくの」歯に挟まった骨を一本、引き抜いた。「ヒンバ族は魚を研究し、数学的に分析しつづけてきた。だから、どこに骨があるか、ぜんぶわかるの。魚の年齢や大きさ、性別に関係なく。食べるときは、身を崩さないように骨を取りのぞいてしまうの。とてもおいしいわよ！」骨だけになった魚を皿に置いた。「これもおいしかったけどね」ためらったが、付け加えた。「ありがとう」

オクゥは動かなかった。その場に浮かびながらガスを出しつづけている。あたしは立ちあがると、トレーが置いてあったカウンターに近づいてかがみこみ、そこにあったボウルの水も飲み干した。もうずいぶん力が戻ってきていて、きびきびと動けるようになっていた。ふいにオクゥの声がして、あたしは跳びあがった。

「おまえを殺してしまえたらいいのに」

あたしは躊躇（ちゅうちょ）しながら言った。

「母がいつも言ってるわ。〝わたしたちはみんな、多くを望みすぎる〟って」と、あたし。奥歯に挟まっている最後の食べかすを舌で取った。

「おまえはウウムザ大学のほかの地球人学生とは違う」と、オクゥ。「肌の色が黒いし……」大量のガスを噴出した。くさくて鼻が曲がりそうだ。「それに、おまえには〝オクオコ〟がある」

あたしは聞きなれない言葉に顔をしかめた。

「オクオコ?」

そのとき、あたしが目を覚ましてからずっと動かなかったオクゥが、はじめて動いた。からかうかのように長い触手を揺するので、あたしは思わず笑った。オクゥはすばやくガスをなんども吐き出すと、低く響く音を立てた。あたしは笑いが止まらなくなった。

「あたしの髪のこと?」と、あたし。ドレッドヘアの太い束を揺らした。

「そう、オクオコだ」と、オクゥ。

「オクオコ」と、あたし。癪（しゃく）だけど、その言葉の響きは気に入った。「どうして、この言葉だけはメデュース語のままなの?」

「さあな」と、メデュース。「ぼくの耳には、おまえの言葉がわれわれの言語に翻訳されて聞こえてくる。おまえがオクオコと言うなら、それはオクオコなのだ」いったん言葉を切った。「クーシュ族は、おまえがいま食べた魚の身と同じ色の肌を持ち、オクオコは持っていない。おまえは魚の皮と同じ、赤褐色の肌を持ち、小ぶりだがオクオコを持っている」

「地球人にもいろんな種族がいるのよ」と、あたし。「あたしたちヒンバ族が地球を離れることはまずないわ」数体のメデュースがドアに近づいてきて、押し合いへし合いしている。オクゥはさらに近づいてくると、大量のガスを吐き出し、吸いこんだ。こんどばかりは、あまりの悪臭にあたしは咳きこんだ。

「なぜ母星を離れたんだ？　おまえは種族のなかで、いちばん性悪（しょうわる）なんだろうな」

あたしはハッとして顔をしかめた。ベナ兄さんが言いそうなことだったからだ。ベナ兄さんとは三つしか歳が違わないのに、あまり仲がよくない。ベナ兄さんは怒りっぽく、クーシュ族の悪口ばかり言っている——あいつらはヒンバ族が作るアストロラーベなしでは生きられないくせに、ヒンバ族を不当に差別する……あの性悪どもが——と。そのわりに、クーシュ族の国へ行ったことはなく、クーシュ族の知り合いもいないのだ。クーシュ族に腹を立てるのはごもっともだが、クーシュ族を性悪だと決めつける根拠は何もない。

オクゥが若手のメデュースであることは、あたしにもわかった。ひどく短気だし……その点はあたしも同じだが。好奇心が旺盛だからかもしれない。あたしもメデュースだったら、この部屋にまっさきに駆けつけていただろう。あたしが好奇心を捨てなければ真の調和師師範（マスター・ハーモナイザー）にはなれないと、父は言う。でも、あたしはそうは思わない。好奇心を持って探究しつづけることこそが、技をきわめるための唯一の道だと考えている。オクゥもあたしと同じように、まだ若い。だから、命がけの行動を取ることで自分の実力を認めてもらおうとし、周囲もオクゥを止めないのだろう。

「あんたは、あたしのことなんか何も知らないくせに」と、あたし。身体が熱くなってきた。「この船は軍艦じゃないわ！　乗ってたのは教授たちよ！　学生たちなのよ！　みんな死んじゃったわ！　あんたたちに殺されたのよ！」

オクゥがくすっと笑ったように見えた。

「パイロットだけは殺さなかった」

なるほどと、あたしは思った。パイロットさえいれば船は予定どおりに惑星ウウムザ・ユニへと進みつづけ、大学のセキュリティ担当者は、まさか乗客が皆殺しにされたとは疑わない。メデュースは、まんまとウウムザ大学に攻めこむことができるだろう。

「われわれにとって必要なのはおまえではなく、パイロットだ」

「だから、この船はいまだに惑星ウウムザ・ユニへ向かう針路を維持してるのね」と、あたし。

「違う。この船は生き物だから、パイロットがいなくても航行は可能だ」と、オクゥ。「パイロットは、大学関係者に疑いを持たれないようにするための橋渡し役だ」言葉を切り、さらに近づいてきた。「わかったか？　最初からおまえなど必要なかったんだ」

オクゥの脅しが骨身にこたえた。足先から頭のてっぺんまで、鋭い痛みがいっきに駆け抜けてゆく。急に息苦しくなり、思わず口を開けた。これこそが死に対する本当の恐怖なのだ。あたしは最初、あきらめて死を受け入れようとしたが、それとは比べものにならない。身をそらし、エダンをオクゥに向けた。尻の下の赤いベッドカバーが血を思い出させた。もうどこにも逃げられない。

「おまえが生きていられるのは、その穢らわしい物体のおかげにほかならない」と、オクゥ。

「あんたのオクオコ、少し回復したんじゃない？」あたしはオクゥの触手を指さしながら、ぼそっと言った。「治療してあげましょうか？」うまく息ができない。オクゥが答えないので、さらにたたみかけた。「どうしてかって？　とくに理由はないけど」

「われわれを地球人と同じように治療できると思ってるのか？」と、オクゥ。腹立たしげな口調だ。「われわれは遊びや欲得のために殺戮を行なうわけではない。れっきとした目的がある」

あたしは顔をしかめた。欲得のためだか、れっきとした目的のためだか知らないが、あたしからすれば、どちらも似たようなものだ。

「おまえたちの大学の博物館に、われわれの族長の毒針が展示されている。めずらしい肉のようにな」と、オクゥ。あたしは眉をひそめたが、何も言わなかった。

「族長は……」間をあけて続けた。「族長は襲撃を受け、毒針を切断された。そこまではわかっているが、博物館に展示されることになった経緯はわからない。そんなことはどうでもいい。なんとしても惑星ウウムザ・ユニに上陸し、毒針を奪い返す。わかったか？　それがわれわれの目的だ」

オクゥは大量のガスを出し、立ち去った。あたしは、ぐったりとベッドに横たわった。

だが、その後もオクゥは水と食料を持ってきてくれた。あたしが食べたり飲んだりするあいだ、ずっとそばにすわっていた。たくさんの魚に、乾燥デーツが少しと、ポットに入った水。こんどは、あまりおいしいとは思えなかった。

「自殺行為よ」と、あたし。

「自殺行為って……何が？」と、オクゥ。

「あんたたちがやろうとしてることよ！　ウウムザ大学の武器学部地区では、学生も教授も全員が武器を研究したり、テストしたり、開発したりしてるの。あらゆる生命体の命を奪う武器よ。あんたたちの武器だって、そこで作られたかもしれないのよ！」

「われわれの武器は体内でのみ作られる」と、オクゥ。

「メデュース／クーシュ戦争であんたたちが使った電流兵器はどうなのよ？」あたしはたずねた。

オクゥは無言だ。

「自殺は意図的に死ぬことよ！」

「メデュースは死を恐れない」と、オクゥ。「むしろ称賛すべき行為だ。クーシュ族のやつらが二度とメデュースの名誉を傷つけないよう、目にもの見せてやる。

われわれは自分たちが払った犠牲を胸に刻み、勝利を祝うことになるだろう……」

「ひ……ひとつ提案があるわ！」あたしは大声で言った。声がうわずったが、かまわず続けた。「あたしに族長と話をさせて」金切り声になった。ショックと絶望と疲労が入りまじり、魚の味などわからない。あたしは立ちあがり、震える脚でオクゥに近づき、狂気じみた目を向けた。「まかせて。あたしは調和師師範よ。だからウウムザ大学へ行こうとしてるの。あたし以上にすぐれた調和師はいないわ、オクゥ。場所を問わずに調和をもたらせるわ」息が切れて苦しい。目がちかちかする。大きく息を吸いこんだ。「あたしが……あんたたちメデュースに代わってウウムザ大学と交渉するわ。ウウムザ大学の人たちは学があるから、メデュースの毒針の価値や歴史、象徴的意味など、いろいろと理解してくれるはずよ」確信はなかった。あたしにあるのは、将来の夢と……この船での経験だけだ。

「ぼくにとっても、おまえにとっても〝自殺行為〟だぞ」と、オクゥ。

「お願い」と、あたし。「族長を説得してみせるわ」

「族長は地球人を憎んでいる。地球人は族長の毒針を奪った。それがどういうことか、わかって……」

「オティーゼを瓶ごとあげるから」と、あたし。口がすべった。「オティーゼを全身に……オクオコにも傘にも塗れば、星みたいにきらきら光ったり、並はずれた能力が宿ったり、毒針で相手を刺す力もスピードもアップしたり……」

「刺すのは嫌いだ」

「お願い」あたしは食い下がった。「あたしの計画が成功したらどうなるか、想像してみて。あんたたちは一人の犠牲者も出さずに、族長の毒針を取り戻せるのよ。あんたは英雄になれるのよ」そしてあたしは生き延びることができる。

「英雄になることなど、どうでもいい」その言葉とは裏腹に、オクゥのピンク色の触手がぴくっと反応した。

　メデュース船が〈サード・フィッシュ〉号にドッキングした。あたしはキチン質でできた広い連絡通路を渡った。もう〈サード・フィッシュ〉号には戻ってこられないかもしれないと思ったが、その考えを打ち消した。

　メデュース船はひどいにおいだろう。あたしは酸素を補給するためのフェイスマスクを装着しているので、直接においを嗅ぐことはないが、悪臭がするに決まっている。メデュースに関するものすべてがくさい。あたしはさまざまなものに気を取られ、集中できなかった。素足の下のふわふわした感触の青い床。船内を満たしているひんやりとした気体。あたしがそれを吸いこむことはないけど、あたしの皮膚に有害なものではないと、オクゥが保証してくれた。緑や青やピンクのメデュースが、あらゆる面――床や高い天井や壁――を移動している。立ちどまっている者もいた。視覚器であたしをじっと見ているのかもしれない。あたしは両手で握りしめたままのエダンにも意識を向けた。エダンとは数理フローでつながれている。無数の方程式を思い浮かべたりもした。メデュースの族長を説得するには、利用できるものはなんでも利用しなければならない。

　案内されたのは、屋外かと思うほど広い部屋だった。広大な砂漠地帯で育ったあたしがこれを屋外と勘違いするはずはないのだが、この部屋がとてつもなく広いことはたしかだ。族長はほかのメデュースと比べて、とくに身体が大きいわけでも、色がカラフルなわけでもなかった。触手の数もとりたてて多くはない。族長を囲んで何体ものメデュースがいる。オクゥが族長の横にいなければ、あたしにはどれが族長なのか見分けがつかなかっただろう。

　エダンが発する数理フローは狂ったように四方に枝

を伸ばし、メデュースたちの言葉をあたしに伝えてくれた。あたしはこんな場所へ来てしまった自分のうかつさを呪った。族長にお目通りを願い出るなどとは、あたしだけでなくオクゥの命までも危険にさらしかねないことだと、オクゥに言われていたのに。あたしがメデュースの〝大いなる船〟に足を運んだのも、地球人を憎んでいる族長が〈サード・フィッシュ〉号におもむくことを嫌ったせいだ。

足もとの床はふわふわしていた。母がよく作ってくれたミルクプリンに、弾力のあるグミをぎっしり詰めたような感触だ。四方八方に電流を感じる。壁のなかに複雑な能動装置が埋設されていて、メデュースの多くはみずからの体内でそれを作動させているようだ。身体そのものに通信機能を備えた、〝歩くアストロラーベ〟ともいうべき者たちもいた。

あたしはフェイスマスクを調整した。フェイスマスクごしの空気は砂漠の花のにおいがした。このマスクを作ったのはクーシュ族の女性たちにちがいない。クーシュ族の女性は何にでも花の香りを付けたがる。それこそ私物にまで。このときばかりは、クーシュ族の女性に感謝したくなった。花の香りを吸いこみながら族長を見つめていると、急に砂漠の光景が頭に浮かんできたのだ。夜にだけ咲く甘い香りの花々に囲まれて、族長が空中に浮かんでいるように見えた。気が楽になった。故郷にいる感じはしない。故郷の砂漠では香りのない小さな花しか育たないから。それでも、少なくとも地球のにおいを感じた。

あたしはツリーイングを停止した。頭は冴えてすっきりしているはずなのに、なぜかボーッとしている。行動ではなく言葉で結果を出さなければならない。あたしに選択の余地はない。あたしはあごを上げ、オクゥに指示されたとおりに、ふかふかした床にひざまずいた。目の前に、〝大いなる波〟という意味の〝ムージュ＝ハ・キ＝ビラ〟を命じた本人がいる。こいつのせいで、あたしの友人たちも……あたしが恋心を抱きはじめていたヘルーも……ウウムザ大学の学生や教授も……みんな殺された。あたしはエダンを握ったまま、床に顔を押し当て、じっと待った。

「この者はナミブのビンティ・エケオパラ・ズーズー・ダムブ・カイプカと申します……〝大いなる波〟を生き延びた者にございます」と、オクゥ。

「ビンティとお呼びください」あたしは床に頭をつけたまま小声で言った。〝ビンティ〟なら短いし、〝オクゥ〟と同じく二音節からなっているので、族長にはなじみやすいだろう。

「面を上げるよう、小娘に伝えよ」と、族長。「その小娘のせいで、たとえわずかでも、この船が損傷することがあれば、まずはおまえを……そして、その小娘を処刑する」

「ビンティ」と、オクゥ。

「面を上げよ」

抑揚のない硬い口調だ。

あたしは目を閉じた。エダンからほとばしる数理フローがあたしのなかを駆け抜け、いたるところに到達した……あたしがすわっている床の下にまで。たしかに聞こえる。床の声が。床が歌っている。なにものにもとらわれず、楽しげに鼻歌を歌っている。あたしは上体を起こし、正座の姿勢になった。いままで胸をつけていた床を見ると、濃い青色のままだった。あたしは族長を見あげた。

「あたしたちヒンバ族はアストロラーベの開発者であり製造者です」と、あたし。「数学を応用して、アストロラーベ内部に数理フローを発生させるのです。とくにすぐれた者は、調和をもたらす才能に長け、姉の言葉を借りるならば、あたかも恋人どうしが抱擁するかのように原子を結合させることができます」あたしはハッとして目をしばたたいた。「だから、このエダンはあたしの力になってくれてるんだと思います！　あたし、これを見つけたんです。砂漠で。そこにいた未開人の女性が、これは大昔のテクノロジーの一部だと教えてくれました。〝神の石〟だそうです。当時はそんなこと信じなかったけど、今は信じられます。これを手にしてから八年がたちましたが、ようやくあたしのために機能してくれましたから」あたしは自分の胸を叩いた。「このあたしのために！　あなたがたは、あんな……あんなことをしたあと、あの船を乗っ取りました。そんな状況にいたあたしをエダンは救ってくれたのです。あなたがたの代わりにウウムザ大学と交渉させてください。これ以上の犠牲者を出さないためにも」

　あたしは頭を垂れ、エダンをお腹に押し当てた。これもオクゥの指示どおりだ。背後から何体ものメデュースの声が聞こえてくる。あたしはすでに一千回刺されていてもおかしくない。

「連中がわたしから何を奪ったか、知っているだろう？」と、族長。

「はい」あたしは頭を下げたまま答えた。

「わたしの毒針はメデュースの力そのものだ」と、族長。「連中はその大切なものを奪った。戦争行為以外のなにものでもない」

「あたしの計画を実行すれば、必ず毒針を取り戻せます」すかさず、そう言った。背中を刺されるのではないかと、思わず身がまえる。うなじに何かとがったものが突き立てられるのを感じた。下唇を噛み、叫び声を上げそうになるのを我慢した。

「おまえの計画を説明しろ」と、オクゥ。

　あたしは早口で話しはじめた。

「〈サード・フィッシュ〉号が無事に目的地に着陸したら、あたしはあなたがたの一人をともなってウウムザ大学へ行き……平和的に毒針を返還するよう交渉します」

「それでは、われわれが急襲を行なう余地がない」と、族長。「そなたは戦略というものを知らぬのだな」

「ウウムザ大学に乗りこんで大量殺戮を行なったら、間違いなく反撃され、あなたがたは皆殺しにされるでしょう」と、あたし。「うっ」うめき声を漏らした。うなじに突きつけられた毒針の先端にますます力がこもるのを感じた。「お願い、あたしはただ……」

「族長、ビンティは口のききかたを知りませぬ」と、オクゥ。「野蛮人ゆえ、どうかお目こぼしを。まだ若い娘でございます」

「こいつをどう信用しろと言うんだ？」族長のそばにいるメデューースがオクゥにたずねた。

「あたしが何をするとお思いですか？」と、あたし。痛みで顔をしかめた。「逃げだすとでも？」涙を拭った。拭っても拭っても、涙があふれてくる。この悪夢はまだ終わりそうにない。

「おまえたち地球人は身を隠すのがうまい」別のメデューースが嘲笑した。「とくにおまえみたいな女どもは」族長を含む数体のメデューースが触手を振り、傘を揺すった。笑っているのは明らかだ。

「ビンティにはエダンを下に置いてもらいます」と、オクゥ。

あたしは驚いてオクゥを見つめた。

「なんですって？」

「エダンを下に置け」と、オクゥ。「それで、おまえは丸腰も同然だ。そんなものを盾にして身を守っているかぎり、われわれの代弁者にはなれない」

「これがないと、あんたたちと対話できないのよ！」あたしは叫んだ。エダンはあたしのすべてなのに。

族長が一本の触手を鞭のようにピシッと鳴らすと、広い部屋にいたすべてのメデューースが動きを止めた。時間の流れが止まったかのようだ。凍りついたように、何もかもが停止した。あたしは周囲を見まわした。動く者はいない。あたしはゆっくりと慎重に、ずるずると前に数センチ移動し、背後のメデューースを振り返った。そのメデューースの毒針はまっすぐ、あたしのうなじに向けられていた。オクゥを見たが、オクゥは何も言わなかった。次に族長を見る。あたしは目を伏せた。頭を低くしたまま、思いきって、もういちど見た。

「さあ、どうする?」と、族長。

エダンはあたしにとっての盾だ。翻訳器でもある。エダンを握ったまま硬直している両手の筋肉をほぐそうとした。強烈な痛みが走った。三日間も握りつづけていたのだから無理もない。惑星ウウムザ・ユニまであと五時間。ふたたび両手をほぐそうとして、悲鳴を上げた。エダンの黒と灰色の割れ目の奥が脈打つように、明るい青色に光り、表面の輪模様や渦巻き模様を浮かびあがらせている。故郷の湖のほとりに生息する発光カタツムリのようだ。

左の人さし指がエダンから離れると、こらえきれずに涙があふれた。エダンが放つ青白い光のせいで、目の前がよく見えない。関節が悲鳴を上げ、筋肉が痙攣した。やがて、中指と小指が離れた。血の味がするほど唇を強く嚙みしめる。数回すばやく息を吸い、ぜんぶの指を同時にほぐした。すべての関節が〝ポキッ!〟と鳴った。頭のなかで千匹のスズメバチがブンブンいっている気がする。全身の感覚が麻痺(まひ)してしまった。ついにエダンが手からこぼれ落ちた。目の前を落下してゆくエダンを見て、笑いたくなった。自分で引き出した青い数理フローがすぐ前を踊り狂っている。混沌から生まれた調和とは、まさにこのことだ。

エダンはポトンと床に落ち、二度転がって止まった。あたしはみずから命を絶つような真似をしてしまった。頭が重くなり……何もかもが闇に包まれた。

メデュースたちの言うとおりだ。いつまでもエダンにしがみついていたら、メデュースの代弁者になどなれるはずがない。もうすぐ惑星ウウムザ・ユニに到着する。そこにはきっと、この世に存在するありとあらゆるものについて知っている者がいるだろう。エダンのことも、エダンがメデュースにとって有害であることも。エダンを手放さないかぎり、あたしは本物のメデュース大使として認めてもらえるはずがない。

死。故郷を離れたとき、あたしの心は死んだ。〈セブンの神々〉に祈りを捧げなかったせいかもしれない。それに、ヒンバ族の女性なら避けて通れない巡礼にも行かなかった。いずれ一人前の女性となって帰郷したら、必ず巡礼に出るつもりだ。家族のことも気になる。自分がやるべきことをやりとげたら、また家族の一員に戻れると思っていた。

でも、もう戻れない。メデュースのせいだ。メデュースはあたしたち地球人が考えているような種族ではない。正直で頭脳明晰。決断力もある。まるで鋭利な刃物のようだ。メデュースは信頼できる相手と信頼できない相手を見分けられる。あたしがメデュースの信頼を得るには、もういちど死んで生まれ変わるしかない。

荒れ狂う数理フローを引き出し、エダンへと導いた直後、あたしは背骨に毒針を突き刺された。激しい痛みを感じ、まもなく意識を失った。そして、あたしは離れた。メデュースから。あの船から。メデュース船は鼻歌を歌っていた。あたしのために。最後に頭に浮かんだのは家族のことだった。あたしの思いが家族に伝わるといいのだが。

故郷。実りの季節。砂漠の境界で大地のにおいを嗅いだ。もうすぐ雨が降る。そこは〈ザ・ルート〉のすぐ裏にあたる場所で、あたしはオティーゼの材料となる粘土を掘り出したり、ヤモリを追いかけたりした。ヤモリはここから二キロ先の砂漠地帯では生きられない。あたしは目を開けた。船内の自室のベッドの上だ。身につけているのは巻きスカートだけ。露出した肌は分厚く塗ったオティーゼのおかげで、なめらかだ。胸いっぱいに自分のにおいを吸いこんだ。故郷のにおい……

上体を起こした瞬間、何かが胸から股のあいだへと転がり落ちた。あたしはそれをつかんだ。エダンだ。ひんやりとした感触。くすんだ青色は何年も前から変わっていない。背中に手を伸ばす。メデュースに毒針を刺された部分が痛い。オティーゼの下の傷跡は、すでにかさぶたになっていた。窓の湾曲部分に置かれたアストロラーベで宙図を確認し、しばらく窓の外をながめていたが、やがてぶつぶつ言いながら、ゆっくりと立ちあがった。何かが足に当たった。オティーゼを入れた瓶だ。エダンを置いて瓶を拾いあげ、両手で握りしめた。オティーゼはもう半分も残っていない。あたしは声を上げて笑い、服を着ると、ふたたび窓から外をながめた。一時間後に惑星ウウムザ・ユニに着陸する。すばらしいながめだ。

誰もあたしの部屋に来なかった。いつ、何をすればいいかは、あたしには伝えられないままだ。あたしは窓辺の黒い着陸用座席にすわって安全ベルトを装着し、眼前に広がる景色に目を見張った。太陽はふたつあり、ひとつはとても小さく、もうひとつは大きいが、惑星ウウムザ・ユニからの距離はちょうどいい。惑星のどの場所においても、夜より昼のほうがはるかに長いのに、砂漠はほとんどない。

あたしはアストロラーベを双眼鏡モードにし、惑星を拡大して見た。地球と比べると、とても小さな惑星だ。水が占める部分は三分の一だけで、陸地は、青、緑、白、紫、赤、白、黒、オレンジと、さまざまな色が混在していた。平らな場所もあれば、雲に届きそうなほど隆起している場所もあった。〈サード・フィッシュ〉号の真下にはオレンジ色のエリアが広がっているが、緑のエリアや青みがかった灰色のエリアもところどころに見える。緑は、樹木の茂る広い森や小さな湖、灰色は高層建築物群だ。

大気圏に突入した瞬間、耳がキーンとなった。空がピンクがかった色に変わりはじめ、次に濃いオレンジ色になった。あたしは火球と化した船のなかから外を見ている。船は大気を引き裂きながら突き進んだ。振動はあまりないが、船が熱を発していることはわかった。目的地に到着したら、〈サード・フィッシュ〉号は重力に適応するために脱皮することになる。

船は空を降下し、とてつもなく美しい高層建築物群をめざした。これと比べると、地球の建物がとても小さく思える。降下しながら、あたしは豪快に笑った。ぐんぐん落下してゆく。待ち伏せしている軍艦はいなかった。着陸すると、あたしは興奮を抑えきれずに笑みを浮かべた。しばらくして、用済みになったパイロットは殺されてしまうのだろうかと、心配になった。そのことをメデュースたちと話し合っておけばよかった。あたしは安全ベルトをはずし、パッと立ちあがろうとして床に倒れた。脚が鉛のように重い。

「どういうこと……？」

耳ざわりな音がした。最初は低いゴロゴロという音にしか聞こえなかったが、しだいに怒りを帯びたような声に変わっていった。あたりを見まわす。一体の化け物が部屋に入ってこようとしている。あたしはそれがオクゥであることに気づいた。オクゥが発している言葉の意味も理解できた。

あたしはオクゥに言われるままに、両脚を胸に引き寄せ、膝を抱えてすわった。つづいて、ベッドの側面をつかんで身体を引きあげ、ベッドに腰をおろした。

「あわてるな」と、オクゥ。「おまえたち地球人は〝ジャデヴィア〟に適応するまで時間がかかる」

「重力のこと？」あたしはたずねた。

「そうだ」

あたしはゆっくり立ちあがった。一歩踏み出してオクゥを見てから、オクゥのそばを通り過ぎ、戸口へ向かった。オクゥのほかには誰もいない。

「ほかのメデュースたちは？」

「食堂で待っている」

「パイロットは？」と、あたし。

「パイロットも食堂にいる」

「生きてるの？」

「ああ」

あたしは安堵のため息をつくと、ハッとして動きを止めた。オクゥの声の振動を肌に感じる。これがオクゥの本当の声なのだ。オクゥの声を周波数として耳でとらえられるだけでなく、オクゥが話しながら触手を震わせているのを目で確認できた。触手の動きが意味するところも理解できた。いままでは無意味な動きにしか見えなかったのに。

「あたしが背中に刺されたのは毒針だったの？」と、あたし。

「違う」と、オクゥ。「あれは別のものだ。おまえなら、わかるだろう。おまえは、その——調和師とかいうものなんだから」

わからなくてもいい。とにかく今は。

「あんたの触手……」と、あたし。「あんたのオクォコは……」まるまっていたはずの触手がぴんとなっている。まだピンク色だが、ほかの触手と同じように半透明になっていた。

「おまえにもらったオティーゼの残りは病人の治療に使った」と、オクゥ。「われわれは、おまえたちヒンバ族のことを一生忘れないだろう」

話を続けるうちに、オクゥの声がしだいにやさしくなってきた。あたしは、さらに一歩踏み出した。

「準備はいいか？」と、オクゥ。

もちろんだ。エダンを持たなくても、もう大丈夫。

まだ重力に適応できず、身体に力が入らないが、ぐずぐずしてはいられない。メデュースがウウムザ大学当局に自分たちの到着をどんな形で知らせるつもりなのかわからないけれど、何か考えがあるにちがいない。さもないと、こんな昼のいちばん明るい時間帯に下船することなどできないだろう。

オクゥと族長が部屋へやってくると、あたしはすぐに計画を理解した。二人を追って通路を進む。惨劇の舞台となった食堂は通らなかったので、ほっとした。だが、食堂の入口の前を通り過ぎるとき、メデュース全員がなかに集まっているのが見えた。おびただしい数の遺体はすでになく、椅子とテーブルは広い部屋の片隅に積みあげられていた。まるで嵐が去ったあとのようだ。メデュースたちの半透明なひだや触手のあいだから、パイロットのものとおぼしき赤い制服がちらりと見えたが、それが本当にパイロットかどうかはわからなかった。

「自分の言うべきことはわかっておるよな」と、族長。質問ではなく、断定する口調だ。脅しにも聞こえる。

あたしは、上質の絹でできたとっておきの赤いシャツと巻きスカートを身に着けていた。ウウムザ大学ではじめて講義を受ける日のために買ったものだが、今日のこの機会にこそふさわしいと思ったのだ。肌にオティーゼを塗りなおし、ドレッドヘアには少し多めに塗り重ねておいた。ドレッドヘアを手のひらで転がすようにしてヘビのようになめらかな手ざわりを確かめていたとき、地球を離れたときよりも髪が三センチほど伸びていることに気づいた。こんなに伸びるとは不思議だ。太くて硬い暗褐色の髪をうっとりとながめてから、赤いオティーゼを塗りこんだ。頭皮がひりひりし、頭痛がしてきた。疲れているせいだろう。オティーゼまみれになった両手を鼻に近づけると、故郷のにおいがした。

数年前の夜、何人かの少女とともに塩水湖へ行き、オティーゼをぜんぶ洗い流してしまったことがある。終わったときは夜中になっていた。あたしたちはたがいの姿を見つめ合い、とんでもないことをしたと震えあがった。こんなところを男性に見られたら、あたしたちの人生は終わりだ。親に知れたら、平手打ちぐらいではすまないだろう。家族や知人は、あたしたちの頭がどうかしたと思うにちがいない。そうなったら、もう一生結婚できないかもしれない。

でも、後悔の念よりも、いい意味での……衝撃のほうが大きかった。太いドレッドヘアの束が月光のなかで黒く浮かびあがり、濡れた肌は暗褐色にきらめいていた。つややかに。オティーゼを落とした肌にじかに感じるそよ風が、最高に気持ちよかった。そんなことを思い出しながら、髪の伸びた部分にオティーゼを塗りこんだ。いまオティーゼをすべて洗い流したら、どうなるだろう？　ウウムザ大学の人たちはヒンバ族を見たことがないから、オティーゼを塗っていようといまいと違いに気づかないんじゃないか？　しかし、その数分後にオクゥと族長が部屋に来たため、オティーゼを洗い流す時間はなくなった。それに、ウウムザ大学にはヒンバ族について調査し、熟知している人がいるはず。オティーゼを塗っていないあたしを見たら、イカれてると思うだろう。ヒンバ族女性にとっては裸同然なのだから。

とにかく、そんな事態は避けたい——オクゥと族長の後ろを歩きながらあたしは思った。船の出口で二人の兵士が待っていた。二人とも地球人だ。なんのためにここに立っているのだろう？　本で見た写真のとおり、青一色のカフタン（前開きの長いガウン。トルコ人などが着る民族衣装）を着ており、靴ははいていない。

「先に行け」族長はうなるように言い、あたしの後ろにまわると、太くなめらかな一本の触手であたしの背中をそっと押した。あのとき毒針を刺された部分だ。痛みが走り、あたしは思わずぴんと背筋を伸ばした。族長は耳がむずむずするようなやさしい声で付け加えた。「堂々としていろ、小娘」

兵士二人とメデュース二体に前後から挟まれる形で、

あたしは生まれてはじめて地球以外の惑星に降り立った。頭皮はまだひりひりするが、それも地球から遠く離れた場所にいるせいだという気がした。船を降りてまず気づいたのは、空気のにおいと重さだ。緑の葉が密生するジャングルのようなにおいがした。〝水分〟をたっぷり含んだ空気は、〈サード・フィッシュ〉号の植物でいっぱいの呼吸室とまったく同じだ！

兵士に案内されて開放的な黒い通路を進みながら、あたしは口から思いきり空気を吸いこんだ。背後から、メデュースがガスを出したり吸いこんだりする音が聞こえてくる。船内にいたときと違って、控えめな音だが。前方に巨大な建物が見えてきた。宇宙港だ。

「ウウムザ大学の管理部へお連れします」兵士の一人が完璧なクーシュ語であたしに言った。兵士はメデュースたちを見あげると、不安げに眉をひそめた。「このかたたちの言葉は……わたしには理解できません。あなたは、おわかりになりますか……」

あたしはうなずいた。

兵士は二十五歳ぐらいに見えた。肌はあたしと同じ暗褐色だが、ヒンバ族の男性と違って、肌には何も塗っておらず、髪は短く剃ってある。とても小柄で、頭ひとつぶん、あたしより背が低い。

「高速シャトルにお乗りいただきますが、よろしいですか？」

あたしは振り返り、オクゥと族長のために通訳した。

「ここの連中は原始的だな」と、族長は言ったが、結局、族長もオクゥもシャトルへの搭乗に同意した。

壁も床も水色の部屋だ。開いた大きな窓から日光と暖かいそよ風が入ってくる。大学の各学部から一人ずつ、十人の教授が集まっていた。すわっている者、立っている者、空中に浮かんでいる者、長いガラステーブルの陰にかがんでいる者、とさまざまだ。四方に壁を背にして青い制服姿の兵士が並んでいる。制服といっても、布とはかぎらない。肌色そのものが青い者もいれば、青い光に包まれている者もいた。あまりに多彩な種族がいるので、あたしはなかなか精神を集中できなかった。でも、集中しなければ、さらなる犠牲者が出る。

教授たちを代表して話すことになった異星種族を見て、あたしは笑いをこらえた。砂漠民の神に似ていたからだ。クモに似た灰色の身体が風のように波打っている。そのクモ型異星種族は小声で話しはじめた。あたしのいる位置からは少し距離があるのに、耳もとでささやかれているかのように、はっきり聞き取れる。しかも、メデュース語だ。

クモ型異星種族はまず自己紹介した。〝ハラス〟と聞こえた。

「あなたがたの言い分をお聞きしましょう」

その瞬間、全員の視線があたしに注がれた。

「みなさん、あたしのような地球人を見たのははじめてでしょう。あたしの生まれ育った土地は砂漠地帯で、近くに小さい塩水湖があります。飲用に適した真水は手に入りにくく、貴重なので、身体を洗うためには使いません。花から採取した油と赤い粘土を混ぜたオティーゼを肌に塗り重ねることで、清潔を保っています」

地球人教授の何人かがたがいに顔を見合わせ、くすっと笑った。一体の大きな昆虫型異星種族も、大あごをカチリと鳴らした。あたしは憤然として顔をしかめた。地球ではクーシュ族から屈辱的な扱いをなんどもうけたが、地球人以外の種族に侮辱されたのははじめてだ。だが、ある意味、そのおかげで気が楽になった。場所が違っても、人なんてものは、しょせん似たり寄ったり。教授もただの人ってことだ。

「あたしは生まれてはじめて両親のもとを離れました。地球はもちろん、生まれ育った街を出たこともありませんでした。航宙船に乗り、暗い宇宙空間に旅立って数日後、パイロットをのぞく全員が――その多くはあたしの目の前で――メデュースに殺されました。メデュースは、あたしたちヒンバ族を奴隷扱いしている地球の民族と敵対関係にあります」間を置き、教授たちが充分に理解するのを待って言葉を続けた。「みなさんも本物のメデュースを見たことはなかったでしょう。遠くから……観察するのがせいぜいだったはずです。わかります。あたしにとっても、本のなかでしか知らない存在でしたから」一歩前へ出た。「なかには、武器博物館に展示されているメデュースの毒針をまぢかで観察した教授や学生もいらっしゃるかもしれませんが」

何人かの教授が目を見かわした。ささやき合う者もいれば、何をしているのか、あたしにはわからない者もいた。話しているうちに落ち着いてきて、あたしは数学によって引き起こされた瞑想状態におちいった。

気がつくと涙がこぼれ落ちていた。〈サード・フィッシュ〉号で起こった一連の出来事を話した。ヘルーの胸がぱっくり開いたこと……食料をひっつかんで部屋にこもり、死を待つだけの時間を過ごしたこと……エダンのおかげで殺されずにすんだが、なぜエダンにそんな力があるのかはわからないこと……

オクゥのこと……そして、あたしのオティーゼがどうやって、あたしを救うすべとなりえたのか。メデュースの冷徹さ、集中力、凶暴性、ユーモアのセンス、傾聴力についても話した。意識的に考えたり理解したりした覚えのないことも、たくさん口にした。こんな言葉を知っていたのかと、われながら驚くような言葉がいくつも出てきた。話はついに最終段階に入り、どうすればメデュースを納得させ、誰にとっても痛手となる流血の惨事を避けられるのかを説明した。

きっと教授たちはあたしの考えに同意してくれるだろう。なにしろ、あたしには想像もつかないほど教養のあるかたたちだ。思慮深く、洞察力があり、団結力と自立性を合わせ持っている。メデューースの族長が進み出て、自分の意見を述べはじめた。怒気を含んでいるが、説得力のある口調で正論をぶつけている。

「そう簡単には返してもらえないかもしれぬが、われわれには毒針を取り戻す権利がある。理由なく非道な手段によって奪われたものだからだ」

族長が話しおわると、ガラステーブルについていた教授たちは席を立ち、あたしとオクゥと族長がいる前で平然と、一時間以上にわたり内輪の議論を続けた。

あたしたちはじっと待った。この連中と違って、ヒンバ族の長老たちは冷静かつ物静かで、なにごとも内密に話し合う。それはメデューースの母星でも同じらしく、オクゥは触手を怒りに震わせながら言った。

「なんていいかげんなやつらだ」

「正しい判断をしてもらいたいものだな」と、族長。

あたしたちのすぐそばで教授たちはどなり合ったり、バカ笑いをしたり、触角を鋭く動かしたり、話を聞けと言わんばかりに耳ざわりな音を立てたりと、大騒ぎだ。身体の大きさがあたしの頭ほどしかない教授がそのあいだを飛びまわり、灰色に光るクモの巣を作りはじめた。クモの巣が教授たちの頭上へゆっくりと垂れさがってゆく。こんな狂気じみたやりかたで、あたしの生死にかかわる決断をしようとしているとは、嘆かわしい。

断片的に聞こえてきたところでは、メデューースの歴史や行動様式、〈サード・フィッシュ〉号のメカニズム、族長の毒針を奪った学者たちについて議論しているようだ。オクゥと族長は空中に浮かんでいるため、待つことが苦にならないようだが、あたしは立っていられなくなり、青い床にへたりこんだ。

ようやく議論が終わり、教授たちはふたたび席についた。あたしは立ちあがった。心臓がバクバクして手のひらが汗ばんでいる。ちらっと族長を見ると、よけいに落ち着かない気分になった。族長のオクオコが小刻みに震え、ギラギラした濃い青色になっていたせいだ。オクゥに視線を移す。オクゥのオクオコは緊張していないものの、白い毒針がのぞいている。襲う気満々だ。

ウウムザ大学の学長であるクモ型種族のハラス教授が二本の前脚を上げ、メデュース語で言った。

「ウウムザ大学を代表して、わたくしどもの一部の学者があなたの毒針を不当に奪ったことを陳謝します、族長どの。当事者を見つけ出し、除名、追放いたします。格式高い標本を博物館に展示することは、当大学にとって非常に名誉なことであります。しかしながら、所有者の許可なく展示するべきではありません。当大学は、名誉、尊敬、英知、知識にもとづいて行動することをモットーとしております。ただちに毒針をお返しいたします」

脚の力が抜け、あたしはまたしても床にへたりこんだ。頭が重くて、ひりひりする。考えがまとまらない。

「ごめんなさい」誰かに背中を支えられ、思わず自分が生まれたときから話している言語で言った。オクゥだった。

「大丈夫」あたしは言い、両手を床について立ちあがろうとした。しかし、オクゥはあたしの背中に触手を押し当てたままだ。

ハラス学長が言葉を続けた。

「ビンティ、あなたはヒンバ族の誇りです。わたし個人としては、ぜひとも当大学に迎え入れたいと考えています」脚の一本で、すぐ横のクーシュ族とおぼしき地球人女性を指し示した。女性は首から爪先までのボディラインがはっきりわかる緑色の服を着ていた。

「こちらはオクパラ教授。数学担当です。落ち着いたら、あなたは彼女の講義を受け、彼女とともにエダンの研究をすることになるでしょう。オクパラ教授によると、あなたはエダンを使って、ありえないことをやってのけたそうですね」

あたしが答えようとすると、オクパラ教授が片手を上げ、それをさえぎった。

「当大学からひとつお願いがあります」と、ハラス学長。「オクゥをここに残していっていただけませんか。メデュース初の学生として、ウウムザ大学とメデュースの良好な関係を示す存在として、さらには、人類とメデュースが平和協定を更新した証として」

後ろでオクゥのうなり声がして、族長が口を開いた。

「たったいま、生まれてはじめて、自分の信念を揺るがす事実に気づいたところだ。人類の巣窟であるはずのウウムザ大学がこれほど誠実で、先見の明があるとは、思ってもみなかった」族長はいったん言葉を切り、ふたたび続けた。「オクゥのことは相談役と話し合って結論を出すとしよう」

族長の口調は喜びにあふれていた。あたしにはそう聞こえた。あたしはまわりを見まわした。ヒンバ族はあたし一人。自分が歴史的な存在の一部であることを感じると同時に、どうしようもない孤独感に襲われた。あたしの説明を聞いたら、家族はすべてを理解してくれるだろうか？　あたしが殺されそうになったことや、こんなに遠くにいること、家族を捨てて〝人生最大の失敗〟をおかすはめになったことを知ったら、もうあたしの話なんか聞いてくれないかもしれない。

あたしは笑みを浮かべ、ふらふらと立ちあがった。

「ビンティ」と、オクパラ教授。「どうするつもりなのかしら？」

「どういう意味ですか？」と、あたし。「もちろん、数学と数理フローを研究したいと思っています。新型のアストロラーベも作りたいし、エダンの研究もしたい。それから……」

「わかったわ」と、オクパラ教授。「その気持ちに偽りはないだろうけど、故郷のことはどうするの？　戻るつもりはあるの？」

「もちろんです」と、あたし。「ゆくゆくは地球に帰って……」

「あたくしはヒンバ族を注視してきたわ」と、オクパラ教授。「ヒンバ族ははみ出し者を嫌うんでしょ？」

「あたしははみ出し者じゃありません」と、あたし。内心、いらだっている。「あたしは……」妙なものが目にとまった。いつもならあたしの髪はオティーゼの重みで背中に垂らす形になっているが、立ちあがった拍子に一束だけ肩に乗っかったようだ。肩の前側に触れている感覚があり、自分の目で見ることもできた。


　あたしは顔をしかめた。動く気になれなかった。気づいたときには瞑想状態に入り、必死にツリーイングを行なっていた。しばらく身をまかせた。風に舞う砂のように、頭のなかで方程式が乱れ飛ぶ。周囲の音は聞こえていて、兵士たちが部屋を出てゆくのも見えた。教授たちは席を立ち、種族ごとにコミュニケーションの方法は違うが、会話を交わしている。オクパラ教授だけは、あたしを直視していた。

　あたしは肩にかかった髪の束をゆっくりと持ちあげ、顔に近づけた。オティーゼをこすり落とすと、その束が光を放った。その色は、地球の晴れわたった空のように……オクゥたちメデュースの肌のように……ウムザ大学の兵士の制服のように……鮮やかな青だった。半透明で、しなやかな弾力がある。頭のてっぺんを手で押してみる。いつもと同じ感触……たしかに手が触れているのを感じた。ひりひりする痛みはもうない。だが、あたしの髪はもはや、ただの髪ではなくなっていた。瞑想状態に入ったまま、突然、耳鳴りがして、息づかいが荒くなった。服を破り捨て、全身を確認したい。あの毒針がもたらした変化がほかにないか？　あるいは毒針のせいではないかもしれない。毒針を刺されたら、あたしの身体は内側から引き裂かれていただろう。ヘルーのように。

「そこだけだ」と、オクゥ。「あとは何も変わってない」

「あたしがメデューース語を理解できるのは、これのおかげ?」あたしは力なく言った。瞑想状態に入っていると、ひんやりとした暗い穴のなかから、遠い地上に向かってそっとささやきかけるような口調になる。

「そうだ」

「なんのために?」

「おまえはメデューース語を理解する必要があった。そのためには、こうするしかなかったんだ」と、オクゥ。

「そなたがメデューースの大使であって捕虜ではないことを、この教授たちに示す必要もあった」と、族長。

少し間を置いてから言葉を続けた。「船に戻る。オクゥのことを決めるためにな」立ち去ろうとして、また戻ってきた。「ビンティ、そなたはメデューースにとって永遠の英雄でありつづけるだろう。わたしは運がいい。そなたにめぐりあえたのだから」

あたしは立ちつくした。自分の身体が自分のものじゃないような奇妙な感じだ。瞑想状態に入っていなかったら、悲鳴を上げていただろう。つくづく遠くへきてしまったものだ。

遠く離れた青い惑星から来た部族民の女性が、生まれながらに備わった数学的調和の才能と古来の魔法により、テロリスト集団メデューースから大学を守った——そのニュースは数分以内に惑星ウウムザ・ユニじゅうに知れわたった。地球の辺鄙な〝未開の〟地からウウムザ大学に入学する者はめったにない。〝部族民〟とは、そのような地で暮らす民族の称だ。

それから二日間、あたしはオティーゼを塗った肌と奇妙な髪に対する人々の驚きのまなざしを感じ、自分が異質な存在であることを思い知らされた。オクゥに対する反応はまた違っていた。オクゥを見ると、みんな急に態度を変え、そそくさと逃げてゆく。危険な存在だとみなされても無理はない。オクゥは、これまで恐怖の的でしかなかった好戦的なメデュースの一員だからだ。オクゥはこの状況を楽しんでいたが、あたしは静かな砂漠を見つけて、心安らかに勉強したかった。「誇り高き英雄は怖がられるものだ」オクゥは言い張った。

数学部地区から三時間の場所にある武器学部地区は、どの通りも人でにぎわい、石造りの平屋の建物が所狭しと立ち並んでいた。これらの建物の真下には、それぞれの建物を逆さにした形の地下建造物が八百メートル以上にわたって伸びている。そこで何が発明され、テストされ、はたまた破壊されているかは、ごく一部の大学関係者しか知らない。

あたしとオクゥは武器学部地区の資料室で、がらんとした部屋を見つめた。族長の毒針が展示されていた場所だ。二日前、教授たちとの話し合いのあと、あたしとオクゥと族長はこの部屋に案内された。そのとき付き添ってくれたのは、子どものように小さな緑色の男性だった。頭髪の代わりに根っこのようなものが何本も生えていた。あとで知ったことだが、武器学部地区の主任教授だそうだ。その男性教授が、分厚い透明なクリスタルでできた一・五メートル四方のケースを開けてくれた。毒針はクリスタル板の上に置かれていた。まるで氷でできた牙のようだ。

族長はゆっくりとケースに近づき、オクオコを伸ばした。オクオコが毒針に触れた瞬間、青みがかったガスを大量に吐き出した。毒針がふたたび身体の一部になると同時に、族長の全身の色が青から透明に変わった。あの光景は一生忘れられそうにない。毒針を押しこんだ部分だけは、青い線が残ったままだった——この傷跡を見るたびに族長は、ウウムザ大学の地球人たちが研究と学問のためにおかした罪を思い出すのだろう。

その後、メデュースたちは〈サード・フィッシュ〉

号で、大気圏外にいる自分たちの船に戻ることになった。族長が〈サード・フィッシュ〉号に乗りこむ直前に、あたしはオクゥの頼みで、族長の前にひざまずき、族長の毒針を膝にのせた。ずしりと重く、氷の板をのせているような感じがした。その先端は空間を切り裂くことができそうなほど鋭い。あたしは青く残った傷跡に少量のオティーゼを塗りこんだ。一分後に拭い取ると、傷跡は消えていた。ついに族長の身体は完全な無色透明になった。オティーゼはメデュースにとって魔法の治療薬だ。まだメデュースたちには、あたしがオクゥにあげたオティーゼが瓶に半分残っている。オクゥは、偉大なるウウムザ大学で学ぶ初のメデュースとなるだろう。メデュースたちは、ここに到着したときとは打って変わって、幸せそうに去っていった。

あたしのオティーゼについては後日談がある。数週間後、クラスメートをはじめとした人々のあたしに対する異常なまでの反応は、ようやくおさまりはじめた。今は、じろじろ見るか、こそこそ噂話をするか、どちらかだ。そのころ、オティーゼの残りが底をついてきた。こうなることは何日もまえからわかっていたので、市場で、甘い香りのする同じ化学組成の油を見つけて買っておいた。周辺の洞窟地帯に生育する黒い花から採れる油だ。だが、地球と同じ粘土は簡単には見つからない。あたしの寄宿舎からそう遠くない場所に森があった。にぎやかな通りを抜け、講義棟のひとつを通り過ぎたあたりだ。その森に入ってゆく人を見たことはないが、小道が奥へと続いていた。

ある日の夕方、暗くなるまえに森へ向かった。周囲の視線を無視して急ぎ足で歩きつづけた。さいわい、あたしが森の入口に近づくにつれ、人影は減っていった。あたしの持ちものはアストロラーベを入れたショルダーバッグ、ナッツ一袋。両手には、ひんやりとした感触の小さなエダン。エダンを握りしめ、広い道路から小道へ入る。たった数歩踏みこんだだけで森にのみこまれ、暗くなりかけていた空はもう見えなかった。肌に塗ったオティーゼが薄くなっているので、裸で歩いている気分だ。

顔をしかめ、一瞬ためらった。故郷にこんな場所はない。うっそうと茂った木々、葉、ブンブンいう小さな生き物。そのすべてに息をのんだ。地面に目を落とす。そこ——サンダルをはいた自分の足もと——に、探し求めていたものを見つけた。

その夜、オティーゼを作った。材料を混ぜ、翌日、強い日差しのなかに置いた。一日じゅう、大学へは行かず、食事もとらなかった。夕方、寄宿舎へ戻ってシャワールームに入った。ヒンバ族が水で身体を洗うことはめったにないが、シャワーを浴びた。髪に、顔に、流れ落ちる水を感じながら、涙をこぼした。故郷の名残がすべて洗い流されてゆく。この水は水路を流れ、寄宿舎の外の木々をうるおすのだろう。

全身を洗いおわると、勢いよく流れつづけるシャワーの水から離れ、立ちつくした。ゆっくりと手を伸ばし、オクオコに変わってしまった〝髪〟に触れる。弾力があり、濡れてぬるぬるしていた。背中に触れたオクオコはやわらかく、なめらかだ。頭を振り、オクオコを激しく揺らした。はじめてオティーゼがぜんぶ落ちた気がした。

目をつぶり、この惑星に来てからはじめて〈セブンの神々〉に祈りを捧げた。両親とご先祖さまにも祈った。目を開ける。そろそろ家族に連絡するべきときだ。

シャワールームの外をそっとのぞいた。五人の地球人学生がほかのシャワールームを使っている。ちょうど一人の男子学生が出てくるところだった。男子学生がいなくなるのを待って巻きスカートをつかみ、シャワールームを出た。スカートを腰に巻き、大きな鏡に自分の姿を映す。長い時間、見つづけた。褐色の肌ではなく、髪の毛だったはずのものを。オクオコは青みがかった半透明で、先端に濃い青色の斑点がある。生まれつきのものであるかのように頭から生えている。とても自然で、見た目は悪くない。もとの髪より少しだけ長く、尻の下あたりまで伸びている。太さは大きめのヘビと同じくらいだ。

オクオコはぜんぶで十本。もう家族の暗号を示す模様は編みこめない。一本つまむと、ちゃんと触覚があった。髪の毛みたいに伸びるのだろうか？　これは本当に髪の毛だったのか？　オクゥに訊いてもいいが、まだ何も訊く気になれない。今はまだ無理だ。急いで自分の部屋に戻ると、日差しのなかにすわり、自然乾燥させた。

十時間後、あたりが暗くなったころ、オティーゼの仕上がり具合を見るときが来た。ケースはあらかじめ市場で買っておいた。脱皮した外骨格でできており、非ヒューマノイドの学生が小遣い稼ぎのために売っているものだ。もとはオクゥの触手のように半透明だったのだろうが、赤く染められていた。そのなかに、作りたてのオティーゼを詰めてある。ほどよい粘度があり、もう使える状態に見えた。

右手の人さし指と中指を合わせ、オティーゼをすくい取ろうとして、躊躇した。突然、不安になった。液体石けんのようにさらさらだったら、どうしよう？　森で取ってきたものが粘土じゃなかったら？　または、石みたいにカチカチだったら？

手をひっこめ、深呼吸した。まんいち、この惑星でオティーゼを作れなければ、あたし自身が……変わるしかない。オクオコの一本に指を触れた。行きたくない場所へ行けと、頭のなかの声に命令されている気分だ。胸がつぶれそうに痛い。二本の指をオティーゼのなかにつっこみ、オティーゼをすくって肌に塗りこんだ。涙が流れた。

オクゥの寄宿舎を訪ねた。ガスが満たされたこの巨大な球体で生活する者たちをなんと呼べばいいのか、いまだにわからない。植物が壁を這い、天井から垂れさがっているだけの、だだっ広い空間だ。個室はなく、どこかオクゥに似た異星種族が広い床を歩いたり、壁をのぼったり、天井に張りついたりしている。あたしが正面入口に来ると、なぜかオクゥはいつも数分以内に球体から出てきてくれる。外気に適応しなおすために大量のガスを排出するのも、いつものことだ。

「元気そうだな」と、オクゥ。あたしたちはいっしょに歩道を歩いた。二人とも、この歩道が気に入っている。透明度の高い温かな海水がもたらす風が、下から立ちのぼってくるからだ。

あたしはほほえんだ。

「とても気分がいいわ」

「いつ作ったんだ?」

「この二日間で」と、あたし。

「よかった」と、オクゥ。「塗りなおしたんだね」

オクゥは一本のオクオコを上げた。

「ぼくは黄色い電流を研究していた。あるクラスメートの体内テクノロジーに使えないかと思ってね」と、オクゥ。

「まあ」あたしは言い、オクゥの焼けただれた皮膚を見た。

あたしたちは立ちどまり、激しい勢いの水流を見おろした。新しいオティーゼが完成したときは自然な仕上がりにほっとしたが、これで大丈夫なのかと不安になってきた。ここからが本当のテストだ。自分の腕からオティーゼを少し拭い取り、オクゥのオクオコを手に取る。オティーゼを塗りおわるとオクオコから手を放し、安堵のため息をついた。あたしたちはあたしの寄宿舎へ引き返しはじめた。地球から持ってきたオティーゼは、オクゥや族長の治療に効果を発揮した。これからも多くのメデュースを救うだろう。ヒンバ族が作ったオティーゼには、あたしの祖国の土が混じっている。このオティーゼがあるからこそ、メデュースはあたしを尊重してくれる。でも、地球から持ってきたオティーゼはもう残っていない。あたしは以前のあたしじゃない。もはや完全なるヒンバ族とも言えない。オクゥは、こんなあたしのことをどう思うのだろう？

　あたしの寄宿舎の前で立ちどまった。

「おまえの考えていることはわかる」と、オクゥ。

「あんたたちメデュースがどんな種族かは知ってるわ」と、あたし。「誇り高く、頑固なくらい意志が強くて、伝統を重んじる種族よ」急に悲しくなってきた。片手で顔をおおい、すすり泣いた。その手の下のオティーゼの感触を確かめながら。「でも、あんたはあたしの友だちになった」顔から手を放すと、手のひらがオティーゼで赤くなっていた。「ここでは、あたしにはあんたしかいない。どうして、こうなったかはわからないけど、あんたは……」

「家族に連絡して、力になってもらえよ」と、オクゥ。

　あたしは眉をひそめ、オクゥから離れた。

「冷たいことを言うのね」小声で言った。

「ビンティ」オクゥはガスを吐き出した。笑っているしるしだ。「おまえがメデュースにとっての特効薬を持っていようといまいと、ぼくがおまえの友人であることに変わりはない。おまえと知り合えたことを誇りに思っている」オクゥはオクオコを揺らした。火傷をした一本だけが小刻みに震えている。それとシンクロするように、あたしのオクオコの一本が震えだし、あたしは悲鳴を上げた。

「どういうこと？」あたしは叫び、両手を上げた。

「戦いをへて、ぼくらは仲間になったということさ」と、オクゥ。「長い歴史のなかで、こんな形でわれわれの仲間になったのは、おまえがはじめてだ。メデュースは地球人が嫌いだからな」

　あたしは微笑した。

　オクゥは火傷した触手を上げた。

「明日、また見せてね」と、あたし。新しく作ったオティーゼが本当に効いたかどうか自信がない。

「明日になっても変わらないよ」と、オクゥ。

オティーゼを拭い取ると、火傷の痕は消えていた。

あたしは自分の部屋で静かにすわり、エダンをながめながら、アストロラーベで家族にメッセージを送った。外は暗い。空を見あげる。あまたの星々のなかでピンク色に輝いているのが地球だ。最初に返信してきたのは母だった。

第二部　故　郷

「ファイブ、ファイブ、ファイブ、ファイブ、ファイブ、ファイブ、ファイブ」あたしは数字の5（ファイブ）の呪文をつぶやいた。すでにツリーイングの状態にあり、強風で巻きあげられた砂粒のように、無数の数字が周囲を乱れ飛んでいる。胸のときめきに似た衝撃が走った。関節を鳴らしたときのような……ストレッチをしたときのような……心地よい痛みがある。深い瞑想状態に入り、身体が温かくなってきた。肌に塗ったオティーゼの土の香りと、全身を駆けめぐる血のにおいがする。

いつのまにか目の前から講義室が消え、畏怖（いふ）の表情を浮かべたオクパラ教授の顔も見えなくなった。あたしはエダンを両手で握りしめていた。星形の突起が手のひらに食いこんでいる。

「どうしちゃったの？」小声で言った。エダンの感じがいつもと違う。手を開いた。数学によって引き起こされた瞑想状態に入っていなければ、エダンを落としていただろう。落としてはならないことにさえ気づかなかったかもしれない。

まっさきに頭に浮かんだのは、六歳のころに砂漠で見た光景だった。団子状にかたまったアリの大群が砂丘を転がり落ちていたのだ。砂漠のアリは、そうやって高いところから低いところへ移動する。あたしは駆け寄り、波打つように動く〝アリ団子〟をまぢかで見た。あまりの気持ち悪さに、思わず悲鳴を上げた。今、あたしのエダンがあのときのアリ団子のように、激しくのたくり、エダンを構成する三角形のいくつもの金属片が、急激な方向転換をしながら、左右の手のひらのあいだを行ったり来たりしている。あたしが呼び出した数理フローが金属片のあいだを縫って、イモムシ（ワーム）のごとく、くねくねと伸びてゆく。オクパラ教授の指導のもと、ここ二カ月で習得した新しいテクニックだ。オクパラ教授はこれを〝虫食い穴（ワームホール）〟フローと呼ぶ。形状が似ているせいでもあるが、ワームホール計量理論を使わなければ呼び出せないからでもある。

〝深呼吸するのよ〟——自分に言い聞かせた。エダンがバラバラになってしまう。あたしが呼び出した数理フローのせいで。いますぐ止めないと、もうもとに戻らないかもしれない。心のどこかでそう思いつつも、口をぽかんと開け、気持ちが落ち着く数字の5（ファイブ）の呪文をふたたび唱えた。

「ファイブ、ファイブ、ファイブ、ファイブ、ファイブ」とにかく深呼吸するのよ、ビンティ。何かが通り過ぎていったかのように、空気がふわりと顔をなでた。

まぶたが重い。目を開けていられない……

……あたしは宇宙空間にいた。無限の暗闇。無重力。宇宙空間を飛びまわり、惑星の環を上へ下へと通り抜けた。環を形作るもろい金属の塵（ちり）が、石つぶてのように叩きつけてくる。唇に塵が当たるのを感じながら、息をしようと口を少し開けた。空気がないのに息ができるの？　その不安をかき消すように、身体の奥から力がみなぎり、胸のなかで花開いた。肺がいっぱいに押し広げられ、満たされてゆく。緊張が解けた。

「おまえは誰だ？」誰かの声がした。あたしの部族の言葉だ。しかも、その声はあらゆる方向から聞こえてくる。

「ナミブのビンティ・エケオパラ・ズーズー・ダムブ・カイプカ、それがあたしの名前よ」あたしは答えた。

一瞬の間（ま）。

相手の反応を待った。

「それだけか」声が言った。

「それだけよ」と、あたし。いらいらした口調になった。「それがあたしの名前よ」

「違う」

怒りがこみあげてきた。自分でも意外だった。だが、ありがたいとも思った。自分の本当の名前に気づくことができたのだから。その名を叫ぼうとしたとき……


……あたしはもとどおり、講義室にいた。オクパラ教授の前にすわっている。あのとき、あたしは怒りを感じた。どうして、あんなに怒っていたんだろう? 〈セブンの神々〉につかえる巫女なら不浄だと言いかねないほどに、荒々しく激しい怒りだった。ふいに、触手みたいなあたしのオクオコの一本がぴくぴくした。まさに第二の太陽が沈もうとするところだ。その輝きが第一の太陽の光と溶け合い、部屋をピンクとオレンジが混ざり合ったえもいわれぬ色合いに染めてゆく。惑星ウウムザ・ユニの先住民族が〝ントゥ・ントゥ〟と呼ぶ色だ。ントゥ・ントゥとはこの惑星に生息する昆虫の名で、その卵は暗闇で美しいオレンジピンクのやわらかな光を放つという。

エダンが日差しを浴びて輝いた。網の目のように張りめぐらされた数理フローのなかに、すべての金属片が対称に並ぶ形で、あたしの前に浮かんでいる。これほどまでにエダンがバラバラになったのははじめてだし、意図してそうなったわけでもない。たしかに、あたしは、三角形どうしの境目に数理フローを張りめぐらせることによって、エダンそのものとの意思疎通を図ろうと試行錯誤を続けてきた。オクパラ教授によると成功例は多いようで、あたしもエダンの発する言葉を耳にしたいと思っている。だが、急に不安がよぎり、頭が真っ白になった——そもそも、このエダンをもとに戻せるのか？

そのとき、各金属片がゆっくりと、かつ、整然と、ひとつになりはじめた。完全に一体化すると、足もとにポトリと落ちた。〈セブンの神々〉よ、感謝します。

エダンを包みこむ数理フローの青い光と、ントゥ・ントゥ色のまぶしい陽光が、オクパラ教授のしかめっつらを照らし出した。オクパラ教授は地球に昔からあるノートと鉛筆の愛用者で、ごつくて太い鉛筆を一心不乱に走らせている。オクパラ教授お手製のこの鉛筆の材料は、数学部の敷地に生えているタマリンドに似た木の枝だ。

「あなた、木から落ちたでしょ」オクパラ教授は顔も上げずに言った。〝木から落ちる〟とは、ツリーイングの状態から、いきなり、われに返るという意味だ。

「どんな感じだった？　ようやくエダンが自分から秘密を明かす気になってくれたみたいね」

「エダンが自分から？　じゃあ、今のは失敗じゃなかったんですか？」

オクパラ教授はそれには答えず、鉛筆を走らせながら、ひとりでくすくす笑った。

あたしは顔をしかめ、頭を振った。

「よくわからないけど……いつもとは違っていました」唇を噛んだ。「何かが違っていました」顔を上げたオクパラ教授と目が合った。一瞬、自分が教授の教え子なのか、ただの研究対象なのか、わからなくなった。

数理フローが消えるのを待って、目を閉じ、〝$f(x)=f(-x)$〟という方程式を思い浮かべ、気を落ち着けた。エダンに触れる。よかった、もとに戻って。

「大丈夫？」と、オクパラ教授。

魔法の呪文を唱えたはずなのに、頭ががんがんしはじめ、煮えたぎる熱湯のように激しい怒りが押し寄せてきた。

「ああもう、わかりません」額をさすり、ますます顔をしかめた。「起こるはずのないことが起こったんです。何かがあったんです、オクパラ教授。どう考えても変でした」

　オクパラ教授は笑いだした。またも怒りがこみあげてきて、あたしは歯を食いしばった。こんなに激怒するなんて、あたしらしくない。でも、最近はこんなことがよくある。しかも、ツリーイングをしているときにかぎって。そんなことがありうるの？　何もかもが気に入らない。だが、地球標準時でかれこれ一年以上、オクパラ教授とともに研究を続けてきたからには、そろそろ覚悟を決めるべきだ——不測の事態に対処するには、あらゆるエダンを研究するしかないのだ、と。どこの惑星で見つかったエダンだろうと関係ない。

「なにごとにも犠牲はつきものよ」と、オクパラ教授は言う。どのエダンにも、それぞれの役割があり、目的もそれぞれ違う。あたしは〈サード・フィッシュ〉号でエダンを盾に、メデュースから身を守った。メデュースに対してエダンが凶器になりうるからこそ、オクゥはあたしとオクパラ教授のセッションには姿を見せないのだ。でも、エダンはあたしにとっては有害でもなんでもない。あたしのオクオコがたまたまエダンに触れたこともあるが、平気だった。あたしの身体の一部がメデュースになっても、あたしが人間であることに変わりはないようだ。

「エダンが分解しためずらしい例だわ」と、オクパラ教授。「噂には聞いたことがある。見たことはないけど。よくやったわね」

　オクパラ教授の口調は冷静だった。見たことないのに、どうして、あたしが間違ったことをしたみたいな反応をするんだろう？　あたしはむっとしたが、鼻の穴をふくらませ、落ち着こうとした。だめよ、こんなの、あたしらしくない。またしてもオクオコがぴくぴくした。間違いなく、オクゥが戦闘態勢に入ってる。

電流が走ったかのように、ゾクゾクする怒りがこみあげ、あたしは跳びあがった。オクゥの戦いの相手は誰だろう？

平静を装って言った。

「教授、急用ができたので、失礼していいですか？」

オクパラ教授が鉛筆を走らせる手をぴたりと止めた。眉をひそめて、あたしを見ている。オクパラ教授はタマジクト語族だ。タマジクト語族と仕事上の取引がある父によると、一般的に口数は少ないが毒舌だという。あくまで一般論なので一概には言えないが、オクパラ教授には当てはまる。いまだって、このしかめっつらの陰で何を考えているか、わかったもんじゃない。でも、あたしは行かなきゃならない。いますぐに。

オクパラ教授は片手を上げ、ひらひらと振った。

「行きなさい」

あたしは立ちあがった拍子に、後ろにあった鉢植えにぶつかりそうになり、気まずい思いでリュックを取りにいった。

「気をつけて」と、オクパラ教授。「あなたは弱いんだから」

リュックを引き寄せ、オクパラ教授の気が変わらないうちに教室を出た。オクパラ教授が数学部の主任教授をつとめているのは、だてじゃない。あたしとはじめて会った日にはもう、何もかも予測がついていたのだろう。だが、あたしが〝気をつけて〟というひとことの本当の意味に気づいたのは、ずっとあとのことだった。

あたしはソーラー・シャトルのステーションにいた。第二の太陽が沈む時間帯とあって、シャトルはフルチャージされ、パワーも充分にちがいない。ヘビに似た細長い形をしているが、オクゥほどの大きさの種族でも五十人は余裕で収容できる。外殻は、森に生息する巨大生物の抜け殻でできており、とても強靭で、衝突しても傷ひとつ付かないという噂だ。〝危機一髪〟と呼ばれる滑走路には、シャトル・ステーション横の巨大食虫植物が分泌する緑色のオイルが塗られ、すべりをよくしてある。

このステーションに来るたびに、化け物みたいに大きな黒い食虫植物が口を開けて待っている気がして、恐ろしくなる。それに、食虫植物のまわりにただよう、あのいやなにおい。はじめてステーションに来た日、血のにおいかと思い、ひどく動揺した。しばらく呆然とプラットフォームに立ちすくんでいると、ふいに、いまわしい記憶が鮮明にフラッシュバックした。飛び散った血の生々しいにおい。〈サード・フィッシュ〉号の食堂で起こった惨劇。あとで知ったことだが、あたしはパニック発作を起こしたらしい。

結局、その日はシャトルに乗らなかった。それから数週間は、ホバリング・バスなど、スピードは出ないが短距離の移動に適した交通機関を利用していた。でも、時間がかかりすぎることに耐えられなくなり、ふたたびソーラー・シャトルにチャレンジしようと覚悟を決めたのだ。鼻をつまみ、口呼吸しながら乗りこんだことを覚えている。シャトルが動きだすと、いやなにおいはしなくなった……。

先住民の女性があたしのアストロラーベをスキャンした。大きな青い目を細め、小さな鼻ごしに軽蔑の目であたしを見ている。このシャトルを頻繁に利用しているあたしとは、なんども顔を合わせているくせに。それこそ、あたしのスケジュールまで把握しているかもしれない。女性はあたしのオクオコの一本を人さし指でぴんとはじいた。あたしの頭より大きい手だ。そして、指に付いたオティーゼをこすり落とすと、シャトルの入口を身ぶりで示した。

あたしは地球人サイズの乗客専用の区画へ向かい、大きな丸窓のそばのいつもの席にすわり、安全ベルトを締めた。シャトルのスピードは時速八百キロから千六百キロのあいだで、そのときのチャージ状態によって違ってくる。このシャトルはフルチャージされているので、十五分後には武器学部地区に到着するだろう。オクゥは自分の先生を殺そうとしている。まにあえばいいのだが。

　家一軒ぶんほどの超巨大エレベーターのドアが重々しい音を立てて開くと同時に、あたしは飛び出した。サンダルばきの足でオフホワイトのなめらかな大理石の床をドタバタと走り、広い部屋に駆けこんだ。天井が高く、まるみを帯びた壁で囲まれている。分厚い大理石の壁一面に歯のような形をした切れこみが入っていた。あたしは咳きこんだ。胸が焼けつくようだ。目の前に、ラベンダー色のガスを吐き出しながら、ワンが立っていた。オクゥのような垂れさがるほど長い触手はないが、見た目は、あたしの故郷の湖にいるクラゲを巨大化した感じだ。あたしはオクゥに会うためになんどもここへ来たことがあるので、ワンとは顔見知りで、ワンがメデュース語を話せることも知っていた。

「ワン、オクゥはどこ？」あたしはメデュース語で訊いた。

　ワンはガスをひと吹きし、廊下を示した。

「あっちだ」と、ワン。「デーマ教授の前で、ジャラールを相手に武器のテストをしてる」

　あたしはその意味を理解し、息をのんだ。

「ありがとう、ワン」

　だが、ワンはエレベーターのほうへ向かったあとだった。あたしは巻きスカートを足首の上まで引っ張りあげ、廊下を走りだした。右にも左にも銀河系のさまざまな宙域出身の学生がいて、それぞれ今学期の課題である防衛兵器の最終プロジェクトに取り組んでいた。

　オクゥはボディ・アーマーを、オクゥと親しいジャラールは電流を研究している。

　オクゥとジャラールはクラスメートで、寄宿舎も同じ。プロジェクトも、密接に連携を取り合って進めている。今日は、ウウムザ大学武器学部教育要綱にしたがって、たがいを実験台にして、おのおのが製作した武器をテストすることになっていた。武器学部の学生たちが切磋琢磨して研究に打ちこんでいるのは、非常に興味深い。でも、あたしの専攻している数学が調和を土台とする学問でよかったとも思う。オクゥはオクゥであるがゆえに、武器学を学ぶことに喜びを感じている。集中力と冷徹なまでの誇りを持ち、伝統を重んじる姿勢は、いかにもメデュースらしい。問題は、メデュースのオクゥと、クーシュ族のデーマ教授が憎み合っていることだ。メデュースとクーシュ族は宿敵どうしで、何世紀もまえから殺し合いを続けてきた。部族間の反目は惑星ウウムザ・ユニでも続いている。ここ一年間で消えかけていた憎悪が、今日になって再燃したというわけだ。

あたしが実験室に到着したとき、金属製のボディ・アーマーをまとったオクゥは、白く鋭い毒針をデーマ教授に向けていた。一方のデーマ教授は大型銃を両手で持ち、不敵な笑みを浮かべている。最終テストとは、このようなものではないはずだ。

「オクゥ、何やってるの？」と、ジャラール。メデュース語だ。オクゥの横に立ち、カマキリみたいな鉤爪で、火のついた松明のようなものをつかんでいる。

「教授を殺す気!?」

「これで終わりにしようぜ」オクゥがメデュース語で言った。すごみのある口調だ。

「あんたたちメデュースは敬意のけの字もないのね」と、デーマ教授。クーシュ語だ。「どうして、あんたなんかがウウムザ大学に入学できたのか、理解に苦しむわ。ちっとも言うことを聞かないんだから」

「きさまこそ、ぼくをこきおろしやがって。今学期が終わるまではと思って耐えてきたんだ。きさまを殺す。クーシュ族はウウムザ大学の面汚しだよ」と、オクゥ。

あたしの肺が悲鳴を上げた。オクゥが戦闘開始の合図代わりに、大量のガスを吐き出しているせいだ。オクゥが思いとどまらなければ、部屋じゅうにガスが充満するだろう。デーマ教授も涙目になり、咳を我慢している。まさしくオクゥの思うつぼだ。オクゥは、デーマ教授の苦しむ顔を見て楽しんでいるのだ。あたしはとっさにオクゥの前に身を投げ出し、床につっぷした。目の前にオクオコが見えた。ボディ・アーマーのすぐ下に垂れさがっている。あたしはオクゥを見あげた。あたしの頬に触れた触手はだらりと力が抜けて、やわらかかった。オクゥはあたしの捨て身の行動を理解してくれたようだ。

「オクゥ、あたしの話を聞いて」あたしはクーシュ語で言った。この大学に来て以来、クーシュ語と、ヒンバ族の言語であるオティヒンバ語をオクゥに教えつづけてきたが、オクゥはそのどちらの言語の響きも気に入ってくれない。オクゥにとってはメデュース語にまさる響きを持つ言語はないのだろう。そのうえ、オクゥは空気中で呼吸するためにチューブを装着している。オクオコからガスを吐き出しつつ、そのチューブを通して発声するのは難しく、違和感があるようだ。クーシュ語で話しかけたら、オクゥが気を悪くすることはわかっていた。それでも、オクゥの注意を引くには、そうするしかないと思った。

あたしは数理フローを引き出し、地球にいたときには経験がないほどすばやくツリーイングの状態に入った。この一年間、オクパラ教授からたくさんの教えを受けてきたおかげだ。あたしのオクオコがむずむずした。数理フローによってオクゥのオクオコとつながれている。突然、またも、あの激しい怒りを感じた。心の奥底から、はっきり非難する声が聞こえてきた。

「不浄よ、ビンティ、あんたは不浄だわ!」怒りを抑えようと歯を食いしばる。だが、我慢しきれなかった。自分でも驚くほど明瞭で大きな声が出た。あたしはクーシュ語で叫んだ。「やめなさい！　いますぐに！」自分のオクオコが逆立ち、故郷の砂漠でよく見る交尾中のヘビのように、のたくっているのがわかる。今のあたしは発狂した魔女のように見えるにちがいない。自分でもそう思う。

　たちまちオクゥは毒針をおろし、ガスを吐き出すのをやめ、あたしから離れた。

「そこを動くな、ビンティ。ぼくのボディ・アーマーに触れたら死ぬぞ」

　デーマ教授も銃をおろした。

　静寂。

　あたしは床に横になったまま動かなかった。頭のなかを数字がぐるぐる回転し、数理フローは依然として、この惑星でたった一人の親友とあたしをつないでいる。ようやく、部屋全体を支配していた緊張が解け、あたしの全身から力が抜けた。いつやってくるともわからない奇妙な怒りがおさまったとたん、安堵の涙がこぼれ落ちた。広々とした実験室には大勢の学生がいて、固唾をのんで見つめている。この学生たちの口から噂が広がれば、今回の一件は地球人学生にとっても、それ以外の学生にとっても、注意喚起のメッセージとなる。あたしのことがどんなに好きでも、みんなまた、あたしと距離を置くようになるだろう。

　オクゥと親しいジャラールが自分の武器を置き、飛びのいた。デーマ教授は銃を床に投げ捨て、オクゥを指さして言った。

「あんたのボディ・アーマーだけは評価するわ。ボディ・アーマーと製法を記したデータを残して、出ていきなさい。ただし、大学を一歩出たら、もう教授でも教え子でもない。敵どうしとして、どっちかが死ぬまで戦うことになるわ。もちろん、死ぬのはあんたのほうだけどね」

　オクゥがメデューズ語でデーマ教授に悪態をついたが、声が低すぎて、あたしには聞き取れなかった。あたしがオクゥの非礼を注意するまもなく、デーマ教授は投げ捨てた銃をつかみ取り、オクゥに向けて発砲した。ドーンと壁を揺るがす音がして、学生たちはいっせいに逃げだした。オクゥを残して。オクゥは身長二・七メートル、幅一・五メートルだが、オクゥのすぐ左にそれよりも大きな穴が開いていた。大理石の大小の破片が床に崩れ落ち、塵が舞いあがった。

「その程度かよ。たいしたことないな」オクゥがクーシュ語で言った。触手と傘を震わせているのは、笑っているしるしだ。

数分後、オクゥとあたしは武器学部地区の〈第五逆さタワー〉を出た。あたしにはひどい耳鳴りと頭痛が残ったが、オクゥのほうは〈防護服101〉の最終プロジェクトにおける優秀賞を確約された。

地上に出ると、あたしはほこりまみれになった顔を拭(ぬぐ)いながら、オクゥを見て言った。

「あたし、地球に帰らなきゃ。巡礼を終わらせたいから」ほこりといっしょにオティーゼをこすり落としてしまったので、空気をじかに感じる。寄宿舎に戻ってシャワーを浴びたら、オティーゼを塗りなおそう。オクオコにはとくに丁寧に時間をかけて、たっぷり塗り重ねることになる。

「どうして？」と、オクゥ。

あたしが穢(けが)れたのは、生まれ故郷を離れたせいだ。帰郷して巡礼をやりとげたら浄化されるにちがいない。〈セブンの神々〉もあたしをお許しになり、あたしはこの不快な怒りから解放されるはず――もちろん、そう心のなかで思っただけで、オクゥには話さなかった。あたしは無言で頭を振り、〈第五逆さタワー〉の真上にある原っぱに足を踏み入れた。水分をたっぷり含んだ栗色のやわらかな植物が密生している。ときどき、ここへ来て、この植物の上にすわり、故郷の湖でいかだに乗ったときみたいなふわふわした感覚を楽しんでいる。

「ぼくも行くよ」と、オクゥ。

あたしはびっくりしてオクゥを見た。

「たとえ地球行きの航宙船に乗れたとしても、クーシュ族の空港に着陸することになるのよ。クーシュ族はきっと、あんたを……」

「平和協定がある」と、オクゥ。「ぼくはメデュース大使として行くつもりだ。メデュース／クーシュ戦争勃発以来、メデュースが地球を訪れた例はない。平時にはじめて訪れるのがぼくというわけだ」オクゥは傘の内側から低い単調な声を発し、さらに付け加えた。「でも、クーシュ族が戦争をしかけてきたら、受けて立つ。きみがオティーゼをかき混ぜるみたいに、連中をひっかきまわしてやる」

あたしはうなるように言った。

「その必要はないわ。平和協定があるんだから、それで充分なはずよ。ウウムザ大学が今回の旅を承認してくれるとしたら、なおさらにね。いいわ、ついてきても」あたしは笑みを浮かべた。「あたしの家族に会えるわよ！　あたしが育った場所や市場を案内したいし……うん、いいアイデアだわ」

オクパラ教授も了承してくれるだろう。調和師（ハーモナイザー）が調和をもたらしたのだから。オクパラ教授によると、数学部の優秀な学生が在学中になしとげるべき十の功績があるという。メデュースと敵対関係にあったクーシュ族の土地へオクゥを連れてゆくことは、功績のひとつになるはずだ。あたしが巡礼の準備としてなすべき〈偉大なる功績〉にもなるだろう。

地球人、いつも人々を楽しませてくれる者たち

二週間後、あたしはトランスポーターのスイッチを入れ、心のなかで祈った。故郷の大地に宿る〈セブンの神々〉に、遠く離れた惑星からの祈りは届くのだろうか？ 届くと信じたい。〈セブンの神々〉は同時に複数の場所に存在し、すべての場所に恩恵をもたらすことができるのだから。故郷へ帰ろうとしているヒンバ族のあたしを、守ってくれないはずがない。

　だが、トランスポーターはうんともすんとも言わない。あたしは息を切らして突っ立ったまま、コイン大のその平たい石を見つめた。キャスター付きの頑丈なキャリーバッグを押してエレベーターに乗り、寄宿舎のロビーを突っ切って、やっと外へ出たのに、このざまか。ソーラー・シャトルのステーションまで、でこぼこした岩だらけの道を一キロ弱も歩かなければならない。航宙船での旅のまえに新鮮な空気を味わえると思ったが、このままトランスポーターが作動しなければ、それどころじゃなくなる。重たいキャリーバッグを自力で押してゆくなんて、絶対にごめんだ。膝をつき、もういちど人さし指でスイッチに触れる。

　反応なし。

　強く押した。こんなことしても無駄だとわかっている。このスイッチはプッシュ式ではなく、指紋認証式だからだ。

　やっぱり反応はない。

　顔が熱くなり、小声で毒づいた。後ろに片足を振りあげ、トランスポーターを思いきり蹴飛ばす。トランスポーターは茂みのなかへ。あたしはあんぐりと口を開けた。自分の行動に驚いたのと、ざまあみろという

気持ちが半々だ。茂みに駆け寄り、葉をかき分けて、あちこち捜した。あの小さな物体が見つかることを期待して。

「何やってんの？　船に乗るまえに泥だらけになっちゃうわよ」誰かの声がした。あたしは背後から両肩を強くつかまれ、やさしく引き戻された。クーシュ族のハイファだった。オクゥと同じく、武器学部の学生だ。

「わたしにまかせて」

「シャトル・ステーションまで運んでくれるの？」あたしは笑いながら言った。

「一日じゅう勉強してたから、そろそろ運動しなきゃと思ってたところよ」と、ハイファ。ごく薄い素材でできた淡いグリーンのボディスーツが、すらりと長い手脚の筋肉を際立たせている。スーツに縫いこんだクリップに、アストロラーベが固定してある。あたしはハイファを含め、同じ寄宿舎のほぼすべての学生のアストロラーベをデザイン的にも機能的にもカスタマイズした。ハイファのアストロラーベは磨きあげた金属のように輝き、熟考型のハイファに合わせて作動するよう調整してある。

ハイファはあたしよりずっと背が高いうえに、楽に身体を動かしつづけるコツを知っている。初対面のとき、あたしのオクオコについてあれこれたずねたあと、自分の身の上話をしはじめた。男の身体を持って生まれてきたが、心は女なのだという。十三歳のときに性転換手術を受けて身も心も女になったことを、後日、打ち明けてくれた。あたしは背中に毒針を刺されただけでメデュースの仲間になったが、それと比べると長い時間を要したと、冗談めかして言っていた。「でも、だから、こんなに背が伸びたのよ」と、ハイファは胸を張った。

ハイファの毎朝の日課は、何キロかジョギングしてから、材木をかついで材木置き場へ運ぶことだ。

「異星種族と競い合うことで、すっかり鍛えられたわ」ハイファは言い、あたしのキャリーバッグに近づいた。「武器学部にいると、地球人の弱さを思い知らされるの。それに、あなたには借りがあるわ」自分のアストロラーベを身ぶりで示した。

ハイファはあたしの返事も聞かずに、キャリーバッグを押しはじめた。あたしはハイファの後ろ姿を目で追いながら、額（ひたい）のオティーゼを人さし指で拭（ぬぐ）い取り、膝をついて、その指を惑星ウウムザ・ユニの赤い土にねじこんだ。「感謝します」そっとつぶやくと、ショルダーバッグをつかみ、濃いオレンジ色のつややかな長い巻きスカートに押しつけるようにして、ハイファを追いかけた。

「ご家族はあなたの新しい髪形を気に入ると思う？」と、ハイファ。キャリーバッグを押しながら、岩だらけの道を進んでゆく。あたしたちが通り過ぎたあと、大きな多肉植物の枝が一本なぎ倒されていた。

「これは髪じゃないのよ」と、あたし。「実は——」

「いいの、わかってる」ハイファはぐるりと目をまわした。「メデュースにあんなことされて平気だなんて、信じられないわ。身体の一部がメデュースになっちゃったのよ。死ぬよりはましかもしれないけど」

あたしはくすっと笑った。

「はるかにましよ」

「ところで、なんで急に地球に戻る気になったの？」と、ハイファ。

あたしはとくに大きな石を飛び越えた。

「ちょうどいいタイミングだと思ったからよ」

ハイファはキャリーバッグを押しながら、肩ごしにあたしを振り返った。

「なぜ、あの化け物は手伝いにこないの？　あなたが地球に帰ることは知ってるんでしょ？」

あたしはあきれ顔で言った。

「オクゥとは発着港で合流することになってるのよ」

「あいつが学期末試験でトップの成績を取ったのも、

納得いかないわ。デーマ教授に報復したって聞いたわよ」

あたしは笑い、ハイファに置いていかれないよう小走りになった。

「耳にしたことぜんぶを信じる必要はないわ」

「ほんとのことを聞きたければ、デカい銃を持ち歩いて脅すしかないわね」ハイファはキャリーバッグをひと押しした。

ハイファはふいにキャリーバッグを抱えあげ、残り百メートルを全力ダッシュした。シャトル・ステーションの前にバッグを置くと、華麗にバク宙をして、楽しげに空中を舞い、ぴたりと着地した。プラットフォームでシャトルを待つ数人が口笛を吹いたり、発光したり、触手を叩き合わせたりと、おのおののやりかたで称賛を送った。ハイファは観衆に向かって仰々しくお辞儀し、ようやく追いついたあたしに「すごいでしょ」と自慢げに言った。

カマキリに似た身長六十センチほどの異星人が二本のたくましい前脚で拍手し、朗々とした声で言った。

「地球人。いつも人々を楽しませてくれる者たちだ」

ソーラー・シャトルが到着し、緑色の油を塗った滑走路にすべりこむと、待ちかねた五人の乗客が乗りこんでいった。あたしは食虫植物の血のようなにおいを嗅がないよう鼻をつまみ、最後に乗りこんだ。ハイファがキャリーバッグを運びこんでくれた。あたしを力強くハグすると、昇降口付近の大きな丸窓からミサイルのように飛び出していった。これ以上は待てないとばかりにシャトルが動きはじめたのは、その直後だった。

「オクゥのクソ野郎によろしくね！」ハイファは叫んで駆けだし、ほんの一瞬、シャトルと並走した。

「わかった」と、あたし。

「気をつけてね、調和師師範（マスター・ハーモナイザー）、ビンティ！　大丈夫よ、あなたは宇宙の申し子なんだから！」ハイファはふたたび叫んだ。シャトルはエンジンを吹かし、加速した。ハイファの太いおさげ髪が爆風で後ろになびいた。あたしは手すりにつかまり、振り返って、ぐんぐん遠ざかってゆくハイファを目で追いつづけた。ハイファはもういちどバク宙をし、ブンブン手を振った。すぐにハイファの姿は見えなくなった。シャトルが今日の航行速度である時速約千百キロに到達したからだ。

いつものように、しばらくは頭がくらくらして動けなかった。シャトルが安定するのを待ち、急いで窓側の指定席へ向かった。通路を挟んで両側に、全身をふさふさした毛でおおわれた乗客がすわっている。そのあいだを慎重にすり抜けようとしたが、案の定、あたしのオティーゼが二人の足に付着し、うち一人の顔にオクオコの一本が触れてしまい、文句を言われた。

「ごめんなさい」あたしは謝った。

「あんたの噂は聞いてるよ」一人がメデュース語でつっけんどんに言った。「あんたは英雄だが、こんなに……土まみれだとは知らなかった」

「あの、これは土じゃなくて——」あたしはため息をつき、にっこり笑って、ひとことだけ付け加えた。「ありがとうございます」そのとき、二人のアストロラーベが同時に鳴った。二人はアストロラーベをつかみ、それぞれ通話を始めた。ほかの四人の前には、あたしの知らない言語が表示されたバーチャル画面が投影されている。あたしは座席に腰をおろし、窓のほうを向いた。

十五分後、シャトルが武器学部地区に停止し、オクゥが乗りこんできた。オクゥはデーマ教授とのミーティングを終えたところだ。ともかく二人が殺し合わなかったことに、あたしは感謝した。いつかメデュースとクーシュ族がわかり合える日がきっと来る。平和協定はそのための足がかりだ。

一時間後、シャトルは発着港に到着した。そこからが悪夢の始まりだった。

あたしを診察した大学医療センターの三人の医師は、去年〈サード・フィッシュ〉号で経験したことに起因するPTSDだと診断した。惑星ウウムザ・ユニに到着して最初の数週間は、とくになにごともなかったが、そのうち昼夜を問わずフラッシュバックに悩まされるようになった。真っ赤な血しぶきとともにヘルーの胸がぱっくり開く光景が脳裏によみがえるのだ。オクゥを見ただけで吐き気をもよおすこともあったが、オクゥには言っていない。やがて、いつも冷静なあたしが予測不能な怒りにみまわれるようになった。

結局、オクゥとあたしは、それぞれの学部から、セラピストによるカウンセリングを受けるよう指示された。オクゥは自分のカウンセリングのことはいっさい話さず、あたしも訊かなかった。メデュースにそんなこと訊けるはずがない。オクゥは自分の家族にも話してないんじゃないかと思う。逆にオクゥも、あたしのカウンセリングについてはたずねなかった。

あたしを担当しているのは、サイディア・ンワニィというセラピストだ。ずんぐりとしたクーシュ族女性で、一人で歌を口ずさむのが好きだった。オフィスは数学部地区にあり、講義室から徒歩五分の場所だ。はじめてドクター・ンワニィに会う日、あたしは不安でたまらなかった。メデュースと同様に、あたしたちヒンバ族は、たとえ悩みや心配ごとがあっても、見ず知らずの人に打ち明けることはまずない。相談するなら、その相手は家族だけだ。それが無理なら、胸に秘めたまま墓場まで持ってゆく。でも、今は家族に会えないし、セラピストのカウンセリングを受けることは大学からの命令なのだ。それに、赤の他人に相談することに不安はあるものの、あたしは本当は助けを求めていた。

だから、セラピストに会うことにした。ドクター・ンワニィのオフィスに近づくと、歌声が聞こえてきた。

立ちどまり、耳を傾ける。涙があふれた。それは古いクーシュ語の歌だった。クーシュ族の女性もヒンバ族の女性も、砂漠へ行くと必ず、〈セブンの神々〉と対話するためにその歌を歌う。母は砂漠から帰ってくると、その後数週間は歌いつづけていた。いちばん上の姉は、店に並べるアストロラーベの部品を磨きながら歌っていた。あたしはこっそり砂漠へ行くたびに口ずさんでいた。

あたしが涙で頬を濡らしてオフィスに入ってゆくと、ドクター・ンワニィは笑みを浮かべ、固い握手をして迎えてくれた。その日は、あたしの家族のこと、ヒンバ族の風習のこと、ヒンバ族の家庭でもクーシュ族の家庭でも女の子にばかり期待をかけすぎることなどについて、一時間にわたって話をした。ドクター・ンワニィはとても話しやすく、あたしはいままで知らなかったクーシュ族の一面をたくさん知ることができた。ヒンバ族とクーシュ族は夜と昼のように正反対な部分もあるが、少女から大人の女性に変わる時期に精神的に不安定になるという点においては共通していた。あたしにとっては驚きだった。〈サード・フィッシュ〉号で起こった惨劇について話が及ぶことはなかったので、ほっとした。実家で一日を過ごしたかのようなリラックスした気分で、寄宿舎の自分の部屋に戻った。

いよいよ〈サード・フィッシュ〉号でのあたしの経験について掘り下げた話をするようになると、あのときのことが生々しくよみがえってきた。何カ月にもわたるカウンセリングにより、眠れない理由や、急に動悸がする理由、ソーラー・シャトルのプラットフォームで具合が悪くなる理由、もういちど航宙船に乗ることを考えただけでつらくなる理由がわかった。でも今になって、あたしの心情が変わりはじめた。故郷に帰る覚悟ができた。帰る必要がある。

オクゥとデーマ教授の騒動があった翌日、あたしはハラス学長に会う約束を取り付けた。緊急に帰郷したいことを話すと、学長は承知してくれた。それから一週間とたたないうちに、大学はオクゥの同行を認め、クーシュ族の都市コクレとあたしの生まれ故郷オセンバ村にオクゥが大使として訪問することを、コクレ市とオセンバ村双方の同意を得て、了承した。オクゥは平時においてクーシュランドを訪問する初のメデュースとなる。

あまりの手まわしのよさに驚いたが、あたしは早速、行動を開始した。せっかくの幸運に疑問を挟む余地はない。故郷が呼んでいる。ヒンバ族のほかの女性たちとともに砂漠へ巡礼にいくために。オクゥとあたしは学期末になるとすぐに地球行きのチケットを手に入れた。ドクター・ンワニィはそんなに急ぐことはないと言ったが、あたしはどうしても帰りたいと言い張った。「呼吸を意識することを忘れないでね」旅立ちのまえ、最後にオフィスを訪ねたとき、ドクター・ンワニィは言った。「呼吸するのよ」

出発

あたしはオクゥに続いて、ウウムザ・ユニ西発着港の広々としたエントランスを通り抜けた。ざっとあたりを見まわし、すぐに搭乗口を見つけた。手荷物預け所や発券チェックイン・ステーション、ターミナルなどのはるか向こうにある。大きく深呼吸しようとして、思わず咳きこんだ。空気の代わりに、オクゥが吐き出した大量のガスを吸いこんでしまったのだ。

ようやく咳が止まり、搭乗口の先の停泊船に目の焦点が合うと、心臓の鼓動が速くなった。胸のなかでトーキングドラムがドンドコ鳴っているような感じだ。人さし指で頬のオティーゼを少し取り、鼻に近づける。その甘い香りを吸って吐いて、吸って吐いて……。まだ動悸がするが、少し楽になった。オクゥはすでにチェックイン・カウンターにいる。あたしは急いで、オクゥの後ろに並んだ。

ウウムザ・ユニ西発着港は地球のコクレ発着港とは大違いだ。息をのむほど広い。この惑星に来てから、巨大建造物をいくつも見た。そのスケールは、〈セブンの神々〉が創造した砂漠には遠く及ばないが、あたしの想像をはるかに超えるものだった。

発着港の広さ以上に驚いたのは、多種多様な異星種族が集まっていることだ。コクレ発着港では旅行客も職員も地球のクーシュ族ばかりで、あたしは唯一のヒンバ族だった。でも、ここには、ありとあらゆる種族がいる……まだ世間知らずなあたしの目にはそう映った。あたしは十七歳。ウウムザ大学に入学して、一年しかたっていない。それまでは、故郷のオセンバ村で閉鎖的な生活を送ってきた。たった五十キロしか離れていないクーシュ族の街、コクレ市のことさえ、ほとんど知らなかった。

発着港内には、さまざまな種族の待合スペースとして、ドーム構造物が所狭しと並んでいる。あたしにとって有害なガスが充満しているターミナルも多い。分厚いガラス製ドームのなかを、荒れ狂うハリケーンのように何か赤いものが飛びまわっている。よく見ると、昆虫型異星種族だった。

あたしはチェックインを待つ列に並びながら、周囲を見まわした。実にいろいろな人々がいる。形、大きさ、生物種、考えかた、部族。どれひとつとして同じではない。でも、あたしみたいな地球人は一人もいない。たとえここにヒンバ族の人がいたとしても、あたしのように頭からメデュースのオクオコが生えていることはないだろう。種々雑多な人々が忙しげに行きかうこんな場所にいると、圧倒されるが、あたしの心は穏やかだった……船さえ見なければ。

「もしかしてビンティさんとオクゥさんですか？」チ

ケット・エージェントの女性がメデュース語でたずねた。どこかオクゥに似たクラゲ型種族だ。大きな傘の上に小さい箱型の翻訳機がついている。傘は別として、身体の大きさは物置小屋ほどもあり、全身が真っ黒だ。傘の中心から、大きな黄色い目を持つ触角が何本も伸びていた。あたしはここ一年間で、こういう種族の女性が黄色い目のついた長い触角を持っていることを知った（といっても、聞きかじった程度だが）。男性の場合、触角はなく、傘に大きい緑色の目がついている。チケット・エージェントは触角の先端にある目で、オクゥとあたしを一心に見つめた。

「そうですけど」あたしはヒンバ族の言葉であるオティヒンバ語で答えた。

「お会いできて、感激です」エージェントもオティヒンバ語に切り替えた。「今日のことをボーイフレンド全員に話さなきゃ……あと、女友だちにも！」エージェントは言葉を切り、カウンターの上に置かれた自分のアストロラーベを見た。カウンターにはめこまれたスクリーンに視線を移す。スクリーンが静かなうなりを上げると、画面上に複雑な光の模様が現われ、小さい円を描いて回転しはじめた。あたしはそれを見つめているうちに、頭のなかでそれぞれの図形に数字を当てはめ、図形の動きには方程式を当てはめていた。調和師（ハーモナイザー）の習性だ。エージェントはふたたびメデュース語に切り替えて、言った。「本日――」一瞬ためらい、大量のガスを勢いよく吐き出した。あたしは眉をひそめた。「本日、ご搭乗いただきますのは地球人向けの船、〈サード・フィッシュ〉号でございます。こちらでよろしいで……」

あたしの胸のなかのトーキングドラムが、またしても絶望のリズムを打ち鳴らしはじめた。

「ぼくたちが乗ってきた船だ」と、オクゥ。

「そうです。彼女……つまり、〈サード・フィッシュ〉号はあの日、たしかに悲惨な体験をしましたが、いまでも宇宙を飛ぶことが大好きなんです」

あたしはうなずいた。〈サード・フィッシュ〉号は生き物だ。あんなことがあったからといって、死ぬ必要も、飛ぶのをやめる必要もないはずだ。それにしても、ごまんとある航宙船のうち、どうして、あたしたちはまた〈サード・フィッシュ〉号に乗りこむことになるのか？　あの船のなかで大量殺戮が行なわれ、あたしもオクゥも命を落としかけたのに。

「だ……大丈夫ですか？」と、チケット・エージェント。「お二人にはウウムザ大学から宇宙旅行の永年優待権が授与されているので、ほかの船への変更も可能です。ただ、時間の調整が……」

「ぼくは〈サード・フィッシュ〉号でかまわない」と、オクゥ。

あたしはうなずいた。

「いいわ、あたしも。死者の御霊は、みずからが解き放たれた場所にはとどまらないものだから」と、あたし。右のまぶたがかすかに引きつるのを感じた。

「承知いたしました」と、エージェント。「パイロット区画に近いプレミアム・ルームをお取りしてあります」

あたしは少しためらってから、前へ出た。

「できれば……前回と同じ部屋がいいんですけど」

エージェントは触角を前に倒し、目をあたしに近づけてくると、少量のガスを吐き出した。

「なぜです？　ほ……本気でおっしゃってるんですか？」

あたしは首を縦に振った。

「とても狭くて、職員区画に近い部屋ですよ」と、エージェント。「それに、ドアのセキュリティが……」

「承知してます」と、あたし。「その部屋がいいんです」

エージェントはうなずき、アストロラーベを見てから、スクリーンに視線を移した。

「お取りできますが、部屋の位置が以前とは少し変わっておりまして」

あたしは顔をしかめた。

「どういうことですか？」

「〈サード・フィッシュ〉号は妊娠中で、地球に到着したら出産する予定です。もちろん、赤ちゃんはミリ12地球船隊の貴重な戦力になるでしょう。妊娠していることで〈サード・フィッシュ〉号の航行速度はアップしますが、船内の個室や共有スペースの位置が多少変わり、ちょっと狭苦しくなります」

「どうしてスピードアップするんですか？」あたしは純粋な好奇心からたずねた。

「出産するために急いで地球をめざそうとするからです」エージェントはにっこり笑って答えた。「すごいですよね」

あたしも笑みを浮かべてうなずいた。本当にすごい。


「お二人にご搭乗いただけることを光栄に思います」

広いターミナルを歩いて三十分後、ようやく搭乗口にたどりついたあたしに、保安検査員がクーシュ語でそう言った。地球人の男性で、年齢は父と同じくらい。長いひげをたくわえ、クーシュ族ふうの白いローブをまとっている。この男性を見たとたん、あたしの心は躍った。ウウムザ大学にはこんな服装の人はほとんどいなかったので、急になつかしくなったのだ。

「ありがとうございます」あたしはアストロラーベを差し出した。地球を出発するさい、はじめてアストロラーベをスキャンされたが、今回はあのときほど時間はかからなった。惑星ウウムザ・ユニでは地球人はもちろん、非地球人も大半がアストロラーベを持っており、定期的にスキャンを受けていたからだ。

あたしはオクゥをちらっと振り返り、小声で言った。「ありがとうぐらい言いなさいよ」だが、オクゥは無言だった。検査員がオクゥには目もくれず、メデュース語で話しかけてもこないので、むっとしているのだろう。

「アストロラーベを持つことは、メデュースのプライドが許さないようだな。おかげで、こっちはスキャンの手間が省けるが」と、検査員。明らかにオクゥを挑発する口ぶりだ。検査員はあたしにアストロラーベを差し出した。

あたしはそれを受け取り、検査員の背後に目を向けた。〈サード・フィッシュ〉号の入口が見える。温かい青色の光で照らされた通路は、一年以上も前のあの運命の日と変わっていない。

「当然よね」あたしは手をひらひらと振って言った。

「けっこうなことだわ」エダンが入っているポケットにアストロラーベを押しこむ。あたしが船を降りるときも、あの通路は青かっただろうか？　覚えてない。戦闘が起こりはしないかとか、心配の種がたくさんありすぎて、それどころじゃなかったから。ふと、保安検査員の制服に付いている何か赤いものに目がとまった。一瞬、息をのんだ。よく見ると、小さな赤いカブトムシだった。カブトムシが検査員の心臓のあたりへ這ってゆく。白いローブに赤い点。白いシャツ。あたしは顔をゆがめた。次にどうなるかはわかっていても、止められない。案の定、身体がこわばるほどの激しいフラッシュバックが襲ってきた。


ほっそりしたヘルーの胸。

ヘルーのシャツの色は白だった。

何もない画面に表示されたカーソルのように、白いシャツに赤い点がひとつ現われた。

左胸の部分だ。

左胸。

左胸。ヘルーの心臓が息づいていた場所。

ヘルーの心臓はたしかな鼓動を刻んでいた。穏やかに。楽しげに。

だが、引き裂かれ、ただの肉のかたまりになった。

メデュースの白い毒針が血を吸って赤く染まっていた。

ヘルーの胸の赤いしみが広がってゆく。砂漠のやぶに咲いた一輪のバラのように。

ヘルーの血。あたしの顔に飛び散ったヘルーの血。ヘルーの心臓が張り裂け、あたしは思考停止した。

ファイブ。

「ナミブのビンティ？」と、検査員。

あたしはヘルーの両親と二度話したことがある。一度目のとき、ヘルーのお母さんはすすり泣き、バーチャル・スクリーンごしにあたしを見つめるだけだった。手を伸ばせば、あたしの目の奥にいる自分の息子に触れられると思っているかのように、あたしを凝視していた。二度目は、ヘルーとひとつ違いの弟が連絡してきて、ヘルーの最期の瞬間を詳しく知りたいと言った。その話をすれば、あたしはまる一週間、悪夢にうなされつづけることになるかもしれない。それでも、ヘルーの弟は聞きたがった。あたしは涙を流しながら話した。ヘルーの弟はヘルーによく似ていた。花崗岩（かこうがん）のように黒い髪も濃い眉毛も、同じだった。あれきりヘルーの家族から連絡はない。

「ナミブのビンティ？」もういちど検査員が言った。

「あっ」あたしは顔を上げ、身体を揺すって、もの思いを振り払った。「ごめんなさい」

「どうぞご搭乗ください」

「ありがとう」と、あたし。オクゥに向きなおったとたん、またしてもフラッシュバックに襲われそうになった。最初にオクゥに殺されかけたときのことを思い出したのだ。数秒間、オクゥを見つめつづけた。どうにか自分を抑え、メデュース語で言った。「お先にどうぞ、マイフレンド」

あたしは船に足を踏み入れた。もっと動揺するのではないかと危惧していたが、胸のトーキングドラムがうるさく音を立てただけだった。オクゥは空中をただよいながら自分の部屋へ向かった。あたしの部屋とは正反対の方向だ。よかった、これで一人になれる。一人になる必要があった。これから起こることは、あたし一人で経験しなければならない。

廊下で、それぞれの寝室へ行こうとしている数人とすれ違った。ふたたび、これほど大勢の地球人とともに航宙船に乗っていることが不思議でならない。静かすぎるほど静かだ。オクオコにも、オティーゼを塗った肌――とくに、むき出しの腕と首と顔――にも、人々の視線を感じ、手ざわりのいいショールを身体にしっかり巻きつけた。ウウムザ大学ではさまざまな異星種族に囲まれていたが、自分がこれほど異質な存在に思えたのは久しぶりだ。

自分の部屋のドアを見た瞬間、ドクター・ンワニィに教わった呼吸法を実行した。いまツリーイングを開始するわけにはいかない。恐怖を完全に体験しなければ、今後、パニック発作にたいして適切に対処できないからだ。これもドクター・ンワニィにアドバイスされたことのひとつだ。といっても、この瞬間のためのものではなく（そもそもドクター・ンワニィはあたしが帰郷することに反対していた）、強い恐怖を感じたときのためのものだった。「強い恐怖感に直面したときは……いまにも直面しそうなときは……」ドクター・ンワニィは言った。「目をそむけちゃだめ。堂々とした態度で耐え、立ち向かうのよ。それを乗り越えたら、二度と苦しまずにすむわ」

胸いっぱいに深呼吸しながらドアに近づく。それでも、全身が激しく震え、金メッキをほどこした壁にもたれかかった。

「すべては順調よ」オティヒンバ語でつぶやき、つづけてメデュース語でつぶやく。「すべては順調よ」だが、すべてが順調というわけではなかった。背中をこわばらせ、さらにドアに近づいた。頭のなかは方程式でいっぱいだ。手に持ったトレーには食堂でかき集めたありったけの食料。乗員乗客の全員が死んだ。メデュースの毒針で胸を引き裂かれて。メデュースは〝ムージュ＝ハ・キ＝ビラ〟――〝大いなる波〟を実行したのだ。

壁にもたれかかったまま、じりじりと進む。もうドアは目の前だ。ちっちゃな子どもを連れた女性が通りかかり、会釈して、いくつか先の部屋へ入っていった。その部屋のドアが閉まると、廊下は急に静かになった。ドアが密閉される〝シュッ〟という音がいつまでも反響していた。涙があふれ、目がちかちかした。

ヘルー。

いとおしいヘルー。あたしはヘルーが好きだった。

あのときヘルーの表情が一変した。一体のメデュースに心臓を引き裂かれたせいだ。大学でクラスメートになるはずだったあたしの友人たちも、みんな死んだ。あたしはウウムザ大学に入学した唯一の地球人となった。みんな死んでしまったから。死んだ。死んでしまった。

いまでも血のにおいがする。ポタポタと血がしたたり落ちる音がする。悲鳴は聞こえない。肺を損傷している状態で、誰も悲鳴など上げられたはずがない。何人ものあえぎ声。流血。あたしはここへ戻ってきた。自分の意思で。

両手を鼻に近づけ、花々と粘土と木の油を混ぜ合わせたオティーゼの甘い香りを吸いこもうとした。でも、息ができない。両手を胸に押し当てる。息づいている心臓を守るかのように。動悸を静めようとするかのように。一瞬、目の前が暗くなった。まもなく視界が晴れてきた。あたしはすすり泣いた。

「呼吸が浅くなり、心拍数が上昇しています。あなたはパニック発作を起こしています」ポケットのなかのアストロラーベから、無機質な女性の声がした。クーシュ語だ。

「そうみたいね」あたしはつぶやいた。アストロラーベに言われるのは癪だけど、パニック発作を起こすたびに注意喚起が必要だと、オクパラ教授に設定をすすめられたのだ。最初は気が進まなかったが、設定しておいてよかった。

「数学をもちいた瞑想状態に入ることをおすすめします」と、アストロラーベ。熱を帯び、静かに振動している。

「たとえ瞑想状態に入っても、新たに学ぶことは何もないわ」あたしはあえぎながら言った。

「学ぶための時間はあります、ビンティ。パニック発作は今後も起こるでしょう。しかし、この廊下にはわたし以外には誰もおらず、わたしにできることは船医に知らせることだけです。あなたが自分で事態を打破するには、ただちに瞑想状態に入ってください」

ふたたび目の前が暗くなった。次の瞬間、またあの光景がよみがえってきた。どんなに振り払おうとしても、メデュースの毒針で殺された人たちの顔が浮かんでくる。みんな目を大きく見開いたままだった。ヘルー、レミ、ウーロ……息ができない。胸が焼けつくように痛い。とうとう、あたしは観念した。〝いつのまにかツリーイングを開始〟し、瞑想状態におちいっていた。

あああああ……

これぞ〈セブンの神々〉の御声だと言わんばかりに、いくつもの数字が乱れ飛び、分裂し、二重になり、回転した。

たちまち、あたりは数字だらけになった。

オイラーの等式〝$e^{i\pi}+1=0$〟をつかもうとした。

身体が急に落下したかと思うと、『不思議の国のアリス』のように、ふわふわした壁で囲まれたウサギの穴をただよいながらおりてゆき、枕と花のベッドに着地した。いいにおいのするこの静かな場所から見あげると、望遠鏡をのぞくかのように視野がせばまり、頭上のあらゆるものがはっきり見えた。あたしは〈サード・フィッシュ〉号に乗っていた。〈サード・フィッシュ〉号はエビに似た巨大な生き物だ。性格は穏やかで、酸素を生成する植物でいっぱいの呼吸室が肺として機能するため、宇宙空間でも呼吸できる。かつて、この船で大量虐殺が行なわれた。あたしの先生も友だちも死んだ。でも、あたしは生き残った。あたしだけが。あたしは生きながらえ、残忍なメデュースの仲間となった。

「うーん」胸の奥から声が漏れた。心臓の鼓動が落ち着いてきた。ポケットに手を入れ、エダンを取り出す。お気に入りの方程式をそっとつぶやくと、青い数理フローが、エダンに描かれた複雑な次元分裂図形を浮き彫りにした。エダンが何なのかまだわからないが、オクパラ教授とともにエダンそのものの研究を続けてきた結果、エダンに言葉を話させる方法、さらには歌わせる方法もわかった。部屋のドアに近づくと、網膜スキャンによりドアが開いた。あたしは、生き延びるすべを学んだ部屋に入った。

一日目の睡眠サイクル（宇宙空間では昼夜の区別がないので、地球標準時を基準にしている）は、あまりにも生々しい暴力的な悪夢に満ちていたため、翌日はオクゥといっしょにいることにとても耐えられそうになかった。パニック発作についてオクゥに話したことはなく、今回も話さなかった。話したところで、オクゥは動揺の色ひとつ見せないだろう。パニック発作ぐらいじゃ死なないからメンタルを強く持て、と言われるのがオチだ。しょせん、メデュースには人間の健康状態など理解できない。いくら精神的苦痛を訴えても、オクゥをいらだたせるだけで、あたしが楽になれるわけではないのだ。だから、考える時間が必要だと言って、オクゥとは初日から距離を置くことにした。この船には、ガスを充満させたオクゥ専用の食堂があり、オクゥはそこでおいしい料理を食べて一日目の大半を過ごした。この船に乗っていること自体、オクゥにとってはなんでもないことのようだ。ゆったりとくつろぎ、船とウウムザ大学が提供する贅沢なサービスを楽しんでいた。

　これは推測にすぎないが、たとえ瞑想状態に入っても、〝ムージュ＝ハ・キ＝ビラが行なわれたとき、オクゥが殺したのは誰なのか?〟という疑問が頭から離れることはないだろう。大量殺戮に加わったオクゥが、メデュースとしての強い使命感、文化、伝統にとらわれていたことは理解できる。でも、オクゥは変わった。あたしのオティーゼがオクゥを変えたのだ。

　ウウムザ大学での最初の数カ月間、あたしがひどいホームシックで故郷を散歩している気分になりたいとき、オクゥは夜どおし数学部地区をいっしょに何キロも歩いてくれた。腹が立って家族との連絡を絶っていたときも、家族全員とコンタクトを取るべきだと、オクゥに説得された。あたしの両親からアストロラーベごしになじられ、どなりつけられても、オクゥは何も言い返さなかった。それどころか、両親が落ち着きを取り戻して、〝うちの娘は元気か?〟とたずねるまで、耳を傾けつづけた。かつてはあたしの敵だったオクゥはいまや友人であり、家族の一員でもある。それでも、オクゥと顔を合わせるのはつらいので、食事は自分の部屋へ運んでもらった。

二日目にはフラッシュバックも起こらなくなり、メデュース専用食堂と地球人用食堂のあいだにある共用スペースで、オクゥとおしゃべりしながら過ごせるようになった。

「また宇宙空間に出られてよかった」と、オクゥ。

あたしは大きな窓の向こうの暗い宇宙空間をながめた。

「あたしにとってはまだ二度目だけどね」

「そうだね」と、オクゥ。「だから、きみはあんなに自然に惑星ウウムザ・ユニになじめたんだな。ぼくは教授や学生たちとともに大学生活を楽しんでるけど、ぼくにとっては、なんだか……気の重い場所だった」

あたしはオクゥに向きなおり、ほほえんだ。

「でも、もう……軽くなったでしょ。だって、あんたの体重はたったの……」

「質量とか重力は関係ないよ」オクゥはそう言うと、ふざけてオクオコをぴくぴくさせた。「きみは砂漠の近くにいたいと感じるだろ？　いまは砂漠に住んでなくても、たくさん遊んだ思い出があるし、またあの広い砂漠で暮らしたいと望んでる。そして、砂漠は変わらず、そこに存在しつづけている。ぼくにとっての宇宙空間は、それと同じだ」

あたしはわが家にほど近い砂漠を思い出し、うなずいた。

「わかるわ。それで、あんなにあたしといっしょに来たがったのね？」

オクゥは、もわっとガスを吐き出した。

「ぼくはいつでも宇宙を旅することができる」と、オクゥ。「でも、今がそのタイミングだと思った。ぼくが地球を訪れることでクーシュ族のやつらを挑発できると、族長も乗り気だ」オクゥは笑っているしるしに、触手と傘を震わせた。

「トラブルを起こすために、ついてきたの？」あたしは顔をしかめた。

「メデュースは好戦的だ。絶対に戦争を始めちゃいけないとき、なおさら血が騒ぐ」傘の前面が喜びに打ち震えている。

あたしはオクゥから目をそらし、オティヒンバ語で不満げに言った。

「戦争なんか起こるはずないわ」

地球標準時にして三日目。努力はしたが、食事の時間になると、どうしても具合が悪くなる。メデュースが〝ムージュ＝ハ・キ＝ビラ〟を実行した食堂に一歩入り、周囲を見まわしては、まわれ右をして自分の部屋へ戻り、またしてもルームサービスを頼んだ。

あたしはほとんどの時間を、船内でいちばん広い呼吸室で瞑想して過ごした。大半の乗客は厳重な監視のもとで数分以内しか、この部屋にいることを許されない。だが、あたしは英雄として、制限時間なしに呼吸室を利用できるなど、各種の特権を与えられている。

オクゥがこの部屋であたしといっしょに過ごすことはない。オクゥが吐き出すガスが呼吸室の植物に有害だからというのが、ひとつ。もうひとつの理由は、オクゥ自身がこの部屋のにおいを好まないことだ。あたしにとって、酸素を生成するさまざまな植物のかぐわしいにおいと、植物の生育に必要な水分の多い空気は、心の平安を保つにはうってつけだった。肌に塗ったオティーゼも、この部屋ではすべすべなままだ。

三日が過ぎた。楽しくてもつらくても、生きているかぎり、時間は同じように流れてゆく。すぐに着陸用座席にすわって安全ベルトを締め、ぐんぐん近づいてくる地球を見つめた。

大気圏に突入すると、日差しが肌に触れ、なつかしい感覚がよみがえるとともに涙がこぼれた。はじめてオクオコに太陽の光を感じたとき、オクオコの緊張が解けるのがわかった。もうもとの髪とは違うけど、このオクオコも故郷に帰ってきたことを喜んでいるのかもしれない。船が着陸し、ゲート前に停止すると、あたしは座席にすわったままリラックスし、窓の外の青空をながめた。

あたしは心から笑っていた。

帰郷（アット・ホーム）

一週間前、オクゥとあたしはウウムザ大学渉外部から指示を受けた。地球に到着したら、ほかのすべての乗客が下船するまで二時間、船内で待機するように、と。

「でも、なぜですか？」あたしは訊いた。

「トラブルを避けるためだ」その場にいた、メデュースと地球人、双方の代表者が同時に答えた。

メデュースがクーシュ族の土地に最後に上陸したのは百年以上前のことで、当時は決して平和的状況ではなかった。代表者たちの話では、きっかり一時間、発着港には関係者以外を立ち入り禁止にするという。立ち入りが許されるのは、あたしの家族、政府代表者、警備員、コクレ市とあたしの故郷オセンバ村のマスコミだけだ。オクゥとあたしと家族は、特別機でオセンバ村まで行くことになっていた。

下船を待つ二時間のあいだに、着陸時の気分の悪さは消えていった。あたしはとっておきの服を着ていた。張りのある赤い生地でできたロングの巻きスカートに、オレンジ色のつややかな上着。アストロラーベは上着の胸ポケットの奥に入れてある。金属製のアンクレットももとどおりに、ぜんぶつけ、寄宿舎の自分の部屋で鏡に向かって、お気に入りの伝統的なダンスを少し踊り、服装が完璧であることを確かめた。全身に塗りこんだ作りたてのオティーゼは、たしかな手ごたえを感じさせた。オクゥのオクオコの三本にもオティーゼを塗ってやった。クーシュ族は不快に思うかもしれないが、あたしの家族は気に入るだろう。メデュースにとって、垂れさがった長い触手に触れることは、人類で言えば長い髪に触れるようなことだ。それが親密なしるしというわけではないが、オクゥはあたし以外には誰にも触手をさわらせなかった。オクゥが言うには、大量のオティーゼを塗られると、うっとりした気分になるそうだ。

「何もかもが……楽しい」と、オクゥ。変化にとまどっているような口調だ。

「けっこうなことね」あたしは笑みを浮かべた。「それなら、誰に会っても、不機嫌にならなくてすむもの。クーシュ族は礼儀を重んじるけど、ヒンバ族では陽気な態度が歓迎されるのよ」

「でも、すぐに洗い流すつもりだ。こんなもので人生を楽しくするなんて、よくないから」と、オクゥ。

オクゥとともに廊下を進み、最後のカーブを曲がると、そこは船の出口だった。すぐに出迎えの人々が目に入った。みんなはまだ、あたしに気づいていない。出口のすぐ外に三機のニュース・ドローンが浮かび、床にはレッドカーペットが敷かれていた。あたしは目をぱちくりさせ、額を手で押さえた。暗い考えを押しやるように。

かたまって立っている家族の姿が見えた。クーシュ族とヒンバ族の歓迎団もいた。メデュースの遺伝的特徴が体内に取りこまれ、あたしの髪がオクオコに変わってしまったことは、家族には話していない。オティーゼを塗ればオクオコを隠すことができるが、ときどきオクオコがあたしの意思に反して動くことがあるので、家族とアストロラーベで通話するときは気が気ではなかった。でも、これ以上は隠しておけない。

あの出口を出たら、たちまち全員があたしに気づくだろう。あたしは歩調をゆるめ、深呼吸した。吐いて、吸って。片手を上げ、後ろにいるオクゥに待つよう手ぶりしてから、膝をつき、頰のオティーゼを少し取って船の床に付けた。心のなかで〈セブンの神々〉に短い祈りを捧げた。〈サード・フィッシュ〉号のためにも祈った。「宇宙を旅するこの生き物にあたしの魂の一部を残してゆきます」小声で言った。「どうぞ安産でありますように。お母さんに似て、頑丈な身体を持ち、冒険好きでかわいい赤ちゃんが生まれますように」〈サード・フィッシュ〉号がこの言葉の意味を理解し、あたしの感謝の気持ちを受け取ってくれるといいのだが。あたしのオクオコの一本がぴくぴくした。それに応えるかのように、〈サード・フィッシュ〉号が低く重々しい音を立てた。あたしは息をのみ、うれしさを隠しきれずに、にっこり笑った。さらに強く手のひらを床に押しつける。それから立ちあがり、出口へ向かった。

オクゥより先に船を降りたとたん、母の金切り声が耳に届いた。

「ビンティ!」すぐに家族が駆け寄ってきて、あたしはあっというまに、もみくちゃにされた。家族の半分はオティーゼを塗っている(ヒンバ族では、女性だけがオティーゼを使うのだ)。母、父、兄弟、姉妹、おばたち、おじたち、いとこたち。

「わたしの娘が元気に帰ってきた！」

「ビンティ！」

「寂しかったよ！」

「すごい！」

「〈セブンの神々〉はここにおいでだ！」

もみくちゃから解放されると、あたしは母にしがみつき、母のすぐ後ろにいた父の手を握ったまま、泣きじゃくりはじめた。ベナ兄さんと目が合った。オティーゼを塗りこんだドレッドヘアの一本を指ではじかれたのだ。ありがたいことに、痛みはあまり感じなかった。

「髪が伸びたな」と、ベナ。あたしは無言で笑みを浮かべた。姉妹たちはオティーゼを塗ったドレッドヘアを揺らしながら、歓迎の歌を歌い、兄弟たちは手拍子を取っている。

それが突然止まった。あたしは泣くのをやめ、両親の笑い声も聞こえなくなった。ベナが目を見開き、口をぽかんと開けて、あたしの背後を指さしている。あたしはゆっくりと振り返った。その瞬間、ふたつの人格に分裂した——自分のルーツを心得ているヒンバ族の少女と、地球から宇宙へ出て身体の一部がメデュースになったヒンバ族の少女。そのせめぎ合いに、息もつけなくなった。

オクゥの身体が船の出口をふさいでいた。オティーゼを塗った三本のオクオコが、無重力空間をただようかのように、くねくねと揺れている。オクゥはその一本を激しく振り立てた。気分を害しているのだろう。肉の薄い青みがかった半透明の傘は、オクゥ自身がウムザ大学で製作した透明な金属製ボディ・アーマーで守られている。傘の下に垂れさがる触手から、歯をむき出すかのように大きな白い毒針が突き出ていた。

あたしの背後から、ガチャガチャいう音と、ものものしい靴音が聞こえてきた。振り向いたときには、クーシュ兵の一人が銃をかまえて発砲していた。バン！人々は悲鳴を上げ、逃げだした。誰か——父と母かもしれない——があたしをつかみ、引き寄せようとしている。あたしは断固として動くまいと、両腕をぐいと引いた。クーシュ兵が発射した銃弾はカーペットに当たり、小さな爆発が起こった。オクゥのすぐそば、〈サード・フィッシュ〉号から一メートルと離れていない場所だ。

「あんたたち、何やってるの？」あたしは叫んだ。やめて——身体の奥深くでうめき声がした。オクゥの怒りが湧きあがっているのを感じる。それと同時に、あたしの頭皮が焼けつくようにひりひりし、感情に火がついた。怒り。家族の前では我慢するのよ！　不浄、不浄。やっぱり、あたしは穢れてるわ。オクゥは身動きひとつせず、無言だが、あたしは一瞬のうちに悟った——すべてのクーシュ兵が……ことによると、ここにいる全員が死ぬことになる……あたしをのぞいて。メデュースは仲間を殺さないけど、〝戦いをへて仲間になった者〟も殺さないのか？

　母の手を振りほどいた拍子に、上着の袖が裂ける音がした。父を押しのけて、巻きスカートを膝上まで持ちあげ、あたしは走りだした。家族の横を通り過ぎ、あたしを撮影しようと向きを変えたニュース・ドローンをたくみにかわす。オクゥと左手の出入口からなだれこんできたクーシュ兵の列とのあいだに飛びこむと、巻きスカートから手を放し、両手を広げた。片方の手のひらを兵士たちに、もう片方をオクゥに向ける形だ。

「やめて！」あたしは叫び、目を閉じた。オクゥはいまにも毒針を突き刺そうとしている。その相手があたしだと気づくだろうか？　あたしをメデュースの仲間だと思っているなら、刺すことはないと信じたい。あたしの家族の前ではとくに。クーシュ兵たちはすでに銃撃を開始していた。あたしは銃弾を浴び、身体をずたずたにされるだろう。それでも、その場を動かなかった。意識は澄みきっていた。瞑想に入るのを忘れていたのだ。

静寂。

目を閉じつづけた。足音も衣ずれの音も、オクゥが触手を振りまわす音も、もう聞こえない。やがて、何かの音がした。何かが動いているのを感じる。どうして、こんなところで？　胸の鼓動が激しくなるにつれて、心は沈んでいった。惑星ウウムザ・ユニでも、これと同じことが起こった。森でオティーゼの材料となる粘土を掘っていたら、ブタに似た大きな獣（けもの）が突進してきたのだ。逃げようにも、もはや手遅れだった。立ちすくみ、向かってくる獣を見つめることしかできなかった。獣は急に足を止めて、湿った鼻であたしのにおいを嗅ぎ、ごわごわした茶色い毛でおおわれた尻をあたしの腕にこすりつけてきた。それで気がすんだのか、その場を去っていった。

獣がやぶのなかに消えるのを見届けながら、自分の長いオクオコが頭上でヘビのようにのたくっていることに気づいた。毒針を突き刺そうと船の出口に立っているオクゥのオクオコとまったく同じように。自分のオクオコが発している音が聞こえる。オクオコがこまかく振動し、熱を帯びている。この状態で数理フローを引き出したら、オティーゼでおおわれたすべてのオクオコの先端から火花が散るだろう。

「うわあ、彼女の身体の一部はメデュースなのか？」と、誰かの声。

「たぶん、あの化け物と交（まじ）わったんだよ」ジャーナリストの一人が小声で答えた。「ヒンバ族は穢らわしい民族だ。だから、地球を離れてはいけないのさ」そう言って、くすくす笑った。

あたしは父と目を合わせた。父の目に浮かんでいるのは、強い恐怖の色だけだ。父はすぐに視線をオクゥに移した。オクゥの毒針を見ているのだろう。あたしは家族の顔を見た。つづいて、出迎えのために集まったヒンバ族とクーシュ族の人々を見た。生まれてはじめて実物のメデュースを目の当たりにして、歴史の授業が役に立ったことを実感しているにちがいない。

「オクゥは——」あたしはクーシュ兵たちからオクゥに視線を移し、ふたたびクーシュ兵たちを見た。オクゥとクーシュ兵、両方に話を聞いてもらいたい。「みんな……動かないで！　もし動いたら……オクゥ……落ち着いて、オクゥ！　いまあんたが戦いに応じたら、ここにいる全員が犠牲になるわ。あたしの家族、あたしと同じ地球の人たち、あんたもよ……生きていたら、あたしたちみんなが成長できるはずよ……みんなが」

オティーゼの下から玉の汗が噴き出し、頬を伝う。さらなる静寂。やがて、かすかにぬるっという音がした。オクゥが毒針をおさめた音だ。〈セブンの神々〉よ、感謝します。

「ぼくはきみの願いを尊重しただけだ、ビンティ」オクゥはメデュース語で冷静に言った。

あたしはクーシュ兵たちを振り返り、あわてて言った。

「こちらはオクゥ、メデュース大使で、ウウムザ大学の学生です。協定……平和協定を覚えているでしょう？　思い出してください。法律で決まったことです。お願いします。オクゥは平和のためにここへ来ました……それ以外の目的はありません。お願いです。あたしたち地球人も名誉を重んじる種族のはずです」クーシュ兵たちに目で訴えながらも、オティーゼを塗った顔に集まる視線をいつも以上に意識し、自分が野蛮人のように見られていることを感じずにはいられなかった。

しかし、ほどなくして最前列の兵士が片手を上げ、ほかの兵士たちに退却の合図をした。あたしは大きく安堵のため息をつき、頭を垂れ、「〈セブンの神々〉よ、感謝します」と、つぶやいた。母が猛烈な勢いで拍手しはじめた。拍手の波はたちまち周囲の人々を巻きこみ、数人のクーシュ兵にまで及んだ。

「地球へようこそ」と、一人のクーシュ族男性。長身で、純白のローブをまとっている。堂々とした足どりで近づいてくると、あたしの手を取り、がっちりと握手した。さっきまで恐怖におののいていたとは思えないほど、いかにも政治家らしい威勢のいい口調で言葉を続けた。「わたしはアルハジ・トラック・オマゼ、コクレ市の新市長です。われわれの発着港にお立ち寄りいただき、たいへん光栄に思います。あなたは、地球のすべての人々……とくにこの地域の人々を勇気づけてくれました」

「ありがとうございます、アルハジ」あたしは声が震えないよう努力しながら、礼儀正しく答えた。

「こんなのがメデュースか」父が母に言う声が聞こえた。「見ろ、クーシュ族のやつら、たった一体のメデュースを相手にびびってやがる。おれなら笑い飛ばしてやるけどな。恐怖が原因で死ぬことなんかないんだから」

「しーっ！」母が父に肘鉄をくらわせた。

「さあ、全世界の人々に笑顔を見せよう」市長は作り笑顔を浮かべ、オクゥには目もくれず、こわばった手であたしの手をつかみ、ニュース・ドローンのほうへ連れてゆこうとした。市長から香油のにおいがただよってきて、あたしはいやな気分になった。市長の白いローブにオティーゼが付くのも気になるので、できればあまり近づきたくない。でも、市長はオティーゼが付こうとおかまいなしのようだ。びびりすぎて、今はそれどころじゃないのかもしれない。ドローンが近づいてくると、市長はあたしを引き寄せ、満面の笑みを浮かべた。だが、オクゥが画面に映りこもうと背後から近づいたとたん、市長の身震いがあたしに伝わってきた。ついさっきまで、ここにいた全員がクーシュ兵とメデュースによる一触即発の危機にさらされていたにもかかわらず、あたしはなんとかニュース・ドローンに笑顔らしい笑顔を見せることができた。

　そのあとの約四十五分間、インタビューを受けた。貸し切りにした発着港のレストランで、ヒンバ族とクーシュ族のジャーナリストを前に着席して行なわれた。質問の内容は、地域の人々がいちばん知りたいことばかりだった。

「われわれはあなたを誇りに思います。故郷にとどまるご予定ですか？」

「あなたは敵種族と友人になりました。われわれの長老たちと会って、メデュースについての知識を共有するおつもりはありますか？」

「惑星ウウムザ・ユニでいちばん好きな食べものはなんでしたか？」

「ウウムザ大学で何を学んでるんですか？」

「いまいちばん気になるファッションはどんなものですか？」

「帰郷した理由はなんですか？」

「どうして、ウウムザ大学はあなたを帰らせる気になったのですか？」

「なぜ、家族を捨てたんですか？」

「頭の上のそれはなんですか？　あなたはいまもヒンバ族なの？」

「いまだにオティーゼで身体を清めているのは、なぜですか？」

「数学、アストロラーベ、そして謎の物体。あなたは本当にすごい人ですよね。惑星ウウムザ・ユニでなに不自由ない生活をしていたあなたが、ヒンバ族の貧しい暮らしに戻れるの？」

「あなたのような部族出身の少女にとって、ウウムザ大学はどんなところでしたか？」

「頭の上のそれは何？　どうして、そんなことになってしまったの？」

「家出するような少女と結婚したがる男性はいないけ

ど、あなたは未婚のままでも幸せでいられますか？」
あたしは笑みを浮かべ、すべての質問に礼儀正しく答えた。インタビューが終わると、クーシュ族、ヒンバ族の双方から選ばれた役人たちとの気まずい会談が始まった。オクゥはあたしを盾にして無言の圧力をかけ、その状況を楽しんでいる。オクゥにとって、びくびくする地球人を見ることはこのうえない喜びなのだろう。

疲れた。こめかみがずきずきする。〈サード・フィッシュ〉号を降りてすぐにオクゥが襲撃されたことについて、じっくり考えたかったが、そんな余裕はない。今はなにより、身体を休めなければならない。〈サード・フィッシュ〉号がスピードアップしたせいで、実質三日間で惑星ウウムザ・ユニから地球まで旅してきたわけだが、そのストレスは大きく、また、地球の環境に適応しなおすためにも、日にちが必要だ。ようやく何もかもが終わり、オクゥとあたしは専用シャトルに案内された。あたしの家族にはまた別のシャトルが用意されていた。やっと一人になれる。シャトルに乗りこむやいなや、座席にどさりとすわりこんだ。オクゥは窮屈そうに身を縮め、明らかにメデュース用ではないシャトルにどうにか乗りこんできた。見るにしのびない姿だ。

「きみの故郷は水が少ないな」オクゥはシャトル後部の丸窓を振り返って言った。シャトルはコクレ市からオセンバ村へと続く砂漠地帯の上空を高速で飛行中だ。「そこに棲む生き物の起源は水ではないということだ」

「昔は、もっと水があったのよ」あたしは目を閉じたまま言った。「気候が変わり、水は干あがってこの地から消え、雨も降らなくなった」

「どうしてメデュースは、こんな場所に住むクーシュ族なんかと戦争していたんだろう」と、オクゥ。しばし沈黙が続いた。あたしもオクゥと同じ疑問をなんども抱いた。地球にはもっと水の多い地域がいくらでもあるのに、なぜメデュースはよりによってクーシュ族と対立するのだろう？

「でも、クーシュ族の土地には湖がたくさんある。本当に水が少ない砂漠の奥地に住んでるのは、あたしたちヒンバ族よ。あたしの村にも湖がひとつだけあるわ。塩分が多い水だから、日光に照らされてピンク色に見えるの」

「ぼくがその聖なる湖を目にしたら、そのことが仲間のメデュースたちにも伝わるだろう」と、オクゥ。

メデュースの母星オムリロについて、オクゥにたずねたことがある。オクゥは多くを語らなかった。教えてくれたのは、オムリロに水はないが、あらゆるものがなめらかでやわらかく、たがいに密接に関係しているということだけだ。「きみがオムリロを訪ねたら、フェイスマスクをしないと呼吸はできないけど、ぼくたちの恩人として崇拝されるはずだ」と、オクゥは言っていた。メデュースは水を神と崇(あが)めている。自分たちは水から生まれたと思っているからだ。メデュースとクーシュ族が戦争にいたった根本的原因は、そこにある。しかし、暴力行為が続き、多数の犠牲者が出るなかで、いつしか、そんなものは忘れ去られ、怒りの感情と、考えようによっては勇敢とも臆病とも取れるあいまいな噂話だけが残った。

オクゥは泳いだ経験はないはずだが、あたしの村の塩水湖に入ったら、どうなるのだろう？　一瞬、そんな疑問が頭に浮かんだものの、オクゥには言わなかった。

〈ザ・ルート〉

あたしが生まれ育った家は〈ザ・ルート〉と呼ばれている。その名がついて百五十年以上になるが、その前からあたしの家族は代々その家に住んできた。〈ザ・ルート〉はオセンバにヒンバ族の村ができた当初に建てられた家のひとつで、すべて石でできている。外壁と屋根を伝っている発光植物も、当時からある。代々、〈ザ・ルート〉は女性が受け継ぐことになっており、母方の祖母が亡くなったとき、後継者は母以外にはありえなかった。母は長女で、姉妹のなかで一人だけ、生まれながらに数学的視覚を備えていたからだ。〈ザ・ルート〉は上向きの渦巻き形をした巨大な建物で、一階にとても大きな広間がある。さらに、広々としたキッチンと七室のバスルームに九室の寝室があり、すべての建材は地元産だ。太陽光発電を行なうためのグリッドが屋根や外壁に充分に埋めこまれており、その基盤部分は溶けて石と混ざり合っている。〈ザ・ルート〉は古い家というより、むしろ独自に生きながらえる生き物に近い。父はよく、そのうちおまえの寝室の隣に新しい部屋が生えてくるかもしれないと、冗談を言っていた。

広間は、すべての親類や親しい友人たちが必要に応じて、昼夜を問わずいつでも出入りできるようになっている。というわけで、あたしの家は静かでプライベートな空間にはほど遠かった。家じゅうのドアには鍵がなく、バスルームも例外ではない。食事のときはいつもお祭り騒ぎだ。あたしが帰ってきた夜とはいえ、そういう意味ではいつもと同じだった。でも、何かが違うのはたしかだ。

オクゥがオセンバ村に到着しても、コクレ市の発着港に到着したときのような、ものものしい（というか、恐ろしい）出来事は起こらず、みんな、ぽかんとオクゥを見つめるばかりだ。出迎えの人々は多くないが、ほとんどの人はあとで夕食会に来るのだろう。あたしの家族の乗ったシャトルが遅れて到着し、家族は今夜の夕食会の準備をするために急いで家へ向かった。

「オクゥ」父がオティヒンバ語で呼びかけ、近づいてきた。精いっぱいの笑顔を浮かべ、震えながらオクゥを見あげている。「わが村へようこそ」

　オクゥが宙に浮かんだまま何も答えないので、父は不安げにあたしをちらっと見た。あたしは大丈夫と言うように身ぶりして、先をうながした。

「ああ、ええと、きみはたいしたものだ。クーシュ族に勇敢に立ち向かってゆくとは、驚いたよ。われわれヒンバ族もクーシュ族にひどい目にあわされているが、平和主義だから、我慢して連中とうまくやっているんだ。さあ、こっちへ来て、きみのためにつくったものを見てくれ」

　オクゥとあたしは父に案内され、家の裏側にまわった。一歩踏み出すごとに、サンダルが温かな赤土に埋まる。やっぱり、帰ってきてよかった。

「そうだ」父は振り返り、あたしとオクゥのところまで戻ってきた。「きみがわれわれの言葉を話すのを聞いて、心からうれしかったよ。あれは娘に教わったのか？」

「そうです」と、オクゥ。「ビンティは教えるのがとても上手です」

「正真正銘の調和師師範（マスター・ハーモナイザー）だからな」父はそう言いながら、また前を向いた。

　あたしは気まずい思いで唇を噛（か）んだ。

　角を曲がって裏庭に入ると、話題が変わり、ほっとした。

「きみのためにつくったんだよ」父が両手を広げながら、振り向いた。オクゥは傘の奥のほうからうれしそうな音を出した。

「わあ、パパ。すごい」あたしは声を上げて笑った。

オクゥは父の横をすり抜け、その透明な巨大テントへ向かった。フラップをめくると、オクゥの身体より少しだけ大きい入口が現われ、ラベンダー色のガスがただよい出てきた。オクゥは宙に浮かびながら、なかへ入り、フラップをおろした。

「おれも調和師師範なんでね」父があたしに向かってウインクした。「調査も得意だ。まずメデュースの呼吸に必要なガスの成分を調べたところ、クーシュランドの火山地帯で噴出するガスによく似ていることがわかった。あとは、そのガスを生成する装置を造るだけでよかった」

「これ、ぜんぶパパが考えたの?」あたしは、にっこり笑った。

「もちろん」と、父。「敵の敵は友だちだから……たとえ、それがモンスターだろうと」

「オクゥはモンスターなんかじゃないわ、パパ」

「おまえがウウムザ大学行きの船のなかで死にかけたのも、コクレ発着港であわや皆殺しの大惨事になりかけたのも、あのモンスターのせいじゃないのか」あたしがその言葉に抗議しようとすると、父は片手を上げてさえぎった。「だが、仲なおりをして友情を築き、調和をもたらすことこそが、調和師(ハーモナイザー)の役目だ。おまえはあのモンスターと友だちになった。よくやったな」

あたしは父に抱きついた。

「そう言ってくれて、ありがとう」

オクゥはテントから出てこなかったが、いちどだけ、父に礼を言うために顔をのぞかせた。

「テントのなかは非常に快適です。さすがはビンティのお父さんだ」

あたしの寝室は、あたしが出ていったときのままだった。テーブルの上に、アストロラーベの部品、ワイヤの切れ端、砂岩くずなどが散らかっている。クローゼットの扉は閉じられ、整えられたベッドの上に、薄くて赤い布で包んだ何かが置いてある。あたしは笑みを浮かべた。プレゼントをこんな赤い布で包むのは、母だけだ。包みを裏返し、片手をすべらせて、ひんやりしたなめらかな布の感触を味わうと、もとの場所に戻した。中身を見るのは、あとで落ち着いてからにしよう。

キャリーバッグに近づき、一枚のドレスを取り出した。惑星ウウムザ・ユニでめずらしくショッピングをしたときに買ったものだ。ゆったりとしたロングドレスで、どことなくクーシュ族のドレスに似ている。しかも、色はヒンバ族がほとんど身につけることのない空色だ。階段をおり、家族の待つ広間に入ったとたん、そのドレスに着替えたことを猛烈に後悔した。あたしったら、よりによってこんなドレスを着るなんて、バカ、バカ、バカ。長いこと故郷を離れていたから、感覚が狂っちゃったんだわ。あたしは全員の視線を痛いほどに感じ、母のあとを追ってキッチンに逃げこんだ。

母方のおば二人がそれぞれ大鍋の前に立ち、料理をしている。かたや鍋いっぱいに米が炊かれ、かたや山吹色のヤギ肉カレーがぐつぐつ煮立っていた。母が別の大鍋の重い蓋を持ちあげ、ローストした鶏を大皿からレッドシチューのなかに入れた。見ているだけで、お腹がぐうぐう鳴る。惑星ウウムザ・ユニにいたときは、ありとあらゆる種類のおいしい異星料理を食べ、寄宿舎のキッチンで自炊したこともあった。でも、やっぱり、スパイスの効いたライスと、チキン入りのピリッと辛いレッドシチューの組み合わせがいちばんだ。

「ママ」おばたちに聞こえないよう声を落として呼びかけた。「今季の巡礼にいくことになってるグループは、いつ出発するの？　あたしは地球を離れてたから、巡礼の時期を算定できなかったし、ヤシの葉に書かれた情報を入手することもできなかったの」

あたしが半分笑いながら不安げに母を見ると、母は驚きの色を浮かべた。巡礼を行なう時期は、土の現在の組成を基準にした数字から割り出され、三枚の大きいヤシの葉に記入することになっている。三枚の葉は一カ月以上にわたって家から家へとまわされ、最終的にすべてのヒンバ族が巡礼の時期を知る。

「おまえ自身が巡礼にいきたいということなの？」と、母。

あたしはうなずいた。

「もちろん、家に帰ってきたのは、みんなに会いたいからだけど、巡礼も理由のひとつよ」

母とあたしは同時に、「いよいよ、そのときが来たのね」と言うと、二人そろってうなずいた。母は手を伸ばし、あたしのオクオコにためらいがちに触れた。その一本を手に取り、ぎゅっと握りしめる。あたしは顔をしかめた。

「もう、もとの髪ではなくなってしまったんだね」と、母。

「そうよ」

あたしはおばたちの背中をちらっと見た。二人とも大鍋の中身をかき混ぜながら、聞き耳を立てているにちがいない。

「あんたにこんなことをしたのは、あのモンスターなの？」

「メデュースたちがしたことよ。オクゥ一人のせいじゃないわ……たぶん」背中を毒針で刺されたときのことを思い出し、言葉を切った。あのとき、あたしはメデュースの族長の前にひざまずき、自分とメデュースとウウムザ大学関係者の命を守るために、族長を説得していたのだ。「本当のところはわからない。あたしからはオクゥの姿が見えなかったから」

「メデュースの場合、複数の個体がひとつの意識を共有している」と、母。「だから、誰がやったことかは関係ない」

母がオクオコのオティーゼをこすり落とすと、ありのままのオクオコが現われた。青みがかった半透明で、先端に青い斑点がある。あたしは息を止めた。母親としての目と手があたしを見定めようとしている。母がなにやらつぶやいても、息を止めつづけた。母は家族を守るためだけに数学的視覚を使う。いまは、その能力を使って、あたしのなかをのぞこうとしている。ずっと奥のほうまで。

母は何もかも見通してしまうだろう。数秒後、母がオクオコを握りしめ、穴が開きそうなほどあたしを見つめながら、単純だがなめらかな感じのする方程式をいくつかつぶやいた。その方程式は石けんで溶かされた油のように、あたしの耳からすべり落ちた。あたしは足を踏み変え、〈セブンの神々〉に祈った――母が〝わたしの娘の穢(けが)れを取りのぞいてください〟などと言いだしたりしませんように。あたしたち姉妹はわざとらしい演出のリアリティショーをよく観るのだが、その番組のなかで取り乱した母親がたびたび口にするセリフだ。ふいに母はオクオコから手を放し、迷いのないまなざしであたしを見た。目をしばたたき、あたしのあごを持ちあげる。

「出発は明日だよ」

あたしは驚いて、目を見開いた。

「そんな、まさか！　でも……でも、家に帰ってきたばかりなのよ！」

「たしかに。あんたはこんなに才能豊かな調和師のくせに、いつもタイミングが悪いね」

「巡礼用の衣装。ベッドの上に置いてあったのは、巡礼用の衣装だったのね？」

母はうなずいた。

「ママはあたしが巡礼にいくことを知ってたのね？」

「あんたはわたしの娘なんだから、あたりまえじゃないか」母はあたしを引き寄せ、きつく抱きしめた。あたしは母の胸に頭を預け、ため息をついた。「たとえ、あんたが何かの仮装みたいなへんてこな青いドレスを着ようと、わたしの娘であることに変わりはない」

あたしは思わず吹き出した。

あたしの歓迎夕食会には、九人の兄弟姉妹が全員そろった。おじおば、いとこ、めい、おいたちもいた。村のヒンバ評議会のカピカ議長と、その二番目の妻ニーカも来た。あたしの親友のディーリーだけは姿を現わさなかった。そういえば、発着港にも来ていなかった。あたしはがっかりした。でも、明日の朝早くに捕まえれば、四日間の巡礼に出るまえに話ができるだろう。

「なんなの、そのドレス？」あたしが親族や客であふれかえる広間に続く階段をおりきったとき、ヴェラ姉さんが言った。「まるで人魚のコスプレみたい。水の神マミ・ワタに挨拶にいったほうがいいんじゃないの？」独特な表現であたしをバカにすると、声を上げて笑った。

あたしの心がチクリと痛んだ。ヴェラはあたしより十二歳上で、背は数センチ高い。ものすごい美人なので、五年前には十五人ものいずれ劣らぬ候補者から結婚相手を選ばなければならなかった。ヴェラが選んだのは水神のようにハンサムな男性だった。アストロラーベの店の経営者としても大成功をおさめていたため、父は大喜びした。ヴェラは家族のなかでいちばん口が悪く、あたしが家を出たことを〝自分勝手で無責任な選択〟だとこきおろした。ヴェラの腕に抱かれた二歳の息子ズーが、目を大きく見開き、とびきりの笑顔であたしを見ている。

「かわいいズーは、あたしのドレスがお気に入りみたいよ」と、あたし。

「ズーは変わったものが好きなのよ」ヴェラはズーを床におろしながら言った。ズーはあたしに近づいてくると、ドレスの裾（すそ）をつかみ、よく見ようとした。「冗談よ。ほんとは、あんたがピチピチの宇宙服みたいなのを着て帰ってくるんじゃないかと思ってたの。そのドレス、悪くないわよ。とにかく、あんたが無事に帰ってきて、みんなほっとしてるわ」

ヴェラはあたしをしっかりハグした。

「ありがとう」と、あたし。

その夜はそうして始まった。予想したとおりだ。あたしは何人かの同級生と久しぶりに話をし、男子も女子も含めてその全員から、婚約していることを得意げに告げられた。安堵（あんど）するのと同時に、少しむっとした。あたしも婚約するために戻ってきたのかとは誰もたずねなかったからだ。カピカ議長がヒンバ族の誇りについてスピーチした。

「しかして、オセンバのビンティ・エケオパラ・ズーズー・ダムブ・カイプカがわれらのもとへ帰ってきました。自己防衛的な花のように、われらがコミュニティも、ふたたびひとつになることができました。われらは、ともにあります。非常に喜ばしいことです」議長のスピーチが終わると、みんな拍手喝采（かっさい）した。あたしは複雑な思いで笑みを浮かべた。二カ月後に新学期が始まるので、ウウムザ大学へ戻ることになっているが、いまはまだ明かさなくてもいいだろう。

これから何もかもが悪い方向へ進むとは思いもせず、全員がすわって食事を楽しみつづけた。ダチョウのシチューをお代わりしたとき、あたしの胃袋は限界を超えていた。ウウムザ大学にいたときは、オクパラ教授に言われて、数学部のすべての学生は日々、栄養豊富な食品の摂りすぎに注意していた。満腹になると完全なツリーイングが難しくなるからだと、オクパラ教授は言った。オクパラ教授の言うとおりだった。もともと、あたしは必要以上に食べるほうではないが、腹八分を心がけると、頭がすっきりすることに気づいたのだ。もう何カ月も腹八分を守りつづけてきた。でも、今日ぐらいは、はめをはずしてもいいだろう。

動きが緩慢になり、身体が重たくなるのが、自分でもわかった。さいわい、あたしのそばには誰もいない。食べることに専念できる。父は少し離れたところで、自分の兄弟であるギデオンおじさん、アクペおじさんと立ち話をしていた。なんの話か知らないが、ギデオンおじさんは大笑いしていたかと思うと、次の瞬間、倒れそうになった父をあわてて抱きかかえようとした。「パパ！」あたしは悲鳴を上げ、跳びあがった。父が卒倒したことに気づき、まるで掃除機で吸いこまれるかのように、広間にいた全員が父のもとへ急いで集まってきた。ベナ兄さんがあたしを押しのけ、父に駆け寄った。

母も駆けつけてきた。

「モアウーゴ」母は父の名前を叫んだ。「モアウーゴ、いったいどうしたの？」

ギデオンおじさんとベナが父を助け起こす。

「大丈夫だ」父は息を切らしながらも、頑として言い張った。「本当に大丈夫だから」

言葉を発するだけでも苦しそうだ。弱々しく合わせた父の両手を見た瞬間、あたしは、父の指の関節がまるで球根のように大きく腫れあがっていることに気づいた。いつのまに関節炎になっていたんだろう？　あたしが眉をひそめていると、ヴェラ姉さんがあたしの横に並んだ。息子のズーがヴェラのスカートを握りしめている。さらに、いちばん上のオマイヒ姉さんがあたしを挟んで、ヴェラの反対側に立った。あたしは背が低いほうではないが、姉妹のなかではいちばん低い。二歳下の妹ペラアよりも低いくらいだ。ヴェラとオマイヒのあいだに立つと、巨人に挟まれた子どものような気分になった。

「パパ、大丈夫なの？」と、オマイヒ。

「ああ、なんでもない」父はそう言うと、ギデオンおじさんとアクペおじさんに支えられて椅子に腰をおろした。ベナも、あたしたち姉妹三人の横に来て並んだ。

腕組みし、顔をしかめている。

「パパはいつも無理をしすぎるんだよ」と、ベナ。「昼間はアストロラーベの店で立ちっぱなし。家に帰ってきて食事をするときも、やっぱり立ちっぱなしだ」

「これでわかったでしょう、ビンティ」ヴェラが非難がましく言った。

三人とも、あたしをにらみつけている。

「いったい、パパはいつから――」

「あんたが家を出ていってから、ずっとよ」と、ヴェラ。あたしを直視した。ベナとオマイヒもあたしを見ている。

「どういうこと？」と、あたし。「パパがこんなことになったのは、あたしが家を出たせいなの？」

ヴェラはフンと鼻で笑い、あたしをにらみつづけた。

あたしは助けを求めるようにベナとオマイヒを見たが、何も言ってもらえなかった。

「あたしのせいじゃないわ」

「いいえ、あんたのせいよ」と、ヴェラ。ぴしゃりと大きな声で言った。あたしは周囲を見まわした。ヴェラは聞こえよがしに言ったのだ。「ビンティ、家に帰ってきた以上、つらい現実にも向き合うべきよ」

「また夜中に、しれっと姿を消す気にならないうちにね」オマイヒは断固とした口調で付け加えた。

「あたし……あたしが家を出たのは夜じゃない。早朝よ」あたしはつぶやいた。大きく息を吸い、胸ポケットに手を入れて、エダンを握りしめる。これはあたしのものだ。あたしはこの物体を研究している。姉さんたちはもちろん、家族の誰も行ったことのないはるかかなたの大学で。

ヴェラはさらに近づいてきて、軽蔑する表情であたしを見た。オティーゼを塗りかためたヴェラのドレッドヘアは、膝に届きそうなほど長く、まるで花ざかりの木のように華やかだ。それと比べると、あたしのオクオコはまだつぼみのように思えた。

「パパをごらんなさい！　あんたが店を継ぐことになってたら、パパはゆっくりすわっていられたし、誇らしい気持ちにもなれたかもしれない。わたしたちだって、みんな、あんたに会えてうれしいわよ、ビンティ。だけど、恥を知りなさい。あんたが殺されかけたのは自業自得よ！」と、ヴェラ。あたしの顔に人さし指を突きつけている。心臓がバクバクした。「これからパパはどうすればいいの？　そう……たとえあんたが本当に死んだとしても、世界は変わらないのよ。いったい、あんたは何様のつもりなの？」

あたしはエダンを握りしめながら、どうにか平静を保った。部屋じゅうの人が息を殺して聞いている。両親はどこにいるんだろう？　ああ、あそこ、何メートルか向こうだ。すわっている父の横に母とおじたちがいた。みんなの視線があたしたちに向けられている。

「大学を辞めて家に戻らなければ、おまえは家族から孤立してしまうわよ」と、オマイヒ。ヴェラほどの大声ではないが、口調はもっと厳しい。「惑星間を行ったり来たりすることを、考えなおすべきよ」

数人が小声で賛同した。

「あたしは〈セブンの神々〉のお導きにしたがって行動してるだけよ！」と、あたし。金切り声になり、息ができない。怒りを抑えながら、言うべきことは言わなければならない。家を出たときからあたしの奥に根づいている慙愧の念も、もちろん感じている。そういうさまざまな重圧がのしかかり、頭がくらくらした。

「姉さんたちは、あの船であたしが経験したことを理解できる？　一人残らず死んだのよ。パイロットとあたし以外の全員が！　あたしはその瞬間をこの目で見たの！　あたしは——」

「そのあと、人類の敵と仲よくなった」あたしの背後からベナが言った。

あたしはくるりと振り返った。

「いいえ、クーシュ族の敵よ。兄さんが物心ついてから、ずっとののしりつづけてるクーシュ族の」あたしがヴェラに向きなおると、ヴェラは大きな音で舌打ちし、不快感をあらわにして、あたしを上から下までながめまわした。

「みっともないわよ、ビンティ」と、ヴェラ。「もう昔のあんたとは違う。頭がどうかしてるのよ。もうすぐ十八歳になるっていうのにね。誰があんたと結婚したがると思う？　どんな子どもを持てると思うの？　親友のディーリーでさえ、あんたに会いたくないってよ！」

あたしは最後のひとことでとどめを刺された。

「あんたは帰ってくるべきじゃなかったのかもね」ヴェラはうなるように言うと、あたしの顔のすぐ前まで顔を近づけてきた。あたしの顔をなぐらないよう我慢しているにちがいない。〝なぐりなさいよ〟——あたしは目で訴えた。〝やれるもんなら、やってみなさいよ〟頰が熱くなり、全身が怒りで震えてきた。

「なかには、あんたの真似をしたいと思う女の子もいるかもしれない」と、ヴェラ。「あんたは調和師師範だったはずでしょ。それがどうよ。どんな調和をもたらしたっていうの？」

あたしは、いちばん単純な数式を唱えようとした。

〝1+1、0+0、5－2、2×1〟あの船のなかでも、これと同じことを試みた。クーシュ族を憎むあまり人類全体を敵対視するメデュースを相手に、自分の命を守ることができた。でも今は、あらゆる数字があたしの意識からするりと逃げてゆく。あたしの目に映っているのは、オティーゼを塗ったヴェラの顔だけ。ヴェラが言葉を発するたびに、銀色の長いイヤリングがカチャカチャと音を立てる。砂岩と金でできた精巧なネックレスは、結婚のしるしとして夫から贈られたものだ。ヒンバ族の女性にとって結婚は、宇宙を旅して銀河系一の大学へ行くことよりも、はるかに意味のあることなのだ。

　ヴェラはさらに一歩近づいてきた。

「あんたがもたらしたのは、不調和よ！　まんいち……

……」

「もういい！」あたしはヴェラをどなりつけた。怒りで身体が震える。「あ……あんたこそ、何様よ、姉さん？」それ以上は言葉が見つからなかった。荒々しく息を吸い、いくら怒っていたにせよ、自分でも信じられないような行動に出た。ヴェラの顔に唾(つば)を吐きかけたのだ。たちまち後悔したが、それでも口をつぐむどころか、わめきつづけた。

「あたしを誰だと思ってるの？」後悔の重圧に耐えながらも、ヴェラをはじめ、ここにいるみんなに対してわめき散らすのは快感だった。言葉を続けようとしたとき、ヴェラが悲鳴を上げた。あたしの吐いた唾が乾くまもなかった。ヴェラはよろよろとあとずさり、椅子にすわりこんだ。その拍子に肘がテーブルの上のコップに当たり、コップは床に転がり落ちてこなごなになった。父の叫び声が聞こえる。あたしの背後でベナが息をのみ、そそくさと逃げていった。

　ヴェラは両手を上げ、頭を振りながら、消えそうな声で言った。

「ごめんなさい、わたしが悪かったわ、ビンティ、ごめんなさい！」

「ビンティから離れるんだ」と、おじの一人。「みんな、早く」

「おい！」誰かが叫んだ。「あれはなんだ？」

　丸テーブルの向こうにいた四歳のめいが鶏(チキン)のドラムスティックをポトリと落とし、あたしのいちばん上の兄オメヴァの脚に顔をうずめた。オメヴァは口をぽかんと開けて、あたしを見つめるばかりで、わが子の異変に気づいていない。部屋から逃げだす者もいれば、両目をおおう者、部屋の片隅でちぢこまる者もいた。母と目が合った。うつろな目だ。しばらくして、ようやく、あたしは事態を理解した。オクオコがまたしても頭上で荒れ狂っていたのだ。

「調和をもたらすはずのおれの娘は、どうしちまったんだ?」と、父。低い声だ。「平和を取りまとめた娘は? 姉さんの顔に唾を吐きかけるとは」父は右手で両目を押さえた。その手は節くれだっていた。

あたしはポケットのなかのエダンから手を放し、その手を胸に押し当てた。怒りは消えている。

「パパ、あたし……」

「あんな場所へ行ったせいなのか?」父は顔をおおったまま、たずねた。

あたしはあふれる涙をどうすることもできなかった。どうなってるのか、自分でもまったくわからない。きょうだいげんかをすることもあったが、これほどひどくはなかった。あたしの人生は穏やかだったのに、いまや争いごとが絶えなくなってしまった。きょうだいたちは一方的に、あたしを責めつづけている。平和がなんの役に立つというの? あたしにだって言いたいことがある。釈明させてもらいたい。でも、あたしは何も言わず、部屋を飛び出した。あたしがいなくなったとたんに、家族はあたしの悪口を言いはじめるのだろう。あたしが地球を離れていたあいだと同じように。階段をのぼりきらないうちに、その声が聞こえてきた。口火を切ったのはヴェラで、兄さんたちがそれに続いた。

あたしは寝室のドアを荒々しく閉め、立ちつくした。全身が震えている。はるばる帰郷し、家族のもとで休めるはずだった。まさか、のけ者にされるとは思わなかった。〝見せかけだけの人間にも仲間はいるが、中身のない人間は一人きりでさまようはめになる〟と、父はよく言っていた。家族との関係を修復しなければならない。どうすればいいのか、必死に考えた。でも、アドレナリンと怒りが全身を駆けめぐっているせいで、考えがまとまらない。

ふとベッドの上のプレゼントが目に入った。赤い布をほどいて広げると、オティーゼを思わせる濃いオレンジ色の共布でできたブラウスとベールが現われた。

「きれい」あたしは小声で言った。すばらしく軽い、くったりした素材だ。これを身につければ、真昼の砂漠を歩いても、日陰に立っているかのように涼しく感じられるだろう。ヒンバ族の女性にとって、巡礼の衣装は結婚式の衣装の次に高価で大切な宝物だ。

あたしは苦笑した。この衣装はあたしの一生の宝物になりそうだ。

「あたしに結婚はありえないから」そっとつぶやいた。自分の言葉に笑いがこみあげてきて、気がつくと大笑いしていた。お腹がよじれるほど笑った。

落ち着きを取り戻し、聞き耳を立てた。今も下の部屋から、家族の大きな話し声が聞こえてくる。あたしは巡礼の衣装を振り広げ、椅子の上に置いた。つづいて、ポケットからアストロラーベとエダンを取り出し、ベッドの上に並べる。目を閉じ、オクパラ教授に教わった呼吸法のひとつを練習しようとしたとき、アストロラーベの着信音が鳴った。誰からの通信だろう？動きを止め、目を閉じたまま、考えうる候補者の名前を思い浮かべた。

姉妹の誰か？大いにありうる。

父？ありえない。

母？あるかも。

おじか、おば？ありえなくはない。

目を開けると、ディーリーの顔がアストロラーベの丸い画面いっぱいに映っていた。視線を手もとに落とし、あたしが電話に出るのを待っている。

「ディーリー」あたしが言うと、着信音が止まった。ディーリーは顔を上げ、あたしと目を合わせた。ディーリーと話すのは、家を出てからはじめてだ。あたしが電話しても、どうせ出てくれないだろうし、ディーリーのほうから電話してくることもなかった。ディーリーは以前より大人びて……賢そうに見えた。

「あごひげを伸ばしたのね」と、あたし。まずいことを言ってしまった。たしかにあごひげには違いないが、まだ産毛のように薄い。

「ぼくはヒンバ評議会に加入した」ディーリーはにこりともせずに、そう告げると、あたしを見つめ、あたしも見つめ返した。ヒンバ評議会ですって？　見習いとして修業を積み、いずれは評議会議長になるということ？　ディーリーが？　見習いはヒンバ族の地を離れてはいけないはず。ディーリーはいつから、そんなに……土着するようになったんだろう？　階下の話し声が、ますます大きくなってきた。母の声が聞こえる。どなっているのかもしれない。

「元気だった？」あたしは沈黙を破った。

「ごらんのとおりさ」と、ディーリー。

またしても沈黙。

「いったい……なんの用なの、ディーリー？」

「おまえの姉さんに頼まれたんだよ。急いでおまえに電話するようにって」と、ディーリー。「どうなってるんだ？」

「やっと電話してきたと思ったら、そういうこと？」

「おまえが勝手に出ていったくせに」と、ディーリー。

「だから？」

沈黙。

「ディーリー……黙って出ていって、ごめん」と、あたし。「だって、みんな……あんたも、あたしが大学に行くはずがないと決めつけたじゃない。行けるわけないって。でも、どうしても行きたかったのよ、ディーリー。どうしても。あんたは心の底から何かをしたいと思ったことは、いちども……」

「故郷を離れたいと思ったことはないね。ぼくがそんなことをして、ぼくの家族が……ヒンバ族の人たちが喜ぶと思うか？　誰も喜ばないよ、ビンティ。絶対に。自分勝手なことだからな。ぼくはクーシュ族と違って、故郷を離れたりしない」

ディーリーとあたしは赤ん坊のころからの幼なじみで、成長するにつれ、ディーリーはヒンバ族のならわしに深く傾倒するようになった。そのことについて二人で冗談を言ったり口論したりしたが、あたしたちの友情は揺るぎなく、法律や規則でも変えることはできなかった。それに、あたしは気に入らなかったけど、昔からディーリーは伝統を重んじることで、自分を強くて威厳のある人間に見せるすべを知っていた。今はこうして、あごひげを生やしている。

「おまえは複雑すぎるんだよ、ビンティ」と、ディーリー。「だから、ぼくはおまえと距離を置いた。おまえは今でも親友だし、おまえがいないと寂しい。でも、もう、おまえのことが理解できないんだ。今の自分を見てみろよ。まるで別人じゃないか」ディーリーはカメラごしにあたしを指さした。「オティーゼで隠そうとしたって、ぼくの目はごまかせないぞ」

あたしは、どさりとベッドにすわりこんだ。また息ができない。ディーリーは、あたしのオクオコのことを姉さんから聞いたのだろうか？　カメラごしに、これがもとの髪と違うってわかるのかしら？　オクオコがあばれまわっているわけでもないのに。

「おまえは何をやらかそうとしてるんだ？」と、ディーリー。「具合が悪いことぐらい、その顔を見ればわかるよ。なんだか、やつれて悲しそう……」

「今日あんなことがあったせいよ！」と、あたし。

「何があったのか、はっきり訊いたらどうなの？　あたしの具合が悪いのは、あたしが人生最大の選択をしたせいだなんて、勝手に決めつけないでよ。家に帰ってきたから、気分が悪いの！　ここに着くまでは元気だったんだから」少しだけ嘘をついたが、論点を明確にするためにはしかたがなかった。

「ぼくたちはみんな、おまえを愛してる」と、ディーリー。「おまえが家を出たせいで、家族がどれほどつらい思いをしたか、わかるか？　おまえが英雄になったおかげで、おまえのお父さんの店は繁盛したかもしれないが、お父さんの健康は悪化した。村の将来にかかわる大問題だ。おまえのお父さんは、評議会議長なんかより、ずっとリーダーにふさわしい人間だからだ！　調和師師範でもある！　それに、村の人たちから……おまえのまだ結婚してない姉妹や従姉妹たちがどんな扱いを受けたか、想像がつくか？　おまえは彼女たちの人生に汚点を付けたんだよ。結婚はもう無理……」

「あたしは全然悪くないわ！」

ディーリーは言葉を切り、頭を振りながら、かすかに含み笑いした。あたしたちはもういちど見つめ合った。

ディーリーが、はねつけるように手を振った。

「お役に立てなくて、すまない、ビンティ」

「おたがいさまよ」あたしはぴしゃりと言った。

「明日、巡礼に出るそうだな」と、ディーリー。「妙なタイミングだが、気をつけて」

「ありがとう」あたしは目をそらした。

「おまえなら、きっと大丈夫だよ」ディーリーはよそよそしい口調で言うと、アストロラーベの画面から消えた。今になってはじめて、あたしは現実を思い知らされた。家出した娘と結婚したがる男性などいない。あたしと結婚したいと思う男性は、永遠に現われないだろう。

あたしはアストロラーベとエダンをわきへ押しやり、ベッドに横になってまるくなった。泣き疲れて、いつのまにか眠りに落ちた。

〈ナイト・マスカレード〉

数時間後、あたしは目を覚ました。涙とオティーゼと鼻水が乾いて、顔がつっぱる感じがした。バスルームで鼻をかんで拭き、鏡をのぞきこむ。頬や額の古いオティーゼがはげ落ち、ところどころ暗褐色の素肌がのぞいている。すべて落として塗りなおさなければならない。そうすれば、少しは気分がよくなるだろう。いま使っているオティーゼは地球の土で作ったものではないが、それは問題ない。鏡に映るやつれた自分の顔から、裏庭に面した窓に視線を転じた。オクゥはどうしているだろう。

忍び足で階段をおり、そっと広間をのぞいた。隅のほうでまだ数人がこそこそ話していた。ヴェラ姉さんもいる。そのほかの人たちは平らな枕やマットの上でまるくなって、寝ていた。あたしが裏口から出たとたんに、オクゥと出くわした。

「もめてたみたいだね」と、オクゥ。

「そうなの」あたしはオクゥをよけ、ガスが充満したテントを見にいった。こんもりとふくらんだ大きなテントは、メデュースに形が似ていた。きっと父は最初からそのつもりでつくったんだろう。

「きみのお父さんが様子を見にきたよ」と、オクゥ。「動揺してた」

あたしは低くうめいただけで、それには答えなかった。

「湖に行ってみたい?」

オクゥが興奮して、勢いよくガスを吐き出した。あたしは咳きこみ、手を振って空気をかき混ぜた。

「うん、行こう」と、オクゥ。あまりに明瞭な声が巻き起こした振動で、頭痛がした。

あたしの生まれ故郷オセンバ村は、未舗装道路から、石造りや砂レンガ造りの建物にいたるまで、何もかもがくすんだ茶色の色調を帯びている。何軒かの最古の建物は堅固な石造りで、〈ザ・ルート〉と同じく、伝統的な円錐形の屋根がいくつもついている。村はずれに位置する〈ザ・ルート〉から一・五キロほど西には、肥沃な土地をのみこもうとするかのように砂丘が迫っていた。未舗装の大通りを東へ直進して、家並を通り過ぎ、朝市が開かれる小さな広場を抜けると、その先が湖だ。オセンバ村の大半がその湖を中心に広がっている。

　深夜の闇のなか、オクゥとあたしは歩きつづけた。ヒンバ族は太陽の動きにしたがって生活している。日が沈んだら家に帰る。夜は家族と過ごし、その日一日を振り返り、眠りにつく。だから、この時間帯に外を出歩く者は誰もいない。ありがたいことだ。あたしはアストロラーベのフラッシュライトで道を照らして進みながら、横目でちらちらとなんどもオクゥを見た。オクゥは宙に浮かんだまま、あちらこちらと移動し、オセンバ村を観察している。平時か戦時かにかかわらず、メデュースがこんなことをするのははじめてだろう。

　数分後、オクゥが言った。

「水のにおいがする」

「湖がこのすぐ先にあるからよ。テーブルや木製のコーンバーがたくさん見えるでしょ。ここで毎朝開かれる朝市で使うものなの。惑星ウウムザ・ユニにも似たような市場があったけど、もちろん、ここに来る買い物客は地球人だけよ」

「じゃあ、〈ウウムザ・ブルー・マーケット〉とは似ても似つかないじゃないか」と、オクゥ。

「そうね、もともと、しくみが違うから。ここは露店ばかりだもの。さあ、もうすぐ湖よ」

「どうして、ここの空気は水のにおいがするんだろう?」オクゥがオティヒンバ語でそう言うと、オクゥの水に対する畏敬の念がより鮮明に伝わってきた。あたしは笑みを浮かべ、歩調を速めた。オクゥがこれほど興奮するとは、めずらしい。

砂浜に足を踏み入れたあたしは、急いで深呼吸しかけて、息を止めた。〝プーッ〟。オクゥがガスを吐き出したのだ。それも、アストロラーベのフラッシュライトがラベンダー色に染まるほど大量に。オクゥから数歩離れ、手であおいでガスを振り払いながら、息ができる場所まで移動した。まだ咳が止まらないが、おかしくて笑いがこみあげてきた。

「オクゥったら」あえぎながら言う。「少しは落ち着いて――」

だが、オクゥの姿はすでになかった。あわててアストロラーベであたりを照らすと、すぐにふたつのことがわかった。ひとつは、オクゥが湖の上の空間に浮かび、強風で吹き流されるかのように、すばやく移動していること。あとひとつは、もう明かりは必要ないということだ。湖から発せられる光だけで充分に明るい。湖からの光――のんびり、そんなことを考えていると、急に疑問が浮かんできた。そもそも、オクゥは泳げるの? この湖は塩水湖だから、浮くとは思うけど。

「オクゥ」あたしは大声で呼び、駆けだした。

でも、もう遅かった。オクゥは水に浸かったかと思うと、あっというまに水中にもぐり、見えなくなった。あたしは膝まで浸かり、水しぶきを上げてオクゥを追いかけようとした。塩を含んだ温かい水は浮力が大きく、なかなか前へ進めない。

「オクゥ?」あたしは叫んだ。あたり一面が緑色の光で染まっている。発光巻き貝の産卵期とあって、水のなかは赤ちゃんでいっぱいだった。思い思いのタイミングで発光している。星が密集する銀河を歩いている気分だ。

オクゥを捜して、さらに深みへと入ってゆく。ふと足を止めた。もぐるべきなのか？　あたしは泳げないが、溺れる心配はないだろう。塩水の浮力が身体を水面まで押しあげてくれるはず。でも、このままオクゥのあとを追えば、オティーゼが洗い流されてしまう。そんな姿を誰かに見られたら、大変だ。頭がおかしくなったとまでは思われないにしても、非常識だと噂されるのは間違いない。

「オクゥ？」もういちどだけ叫んだ。オクゥの身体が水に溶けちゃったらどうしよう？　きらきら光る水面を見た。思いきって湖底を蹴り、できるだけ遠くへ身を投げ出すと、水をかきながら進みはじめた。数メートル先で、銀河のように渦巻く緑色の光がまたたいている。その渦の中心にオクゥのシルエットが浮かびあがった。巻き貝の赤ちゃんたちに囲まれている。「何してるの？」あたしはささやいた。

次の瞬間、水面からオクゥの傘が現われた。半身を水中に沈めたまま、上手に泳いでいる。オクゥはあたしに近づこうとして、動きを止めた。泳ぐには水深が浅すぎるのだ。

「ぼくの祖先たちがダンスしてる」と、オクゥ。オティヒンバ語だ。その声はいままで聞いたことがないほど、感動で打ち震えていた。オクゥはふたたび泳いで引き返してゆくと、それから三十分間、巻き貝たちとのダンスを楽しんだ。

あたしは緑色の光を浴びて、水辺にすわっていた。オティーゼが流れ落ちた両脚をロングスカートで隠している。昔から、ヒンバ族の女性が沐浴することはタブーとされてきた。公然と湖で泳ぐなど、もってのほかだ。あたしは惑星ウウムザ・ユニでシャワーを浴びる楽しみを覚えた。シャワールームを使うのは、誰もいない時間帯だけだったけど。こうして、オクゥが神と崇める存在とたわむれる様子を見ていると、泳ぐことがタブーだというヒンバ族の伝統がバカバカしく思えてきた。オクゥにとっては、そのようなタブー自体がタブーだろう。

神々は多くのものに宿る——そんな格言を思い出した。

どうして、こんなことをしてるんだろう？

オクゥと巻き貝たちとのダンスを見たあとも、夕食時に家族と言い争いになったことが頭から離れない。怒りと悲しみがいまも全身を駆けめぐっている。一時間後、寝室の床にすわりこみ、エダンに刻まれた線を指でなぞりながら、小声で方程式を唱えた。エダンのセンサーが、数学的調和と声の微振動を感知するかもしれないからだ。

開いた窓を通して、西の砂漠からひんやりとしたそよ風が吹きこみ、オレンジ色のカーテンをはためかせた。その風のせいで、呼び出そうとしていた数理フローは乱され、方程式はなんども消え去った。だが、あたしの集中力は弱まるどころか強くなっていった。

小声で唱えるうちに、ツリーイングの状態に入っていった。無数の数字が空中をただようさまは、やわらかく穏やかで浮力を持つ湖水に浮かんでいるようだ。本当にきれい——ぼんやりとして遠いようでもあり、整っていて近いようでもあった。エダンの三角形の側面のひとつに指をすべらせると、その側面はすっと開いてすべり落ちた。ピラミッド型の頂点の内側に、さらなる金属板が現われた。渦と輪からなる、不規則な幾何学模様がほどこされている。オクパラ教授はこう表現していた——〝言語の下の言語〞。エダンはすべてがコミュニケーションに関係している。上の層に配置された言語は、その下の層のものとは別物だ。その言語を勉強してきたものの、はたして習得したと言えるのだろうか？

「ああ」あたしはため息をつき、そのピラミッド型の三角形の側面をもうひとつはずした。呼び出した数理フローによって、ふたつの三角形の側面が眼前に浮かびあがった。あたしはささやいた。「これを上へ」

エダンが浮かび、ふたつの三角形の金属片に加わった。そして、いつものように、三角片はゆっくりと回転しはじめた。エダンを小惑星とすれば、ふたつの三角片は平らな輪をつくる衛星だ。室内をひらひらと飛んでいた小さな黄色い蛾がエダンの光に引き寄せられ、輪に飛んでいった。その瞬間、蛾は回転する空気に巻きこまれた。

三角形の金属片が回転するなかで激しく踊らされている蛾は実在しているのだろうか？　あたしはわからなくなった。わからないことは次々と出てきて、つねに存在していた。理由はわからないが、突然、エダンから三角形の側面が次々とはじき飛ばされた。複数のピラミッド型の頂点から落ちた金属片も回転に加わった。エダンの核はその回転のまんなかに浮かんでいる。あたしは瞑想中にぽっかりと空いた静けさのなかで、畏敬の念でため息をついた。深い線が刻まれた金色の球体を中心とした軌道は不規則だが、それぞれの輪が交わることはない。まるで指紋のようだ。これは純金なのだろうか？　金はすばらしい通信導体だ。だから、あたしが導いた数理フローにしたがい、これほどまでに正確に動いているのかもしれない。もしそれがあたしの力なら、この球体も開けられるのだろうか？　あるいは、もしかしたら……話せるのだろうか？

蛾はもがいたすえに回転から脱出し、あたしはわれに返った。オクパラ教授なら、木から落ちたと表現するだろう。呼び出した数理フローは消えてしまい、エダンの全部品が床に落ちた鋭い音が響いた。あたしは息をのみ、見つめた。それからしばらくたっても、何も起こらなかった。いつもなら、すべての部品はもとどおりにエダンへと戻ってゆく。あたしが木から落ちても、磁石に引き寄せられるかのように戻ってゆくのに。

「だめ、だめ、だめ！」かけらをかき集め、ベッドの中央に積みあげる。ふたたび待った。何も起こらない。悲鳴が漏れた。「ああ！」半分パニックになりながら、金色の球体をひっつかんだ。ずしりと重い。純金でできているとしたら、当然だ。顔の前まで持ちあげた。手が震え、心臓は早鐘を打っている。迷路のように複雑な構造物を親指の腹でなでた。温かく、いつもより重みがある。むき出しになった球体そのものが、特殊な重力を持っているかのようだ。

エダンをもとに戻すために、新たな数理フローを呼び出そうとしたとき、異変に気づいた。窓の外に何かがいる。窓辺に近づいて外を見た瞬間、肌が刺すように痛み、耳鳴りがした。後ろによろめきながらオティーゼを拭い取り、魔除けさながらに、まぶたにこすりつけた。あたしの寝室は〈ザ・ルート〉の最上階にあり、西向きの窓から兄の菜園が見える。裏庭の向こうは砂漠だ。

「〈セブンの神々〉よ、どうかお守りください」あたしはつぶやいた。「見てはならないものを見てしまいました」

あたしが見たのは、女性が目にするはずのないものだ。いままで見たことはないが、それがなんなのか、あたしにはわかった。暗い菜園に立ち、まっすぐにあたしを見すえ、棒のように長い指でこちらを指さしている。あたしは悲鳴を上げ、ベッドへと走った。バラバラになったエダンをじっと見る。

「どうしよう、どうしよう。どうなってるの？　どうしたらいいの？」

ゆっくりと窓辺へ戻った。〈ナイト・マスカレード〉はまだそこにいた。細長い胴体は、ラフィア（ラフィアヤシの葉の繊維をひも状にしたもの）と葉っぱと乾燥した枝を組み合わせて作られている。大きな歯と突き出た黒い目がやたらと目立つ、木製の仮面。両方の側頭部とまるいあごから垂れさがる長いラフィアの束が、魔法使いのあごひげのようだ。頭のてっぺんからもうもうと白い煙が立ちのぼっている。鼻にツンとくる、燻（いぶ）したようなにおいがした。〈ナイト・マスカレード〉が立っている場所から数メートル右にテントがある。オクゥはそのなかにいるはずだ。

「ビンティ」と、〈ナイト・マスカレード〉。低くうなるような声だ。「少女よ。宇宙から来た小さき者よ」

あたしはうめき声を漏らした。恐怖で息ができない。それぞれ時期は違うものの、いちばん上の兄と父と祖父も〈ナイト・マスカレード〉を見たことがある。父が見たのは、二十年以上も前。一族の調和師師範（マスター・ハーモナイザー）となった日の夜だった。いちばん上の兄は、市場前の路上でクーシュ族の男三人とけんかした夜に見た。けんかの原因は、兄が売り物として持っていた上等なアストロラーベを盗品呼ばわりされたことだという。祖父の場合は八歳の夜のことだ。村がクーシュ兵の急襲を受けたとき、祖父はクーシュ兵たちのアストロラーベをハッキングし、鼓膜が破れそうな音を鳴らして撃退したのだ。〈ナイト・マスカレード〉は男性にしか見えないと言われている。しかも、ヒンバ族を救った英雄にかぎられる。〈ナイト・マスカレード〉を見た者は誰ひとりとして、そのあとに起こったことを口外しない。自分がそんなものを見ることになるとは、思ってもみなかった。見えるはずのないものを見てしまった。

あたしはキャリーバッグに駆け寄り、密封した小袋を引っ張り出した。ウウムザ大学の寄宿舎の近くにある森で見つけた、小さい巻き貝が入れてある。ベッドの上にぶちまけると、水晶のようにきれいな白い貝殻がパチパチと音を立て、黄色く変色しはじめた。砂漠の乾燥した風に反応したのだろう。姉妹たちに見せるつもりで持ち帰ったのに、数分後にはただのゴミになるのかと思うと、胸くそが悪くなった。

貝殻をわきへ押しやり、エダンのかけらを小袋に入れた。ガチャガチャと金属がぶつかり合う音がして、あたしは顔をしかめた。指紋のような模様が刻まれた金色の球体は、まだ温かい。球体を持ったまま、一瞬、ためらった。熱で袋が溶けたり焦げたりするんじゃないか？　結局、球体を小袋に入れた。この小袋はある生き物の胃袋でできている。その胃液は、惑星ウウムザ・ユニ上の大半の複合金や石を溶かしてしまうほど強力だという。そんな胃液に耐えうる胃袋なら、熱など、ものともしないにちがいない。

小袋をショルダーバッグに入れたとき、乱暴にドアをノックする音がした。あたしは跳びあがった。〈サード・フィッシュ〉号で、メデューースに激しくドアをノックされたときのことを思い出したのだ。口を押さえ、悲鳴を上げそうになるのを我慢した。目を閉じ、胸いっぱいに深呼吸する。吸って吐いて。もういちど、吸って吐いて。ドアの向こうにいるのはメデューースじゃないのよ、ビンティ。オクゥはテントのなかにいる。

それに、今はあたしの友だちだ。ふたたびノックの音がして、あたしの名前を呼ぶ父の声が聞こえた。ドアに駆け寄って開けると、眉をひそめた父と目が合った。父の後ろにベナ兄さんが立ち、同じく眉をひそめている。

「見たのか？」と、父。

あたしはうなずいた。

「おい！」ベナがどなった。刈ったばかりの頭を両手でかかえている。「そんなこと、ありうるのか？」

「知らないわ！」と、あたし。涙があふれた。

「どうしたの？」母が顔をこすりながら、やってきた。母の肌にはオティーゼがほとんど残っていない。普段なら、このような母の姿を見ることができるのは父だけだ。

妹のペラアが階段から顔をのぞかせた。あたしたち一族の血筋を引いて、めざとく、無口だがなんにでも興味を示す。ペラアもあれを見たのだろうか？

父はペラアの気配を感じたらしく、急に後ろを向いてどなりつけた。

「ペラア、ベッドへ戻れ！」

「パパ、外に人がたくさん来てるわ」と、ペラア。

「人がたくさん？」と、ベナ。「ペラア、ほかに何か見なかったか？」

ペラアが答えるより早く、父がたずねた。

「どんな人たちだ？」

「たくさんいるわ」と、ペラア。息を切らし、いまにも泣きだしそうだ。「砂漠民よ！」

「なんだと？」父が大声を上げた。「今夜はどうなってるんだ？」

父は廊下へ飛び出し、階段へ向かった。すぐにベナもそのあとを追った。

「待ちなさい」母はあたしを押しとどめるように、片手をあげた。「なかへ入って、オティーゼを塗るのよ。巡礼の衣装に着替えるのも忘れないで」

「どうして？　だって、まだ……」

「いいから、言うとおりにしなさい」

ペラアはまだ階段のいちばん上に立ち、あたしを見つめている。あたしが手招きすると、首を横に振り、逃げてしまった。

母は、オティーゼを塗ったあたしのオクオコに視線を移した。

「それは痛いの？」と、母。

「痛めつけなければ大丈夫」

「ママ、あたしがあの船でみんなといっしょに死んだほうがよかったと思ってるの？」

「そんなはずないだろう」母はもっと何か言いたそうだったが、「急いで」とだけ言うと、くるりと背中を向け、あわてて階段をおりていった。

あたしはオティーゼを塗り、巡礼の衣装を身につけた。その服にオティーゼが付くかもしれない。巡礼という本来の目的ではないにしても、オティーゼが付けば、今夜は正式な披露の場になる。今日という日が祝福されるだろう。なるようになれ。家を出るまえに、こっそり裏庭にまわると、オクゥが待っていた。

「大勢の人たちが家を取り囲んでるよ」と、オクゥ。メデュース語だ。

「わかってる」背の高い砂漠民の女性が数メートル先から、こちらをじっと見ている。あたしは目を合わさないようにした。女性の暗褐色の肌がとても奇妙に見える。オティーゼを塗っていないせいだ。あたしより少し年上……二十代前半だろう。ふさふさした黒髪が風に揺れている。

「ぼくは連中が到着するところを見てた」と、オクゥ。

「そのうちの一人に、テントから出るようにとメデュース語で話しかけられた。水とはほど遠い生活をしている者たちが、どうしてメデュース語を知ってるんだ？」

「さあ」と、あたし。「ええと……ほかに何か見なかった？　窓の下に何か立ってなかった？」

「いいや、何も」

「そう」あたしはつぶやき、オクゥから目をそむけた。

「ちょっと待って。確かめたいことがあるの」

砂漠民の女性の視線を感じながら、〈ナイト・マスカレード〉がいた場所へゆっくりと近づいた。

「ちょっと確かめてるだけよ」あたしはその女性に言った。

「逃げても無駄よ」女性は薄笑いを浮かべ、オティヒンバ語で言った。「わたしたちは、あなたを連れにきたんだから」つづいて、オクゥを身ぶりで示した。

「あの異星人もひとめ見たかったしね」

「なぜ？　あたしたちが何をしたっていうの？」

女性は含み笑いし、はねつけるように片手をひらひら振った。あたしは、〈ナイト・マスカレード〉がいたはずの場所で足を止めた。地面の砂に乱れはなく、かすかな足跡さえ残っていなかった。風はあるものの、数分で足跡を消し去るほど強くはない。

「ビンティ」あたしを呼ぶ母の声がした。

「オクゥ、正面玄関で待ってるわ」

「了解」と、オクゥ。

あたしはくるりと向きを変え、引き返した。

血筋

砂漠民たちは〈ザ・ルート〉を取り囲んだ。湖に生息するカニの集団が、卵を産みつけた穴を囲み、孵化の瞬間を待っているかのように。あたしの位置からは七人しか見えないが、家の裏にはもっといるだろう。男性も女性もみんな、あたしや父と同じで、いかにも〝古代アフリカ人〟らしく肌が黒い。伝統的なヤギ革の巻きスカートをはいて、腰に青いビーズの飾りをつけ、青いブラウスを着ていた。腕には、塩水湖が干あがったときにできるピンクソルトのかけらやかたまりで作ったブレスレットをしている。靴をはいている者は一人もいない。

砂漠民たちは背筋をぴんと伸ばして、厳しい表情を浮かべ、何かを待つようにじっと立っている。夜遅くだというのに、近所の住民数人が、なにごとかと様子を見にきていた。気になって当然だ。日の出までには、砂漠民が〈ザ・ルート〉に現われたというニュースがブッシュ・ラジオを通じて、村じゅうに広がるだろう。コクレ市にあるクーシュ族の集落にも届くかもしれない。あたしは、オクゥが家の周囲をまわって背後から近づいてくるのを感じた。振り返り、オクゥに向かってうなずく。

　父が長身の老女と話をしている。老女の後ろには、背中に荷物を乗せた二頭のラクダがいた。あたしの視線は一瞬、その老女に釘づけになった。老女が話しながら、せわしなく両手を動かしていたからだ。ときどき口を閉じるものの、そのあいだも両手は動きつづけ、ときに荒々しく、ときにやさしく、円を描いたり、前へ突き出したり、ジグザグに動かしたりと、忙しい。砂漠民流の作法のようだが、ヒンバ族が砂漠民を粗野で精神的に不安定だとみなしている理由のひとつでもある。砂漠民が自分の手をコントロールできないのは、神経に不具合があるせいではないかと、ヒンバ族の長老たちは言う。砂漠民の老女はあたしに気づくと微笑し、父にこう言った。

「明日の夜までには、この子を帰すよ」

　あたしは口をぽかんと開け、父を見た。父はあたしを見ていない。

「その言葉をどう信じろと？」父がたずねた。

　老女は冷ややかに父を見た。

「さすがはわが息子だね」

　ようやく父があたしを見た。

　母があたしの片手を握りしめ、つぶやいた。

「どこにも行かせないわ」あたしはショックのあまり、母を見つめることしかできなかった。「やっと、この子を取り戻したばかりなのよ！」母は父に言った。

「おまえたちヒンバ族はとても優秀だけど、視野が狭すぎる」その老女――あたしの祖母だ――は言った。「ようやく、そのなかの一人がどうにか文化の壁を越えて成長しつつあるのに、おまえは伸びかけの茎を叩き切るような真似をしようとしてるんだよ！　実にすばらしい」祖母は父を見た。「自分の父親がどうなったか、忘れたのかい？」姿勢をただした。「おまえの娘、つまりわたしの孫娘が〈ナイト・マスカレード〉を見たのは、たしかだ」

いつのまにかあたしの隣に立っていた妹のペラアが息をのみ、あたしを見た。

「本当なの？」ペラアは小声でたずねた。

あたしはうなずいた。まだ口がきける状態ではない。

ペラアはあたしのもう片方の手を握りしめた。

「だから、この人たちが迎えに――」

「ビンティは何も見てないわ！」母がぴしゃりと言った。

祖母がくすくす笑った。両手がぴくっとして、またしてもジグザグを描いたり、前へ突き出したり、ひらひらと振ったりと、忙しく動きはじめた。あまりに激しい動きに、首からぶらさげたアストロラーベが胸に当たってはずんだ。

「なぜ、わたしたちがここに現われたと思う？　儀式を行なうためだよ」

あたしの位置からでも、祖母のアストロラーベは父が作ったものだとわかった。楕円に似た独特の形……淡いバラ色の砂岩……。かつて父が作ったアストロラーベに間違いない。母もそのことに気づいたらしく、振り返って父をにらみつけている。

近くにいたほかの砂漠民たちは声を上げて笑った。あの奇妙な手の動きをしている者もいる。あたしはオクゥに視線を移そうとして、眉をひそめた。親戚が何人か集まっていたが、誰もオクゥに近づきたがらないのだ。オクゥは親戚たちの向こうにいた。隣に一人の砂漠民が立っている。もじゃもじゃの髪をした、あたオクゥは何も言わなかった。ひとことも。

しと同じ年ごろの少年だ。

「わたしたちは、おまえの娘を砂漠へ連れてゆく。われらの娘を」祖母はそう言い、オクゥに向きなおった。「あんたの娘でもあるね。ビンティは、わたしたちの氏族の巫女〈アーリヤ〉と話をすることになる。明日の晩、ビンティを帰すよ」

母は涙を流し、あたしの手を握りしめて放そうとしなかった。父が無理やり、母の両手を引きはがした。母につられて、あたしが泣くと、ペラアも泣きだした。兄弟たちはその場に立ちつくし、ヴェラ姉さんは腹立たしげにどこかへ行ってしまった。新たに近所の住民が集まってきた。自分勝手に解釈して納得する者もいれば、この娘は砂漠の奥地へ連れてゆかれるのかと、つぶやく者もいる。

「ビンティは地球に戻ってくるべきではなかったんだよ」母の友人が大きなしゃがれ声で言った。

砂漠民とともに、あたしは砂漠へと入っていった。砂丘をのぼりながら〈ザ・ルート〉を振り返ると、兄の菜園も、あたしの寝室の窓も、その真下の〈ナイト・マスカレード〉が立っていた場所も、まだ見えた。やがて砂丘は下り坂になり、〈ザ・ルート〉は視界から消えた。

「あたしは何をしてるの？」あたしは自問した。

隣を祖母が歩いている。ひょろりとした身体は一本の木のようだ。

「そのショルダーバッグにオティーゼを入れてきたのかい？」と、祖母。

「うん」あたしは小声で言い、ショルダーバッグをポンと叩いてみせた。

祖母は大声で笑った。

「訊くまでもなかったね」微笑を浮かべたまま、顔の前で両手を動かしはじめた。あたしは顔をしかめ、祖母を見つめた。ふたつめの砂丘をのぼるとき、祖母は無言だった。あたしは瓶を取り出し、母がつかんだ腕や、涙の跡が残る顔にオティーゼを塗りなおした。

家族にとっては意外だろうが、これから誰に会うのか知っている。とっておきの服を選んだのも、特別な人に会うためだ。八歳のとき、あたしは思いがけず〈アーリヤ〉と出会った。あたしがはじめてエダンを見せた相手だ。〈アーリヤ〉はそれを〝神の石〟と呼び、あたしのことを幸運だと言った。あたしは今、バラバラになったエダンをたずさえ、その〈アーリヤ〉のもとへ導かれようとしていた。

砂漠の奥地には危険な生き物がいるため、夜間は寝ずの番が必要だ。

あたしたち一行を守ってくれるのは、ムウィンイと いう細身の少年で、年齢も身長もあたしと同じくらいだ。〈ザ・ルート〉でオクゥの横に立っていたことを思い出した。砂漠民の髪はあたしと同じ暗褐色だが、ムウィンイのもじゃもじゃの髪は赤茶色だった。砂漠の赤い砂ぼこりをかぶったせいなのか、もともとこんな色なのかは、わからない。髪を太い一本の三つ編みにして、頭頂部から垂らしている。膝に届くほど長く、歩くたびにヘビのように背中で揺れる。この少年が十九人もの大人をどうやって守るのか、あたしには見当もつかなかった。

最初の砂丘をのぼりきってから三時間後、野生の犬の群れが現われた。少なくとも三十頭はいる。遠くからやってくる音が聞こえた――かんだかく鳴く声……低く吠える声……。大きな群れだからこそ、臆することなく食料をねらってきたのだろう。あたしたちを見つけると、こちらに向かってきた。ためらいはない。おびえているのは、あたし一人だ。砂漠民たちは二頭のラクダとともに立ちどまり、砂の上にすわった。あたしを落ち着かせようと、祖母があたしの肩に片手を置いた。

「しーっ」と、祖母。

立っているのはムウィンイだけだった。犬の群れにまっすぐ向かってゆく。砂漠民流のあの手の動かしかたをしている。遅くも速くもない動きだ。やわらかい月光に浮かぶその光景は、神秘的だった。〈月祭り〉のときに父が聞かせてくれる物語から抜け出たかのような景色だ。はっきりとは聞こえないが、ムウィンイが砂漠民の言葉を話しているのはわかった。犬たちがそばに集まってくると、ムウィンイは笑った。犬たちはくんくんしながら、まわりを囲んでいる。ムウィンイが何か言うと、一頭残らず動きを止めた。自分たちにそっと話しかけてくるムウィンイを、その顔を、見ている。

　ふいに、すべての犬が〝あたしたち〟を見た。あたしはあえぎ声を漏らし、大きく開けた口を両手で押さえた。とっておきの方程式をいくつか、そっと口にすると、軽い瞑想状態に入り、身体の震えは止まった。あらゆる感覚と感情を研ぎすまして、この光景を〝見たい〟と思った。ムウィンイは、あたしたちを襲おうとした犬たちに語りかけている。後ろのほうにいる数頭がわかったと言うように高い声で鳴き、もういちどこちらを見ると、去っていった。一瞬後、ほかの犬もその動きにしたがった。

「ムウィンイは調和師（ハーモナイザー）なの？」と、あたし。

　祖母はあたしを見た。

「わたしたちはそういう名前では呼ばない」

「じゃあ、なんて呼ぶの？」

「われらの息子」祖母は立ちあがった。ムウィンイがこちらに向かって手を振って合図すると、あたしたちはふたたび目的地をめざしはじめた。あたしはポケットに手を伸ばし、エダンを入れた小袋に触れた。バラバラになっても、あたしにとってエダンが神秘的な存在であることに変わりはない……

運命は優美なダンス

……九年前の朝、あたしはあの場所へ行った。かっとなって家を飛び出したのだ。家族はあたしが怒っていることを知らないし、家出したことにも気づかなかった。あたしが腹を立てた原因は、両親や兄、姉たちにとっては、とても些細なことかもしれない。まさか、そんなことであたしが怒っているとは、思いもよらないだろう。毎年恒例の〈風祭り〉にはダンスの部があり、あたしと同い年の友人たちは全員参加する予定だが、あたしは年長の家族に参加を止められた。

そのまえの週に予言者から、一族を代表する次期調和師師範（マスター・ハーモナイザー）として正式に指名されたことで、あたしの生活は一変し、多くの制約を課せられるようになっていた。すでに父よりもすばやくツリーイングを行なえるようになっていたあたしが、さらに〝瞑想のスキルと方程式をコントロールする能力を磨く〟ためだった。

年長者たちにはしたがうほかなかった。こうして、あたしは黙って制約を受け入れ、調和師師範になる覚悟を決めた。女だから、父のアストロラーベの店を引き継ぐことはできないと承知していた。店の所有権はいちばん上の兄のものとなる。ともあれ、あたしの家族は次世代の調和をもたらすことを証明し、富と名声を得た。あたしは誇らしかった。

でも、やっぱりダンスがしたかった。ダンスが大好きだから。ツリーイングを行なうと、数字や方程式が動くのが見えるが、ダンスの動きもそれに似ている。ダンスのときのあたしは、明白な数理フローを体内から引き出し、全身の筋肉、皮膚、腱、骨と調和させることができる。その機会が奪われてしまったのだ。

〝おまえにはふさわしくない〟という理由で。〈風祭り〉のダンスに参加することを禁じられた日の翌朝、目覚めてすぐに、砂漠へ行こうと思い立った。日光や風雨にさらされてくたくたになった巻きスカートとブラウスを身につけ、オティーゼを塗りこんだドレッドヘアを赤いベールでおおい、ショルダーバッグに所持品を詰めこむと、家族が起きてこないうちに家を出た。

　あたしにとって砂漠は、なじみのある場所だった。行くつもりがなくても、自然と足が向いた。遊びにいくだけのこともあれば、ツリーイングの練習にうってつけの平穏を求めて行くこともあった。幼いころからツリーイングが得意だったのは、砂漠のおかげかもしれない。

　ほかの子どもたちと違って、あたしがたびたび、湖ではなく砂漠へ行っていることが家族に知れたら、平手打ちぐらいではすまなかっただろう。でも、あたしは頭がよかったので、バレない自信があった。その朝も、足音を忍ばせて両親の部屋へ行き、湖畔にすわって、早起きのカニたちが走りまわるのを見るだけだと嘘をついて、砂漠へ向かった。

　ひんやりとして静かな朝の砂漠がとても好きだった。砂漠へ行くと、停電するほど激しい雷雨のあとの空のように、頭がすっきりした。いつもより多めにオティーゼを肌に塗り重ね、八キロほど歩くこともあった。あまり遠くまで行くと、アストロラーベが警告音を発し、追跡機能によって、あたしの居場所を両親に知らせるようになっていた。砂漠は一面の砂の世界で、オセンバ村でいちばん高い建物――といっても、たいして高くはないが――のてっぺんさえも見えなかった。

　絶対に家には帰るもんか、と思った。遊牧民になって、砂と風に導かれるままに砂漠をさまよいつづける自分を想像した。砂漠へ行く途中、ハミングしながらダンスすることもあった。あの朝は、北へ向かって二時間歩きつづけた。自分の寝室から見える枯れたヤシの木の群生地や、古い貝殻を拾ったことのある未開墾地の一角を通り過ぎ、数カ月前に見つけた場所まで来た。地面から歯が生えているかのように、平べったい灰色の石が砂地からいくつも突き出ている。

石は人がすわれるほど大きく、西側が空く形で大きな半円状に並んでいた。この石について両親や学校の先生にたずねたことはなかった。どこでそんなものを見たのか、話さなければならなくなるからだ。あたしはよくここへ来た。小型テントを持ってきて、石が描く半円のまんなかに張り、テントのなかにすわって砂漠をながめながら、アストロラーベ作りに必要な数理フローを引き出すための方程式、アルゴリズム、公式を勉強した。

まだ修業中だった当時のあたしには、砂漠の圧倒的な静寂が必要不可欠だった。この場所はまさに完璧だ。円、四角形、台形、次元分裂図形など、方程式の視覚化に欠かせないあらゆる図形を指で砂に描き、練習を重ねた。あの日、八歳のあたしは家を出て、半円状に並んだ石のなかでもいちばん遠くの石のそばにテントを張り、重なり合う円を砂の上にいくつも指で描いていた。

目を細め、砂の渦が近くの砂丘を転がり落ちるのを見つめた。小声で数理フローを呼び出すと、無数の数字が分裂し、頭のなかをぐるぐるまわった。あたしの気も知らないで、〝ただのダンスでしょ。調和師師範になると決めたからには、もうそういうことは我慢しなきゃだめよ〟と言ったいちばん上の姉の顔を思い出すまいと、必死だった。

怒りにまかせて、左の人さし指で砂をこねくりまわしていると、何かが指に触れた。最初は無意識に爪が軽く触れただけだった。目の前を、青く短いぼんやりとした光の線が躍っている。涙があふれた。家族の言うとおりだ。家族はあたしが五歳のころから、あたしの背中を押し、励ましつづけてくれた。父、母、兄弟姉妹、おじおばたち。みんな、あたしが何者なのかを承知していて、あたしには才能があると信じて疑わなかった。あたしには、たしかに才能があり、そのせいで何もかもが変わりはじめている。でも、あたしは単純にダンスがしたかったのだ。

青い光が渦を巻き、やがて完全な円になった。これで接続が完了した。この光の流れを整理して、適切に配置すれば、アストロラーベを〝起動〟させるための動力となるだろう。ちくっと刺すような痛みを感じて、あたしは小さく悲鳴を上げた。手が……親指が痛い。指をよく見ようとして顔に近づけたとき、青い光は消えた。胸の鼓動が激しくなった。サソリに刺されたのか？　誰もいない、こんな砂漠で？　だとしたら、大問題だ。

親指から血がしたたり落ちた。傷口に砂が付いている。指で円を描いた場所から、とがった灰色のものが突き出ていた。そのそばに小さな黄色い花が一輪。どうして、いままで気づかなかったのだろう？　花を引き抜こうとしたものの、いかにも弱々しげな乾いた細い根っこがどうしても抜けなかった。その白い根は灰色の突起物にくっついていた。花から手を放し、突起物をつかんだ。びくともしない。両膝に重心を移し、じっくり見ようと前のめりになった。

「あっ」小さく声を上げた。「これはただの突起物なんかじゃ……」出血している親指をなめながら、しばらく突起物を見ていたが、やがて、もう片方の手でそのまわりを掘りはじめた。気づいたときには、両手を使って掘っていた。もう痛みも少量の出血も気にならなかった。父に新しい本を買ってもらうたびに、それを音声データとしてアストロラーベにダウンロードし、自分の部屋で目を閉じて、物語に耳を傾ける。そのような物語のなかではたいてい、好奇心旺盛な登場人物が、自分の人生を変えるような秘密や謎の物体を見つけるものだ。自分の身にもそんなことが起こればいいのにと、ずっと願っていた。その願いがとうとう叶っ（かな）たにちがいない。

ある物語では、落雷した直後の木のそばを少年が通り過ぎたとき、アストロラーべの画面に『闇の書』が現われたという。また、ある少女は、宝石が散りばめられたワシの像を市場で買った。その像には、あらゆる鳥を呼び寄せる力があった。ある老人の寝室には、奇妙な砂嵐のあとで、不思議な力を持つ植物が生えてきた。ついに、あたしもそのような魔法の物体を手に入れたのだ。

あたしが掘り出したのは、星形の多面体だった。変色した金属でできていて、あたしの手のひらにぴったりおさまった。輪や渦巻き、らせんなど、全体に複雑な模様があるが、どれひとつとして交（まじ）わる線がない。物体をあれこれとひっくり返してながめた。見れば見るほど巧妙な作りだ。

「いったい、これはなんなの？」畏怖（いふ）の念に満ちた声でつぶやいた。

砂を払い落とし、試しに少量のオティーゼで磨いてみると、たちまち表面のくすみが取れ、驚くほどピカピカになった。動かすたびに……物体は……やわらかな音を発した。まるで低くてハスキーな女性の声のようだ。ちょっと怖かったが……興味を引かれた。なぜか、その内部に〝数理フロー〟の存在を感じた。しかし、動かせば動かすほど音は小さくなり、やがて何も聞こえなくなった。

これを見せたら、パパは目玉が飛び出るほど驚くだろう——そう思うとわくわくしてきて、結局、家へ帰ることにした。あたしが見つけたこの謎の装置について父がなんと言うか、早く聞きたかった。父なら、これを研究する最善の方法を教えてくれるかもしれない。何を目的に作られたものにせよ、もしかしたら、あたしはその本来の目的を知ることができるかもしれない。

一人でくすくす笑い、石のひとつにすわると、その奇妙な物体を顔に近づけた。

　そのとき誰かに肩を叩かれ、悲鳴を上げそうになった。さっと振り返ると、長身で肌の黒い女性がいた。冠（かんむり）のように大きく結いあげた黒髪が、太陽の光をさえぎっている。あたしは思わず、悲鳴を上げて跳びあがった。もう少しでショルダーバッグの上に倒れるところだった。

　女性は砂漠民の一人だった。三メートルはあるかと思うほど長身で、髪をおおう青く透き通った布から、青いひらひらした共布のズボンとブラウスにいたるまで、何もかもがそよ風を受けてなびいている。一方の肩に、小型の採水器と集めた水を入れる袋、いかにも古そうな青いリュックをぶらさげていた。あたしは目を細め、日光を浴びて立っている女性を見あげた。本当に背が高く……全身が青ずくめだ。こんなに背が高い人は生まれてはじめて見た。年齢は、母方のおばあちゃんと同じくらいかもしれない。長い指でねじれた太い杖を握っているが、杖に寄りかかっているわけではなかった。

「ここで何をしているんだい？」と、女性。そっけない命令口調も、おばあちゃんにそっくりだ。あたしはすぐさま姿勢を正した。

「あたしは……こ……ここで……お願いです……あたし……」

「ああ、わかった、わかった」女性はため息をついた。「もういいよ、お嬢ちゃん」そう言うと杖を身体のわきに立てかけ、ハエを叩こうとする子どものように、両手をあちらこちらへと忙しく動かしはじめた。砂漠民がこんなふうに手を動かすことは噂に聞いて知っていた。その隙に、あたしはすばやく周囲を見まわした。ほかには誰もいない。今なら逃げられるだろうか？　この女性は靴をはいてないけど、どうして熱い砂の上に立っていられるの？

「ビンティ」と、女性。「モアウーゴ・ダムブ・カイプカ・オケチュク・エンイ・ズィナリヤの娘」

「それはあたしのことです。モアウーゴというのはパパの名前で……。なぜ知ってるんですか？」あたしは小声で言った。逃げるのはあきらめた。どんなに必死に走っても、この人にはかないそうにない。見た目は杖を持ったお年寄りだが、本当は男性並みに体力があって、杖なんかつかなくても歩けるにちがいない。

「わたしが誰か、知っているかい？」と、女性。

「砂漠民……？」

女性はうなずいた。あいかわらず両手を動かしつづけている。その両手はみずからの意思を持った生き物のように見えた。あたしのポケットのなかで、アストロラーベがブザー音を発し、太陽が正中したことを知らせた。そろそろ日陰で休んだほうがいい。あたしはアラームを止めようと、ポケットに手を入れた。

「考えごとをするときは、いつもここへ来てしまう」と、女性。


「あ……あたしもです」

一瞬、あたしたちは見つめ合った。

「あんたのお母さんがこの世に存在しないうちから、わたしはここに来つづけているんだよ」女性はくすくす笑いながら言った。「何を見つけたの？」

あたしは例の物体を握りしめ、一歩あとずさりした。

「べつに何も。きれいな……金属のかたまりです」両脇から汗がにじみ出た。年長者に嘘をついてはいけないことは、わかっていた。

「安心して」と、女性。「取りあげたりしないから」

「そ……そんなこと思ってません」

「わたしは、あんたのおばあちゃんを知ってるよ、ビンティ」

あたしは驚いて女性を見た拍子に、物体を落としそうになった。そういえば、父方の祖母が砂漠民だと聞いたことがある。父は祖母の話を絶対にしないけど。

普通、ヒンバ族の男性はオティーゼを塗らないが、髪をロール状に固めたり、平らになでつけたりするために使うこともある。父ももじゃもじゃの髪が目立たないよう、オティーゼを塗りこんで平らにしていた。父の肌はあたしと同じで、砂漠民特有の暗褐色だが、父自身はそのことをいやがっていた。母の肌は多くのヒンバ族がそうであるように、中ぐらいの茶色だ。あたし以外のきょうだい全員が母と同じ特徴を持っていること……そして、砂漠民の血を色濃く受け継いだあたしには、調和師師範としての才能が備わっていること――それが父にとっての誇りなのだと、あたしは知っていた。

あたしが五歳ぐらいのとき、父に砂漠民についてたずねたら、二度とその話はするなと叱られた。あたしは目の前にいる砂漠民の女性を見て、家に帰りたくなった。どうしても帰らなければならない。この人と話をしたことが知れたら、父に殺されるだろう。ここに来るべきではなかったあたしがこの人と出会ってしまったのは、完全にあたしの落ち度なのだから。

「自分が何を見つけたか、わかっているの？」

あたしは首を横に振った。

「それは大昔の時間のかけらだよ。古代の芸術品であり、実用品でもある。古いものだが、古いからといって後進的だとはかぎらない」

あたしは手を開いて物体を見た。不思議なほどぴったりと、あたしの手のひらにおさまっている。

「使いかたを知りたい？」

あたしはかぶりを振った。

「家に帰らなきゃ」と、あたし。「今日はこのあと、パパの仕事を手伝わないといけないの」

「ああ、才能があって自尊心の強いあのお父さんだね」女性は言葉を切り、あたしをじろじろ見た。「あんたが持ってるその物体を、ヒンバ族は〝エダン〟と呼ぶだろうけど、わたしたちは〝神の石〟と呼ぶ。〝神の石〟に見つけてもらえたあんたは幸せ者だよ」

なんどか手を動かし、笑い声を上げた。「その石の本当の使いかたを知りたくなったら、わたしたちを探すんだよ」

「はい」あたしは精いっぱいの作り笑いを浮かべた。脚ががくがくして、膝から崩れ落ちそうだった。

「気をつけてお帰り」女性は地面に両膝をつくと、地面に手を触れて付け加えた。「〈セブンの神々〉よ、感謝します」

あたしは驚き、一瞬、その場に立ちつくした。砂漠民も〈セブンの神々〉の存在を信じてるの？　砂漠民を野蛮人だと思ってる母がこのことを知ったら、なんて言うだろう？　この人と出会ったことを母に話すつもりはないけど。

あたしは顔のオティーゼを指で拭い、いま女性がしたのと同じことをした。それから、背を向けて走りだした。最初の砂丘をのぼりきる手前でようやく振り返ると、女性はまだそこにいた。あたしがエダンを見つけた灰色の石群のそばに立っている。あそこに生えていた植物をどうするつもりだろう？

早起きのカニたちはすばしっこく、そう簡単には捕まえられない。だから、あたしが手ぶらで帰っても、両親は驚かなかった。あたしの怒りはもう消えていたので、二日後、ごく自然な態度で父にエダンを見せた。どこでそれを見つけたかということや、そこに生えていた植物のことは話さず、市場の中古屋から買ったものだと説明した。あたしが父に嘘をついたのは、そのときだけだ。

「これを売ってたのは、どんなやつだ？　どこの中古屋だ？」父は心配そうにたずねた。「そいつと話をしなきゃならん！　見てみろ。これは――」

「覚えてないの、パパ」わたしはすかさず言った。「これを見たら夢中になっちゃって。どんな人かなんて気にもしなかったから」

「明日、市場へ行く」父はむさくるしいあごひげを引っ張りながら言った。「まだほかにも売ってるかもしれん」あたしの手からエダンを取ると、目を見張った。「実にすばらしい品だ」

「たぶん、それは何か――」

「この金属は……」父はエダンを見つめながらつぶやいた。あたしを見てにっこりすると、すまなさそうにあたしの頭をぽんぽん叩いた。

「ごめんよ、ビンティ、聞いてなかった。なんだって？」

「もういいの。その金属がどうしたの？」

父はエダンを口に運び、星形の突起物の先をかじった。次に舌先でなめ、眼球に触れそうなほど左目に近づけたあと、鼻先に押し当てて、においを嗅いだ。

「パパの知らない金属だ」と、父。上下の唇を合わせて音を立てた。「塩の味がする。乾季に〈不滅の木〉がたくわえる塩と同じ味だ」

〈不滅の木〉はオセンバじゅうに生えている木だ。硬いとげの生えた幹と、幅広で厚みと弾力のある葉を持ち、誰も覚えていないほど大昔から存在している。年月を重ねた根はとても丈夫で、地下深くへとくねくねと伸びているため、オセンバ村の水道網は、根の周囲だけでなく、根と〝平行〟になるようにも張りめぐらされている。百数十キロにわたって続く〈不滅の木〉は飲用水の唯一の源(みなもと)であり、〈不滅の木〉があったからこそ、オセンバ村は生まれたのだ。

とはいえ、奇妙な木々だ。嵐が来ると小刻みに振動し、獣(けもの)の咆哮(ほうこう)のようなその音は町じゅうに響きわたった。乾季に葉の表面に生じる塩は〝命の塩〟と呼ばれ、あらゆる病気の治療に使われる。あたしが見つけたエダンはその塩と同じ味がした。

「これはエダンだ」と、父。あたしは、その言葉をはじめて聞いたかのように、うなずいた。エダンとは、本来の機能さえ忘れられた大昔の機器の総称だと父は言った。その古さゆえ、今では最高の芸術品として扱われるという。友人たちに自慢したいからという理由で、父はエダンをほしがった。でも、あたしは頑として譲らず、父は娘かわいさにエダンをあきらめた。

そして今、あたしは砂漠民とともに砂漠の奥地へと向かっている。あのとき、ダンスに参加することを両親が許してくれていたら、あたしの人生はまったく違うものになっていただろう。

嘘

日がのぼるのを待つまでもなく、あたしは砂漠民たちが嘘をついたことに気づいていた。

「あのメデュースと交信できるかい?」祖母があたしにたずねた。あたしたちは夜も朝も歩きつづけ、真昼近くにようやく足を止め、そこで夜を待つことにした。ほかの人たちが乾燥デーツのボウルを取り出したり、採水器のうるさい作動音を立てたりするあいだ、あたしと祖母はラクダの陰に立っていた。眠くて目を開けていられず、立ったまま眠ろうとしていたあたしは、祖母の声にハッと目を覚ました。

「交信?」と、あたし。ムウィンイと目が合った。ムウィンイは数メートル離れた場所にすわり、乾燥した何かの葉をバリバリと食べている。

「そう、メデュースに呼びかけてごらん」と、祖母。

「どうかな」あたしは砂漠をながめながら、つぶやいた。「もしかすると、できるかもしれないけど。本当にあたしは家に帰してもらえ――」

「必ずおまえを連れて帰るとだけ、メデュースに伝えておくれ」と、祖母。「わたしたちの村まではまだ徒歩で三日かかる」

「三日も？ どうして出発前に言ってくれなかったの？ せめてあたしには本当のことを言ってくれればよかったのに」どうりで、今日の夜までにはあたしを帰すと約束したのに、こうして延々と歩きつづけてきたわけだ。本当のことなんか、知らなければよかった。あたしはぶつくさ言った。なんで、こうも極端なのだろう？ 数日間、船に閉じこもりきりで、やっと解放されたと思ったら、まる一日とたたないうちに、広大な砂漠を延々と歩かされるはめになるとは。

「嘘も方便だよ」と、祖母。

「誰かに伝言をことづけて引き返してもらったら？ 細かいことまでオクゥに伝わるか、自信がないの」胸のなかのトーキングドラムがうるさく鳴りはじめ、あたしは大きく息を吐き出した。「うまくオクゥと交信できなかったら――」

「それはおまえしだいだよ、ビンティ」祖母はことなげに言うと、肩ごしにあたしに話しかけながら、二人の女性に近づいていった。女性たちは、乾燥デーツが入った大きなボウルを並べおわったところだ。「やるか、やらないか、それだけさ」

つまり、やるしかないってことだ。今夜、あたしが戻らなければ、ふたたび家族はパニックになる。こんどもまた、あたしがいなくなったという現実に直面し、どうすることもできないもどかしさに苦しむことになる。母は極端に口数が減って笑わなくなり、父は自分の店で働きづめで、きょうだいたちは恋人を失ったかのように悲しみに打ちひしがれるだろう。家族のためにも、オクゥと交信しなければならない。

でも、自分のオクオコのことが、まだよくわからない。オクオコはあたしに、どんな影響を及ぼしているのか？　なぜ、オクオコを介して、あたしはメデュース——とくにオクゥ——と意思疎通ができるのだろう？　オクオコに感覚が備わっている理由も、あたしが激怒するとオクオコが荒れ狂う理由も、わからない。わかっているのは、どんなに離れていても、オクオコを通してメデュースの意識を感じられることぐらいだ。現に、たがいに数百キロも離れた数学部地区と武器学部地区にいても、あたしとオクゥは意識を通わせることができた。メデュースの族長が遠く離れた惑星からあたしを監視しているのも、かすかに感じられた。

自分の意思でオクオコをくねくねと動かすことはできるが、そのやりかたを人に説明することはできない。鼻の穴をひくひくさせるのと同じで、なんとなくできてしまうのだ。あたしはラクダのごわごわした毛をなでながら、そんな感じでオクゥと交信しようとした。オクゥのことを考え、〝お願い〟とオクゥに呼びかける。数秒が経過した。応答なし。ため息をつき、祖母をちらっと見る。祖母があたしを見つめている。あたしは青空を見あげ、遠くに一隻の航宙船を見つけた。大気圏を離脱するところだ。やがて、船は小さな点になった。発着港まで数百キロはあるだろう。ひょっとして、あれは〈サード・フィッシュ〉号？　いいえ、そんなわけない。〈サード・フィッシュ〉号は、もうすぐ出産する予定だから。

あたしは頭を振った。集中するのよ。父がオクゥのためにつくったテントを思い浮かべる。テントのなかはオクゥが呼吸するガスが充満していた。オクゥはメデュース／クーシュ戦争以来、はじめて地球に上陸したメデュースだ。あたしの家族やほかの物好きなヒンバ族の人たちの干渉を避けるため、ほとんどテントのなかで過ごしている。いつのまにか、あたしの意識のなかに、何組かの方程式が入りこんできた。宇宙空間と、そのごく一部の宙域を移動するイメージが頭に浮かんだ。

あたしはラクダの尻に手のひらをぴたりと当て、もういちど交信を試みた。ラクダの規則正しい呼吸に合わせて、あたしの手がゆっくりと上下する。オクゥをとらえようと意識を集中すると、オクゥがそれに気づき、念を飛ばしてきた。オクゥがあたしをとらえる感じがして、突然、オクゥと意識がつながった。汗が顔を流れ落ち、あたしの視界に映る何もかもがオクゥのような明るい青色に染まった。

（**ビンティ**）――あたしのオクオコの一本を通して、オクゥの声が聞こえてきた。オクオコの振動を左耳に感じる。（**きみはどこにいる？　とても遠いところだな**）

（**砂漠の奥地よ**）――あたしは答えた。（**今夜は帰れそうにないの**）

（**迎えにいこうか？**）

（**いいえ**）

（**無事か？**）

（**うん。砂漠民の村はまだ遠いけど。何日もかかるわ**）

（**わかった。ここで待ってるよ**）

ふいにオクゥの意識があたしから離れ、消えていった。あたしがわれに返ると、目の前にもとの砂漠の風景が現われた。

「終わった？」祖母に背後から声をかけられ、あたしは振り返った。

「うん。オクゥに伝えたわ」

祖母はうなずき、「よくやったね」と言うと、両手をせわしなく動かしながら、その場をあとにした。

さえぎるもののない砂漠に、凝った作りのヤギ革のテントがいくつも張られ、全員のプライバシーが確保された。テントで囲まれた野営地の中央で二人の男性が火をおこすと、数人の女性が食事の用意をしはじめた。ふたつのテントの裏でシューッという作動音がして、採水器から出るひんやりした空気が野営地全体に広がってゆく。ほどなく、ラクダの背中からおろした大きな空の水差しが、野営地のまんなかに転がされ、水で満たされた。

「おまえはわたしと同じテントを使うんだよ」祖母は、男性が二人がかりで張りおえたばかりのテントを指さし、あたしにコップを差し出した。「たくさんお飲み。水分補給が必要だ」テント内は広く、両端にひとつずつ、まるめた毛布が置かれていた。〝ディナー〟のメニューは、ハチミツを塗った平たいパンに、おいしそうなにおいのする栄養たっぷりな干物入りスープ、定番のデーツ、それにミントティーだ。太陽が天頂に近づくと、ひと眠りするために、みんな急いで、それぞれのテントへと消えていった。

お腹がいっぱいで疲れているのに、神経が高ぶって眠れそうにない。あたしは敷物の上にすわり、砂漠をながめた。祖母は向こう側でいびきをかいている。砂漠を歩きはじめてから、昼夜を問わず、フラッシュバックに悩まされることはなくなった。あたしは乾いた暑い空気を吸いこみ、微笑した。砂漠にはヒーリング効果があり、あたしも昔から恩恵を受けてきた。ふとムウィンイの姿が目に入った。ムウィンイはさっきまでラクダに水をやっていたが、いまは砂漠を見わたせる砂丘にすわり、しきりに両手を動かしている。あたしは立ちあがり、ムウィンイに近づいた。

ムウィンイはあたしに気づいてこちらを見たものの、ふたたび砂漠に向きなおり、手を動かしつづけた。あたしは立ちどまった。おじゃまかもしれないと一瞬、思ったが、かまわず進んだ。どうしてもムウィンイに訊きたいことがある。あんなふうに両手を動かしながらしゃべったり笑ったりする人を見たことがあるから、祈りを捧げているわけでも、瞑想しているわけでもないだろう。

「ねえ、ちょっと」あたしが声をかけても、ムウィンイは手を動かすのをやめようとしない。

「少し眠ったほうがいいぞ」と、ムウィンイ。

あたしは首をかしげてムウィンイを見つめた。ムウィンイは顔をしかめながら、青い袖をまくりあげた。ボクシングのジャブのように、胸の前で両手をすばやく突き出しては引く。優雅な動きだ。

「わかった」あたしは言葉を切り、ひと息ついた。今ここで数理フローを呼び出し、ムウィンイが動かしているあの両手に接続したら、どうなるだろう？ 刺激を感じて、ムウィンイは動きを止めるだろうか？

「ねえ、それって何してるの？」言葉が口をついて出た。「そうやって手を動かしてるけど、自分の意思でやってるの？」ムウィンイの返事を待つあいだ、身がちぢまる思いがして唇を嚙(か)んだ。ムウィンイは砂漠を見つめながら、無言で両手を動かしている。

やがて、あたしを見あげて言った。

「対話してる」

「でも、いつも、いまみたいに……誰もいないじゃない」と、あたし。それと同時にムウィンイが両手を大きく振りまわした。「目の前のあたしに話しかけてるわけでもない。話しかけてるのかもしれないけど、あたしにはわからない。それに、誰かとおしゃべりしながら、そうやって手を動かしてる人もいるわ」

ムウィンイはしばし、あたしを見てから、野営地を一瞥(いちべつ)すると、もういちどあたしを見た。

「きみのおばあちゃんに説明してもらったほうがいい。訊きにいってこい」

「あたしは、あなたにたずねてるの」と、あたし。

「あなたたち全員がしてることだから、誰にたずねたって同じでしょ？」

ムウィンイはため息をつき、つぶやいた。

「わかったよ。すわって」

あたしはムウィンイの横に膝を抱えてすわった。

「きみのおばあちゃんは、おれの祖父とは親友の間柄だ」と、ムウィンイ。「だから、おれはきみのお父さんのことはなんでも知ってるし、お父さんがおれたち一族を穢（けが）らわしいと思っていることも知ってる。きみも、そう思ってるんだろ」

ふたつの世界が頭のなかでからみ合い、あたしは一瞬、目をしばたたいた。そういえば、ウウムザ大学行きの船のなかで、メデュースはあたしのエダンを〝穢らわしいもの〟と呼んだ。状況は違うけど、ここでムウィンイの口から同じ言葉を聞くことになるとは思わなかった。

「なんのことだか、あたしには――」

「おれたちを見たときのきみの目が、すべてを語ってた」と、ムウィンイ。「おれが出会ったヒンバ族の人々はみんな、おれたちを野蛮人扱いした。ヒンバ族はおれたちを〝砂漠民〟と呼ぶ。砂漠に生きる正体不明の黒い未開人どもだと思ってる」

あたしはそんな偏見は持っていないと抗議したかったが、残念ながらムウィンイの言うとおりだ。

「きみにはおれたちと同じ血が流れてるし、黒い肌も、冠（かんむり）も、おれたちといっしょなのにな」と、ムウィンイ。「おれたちには三つの言語があって、きみたちの言葉まで話せると知って、驚いただろ？　まさか〝砂漠民〟が、って。おれたちの本当の部族名を知ってるか？」

あたしはゆっくりと首を横に振った。

「エンイ・ズィナリヤ族というんだ」と、ムウィンイ。「きみたちの言葉でなんというかは、わからない」ムウィンイはあたしの目をまともに見た。あたしも目をそらさなかった。砂漠民が両手を動かす理由を知りたいのに、こっちが試されているみたいだ。調和師（ハーモナイザー）のあ

　たしが別の調和師と目を合わせている。これほどすばらしいことは、ほかにない。

　目の前から何もかもが消え、頭のなかで荘厳な旋律が鳴り響いた。すべての音が完璧に調和し、あたしは宙をただよっているような気分になった。

「あたしは教えられたことしか知らないわ」ぼそっと言った。

「そんなはずはない」と、ムウィンイ。

「む……昔、あなたと同じ部族の女性に会ったわ」

「そうらしいね」と、ムウィンイ。「野蛮な女性だったか？」

「いいえ」と、あたし。

「だったら、そのときから、おれたちが野蛮じゃないと知ってたんじゃないか」

「そう……」あたしは目を閉じ、思い出そうとして額をこすった。「たしかに」

　ムウィンイがくすっと笑った。

「きみがエダンを見つけたと知ったとき、おれたちは全員、歓声を上げた」

「本当に？」

　ムウィンイはあたしから目をそらし、それには答えなかった。

「もう行け。少し眠ったほうがいい」

「そのまえに質問に答えて」と、あたし。「お願いよ」

「もう答えただろ。おれたちが手を動かすのは、対話してるからだって」

「誰と？」

「あらゆる人々と」

「こうして、あたしとしゃべりながら、ほかの人たちとも話してるの？」

「きみのアストロラーベだって同じだ」と、ムウィンイ。「誰かと話すために使うんだろ？」

「でも、ここには誰もいないわ」

「村にいる母親と話してたんだ」と、ムウィンイ。「母がきみについて、たずねてきたから」

「えっ？」あたしは大きく顔をしかめた。「じゃあ、あたしがオクゥとするみたいに交信できるの？」

　ムウィンイは何も言わず、両手を動かしはじめた。やがて、あたしに向きなおり、にべもなく言った。

「そういうことは、きみのおばあちゃんに訊けよ」

あたしは立ちあがりかけて動きを止め、たずねた。

「さっき、冠って言ったわよね？　あたしにも冠があるって」

　ムウィンイは赤茶色のふさふさした髪を片手でつかんでみせた。

「これのことだよ」そう言って笑った。「昔は、きみにも冠があった。メデュースによって触手に変えられてしまったけど」

　冠とは、あまりにも上手なたとえだったので、あたしは腹が立つどころか吹き出してしまった。気づくと、二人でくすくす笑っていた。ひとしきり笑って落ち着いたとたん、疲れがどっと出た。延々と砂漠を歩いてきたのだから無理もない。あたしはのろのろと立ちあがった。

「あなたの部族名はなんていったっけ？」と、あたし。

「きみはヒンバ族、おれはエンイ・ズィナリヤ族だ」と、ムウィンイ。

「エンイ・ズィナリヤ族」あたしはその言葉を繰り返した。

　ムウィンイは笑みを浮かべて、うなずいた。

「いい発音だ」

「どういたしまして」と、あたし。テントに戻って横になると、数秒で眠りに落ちた。

「起きなさい、お嬢ちゃん」

　目を開けると祖母の顔が飛びこんできた。テントが風を受けてはためく音がする。あたしは祖母の目を見つめながら、目をパチパチさせて眠気を払い、上半身を起こした。疲れはすっかり取れていた。六時間近く眠っていたようだ。夕方のひんやりした風のにおいが心地よく、鼻の穴を広げて胸いっぱいに息を吸いこんだ。

祖母は微笑した。吹きつける強い風に、ボリュームのある髪がそよいでいる。

「そろそろ出発の時間だよ」

目の前に、息をのむほど美しい風景が広がっていた。明るい月の光と、風に吹かれてなめらかに移動する砂が、砂漠を別世界に変えたのだ。人々の話し声や笑い声、歩きまわる音、引っ張られて立ちあがる二頭のラクダの鳴き声が聞こえる。パンのいいにおいがして、お腹が鳴った。

「おばあちゃん」と、あたし。「教えて。どうしてエンイ・ズィナリヤ族は両手を使って対話するの？」

祖母は一瞬、目を見開いた。あたしはすかさず言った。

「あたしは地球から遠い惑星で、さまざまな異星人と出会い、その人たちのことを学んだわ。なのに、自分の……自分の祖先である部族のことを知らないなんて、変よ」と、あたし。息を吐き出し、自分が口にした言葉の意味を嚙みしめた。昨日まではおのれの血筋を恥じ、話題にすることすらはばかられたが、今は違う。本気でエンイ・ズィナリヤ族のことを知りたいと思っている。〈ナイト・マスカレード〉を見た者には急激な変化が訪れるというが、まさにそのとおりだ。

「おいで」祖母はそう言うと、テントを離れた。あたしはショルダーバッグをつかみ、あとを追った。しばらくすると、二人の男性がやってきて、あたしたちのテントを片づけはじめた。祖母は先に立って、最初の高い砂丘をのぼってゆく。のぼりきったところで、祖母が野営地のほうを向いてすわり、あたしも横に並んだ。野営地は出発の準備でてんてこまいだ。すべてのテントの荷造りを終え、あたしたちのテントを残すのみとなった。あたしが寝坊したせいで、片づけるのが遅れたらしい。

「どういうわけか、わたしたちの部族の名を知ったようだね」

「ムウィンイに訊いたの」

「わからないことは訊くしかないよ」祖母はさっと両手を動かし、それからあたしを見た。「おまえの父親と対話してたのは、わたしだよ」

あたしはびっくりして、眉を吊りあげた。

「おまえたちヒンバ族はあまりにも閉鎖的だ」と、祖母。「あのピンク色の湖の周辺に引きこもって、その特殊な才能の奥深くから得た知識から技術を育て、少女や女性は赤い粘土を掘ってその下に隠れる。何世代にもわたってこの土地に暮らすヒンバ族は、とても興味深い。でも、まだ若い一族だ。エンイ・ズィナリヤ族は大昔からいるアフリカ人なんだ。

でも、ヒンバ族が思ってるのと違い、わたしたちはテクノロジーを持っている。ヒンバ族のテクノロジーにまさるものを。何世紀もまえからね」祖母は言葉を切り、あたしが理解するのを待った。あたしにとってははじめて聞く話なので、なかなかのみこめない。いままで教わってきた話とぜんぜん違う。頭がくらくらしてきた。

「もっとも、そのテクノロジーを発明したのは、わたしたちじゃない」祖母は話を続けた。「ズィナリヤ人によってもたらされたものだ。ズィナリヤ人がいた時代のことは記録に残された。だが、紙に書き記されていたため、長期間にわたって保存することはできなかった。今のわたしたちが持っている知識は、その記録を目にした祖先の記憶を頼りに代々受け継がれてきたものなんだよ。

ズィナリヤ人は全身が金色で、日差しを浴びて輝いていた。太陽光をエネルギー源とする彼らは、休息と燃料補給のために地球に上陸し、砂漠でわたしたちの祖先と出会った。ウウムザ大学へ向かう途中にね」

　あたしは思わず「なんですって？」と、かんだかい声で言った。

　祖母は含み笑いした。

「本当だよ。その当時から、わたしたち〝砂漠民〟はウウムザ大学の存在を知っていた。人類が携帯電話を手にするまえからね！」

「信じられない」あたしはつぶやいた。昔の地球に、ウウムザ大学という概念そのものを理解できた人たちがいたなんて、想像できない。まだ人類は異星人とのファーストコンタクトすら果たしていなかったはずだし、異星人とコンタクトした非地球人が、わざわざ何かを人類に伝えたとも思えない。それから数世紀後にウウムザ大学へ実際に行ったあたしでさえ、ウウムザ大学の本当の偉大さを理解しきれていないのに。

「当時、わたしたちの祖先はまだ小部族で遊牧生活を送っていたが、ズィナリヤ人と知り合い、友好を深めていった。数カ月以内には大半のズィナリヤ人がウウムザ大学へ旅立ったが、地球にとどまったズィナリヤ人もいた。数年後、ウウムザ大学へ出発するまえに、おたがい、どこにいても対話できるようにと、〈ズィナリヤ〉と呼ばれるものを伝授してくれた。わたしたちの部族の血液に合わせてつくられた極小有機体（ナノイド）で、部族の全員が水といっしょに飲みこむと、脳内にすんなり組みこまれた。ひとたび体内に取りこんだら、神経系にアストロラーベを埋めこんだかのように機能した。ナノイドは、食べることも、聞くことも、においを嗅ぐことも、見ることも、触れることも、〝感じる〟ことさえできるものだ」

　どうしていままで気づかなかったんだろう？　砂漠民のあの手の動きは未知のテクノロジーに起因するものではなく、プラットフォームを操作する動きだったのだ。アストロラーベが映し出すバーチャル・プラットフォームのようなものを！　エンイ・ズィナリヤ族しか見ることができず、アクセスもできないプラットフォーム。こんなあたりまえのことが、なぜ、わからなかったのか？　あたしはその理由に気づき、恥ずかしく思った。あたしが偏見を持っていたせいだ。小さいころから、砂漠民――エンイ・ズィナリヤ族は遺伝的な神経疾患を持つ野蛮な未開人だと、まわりの大人たちに信じこまされてきた。だから、あたしも、エンイ・ズィナリヤ族をそういう目で見ていた。

祖母はあたしの考えを見透かしたように、笑みを浮かべた。

「水とともに体内に入ったナノイドは、DNA経由で子孫へと受け継がれた」言葉を切り、あたしを見た。あたしの反応を待っている。数秒後、あたしはそわそわして顔をしかめた。話はそれで終わりかと問いかけようとしたとき、頭のなかで何かがはじけた。一瞬、頭がぼんやりし、すわっていてよかったと思った。目を閉じ、最初に手に触れた数式をつかんだ。無数の数式が衛星のように自分の周囲をまわっているのだと考えただけで、うっとりする。ゆっくりと瞑想状態に入った。落ち着きを取り戻すと、目を開け、とても不快な現実と向き合った。

「パパの身体のなかにも〈ズィナリヤ〉があるのよね」と、あたし。

祖母は満足げにほほえみながら、あたしを見ている。

「そうだよ」

「あたしのなかにも、あたしのきょうだいのなかにも」

「そのとおり」

「あたしたちは異星人のテクノロジーをたずさえてるのね」

「そうだ」

この事実に打ちのめされそうになったあたしは、さらに深い瞑想状態に入った。その気になれば、自分は数理フローを呼び出し、砂漠の向こうまで送ることができる。あたしはヒンバ族だ——自分に言い聞かせた。数式が分裂を繰り返して形成される、無数の次元分裂図形に囲まれている。いちばん落ち着くパターンだ。たとえ自分の行ないのせいで髪がオクオコに変わろうと、エンイ・ズィナリヤ族の血が流れていようと、異質なDNAを受け継いでいようと、あたしがヒンバ族であることに変わりはない。

「ビンティ」祖母がそっと呼びかけた。

「エンイ・ズィナリヤ族に見えるものが、なぜ、あたしには見えないの？　あたしのきょうだいにもパパにも、どうして見えないの？　あたしたち家族は、両手をひらひら動かしたり、誰にも見えない物体を操作したりしないわ」

「おまえの父親にはその能力があるし、現に能力を使っている」と、祖母。「その気になったときにはね。さっきも言ったじゃないか。わたしはおまえの父親と対話してたって。たしかに、おまえの父親はヒンバ族の女性と結婚し、調和師としての技術を砂漠の奥地ではなく、〝文明社会〟で生かすことにした。だからといって、母であるわたしを見捨てると思うかい？」

　あたしはため息をつき、両手を額に押し当てた。なんだか妙な気分だ。この違和感はなんだろう。

「おばあちゃんがパパと対話できるなら、あたしがオクゥと交信する必要はなかったんじゃないの？」

「おまえが交信できるか、確かめたかったのさ」祖母は微笑した。

　あたしは眉をひそめた。

「よく聞いて」と、祖母。「〈ズィナリヤ〉はそのままでは使えない。スイッチを入れて、起動させる必要がある。起動させなければ、体内に〈ズィナリヤ〉が存在していることすら知らないまま、一生を送ることになる。いままでのおまえみたいにね」

「どうやってスイッチを入れるの？」

「それはエンイ・ズィナリヤ族の巫女〈アーリヤ〉の仕事だ。明日、会いにいく」

引き返したい。

本気で引き返したいと思った。もうたくさんだ。本来なら、とっくに家に帰り着き、巡礼の旅に出ていただろう。自力で塩の痕跡をたどり、巡礼団の女性たちに追いつき、今ごろは巡礼を終わらせていたかもしれない。晴れて、一人前のヒンバ族女性として認められていたはず。引き返すには、暗闇をアストロラーベのフラッシュライトで照らし、歩きつづければいい。でも、奥地をめざしはじめてから、すでに何日もたった。たとえ夜行性の危険動物から身を守れたとしても、食料も、まともな採水器もなければ、命を落とすことになるだろう。

それに、あと戻りなんて、ごめんだ。これがあたしの運命なら、進みつづけるしかない。

結局、あたしは祖母とともに進んだ。砂漠民とともに進んだ。

さらに四十八時間、夜はひたすら歩き、日中は眠り、あとはデーツやパン、ヤシ油をたっぷり使ったエンイ・ズィナリヤふうシチューを食べた。その間、ムウィンイは捕食動物の群れからあたしたちを三回守ってくれた。一回は、新たな野生の犬の群れで、あとの二回はハイエナの群れだった。あたしがエンイ・ズィナリヤ族を見つめる目は確実に変わった。とくに、その両手に対しては。

アストロラーベに触れることはほとんどなくなった。まわりに理解するべきことが多すぎて、アストロラーベは必要なかった。エダンのかけらにも触れていない。エダンのことは考えたくなかったのだ。オクゥからの連絡は二日目にいちどあったきりだ。最初のときより、さらにそっけなかった。

(元気か、ビンティ?)
(うん)
(よかった)

それだけだ。三日目は、まったく連絡はなかった。その日のうちに、あたしは最初のときと同じようにオクゥに通信しようとしたが、応答はなかった。オクゥは〈ザ・ルート〉で何をしているのだろう? でも、心配はいらない。祖母が父と対話を続けている以上、家族にはすべて伝わっているはずだから。

四日目の夜、風景が一変した。ここまで砂丘をいくつも、のぼったりおりたりして進んできたが、この先はなめらかな白い石灰岩地帯が続いている。ほどなく、急な下り坂が現われたかと思うと、あたしが状況を把握するまもなく、喜びに満ちたホーホーという声が聞こえてきた。

金色の人々

エンイ・ズィナリヤ族は広大な洞窟集落に住んでいた。巨大な石灰岩の崖を掘って造られた洞窟に家族ごとに分かれて生活し、無数の洞窟が曲がりくねった階段でつながっている。クローゼットほどの狭い洞窟もあれば、〈ザ・ルート〉のように広々とした洞窟もある。到着すると、祖母一家の複数の洞窟を簡単に案内された。子どもから老人まで大勢の人がいて、みんな両手をひらひらと動かしている。あまりにも多くの人々と顔を合わせたので、誰がどの洞窟に住んでいるのか、わけがわからなくなった。

老若男女問わず、誰もが、自分で居心地がいいと思う場所を選べるようだ。ある洞窟には、十代の少女とその祖父が住んでいた。少女の両親（母親は祖父の娘だ）は、細いトンネルでつながれた別の洞窟で暮らしている。少女と祖父はさまざまな石を集めて研究しては詳細に記録しているため、洞窟内には石や黄ばんだメモ用紙が山と積みあげられていた。

「石ころだらけの洞窟はひとつで充分」少女の母親はそう言って笑った。「二人は馬が合うのよ」

祖母の洞窟は狭いが、物が少なく、こぎれいだった。床には、毛足の長い鮮やかな青のラグが何枚も敷かれており、天井から吊りさげられた繊細なモビールは、祖母の娘たちの一人が集めた水晶で作られている。娘たちは香油作りが得意なので、香油の瓶もいくつかあった。部屋は清潔なにおいがした。

部屋の中央に置かれたリング状の大きなソーラーランプが、室内を明るく照らしている。なにより、植物がたくさんあることに驚いた。そういえば〈サード・フィッシュ〉号の呼吸室も、こんなふうに植物だらけだった。ベッド脇の高い天井付近に吊るされた鉢から、葉の茂ったつる植物があふれ、緑のカーテンのように垂れさがっている。砂をいっぱい詰めた大きな編みかごに、木のように入り組んだ形をした薄緑色の多肉植物が植えられ、さらに、乾燥した発光植物が、洞窟の壁面を伝ってつるを伸ばしていた。それだけではない。祖母は洞窟のなかで、トマト五種類、ピーマン三種類、あたしの知らない数種類の結実植物まで育てているのだ。

「わたしは植物学者なんだよ」と、祖母。自分のカバンを下に置いた。「おまえのおじいちゃんも、そうだった」

「〝だった〟？」

祖母はうなずいた。

「おまえのおじいちゃんはヒンバ族の出身だ」その先に長い物語があるのは明らかだが、祖母はそれ以上話すつもりはないようだ。あたしの頭にはいくつもの疑問が浮かんだ。なぜ、祖父はヒンバ族から離れたのだろう？　祖母は今も、祖父と連絡を取り合っているのか？　あたしの父がここを出てヒンバ族に戻る決意をしたとき、祖父はどう思ったんだろう？　父は子どものころ、ここで暮らしていたのか？　どうして祖母は植物が好きなのか？　エンイ・ズィナリヤ族のほかの人たちは大人数で楽しげに暮らしているのに、なぜ祖母はこのこぢんまりとした洞窟で一人暮らしをしてるんだろう？　あたしは質問する代わりに、生い茂る植物をながめ、みずみずしいにおいのする空気を吸いこんだ。ほかの洞窟や外の乾いた砂漠とはまるで違うにおいがする。

小さな黄色い花に目がとまった。あたしの手より大きい鉢に植えられ、根っこの部分には水気がない。数年前、これと同じ花を見つけたことがある。エダンから生えていたあの黄色い花だ。

「これは何？」と、あたし。

「わたしたちはオラ・エドと呼んでいる」と、祖母。「〝見つけにくく、育てにくいもの〟という意味だ」笑い声を上げた。「しかも、きれいな花でもない。さあ、そろそろ休んだほうがいいよ、ビンティ。明日は、おまえにとって重要な日になるんだから」

〈サード・フィッシュ〉号の呼吸室で眠ったときと同じように、あたしは熟睡した。

〈アーリヤ〉

洞窟集落から一キロ弱。〈アーリヤ〉の洞窟は、涸れた湖のまんなかにあった。

「ここにまだ水があったころ、何か生き物が棲んでた」歩きながらムウィンイが言った。「たぶん、自分で岩に穴を掘って」

「どうしてわかるの？」あたしは足もとの地面を見た。なめらかな石灰岩がそこだけごつごつしていて、歩きにくい。突き出た岩につまずかないようにするのが一苦労だ。

「おれたちの集合意識のなかに記憶が残っているから」ムウィンイはあたしをちらっと見た。「エンイ・ズィナリヤ族なら、誰でもその記憶に触れることができる」

あたしはうなずいた。

「でも、どんな生き物だったか、正確なことは誰もわからない」ムウィンイはそう言い、両手をひらひらと動かした。

「もうすぐ着くって〈アーリヤ〉に伝えてたの？」と、あたし。

ムウィンイは顔をしかめ、鋭い目であたしを見た。

「どうして、それを――」

「あたしだってバカじゃないのよ」

ムウィンイはなにやら、ぶつくさ言った。

あたしは笑いながら前方を指さした。

「それに、もうあそこに見えてる。穴みたいなものが」

穴というのは控えめすぎる表現だ。硬い地面に開いたその穴の入口は、家ほどの大きさがある。近づくにつれ、ふたつのことに気づいた。ひとつは、一羽の大きな鳥が入口のすぐ上を旋回していること。もうひとつは、穴の壁を粗く削って造られた石段が、穴の奥深くまでくねくねと続いていることだ。

　ムウィンイが先になり、石段をおりてゆく。あたしは、ざらざらした壁を片手でさわりながら、すべすべした感じの方程式をいくつか頭のなかで唱え、すべすべした数理フローを呼び出した。数理フローの軽い摩(ま)擦(さつ)が心地よく、壁に触れている指が気持ちよくなってきた。洞窟の深部の壁には、数えきれないほどたくさんの本が並んでいた。太陽は今、真上にあるにちがいない。真昼の強い光が心地よく差しこんでくる。それでは足りないとばかりに、発光植物がつるを伸ばし、隅々をほの明るく照らしている。

〈アーリヤ〉は腕組みをして、書棚のそばの暗がりに立っていた。

「あんたはちっとも変わってないね」と、〈アーリヤ〉。はじめて会った日から十年近くたつ。ふさふさした冠(かんむり)のような髪には白いものがまじり、顔つきはますます思慮深くなった。どこで会っても、見まちがいようのない風貌だ。高齢なのに、あれからまた背が伸びたように感じるのは気のせいか？

「お久しぶりです、ムマ」あたしは〈アーリヤ〉を見あげ、婦人の尊称を意味するヒンバ族の言葉で呼びかけた。ほかになんと呼んでいいかわからなかったのだ。

「ビンティ」〈アーリヤ〉はあたしを引き寄せ、きつくハグした。「ようこそ」

「お招きいただき、ありがとうございます」と、あたし。

〈アーリヤ〉はムウィンイにもぎゅっとハグをした。

「ビンティを連れてきてくれてありがとう。道中はどうだった？」

「とくに何もありませんでした」と、ムウィンイ。

「日が暮れるころにビンティを迎えにきておくれ」

「ええーっ」あたしは不満の声を漏らし、へたりこんだ。まだ正午前だ。日没までここにいなきゃならないのか。いや、こうなることを想定するべきだった。予定どおりにはいかないのが、エンイ・ズィナリヤ流のようだから。

　ムウィンイはうなずき、あたしにウィンクすると立ち去った。

〈アーリヤ〉はふたたび、あたしに向きなおった。

「まだ状況に身をまかせるってことができないのかい？」と、〈アーリヤ〉。「そういうところをなおさないと」

「まさか、こんなことになるとは思わなかったから……」

「〈ナイト・マスカレード〉を見たんだろ？」と、〈アーリヤ〉。「なまやさしいことじゃないんだよ。なんでも自分の思いどおりになると思ったら、大間違いだ」あたしが答えるまもなく言葉を続けた。「こっちへ来て、おすわり」

　もういちどムウィンイをちらりと見ると、ムウィンイはすでに石段をのぼりきろうとしていた。あたしは〈アーリヤ〉のあとを追った。

　洞窟のさらに深いところへ行き、大きな円形の青いラグの上にすわった。ひんやりとした暗い部屋でお香のいいにおいがする。がらんとして静かな〈第七神殿〉を彷彿させる場所だ。でも、この〈アーリヤ〉は、〈セブンの神々〉につかえる巫女とは似ても似つかない。つつましくもなく、オレンジ色のスカーフで頭をおおうこともせず、オティーゼも塗っていない。しかも、単刀直入にものを言う。

「なぜ自分が〈ナイト・マスカレード〉を見たと思うんだい？」と、〈アーリヤ〉。「あんたは男じゃないのに」

「〈ナイト・マスカレード〉は実在するんですか？」と、あたし。

「質問に質問で答えるんじゃないよ。どうして〈ナイト・マスカレード〉を見たと思うのか、訊いてるんだ」

「わかりません」

「わたしたちがはじめて会った場所を覚えてる?」

「はい」

「あんたはなぜ、あそこにいたの?」

「偶然見つけたんです。あたしのお気に入りの場所でした」と、あたし。「あの場所に行くべきじゃなかったことは、わかってます」

「その結果がこのざまかい?」

「どういう意味ですか?」

「エダンを見つけなかったら、あんたは疑問を抱きながら成長していただろうか? エダンを見つけていなくても、故郷を離れただろうか? 故郷を離れたとしても、いま生きていられるだろうか?」

ふいに怒りがこみあげてきた。この数カ月間あたしを悩ませつづけてきた、あの激しい怒りだ。針で刺されたように背中が痛み、オクオコがぴくぴくした。怒りを静めようと、深呼吸する。

「たいしたことないわ」あたしは鼻孔を広げ、つぶやいた。

「質問に答えなさい」

またしても怒りの波が全身を駆け抜け、あたしは乱暴に手をポケットに突っこんだ。まだそれくらいの理性は残っているようだ。オクオコがあばれまわっている。〈アーリヤ〉は視線をオクオコに移した。冷静な表情だ。〝これくらい、どうってことない〟——あたしは自分に言い聞かせ、小袋を取り出した。前に身を乗り出し、広げた鼻孔から荒々しく呼吸しながら、小袋の中身をラグの上にぶちまける。金属片が転がる音が洞窟内に反響し、〝ドサッ〟という音とともに、無数の溝が刻まれた金色の球体が転がり出た。あたしは〝見て〟と言うように、両手でエダンを指し示した。

「エダンを壊してしまったからよ!」かすれた声で叫

んだ。「壊しちゃったの！　調和師(ハーモナイザー)のくせにエダンの調和を乱したの！」あたしの声は洞窟じゅうに響きわたった。そして、沈黙。

　気持ちを落ち着けるためにツリーイングをするべきだった。ようやくエンイ・ズィナリヤ族の巫女〈アーリヤ〉と再会したのに、その〈アーリヤ〉の前で、あたしは野蛮人みたいな真似をしている。

「わかってます」と、あたし。「自分は穢(けが)れてるんだって。だから、こうして故郷に戻ってきたんです。巡礼を終わらせて身を清めるために。でも、巡礼には行かず……こんなところに……」語尾をのみこんだ。

〈アーリヤ〉がエダンのかけらと金色の球体を凝視している。数分が過ぎ、あたしは平静を取り戻した。あれほど荒れ狂っていたオクオコも鳴りを潜め、全身の緊張が解けた。でも、エダンはバラバラになったまま。あたしのせいだ。

「穢れているだと？　そんなことはないよ」ようやく〈アーリヤ〉が口を開いた。首を横に振っている。「身体の一部がメデュースになったのなら、それをコントロールすればいいだけのことだ」

　そのひとことで、この一年間の悩みが嘘みたいに消し飛んだ。そうか、それだけのことなんだ。ときどき突然の怒りにみまわれて抑えきれなくなるのは、メデュースの遺伝子のしわざなのだ。あたしのせいじゃないってこと？　あたしは穢れてなんかない？　オクオコをコントロールできるようになればいいの？　巡礼のために帰郷したのは、自分の身体が不調を訴えていると思ったからだ。認めたくはなかったが、原因は自分にあると思いこんでいた。自分が間違った選択をしたせい……あたしが取った行動のせい……故郷を捨ててウウムザ大学へ行ったせい。罪を犯したせいだ……と。勘違いだった。ほっとしたとたんに、ラグに横になって眠りたくなった。

〈アーリヤ〉が膝をがくがくさせながら立ちあがり、

青いロングドレスの砂ぼこりを払い落とした。

「明白すぎて気づかないこともあるものだよ」〈アーリヤ〉はつぶやき、歩きだそうとして、あたしを振り返った。「そこを動くんじゃないよ」

あたしは石段をのぼってゆく〈アーリヤ〉の後ろ姿を目で追った。やがて、〈アーリヤ〉は石段をのぼりきり、姿を消した。

あたしは横になったまま、ため息をついた。

「メデュースのDNAのせい」ぽつりと言う。「とにかく、遺伝情報を担(にな)ってる物質のせい。それだけのこと」あたしは笑い、両肘をついて半分起きあがった。ラグの上に目を落とす。バラバラになったままのエダンが転がっている。もう笑えなかった。

〈アーリヤ〉が洞窟を出てから一時間ほどたっただろうか？　ひんやりした暗い空間とお香のにおいに眠気を誘われ、いつのまにか、うとうとしていたようだ。

石段の上から〈アーリヤ〉のサンダルの音が聞こえてきて、目が覚めた。〈アーリヤ〉は最初の石段に足を置き、一瞬、立ちどまってから急いでおりてきた。

〈アーリヤ〉の上半身が視界に入ったとき、目を疑った。これは現実なのか？　〈アーリヤ〉が石段をおりきったところで、あたしは反射的に立ちあがった。堂々とした風格のある女性が、巨大なフクロウを腕にとまらせて現われたのだ。誰だって立ちあがらずにはいられないだろう。

体高が六十センチ以上もあるフクロウだ。白と黄褐色の羽毛。黒いくちばし。ふさふさした眉斑(びはん)のある、まるい顔。大きな黄色い目。頭の上には角のように見える茶色と黒の羽角(うかく)がある。〈アーリヤ〉の腕には茶色い革製のアームバンドが巻かれているが、ほかに身を守るものは何もない。いつなんどき、フクロウに目玉をえぐり取られるか、わからない。白くて長い鉤爪(かぎづめ)でひっかかれたり、力強い翼でビンタされたりするかもしれない。だが、そんなあたしの心配をよそに、フクロウはあたしをじっと見つめるだけだ。すわれとでも言っているのか？

「この子が待ちきれなかったみたいでね」と、〈アーリヤ〉。「わたしが外へ出たら、もうそこにいたんだよ。ちょっと手を貸してくれるかい？」

あたしは、腕にフクロウをとまらせたままの〈アーリヤ〉をゆっくりすわらせた。〈アーリヤ〉と向かい合ってすわると、フクロウの大きさにあらためて驚いた。

「重くない？」と、あたし。

「鳥は一生の大半を空で過ごす。重いはずがない」と、〈アーリヤ〉。「この子にかぎって言えば……羽のように軽いよ」

「へえ、そうなの？」

「わたしがこれから行なおうとしているのは、巫女になってから四十五年間、いちどもやったことのない技だ」と、〈アーリヤ〉。「ただのいちどもね」

急に寒気を感じた。寒くてたまらない。頭が混乱している。内心ではわかっているつもりだ。祖母にズィナリヤ人の話を聞いた瞬間から覚悟はしていた。なにごとにも変化はつきものだ。変化はあたしの宿命。それこそが成長の証なのだ。

「なんのためにするの？」あたしはなおも、たずねた。

「エダンをもとに戻す唯一の方法だから。もとに戻さなければならない。エダンを使って必要なことを行なえるようにするために」と、〈アーリヤ〉。フクロウは一瞬たりとも、あたしから目をそらそうとしない。

「古語で〝ズィナリヤ〟が何を意味するか知ってる？」

あたしはかぶりを振った。

「〝金〟だよ。わたしたちの祖先は本当の名前を正確に発音できなかったし、本当に金でできていたから、そう呼ぶことにした。金。金色の人々。ズィナリヤ人の身体も船も、何もかもが金色だった。ズィナリヤ人たちは休息と燃料補給のために砂漠へ来た……砂の色が……金色の砂が大好きだった。あんたのエダンはズィナリヤ人のテクノロジーだ。はじめてあんたと会ったときから、そのことに気づいていた。エダンを見つけたあんたになら、謎を解けると思った……つまり――」

「起動させなくても謎を解き明かせるはずだと？」

〈アーリヤ〉はうなずいた。

「いままで、わたしたち以外に〈ズィナリヤ〉のことを知る者はいなかった。結婚などで一族を離れた者たちはエンイ・ズィナリヤ族であることを恥じ、自分の家族にまでひた隠しにする」

「あたしの父も、そう」と、あたし。「まるで遺伝病でも持っているかのように、秘密にしたがります。ヒンバ族やクーシュ族がそのことを知ったら、きっと……」

〈アーリヤ〉は微笑した。

「もちろん、知ったうえで、わたしたちを遠ざけようとしてる者はいる。自分たちの文化を侵害されるとでも思ってるんだろう。わたしたちがのけ者扱いされ、ヒンバ族ともクーシュ族とも接触を持たないのは、そのせいだ。彼らにとって、わたしたちはエンイ・ズィナリヤ族ではなく、〝砂漠民〟なのだから。わたしたちの血が混じることを望む者などいない。それはともかく、わたしたちの集合意識は、あんたの親族とその子どもたちの名前も顔もぜんぶ知っているがね」

「へえ」と、あたし。少し気分がよくなった。「すごい」

「でも、それだけだよ」

一瞬、見つめ合った。

「その技を受けたいか？」と、〈アーリヤ〉。

「受ける必要がありますか？」

「うーん。おまえは今の自分を恥じているんだろう？」

「いいえ」と、あたし。「ヒンバ族であることを誇りに思っています」

〈アーリヤ〉は眉を吊りあげた。

「あんたのおばあちゃんはヒンバ族じゃない。エンイ・ズィナリヤ族だ。それに、わたしたちは女系氏族だから、あんたの父親もそうだ」

「違うわ」あたしは、ぴしゃりと言った。「パパはヒンバ族よ」自分の短絡的な考えかたを呪いたくなった。あたしはいらだち、平静を失った。もう何も考えられない。混乱のあまり、メデュースのDNAがまたも怒りをもたらした。

「技を受けたいか？」と、〈アーリヤ〉。

あたしは答えようとして口を開いたが、何も言わなかった。あまりにもバカげたことを言ってしまったと気づいたからだ。あたしの言ったことは間違ってる。でも、本当のことでもある。〈アーリヤ〉の技を受ければ、ヒンバ族という枠にとらわれず、自分自身から……家族から離れ、新たな一歩を踏み出せる。フクロウの視線を痛いほどに感じて、あたしはどこかに隠れたくなった。

「受けたいか？」〈アーリヤ〉はもういちど訊いた。

あたしは大きくため息をつき、頭を振った。

「〈アーリヤ〉さま、あたしにはまったく理解できません。エダンがズィナリヤ人のテクノロジーだとしたら、なぜメデュースの命を奪う凶器になりうるんですか？　あたしの身体の一部はメデュースなのに、どうして、あたしは平気なんですか？　いったい、何がどうなってるの？　なぜ、あたしのエダンはバラバラになったの？　あの金色の球体はなんなの？　なぜ重要な意味を持つの？　どうして、あたしはこんなところにいるの⁉　巡礼を終わらせるために故郷に帰ってきたはずなのに、巡礼に行くことすらできず、こんなところにいる。あたしは何をしてるの？　これからどうなるの!?」目を見開き、息を切らしながら〈アーリヤ〉をにらみつけた。息ができない。頭が働かない。ツリーイングもできない。

あたしはまた〈サード・フィッシュ〉号の食堂にいた。まわりはクーシュ族だらけだ。みんな死んでる。メデュースの毒針で胸を切り裂かれて。メデュースが〝ムージュ＝ハ・キ＝ビラ〟――〝大いなる波〟を行なったせいだ。あたしをのみこんだ死という名の水流は、皮肉な形であたしに新たな人生を授けた。あたしはよろけながら、片手を胸に押し当てた。怒りの涙があふれ、目がひりひりした。なぜオクゥは大量殺戮に加担したのだろう？　なぜ〈セブンの神々〉はこのような非道な行為をお許しになったのだろう？　だけど、水に溺れたおかげで、あたしは新しい人生を得た。いいえ、溺れたのではなく、運ばれたのだ。

「呼吸が浅くなり、心拍数が上昇しています。あなたはパニック発作を起こしています」ポケットのなかのアストロラーベから、無機質な女性の声が告げた。

「数学をもちいた瞑想状態に入ることをおすすめします」アストロラーベを叩きこわしたくなった。

〈アーリヤ〉はただ、あたしを見つめている。フクロウがのどをふくらませ、ホーホーホーと三回鳴いた。やわらかく穏やかな鳴き声だ。あたしは目を見開き、フクロウの目をのぞきこんだ。胸いっぱいに息を吸いこむ。息を吐き出すと、フクロウがもういちどホーと鳴いた。気持ちが落ち着いてきた。やがてフクロウは、またしてもホーと鳴き、あたしと目を合わせたまま、首を前へ突き出し、羽毛でおおわれた脚の近くまで下げた。たちまち、パニック発作はおさまった。

「技を受けたいか？」と、〈アーリヤ〉。同じ質問をするのは、これで四度目だ。

自分の心の声が聞こえてきた。どこか聞き覚えのある低い冷静な声だ。本当は家を出てウウムザ大学へ向かったときから聞こえていたのに、聞こえないふりをしていたのだ。〝おまえは父さんのあとを継がなかった。おまえと結婚したがる男などいるはずがない。自分勝手な娘。だめな娘〟あたしはそう言われてもしかたのないことをした。ヒンバ族としての自分の立場をわきまえていなかった。だから、夢を追いかけているときでさえ、自分がはみ出し者の根なし草のような気がしてならなかった。今こそ、退路を断ち、新たな決断をするべきだ。

目を閉じ、ディーリーのことを考えた。親友だと思っていたのに、このまえ話したとき、ディーリーは軽蔑の目であたしを見た。ディーリーにまでのけ者扱いされ、拒絶されるとは夢にも思わなかった。ショックだった。あたしは故郷に帰ることを選択した。それがどういうことなのか、思い知らされた気がした。ディーリーはいつだって、ものごとの表面しか見ない。裏にどれほど複雑な事情があろうとも。調和師ではないから、無理もないのかもしれない。あたしは目を開け、〈アーリヤ〉を見た。

「いったい……どんな技なんですか？」小声で言った。

「あんたをすべてのエンイ・ズィナリヤ族とその記憶にリンクさせ、エダンの謎を解き明かす」

「あたしは砂漠民になるってことですね」不満げな口調になった。あたしは目をぱちくりさせ、思いきり後悔した。「ごめんなさい。エンイ・ズィナリヤ族って言おうとしたのに。ずっとあなたがたのことを野蛮人だと思いこまされてきたから。あたしの身体の一部はすでにメデュースに変わってしまったんですよ。もうこれ以上は変われないはず……」

「どう変わるつもり？」と、〈アーリヤ〉。「あんたが決めることじゃないよ」

あたしは両手を見た。顔に近づけて、オティーゼのいい香りを嗅ぎたい。家に帰りたい。湖畔でカニを追いかけまわし、日が沈んだら〈ザ・ルート〉を振り返って、屋根の近くまで伸びた発光植物の光を楽しみたい。居間で姉妹たちと口げんかしたい。親友のディーリーと二人で、村の広場へオリーブを買いにいきたい。父の店で高機能なアストロラーベを作り、関節炎が治った手を叩いて喜ぶ父の姿が見たい。母と数学ゲームをして、勝ち負けを競い合いたい。ああ、わが家に帰りたい。

ショルダーバッグを祖母の洞窟に置いてきたことを思い出した。あのなかにオティーゼの瓶も入っていたのに。また涙がこぼれ落ちた。鼻の穴をふくらませ、必死に涙をこらえた。もう大丈夫。頭がすっきりした。家に帰りたいのはやまやまだが、エダンの謎をもっと解き明かしたい。どんなことにも犠牲はつきものだ。顔を拭（ぬぐ）い、オティーゼの付いた手のひらを見た。

「大丈夫」そうつぶやき、背筋を伸ばす。「そのフクロウはなんですか？」緊張した声でたずねた。

「わたしは数学的調和師じゃないが、ムウィンイから聞いてツリーイングのことは知っている。それがどんな感じなのか、何をもたらすのか」〈アーリヤ〉は言葉を切った。「始めるまえに、ツリーイングの状態に入ってもらう。最初っからね。心が穏やかじゃないと、できないことだから」

「わかりました」と、あたし。「でも、フクロウがなんの役に立つの？」

「彼女はフクロウじゃないよ」と、〈アーリヤ〉。

「これをお飲み」〈アーリヤ〉が粘土でできたカップを差し出した。

口に含むと、甘くて、燻したような味がした。ゴクリと飲みこむ。のどが薄膜でおおわれ、お腹が温かくなった。〈アーリヤ〉はあたしからカップを受け取り、近くの地面に置いた。あたしたちは洞窟を出て、太陽の照りつける場所にすわっていた。地下洞窟の入口からそう遠くない。洞窟からヒューッと音を立てて空気が上がってくる。フクロウが大きな円を描いて上空を飛んでいる。

次に渡されたのは、フクロウの長い羽根だった。〈アーリヤ〉に羽根を引き抜かれ、痛そうに翼をばたつかせていたフクロウの姿が頭に浮かんだ。よく見ると、羽根の先端が針のようにとがっている。

「彼女に名前はない」と、〈アーリヤ〉。「だが、ズィナリヤ人が地球にいたころから生きつづけている唯一の存在だ。わたしたちの起源となる一団に〈ズィナリヤ〉を授けた一人のズィナリヤ人の横には、つねに彼女がいた。ズィナリヤ人に明確なリーダーはおらず、すべてのズィナリヤ人がひとつの意識を共有していた。彼女が寄り添っていた一人をのぞいて。彼女は今でこそ有角のフクロウのような姿をしているが……違う姿をしていた時代もあった。それはともかく、ズィナリヤ人たちが地球を去るとき、彼女は大役とともに数多くのものをゆだねられた」

あたしは羽根の先端を見た。日差しを受け、濡れたようにきらきら光っている。

「その羽根で指先を突き刺すがいい」と、〈アーリヤ〉。「そのまま動かすんじゃないよ」

あたしは唇を噛んだ。意図的であろうとなかろうと、自分の身体を傷つけたくはない。

「やるのは、あんただからね。自分で決めることだよ。羽根のなかに含まれる触媒が、指先から大動脈へと運ばれる必要がある」

「わかりました」あたしは小声で言い、まず〝$Z=z^2+c$〟という方程式を唱えた。方程式は、美しく入り組んだ形で分裂を繰り返した。分裂のスピードが上がり、意識のなかでらせんが完成するやいなや、数理フローとしてあたしの目の前に現われた。青くやわらかな光を放つその数理フローと、同じ方程式から引き出した第二の数理フローを調和させる。意識を通して数理フローに呼びかけた——あたしを包みこんで……あたしを守って。砂漠の奥地の陽光のなか、砂漠民——エンイ・ズィナリヤ族の巫女に見つめられながら、左の親指に羽根の先端を突き立てた。

〈セブンの神々〉の伝説によると、生命は雨をたっぷり吸った肥沃な赤土から生まれるという。〈セブンの神々〉の一人が意思を示し、ほかの神々が今後のなりゆきに興味を抱いたとき、土中の微生物が働きはじめた。こうしてもたらされた土こそが〈母なる土〉——オティーゼだ。あたしは今、土になった。遠くから見つめているだけで何も感じないが、コントロールすることはできる。羽根を突き立てつづけた。いくつもの方程式で波打っているその部分を中心に、複雑にからみあった数理フローがリンクすると、無意識にあたしの身体が反応した。

　五歳のとき、赤ちゃんを産むってどんなものなのか母にたずねたことがある。母はほほえみ、一歩引いて自分の身体を譲りわたす行為だと答えた。出産とは、人体が無意識に行なう数かぎりない反応のひとつにすぎないのだという。〝ママの心が身体を離れたら、そのとき赤ちゃんを産んでいるのは誰なの？〟と訊いたことを覚えている。今、あたしの身体が勝手に反応したのも、そういうことなのかもしれない。

自分の身に何が起こっているのか目には見えないもののの、かすかに感じることはできた。あたしの身体が何かを引き寄せている。そう、地面からのパワーだ。大地の深いところからエネルギーを引き出している。〈マザー〉に触れ、〈マザー〉を目覚めさせ、呼び寄せようとしている。〈セブンの神々〉は偉大だ。たしかに、想像していた巡礼とは違う。〈セブンの神々〉に謁することも、特別な者だけが立ち入りを許される聖地に入ることもできないだろう。でも、形は違うが、これも一種の巡礼かもしれない。

〈マザー〉が降臨した。

ツリーイングを行なっていても、〈マザー〉の存在をありありと感じた。あたしの全身が喜びに満ちあふれている。ツリーイングをしていなかったら、正気でいられただろうか？　ツリーイングの能力がなかったら、この状況を乗り越えられただろうか？　体内から放たれた光が、あたしを包みこみ、青く輝いた。周囲をまわりつづけている数理フローと同じ色だ。ちらっと顔を上げると、〈アーリヤ〉が目を見開き、驚きの表情で見つめ返していた。ウウムザ大学のオクパラ教授も、これと同じ表情をしていた。あのとき、あたしの目に映ったのは……

虹色に輝く白い光がすべてをのみこみ、ゼリー状の物質のなかを突き抜けた。

そして、暗闇。

あたしはまた、あの場所にいた……

……あたしは宇宙空間にいた。無限の暗闇。無重力。宇宙空間を飛びまわり、惑星の環を上へ下へと通り抜けた。環を形作るもろい金属の塵が、石つぶてのように叩きつけてくる。唇に塵が当たるのを感じながら、息をしようと口を少し開けた。空気がないのに息ができるの？　その不安をかき消すように、身体の奥から力がみなぎり、胸のなかで花開いた。肺がいっぱいに押し広げられ、満たされてゆく。緊張が解けた。

「おまえは誰だ？」誰かの声がした。あたしの部族の言葉だ。しかも、その声はあらゆる方向から聞こえてくる……

あたしはわれに返った。

オクオコが荒れ狂っている。それに……これは雨？　湿気？　いや、涙だ。あたりにガスが立ちこめ、咳が止まらない。しばらくすると、ガスは消散し、こんどこそ胸いっぱいに息を吸いこんだ。

目を大きく見開いた。砂漠が見える。煙のにおい。すぐそばに、ぽかんと口を開けた〈アーリヤ〉がいた。〈アーリヤ〉は服をはたきはじめた。服が燃え、煙が立ちのぼっている。あたしの数理フローのせい？　頭が混乱した。あたしが数理フローをコントロールできなくなったの？　いままで、そんなこといちどもなかったのに。

片手を支えにしてなんとか姿勢を保った。調和師（ハーモナイザー）の目には、何もかもが数字や方程式に結びついて見える。数字や方程式がつねに周囲をまわっていて、まるで飛蚊症（ひぶんしょう）のように目についてしかたがない。あたしはそれに慣れている。でも、いま見えているのは、これまでにはなかったものだ。エンドウマメほどの大きさからトマトくらいの大きさまで、サイズも色もさまざまな円が整然と並び、あたしを囲んでいる。あたしが呼吸したり動いたり、考えをめぐらせたりするたびに、無数の円が脈打ち、透明になり、ついには揺るぎない固体となった。でも、今はそれどころじゃない。緊急に対処すべき問題がある。

「オクゥ」あたしは〈アーリヤ〉をじっと見た。胸が張り裂けそうだ。「あたしの友だち。オクゥが殺されちゃったかもしれない。戻らなきゃ」

〈アーリヤ〉は無言だ。あたしは震える脚で立ちあがった。「行かなきゃ」涙があふれた。振り返り、もと来た方向を見た。遠くに、かすかに洞窟集落が見える。一歩踏み出したとき、空から何かが落ちてきた。オティーゼと同じ濃いオレンジ色の火球だ。まっすぐあたしに向かってくる。もう逃げられない。

火球に向きなおった。来い。あたしを焼きつくすがいい。猛スピードで向かってくる火球をにらみつけ、死を覚悟した。〈サード・フィッシュ〉号でいちどは落としかけた命だ。熱い火球が強風とともに通り過ぎ、あたしはよろめいて、激しくしりもちをついた。その痛みで正気を取り戻した。まばたきし、砂まじりの涙を振り払う。涙とオティーゼと汗と砂が混じり合い、あたしの顔はぐちゃぐちゃだった。

〈アーリヤ〉がゆっくりと近づいてきた。

「落ち着いて」しゃがれ声で言った。〈アーリヤ〉は杖をたずさえていた。いつのまに持ってきたのだろう。杖に寄りかかっている。「ビンティ、落ち着くんだよ」老女は洞窟集落のほうを見てから、あたしに視線を戻した。「あんたは手ほどきを受けたばかりだ。あの火球を投げたのは、わたしだよ。あんたの目を覚まさせるためにね」

「あなたが？」

「両手を上げて」〈アーリヤ〉は両手を上げてみせた。「こんなふうにね。そうすれば、見えてくる。自分の意思でコントロールできる制御盤が。制御盤を出したり消したりすることも可能だ」

両手を上げると、ふたたび色とりどりの円がいくつも現われた。こんどはあたしの顔のすぐ前にある。ハチミツ・キャンディのような中身の詰まった固体だ。ゆっくりと手を伸ばす。手は円を突き抜けるはず。だが、その薄くて硬い物質を爪の先で叩くと、〝カチカチ〟と音がした。押してみると、〝こんなふうにね。そうすれば、見えてくる。自分の意思でコントロールできる制御盤が。制御盤を出したり消したりすることも可能だ〟という文字が顔のまんまえにスクロール表示された。オティーゼのように濃いオレンジ色の筆記体のオティヒンバ語だ。

手を触れると、文字はお香の煙のようにかき消えた。同じ言葉を繰り返す〈アーリヤ〉のくぐもった声が聞こえる。

「これは、いったい――」

「〈ズィナリヤ〉だよ」と、〈アーリヤ〉。「これであんたも、わたしたちの仲間だ」

あたしは頭を両手で押さえた。こんなことをしても、エンイ・ズィナリヤ族の仲間になった事実は変えられないのに。オクオコにはじめて触れたときと同じように、奇妙な感覚がした。なんて……なんて美しいの。成長の苦しみと痛みを同時に感じた。神経が張りつめ、全身が震えている。そのストレスのせいか、呼び出し信号のようなものが見えた気がした。あたりを見まわし、必死に頭を働かせる。また文字が現われた。〝ビンティ、どうしておまえが……本当におまえなのか？どうして、おまえが……あいつらは……ああ、ああ、ああ、おまえに何をしたんだ？〟

あたしはすわりこんだ。嗚咽を漏らしてしまいそうだ。これほど不思議な経験をしている瞬間でさえ、父の言葉に明らかな動揺が感じられ、あたしの心は沈んだ。猛烈に後悔した。〈ズィナリヤ〉を起動させなければよかった。父を悲しませるような真似はしたくなかったのに、結局、父を……みんなを……そして自分自身を傷つけることになった。必死に精神を集中しようとした。

「パパ！」あたしは叫んだ。「どういうこと？　どうなってるの？」

「あんたの声は届かないよ」と、〈アーリヤ〉。「メッセージを送信するんだ」

半狂乱になって考えた――〝アストロラーベ。アストロラーベに似てる。でも、もっと原始的だ〟。父の姿は見えないが、父にメッセージを送信することはできる。無意識に身体が動いた。アストロラーベの３Ｄモードを使っている感じだ。空中に真っ白なページを投影して入力し、文字や図形をあちこちに移動させる。ぼんやりとだが、自分が狂ったように両手を激しく動かしていることに気づきはじめ、それは確信に変わった。

送信――〝パパ、どうしたの？　オクゥに何があったの？　パパはどこにいるの？　あたしは砂漠の奥地にいるわ〟。

父からすぐに返信があった――〝なぜ、こんなことを受け入れた？　おまえは美しい娘だったのに〟。横っつらをひっぱたかれた思いがした。衝撃が全身を駆け抜け、頭が真っ白になった。気をたしかに持とうと、額をこすり、オクオコをなでた。あたしのもの。たしかに、あたしの身体の一部だ。もういちど両手を上げ、夢中で入力した――〝パパ、あたしは無事よ。お願いだから、状況を知らせて〟。

長い間のあと、ようやく返信が来た。あたしが地面にすわりこむと、目線の高さに合わせて、文字が下に移動した――〝クーシュ族が襲撃してきて、オクゥと戦闘になった。オクゥは何人も殺したが、オクゥ自身もクーシュ族に殺されたかもしれない。いまメデュースたちが救援に向かってくるところだ。パパたちは閉じこめられてる。クーシュ族が〈ザ・ルート〉に火をつけた。ここから出られない。だが、〈ザ・ルート〉の壁が守ってくれるだろう。〈ザ・ルート〉はその名のとおり、あらゆるものの根幹だからだ。パパたちは大丈夫。おまえはそこを動くなよ〟。

〝パパ！〟――ふたたび送信した。なんどもなんども。でも、もう返信はなかった。あたしのメッセージが消えてなくなるはずはないのに。絶対に消えるはずないのに！　怒りに身を震わせ、砂をつかんで投げつけた。

悲鳴が漏れ、涙がとめどなくあふれた。しばらくのあいだ砂漠を見つめていた。ただひたすらに見つめていた。砂と空、そして空と砂。オクゥとの交信を試みたが、今回も応答はなかった。

　あたしは瞑想状態におちいった。いくつもの数字が水のように流れてゆく。制御盤は消えかかっているが、完全に消えたわけではない。オクオコが荒れ狂っている。あたしは立ちあがった。

「帰ります」〈アーリヤ〉に告げた。〈アーリヤ〉はこくりとうなずき、砂漠を近づいてくる人影に視線を移した。ムウィンイだ。ラクダを一頭連れている。

「迎えが来たよ」と、〈アーリヤ〉。

「エンイ・ズィナリヤ族のほかの人たちはいっしょに来ないんですか？」

〈アーリヤ〉はふたたび、あたしを見た。

「戦うべき戦いが起こったら、行くよ」

　あたしはその言葉の真意を問いただささなかった。上空をフクロウが旋回していた。

　ムウィンイとあたしがラクダに乗って出発すると、フクロウは何キロも追いかけてきたが、やがて、くるりと向きを変え、飛び去った。〈アーリヤ〉のもとへ帰ったのだろう。フクロウの役目は終わった。あたしはヒンバ族の調和師師範（マスター・ハーモナイザー）だ。怒りに打ち震えるオクオコを持つメデュースでもある。新たに、異星人のテクノロジーを生まれながらに授けられたエンイ・ズィナリヤ族の一人となった。あたしこそが万物だ。故郷って何？　故郷はどこ？　故郷が火に包まれているですって？　ムウィンイとともにラクダの背で揺られながら、少しのあいだ、そんなことを考えていた。ムウィンイが祖母の洞窟から持ってきてくれたショルダーバッグに、手を突っこんだ。小袋を指で探り当て、バラバラになったままのエダンの感触を確かめる。無数の溝が刻まれた金の球体を握りしめると、熱が伝わってきた。

戦うべき戦いなどないと、〈アーリヤ〉は言った。

今にわかる。あたしは大きなラクダのごわごわした毛をぎゅっとつかんだ。今にわかる。

第三部　ナイト・マスカレード

1 異星人

それが悪夢の始まりだった……

「まだここから出られない」父が恐怖におののきながら、あたしに言った。目を呆然と見開き、動揺の色を浮かべている。父は地下にいた。あたしたちの家〈ザ・ルート〉の地下倉庫だ。父だけではない。みんないる。煤だらけで、煙を吸って咳きこんでいる。でも、あたしを見ているのは父だけだ。すぐそばで、咳きこみながらおびえた声でたずねる妹ペラアの声がした。「パパはどうしちゃったの？　なんで、あんなふうに両手を動かしてるの？」

あたしの視界が俯瞰に切り替わり、全体の状況を見わたせるようになった。地下倉庫に閉じこめられた家族の姿が見える。父、二人のおじ、おば、三人の姉妹と二人の兄。近所の人も数人いた。そもそも、どうしてあんな場所にいるのだろう？　誰もが部屋の中央にかたまって抱き合い、身を隠そうとするかのようにベールを巻きつけている。号泣する声。オティーゼを塗った顔を伝い落ちる涙。祈りを捧げ、アストロラーベで必死に助けを呼ぼうとする。部屋の隅には、水草の束、ヤムイモの山、カボチャの種が入った麻袋、乾燥デーツ、スパイスの容器。繊維質の天井と壁を通して煙が流れこんでくる。あたしが生まれる前から故障して動かない古いセキュリティ・ドローンが、筵をかぶせたまま片隅に放置されている。

「ママはどこ?」と、あたし。切迫した口調でもういちどたずねる。「ママはどこ? ママの姿が見えないわ、パパ」

「大丈夫。〈ザ・ルート〉の壁がパパたちを守ってくれる」と、父。

父は両手であたしをぎゅっとつかんだ。関節炎とは思えないほど力強い。

「〈ザ・ルート〉はその名のとおり、あらゆるものの根幹だからだ」と、父。「パパたちは大丈夫。おまえはそこを動くなよ」父が顔を近づけてくると、あたしの目の前に血のように赤い文字列が現われた。「やつらはおまえを捜している」

「ママはどこ?」悪夢のなかで両手をひらひらと振り、あたしのDNAに組みこまれた異星人のテクノロジーを使って、もういちど問いかけた。まだ〈ズィナリヤ〉に慣れていないので、たどたどしい。

突然、周囲が暗くなった。あたしが入力したメッセージだけが、砂漠に現われる亡霊のように、ぼんやりと赤く浮かびあがっている。〝ママはどこ?〟返事はない。頭のなかが単調な響きのメデュース語でいっぱいになった。その振動が骨にまで響いてくる。笑い声。怒りに満ちた笑い声。いやな予感がした。「ビンティ、やつらに代償を支払わせてやる」低く響く声がメデュース語で言った。オクゥの声ではない。オクゥはどこにいるの……?

目覚めると宇宙が見えた。砂漠の夜空が無数の星で輝いている。あたしが〈サード・フィッシュ〉号で旅したときと同じくらい澄んだ空だ。聴覚と視覚をはたらかせながら、あおむけで空を見あげた。バランスを保ったいくつかの方程式がさらさらと音を立て、煙のようにまといついている。眠ったままツリーイングをしていたようだ。それほどひどい悪夢だったということか。〈サード・フィッシュ〉号で大量殺戮（さつりく）を目の当（ま）たりにしたあとも悪夢に悩まされたが、こんなことはなかった。〈ズィナリヤ〉に慣れていないせいかもしれない。今のはただの夢ではなかった。〈ズィナリヤ〉を使った父からのメッセージも含まれていた。そのメッセージを受信したとき、あたしは夢うつつながら、ストレスから自分を守ろうとして無意識にツリーイングをしたのだろう。

ムウィンイとあたしがラクダに乗り、エンイ・ズィナリヤ族の村を出たのが数時間前。休憩を取ることになり、あたしはムウィンイが張ってくれたテントで寝入っていたようだ。ムウィンイは散歩に出かけたのだろう。疲れた。家族のことが心配だし、精神的にまいっている。地獄に突き落とされた気分だ。あんな悪夢を見るくらいなら、眠らなければよかった。

「わが家へ」顔をなでながら、つぶやく。「なんとしても帰りつかなきゃ……」空をながめた。「あれは何？」

星のひとつがこっちへ落ちてきた。また〈ズィナリヤ〉が幻を見せようとしているのか。

「止まって」と、あたし。「もうたくさん」だが、その金色の光は止まらない。どうしよう。あたしをめがけてくる。まだあたしに伝えたいことがあるのか？　こっちは心の準備ができてないのに。光が広がりながら落下してくる。あたしはツリーイングすることも忘れ、そのなめらかな動きに見入った。頭上わずか数メートルのところで爆発し、巨大グモの金色の脚のような光のシャワーが降り注いできた。あたしの脳裏に、見ず知らずの他人の記憶がよみがえった。

あたしは思い出した――あのとき……

カンデは皿を洗っていた。疲れているし、勉強もしなければならない。なのに双子の弟たちが夜食に焼きトウモロコシとピーナッツを食べたいと言いだし、食べるだけ食べて皿も洗わずに行ってしまった。こんな夜中に、あんなに大量に食べるなんて、信じられない。でも、両親は小言ひとつ言わないだろう。まだ六歳の弟たちがあんなにまるまる太っているのは、両親が甘やかしたせいだ。両親は弟たちにはとにかく甘い。だが、カンデに甘えは許されない。汚れた皿をひと晩放置したら、アリがたかるだろう。今夜は湿度が高いから、ほかの虫もたかるかもしれない。カブトムシが大嫌いなカンデは、ブルッと身震いした。

皿を洗いおわると、しばし空のシンクをながめた。タオルで手を拭き、携帯電話を取り出す。もう午後十一時だ。集中すれば、一時間は勉強できるし、五時間は眠れる。今、ハイスクールの最終学年。成績はクラスで六番目。イバダン大学に合格できるレベルなのか自信はないが、合格できるよう全力を尽くすつもりだ。

カンデは携帯電話をスカートのポケットにしまい、明かりを消した。廊下に出て、一瞬、耳を澄ました。両親の部屋からテレビの音が聞こえ、弟たちの部屋は明かりが消えている。よし。そっと玄関へ向かい、静かにドアの鍵を開け、外へ出た。涼しい夜だ。村はずれの数軒の家の向こうに、広大な砂漠が見える。

家の外壁にもたれ、スカートのポケットからタバコをひと箱取り出した。一本だけ振り出し、口にくわえると、マッチを出した。親指の爪でマッチを擦り、タバコに火をつける。タバコを吹かすと、煙といっしょに、いやなことがぜんぶ消えてゆく気がした。親のすすめで婚約した男のブサイクな顔も、ダンス部のユニフォームを買うおカネがないことも、カンデの婚約を知ったタンコーが、今でも愛してくれているかということも。

もういちどタバコを吹かすと、笑みを浮かべた。あたしがタバコを吸っていることを知ったら、父は怒り狂い、あたしをひっぱたくだろう。母は泣き叫び、こう言うに決まっている——そんな反抗期の子どもみたいな真似をしたら、誰も結婚してくれないわよ。そんなことを考えながら、砂漠のほうを見ていると、奇妙なものが目に入った。最初は目の錯覚かと思った。いやなことばかり考えているから、とうとう頭がおかしくなったにちがいない。

その集団は、カンデが外へ出てくる前からそこにいたのだろう。カンデが出てきたときには、もうカンデの姿が見えていたにちがいない。ヤシの木のようにひょろりとした人々。だが、人間ではない。月明かりのなかでも、全身が金色なのがわかった。まぶしいほどの金色。地球人ではないが、脚も腕も胴体もある。樹木のように細長い姿だ。ゆっくりと近づいてくる。カンデのもとへと。あたりにはほかに誰もいない。こんな夜遅くに家の外にいるようなバカは、カンデだけだ。

この人々の姿を見てしまった以上、この瞬間に自分がどんな行動を取るかで、すべてが変わる。なぜか、そんな気がした。部族の運命がカンデにゆだねられている。カンデは金色の人々を見あげた。金色の人々に自我はなく、ひとつの意識を共有していたが、人類が授けた〝ズィナリヤ〟（〝金〟という意味だ）という呼び名を受け入れた。そして……

あたしはツリーイングの状態からわれに返った。ムウィンイに身体を揺さぶられている。ムウィンイのほうを向いたとたん、風で飛ばされた砂やほこりが叩きつけてきて、激しく咳きこんだ。

「ビンティ！　目を覚ませ！　しっかりしろ！」

最初は無数の方程式しか目に入らなかった。いくつもの数字が調和を保ちつつ、分かれたり、広がったり、離れたり、回転したりしている。ムウィンイのひょろっとした姿に目の焦点が合った。オクゥの身体のように青いシャツとズボンが、砂まじりの風にはためいている。バラバラに風に舞っていたかのように見えた砂粒がそれぞれに弧を描き、まとまって大きな渦を巻きはじめた。あたしは頭を振り、正気を取り戻そうとした。口を開けたままだったことに気づき、唾といっしょに砂を吐き出した。

どうしようもないほど激しい怒りが湧きあがり、身体がびくっとした。〝あたしの家族が！〟狂ったように考えをめぐらせた。〝家族が！〟ムウィンイに向かって叫ぼうとしたとき……ムウィンイの背後に浮かぶオクゥが目に入った。あたしは目を見開き、またしても口をあんぐりと開けた。でも、オクゥだと思ったのは、やせ細った茶色い小型犬の群れだった。頭を振り立てながら、あちこち走りまわっている。そのうちの一匹がひんやりした黒い鼻をあたしの顔にすりつけ、くんくんにおいを嗅ぐと、耳もとで小さく鳴いた。犬の群れは、あたしたちのまわりを走りつづけた。砂の上にあおむけに寝ているあたしからは、周囲一メートルほどの範囲しか見えないけど。ラクダのラクミが不安げな声を上げた。あたしの目の前に文字列が現われた。ムウィンイが〈ズィナリヤ〉を使って、必死に何かを伝えようとしている。

緑色の文字でこう記されていた。

〝砂嵐。犬の群れ。リラックスして。ラクミの鞍につかまって、ビンティ〟

言いなりになるのは好きじゃないが、言いなりになるしかないこともある。またしても、あたしは屈服した。こんどはムウィンイに。数日前に知り合ったばかりの少年。野蛮人だとばかり思っていたエンイ・ズィナリヤ族の少年。あたしと父にもエンイ・ズィナリヤ族の血が流れている。

あたしはなんども立ちどまりながらムウィンイについていった。ムウィンイのおかげで砂嵐から抜け出すことができた。

太陽が顔を出した。

砂ぼこりがおさまり、視界が晴れた。

砂嵐は去った。

あたしは安堵（あんど）のため息をついた。突然の静寂に脚の力が抜け、ラクミの足もとにへたりこんだ。砂に頬を押し当て、その温かさにハッとした。しばらく横になり、遠ざかってゆく砂嵐を見つめた。獲物を追うのをあきらめて引き下がる、巨大な褐色の獣（けもの）のようだ。激しく渦を巻き、あたしたちが来た道を引き返してゆく。エンイ・ズィナリヤ族の村のほうへと。あたしの瀕死の……もう死んでるかもしれない家族からは遠ざかった。

あたしは力なく両手を上げ、ゆっくりと動かしはじめた。空中に父の長い名前を入力する。モアウーゴ・ダムブ・カイプカ・オケチュク。送信を試みた。でも、これが届くことはないだろう。砂の上に寝たまま、頭を横向きにすると、オティーゼを塗ったオクオコがやわらかく砂に埋まるのを感じた。オクゥを呼び出そうとした。オクゥと交信しようとした。数日前と同じように、意識を通い合わせようとした。やはり応答はなかった。

涙が出てきた。一日以上前に〈アーリヤ〉の洞窟を出て以来、少しずつ変わりはじめていたあたしを取り巻く世界が、急激に拡大したせいだ。何も変わっていないはずなのに、何もかもがどんどん大きくなってゆく。あたしの身体が、〈アーリヤ〉によってロックを解除された〈ズィナリヤ〉のテクノロジーに適応しようとしているせいだと、ムウィンイは言うが、だからなんだというのか。状況は少しもよくなっていない。あまりにも神経にさわる感覚なので、地球があたしを宇宙へ放り出そうとしているのかと思った。

目を閉じると、ふたたび落ちてゆく気がした。また別の悪夢のなかへと。一年前のあの悪夢だ。あたしは〈サード・フィッシュ〉号の食堂のテーブルにつき、甘い乳白色のデザートを味わっていた。手にはエダンを持っている。奇妙な金色の球体は星形の突起を持つ金属製の殻でおおわれている。バラバラだったエダンがもとに戻っていた。あたしの視線の先にはヘルー。オティーゼを塗ったあたしのドレッドヘアに隠された暗号に気づいた、美しい少年。ヘルーが笑うと、花崗岩のように黒い髪がはらりと片目にかかった。ヘルーがちらっとあたしを見、あたしが笑みを返す。その瞬間、ヘルーの胸がぱっくり開き、生温かい血があたしの顔に飛び散った。あたしは逃げようと思ったが、足がすくんで動けなかった。ガタガタ震えながら、声にならない叫び声を上げ、パニックになった。みんな死んでしまった。

食堂が赤く染まった。空気まで赤くなった。ヘルーの背後にオクゥがいた。口のなかは甘い乳白色のデザートの味がするのに、血のにおいがした。みんな死んだ。なんとしても生き延びなければならない。エダンを握りしめ、ゆっくりと立ちあがる。振り向くと、そこにいたのはメデュースではなく、〈ザ・ルート〉の地下倉庫でうずくまっているあたしの家族だった。その広い倉庫にはありとあらゆる食料や生活必需品が貯蔵されている。

血のにおいが煙のにおいに変わった。新たな悪夢の始まりだ。まず目に飛びこんできたのは、部屋の隅で泣き叫ぶいちばん上の姉の姿だった。超ロングヘアが炎に包まれている。あたしは咳きこみながら、狂ったように周囲を見まわした。炎が部屋全体をのみこもうとしている。もうすぐ、あたしの身体が焼けるにおいがしてくるだろう。父、きょうだいたち、いとこ、おじ、おば、おい、めい。叫び声を上げる者。よろめく者。のたうちまわる者。じっと横たわり動かない者。炎はまだ息のある者までをも焼きつくそうとしている。あたしはすすり泣いた。身体が猛烈に熱い。いっそ、あたしも死なせてほしい——そう思いながら炎に焼きつくされるのを待った。家族とともに死にたい。しかし、家族をのみこんだ炎はあたしを痛めつけるのをやめ、勢いを失い、小さくなった。もう生身の身体が焼けるいやなにおいはしない。燻（いぶ）したようなにおいと、ルビーを集めたような余燼（よじん）が残っただけだ。目の前の景色が波打つように揺れ、ふたたび落ち着いたときには、よりいっそう現実味を帯びて見えた。空気が赤く見えることはないが、足もとの乾いた地面の感触や、手に伝わる火の温かさをはっきりと感じる。

オクオコが怒り狂っているのを、ぼんやりと感じた。手を伸ばし、オクオコをつかんで静めようとした。もう何がなんだかわからない。友人や家族の死という恐ろしい光景が消えたかと思ったら、こんどはまた〈ズィナリヤ〉があたしの知らない昔のことを伝えようとしてきた……

その老人の名はティクアグッドポジションといった。ほかの五人の長老の前にすわり、細いパイプをくわえている。パイプから立ちのぼる煙は深みのあるいい香りがしたが、暖炉の煙と混じると、ひどいにおいになった。

「カンデは愚か者だ」と、ティクアグッドポジション。「牙を剝（む）いたライオンにさえ、ほいほいついてゆくような娘だ」

男たち全員が笑い声を上げ、うなずいた。

「あんな小娘に村の運命をゆだねるわけにはいかん。そうは思わんかね？」

「だが、連中はまっさきにカンデのもとへ来た」と、長身の男。長い脚を組んでいる。「正直なところ、このなかの誰かが連中と出くわしていたら、どうしていただろう？　逃げだしたか？　気絶したか？　あるいは発砲しようとしたか？　しかし、カンデはどうにか連中と意思疎通を図るすべを身につけ、信頼を得た」

「そのせいでカンデがどうなったか知ってるだろう？」グループのなかで唯一の女が言った。「何かにとりつかれたみたいになっちまった。ありもしないものが見えるんだよ」

「わしの孫息子が言っとった。異星人のインターネットを脳みそに埋めこまれたんだと」

控えめな笑い声が上がった。

テイクアグッドポジションは大きく顔をしかめた。

「そんなことは今はどうでもよい」ぴしゃりと言う。「コーランに記されているように、見知らぬ人々にも思いやりを持ち、心を開くべきだ。あの異星人たちを歓迎しようではないか。カンデはわれわれを異星人に引き合わせてくれるだろう。あとはこっちのものだ」

「連中を見たことがあるか？」と、別の男。「とても美しいそうだ。日差しのなかでは、なおさらにな」

「あいつらの身体をバラバラにして金貨を造ったら、億万長者になれるかもしれん」誰かが言った。

またしても笑いが起こった。

「だが、あのズィナリヤ人どもは異星人だ」と、テイクアグッドポジション。「油断は禁物だぞ」

あたしはまるでその場に同席しているかのように、ズィナリヤ人についての話に耳を傾けていた。乾いた低木のやぶの陰で何かが動くのが目にとまった。誰かがゆっくりとあとずさり、走り去った。

「カンデ」と、女性の声。その声は四方八方から聞こえる気がした。「あの子はよくやったよ。タバコを吸うような子のわりにはね」

あたしは眉をひそめた。こんな茶番は早くやめさせて、叫びたかった。〝タバコを吸うことと異星人は関係ないでしょ!?〟そのとき、車座になった長老たちのあいだを何かが跳ねまわるのが見えた。巨大な赤い球体だ。砂ぼこりの渦のなかに消えたかと思うと、ふたたび地面の上でバウンドした。回転しながらあたしのほうへ向かってくると、平らになった。キャンディに似た赤いボタンが砂に埋もれているように見える。

あたしはそれを凝視した。

〝そのボタンを押せ〟――きちんとそろった緑色の文字列が目の前に現われ、ほどなく煙のように消えた。ムウィンイが〈ズィナリヤ〉を通じて話しかけてきたのだ。

こぶしで叩くと、ボタンの硬い感触がかすかに伝わってきた。カチッとたしかな音がした。完全な静寂。聞こえるのは、砂漠を吹きわたるやさしい風の音だけ。あたしはおでこを砂の上にのせ、また涙を流した。

「立てる？」ムウィンイがあたしのそばに膝をつきながら、たずねた。「もう止まった？」

あたしは頭を上げ、ムウィンイを見あげた。量の多い赤茶色の髪は砂だらけで、頭の後ろに垂らした長い三つ編みの髪があたしの片膝の横の地面にこすれて、ますます砂だらけになっている。ムウィンイの背後に青い空と太陽が見える。ふたたび世界が拡大しはじめたのだ。だが、以前ほど悪くはない。愛する者すべての死を目の当たりにしているわけでもない。でも、みんなが死んでしまったことはわかっていた。

あたしは口を大きく開け、絶叫した。

「みんな死んじゃった！」

くるりと横を向き、頭の反対側を砂に押しつけた。顔に砂の熱さを感じる。砂を吹き飛ばしながら泣きわめいた。

「あたしの家族が！！！！　あたしも死にたい！　みんな死んじゃった！　どうして、あたしだけが生きてるの⁉　ああーっ！」身体をまるめ、目を閉じ、泣きじゃくりつづけた。ムウィンイがあたしの肩に手を置いた。

「ビンティ」と、ムウィンイ。「きみの家族は――」

「いや！　そっとしといて！」

舌打ちの音がして、ムウィンイの気配が遠ざかっていった。

それからどのくらい放置されていたかわからないが、ムウィンイに上半身を引っ張り起こされたときには、もう抗う気力もなかった。うなだれたまま両肩に熱い日差しを浴びつづけた。

ムウィンイは心配そうな顔で、あたしと向き合ってすわった。

「あたしの帰る家はもうないのよ」と、あたし。オクオコが荒れ狂っているのがわかる。

「ああ、でも、きみはメデュースの仲間でもあるじゃないか」と、ムウィンイ。

「あたしはヒンバ族よ」ぴしゃりと言う。

「ビンティ、きみの家族は生きてるかもしれないよ」と、ムウィンイ。「おれの村にいるきみのおばあちゃんが、オセンバ村のお父さんと対話したんだ」

あたしはムウィンイを見すえ、自分のなかを駆けめぐる怒りを抑えようと身震いした。だが、抑えきれずに、メデュースが吐き出すガスのように怒りがほとばしり出た。

「閉じこめられてる家族が見えたの……この目で見たのよ！」あたしは叫んだ。「火で、や……焼かれるにおいがしたわ！」

「ビンティ」と、ムウィンイ。「いいか、きみは〈ズィナリヤ〉のロックを解除されたばかりだ！ それに、きみのなかにはメデュースのDNAが入りこんでる。きみはうわごとで、〈サード・フィッシュ〉号でのつらい経験について言ってた。でも、ここは砂漠だ。疲れているし、きみの家はまだ遠い。きみは混乱してるんだよ。きみの目に映るもののなかには、〈ズィナリヤ〉を使ったメッセージもある。きみに伝えるべきメッセージもあるかもしれないが、錯覚やただの悪い夢ってこともある」

あたしは片手を上げてムウィンイを制し、深くうなだれた。それほどに疲れていた。涙がこぼれ落ちた。あたしが見たのは錯覚なんかじゃない。まぎれもない現実だ。

「何がなんだか、わからない」ぽつりとつぶやいた。

ムウィンイの視線を感じる。

「クーシュ族はオクゥを追ってきたと、きみのお父さんが言ってた」と、ムウィンイ。「あの二人は何が起こったか、知らないんだよ」

「〝あの二人〟って誰？」と、あたし。

「きみのおばあちゃんとお父さんだ。きみもわかってると思うけど、オクゥそのものが小さい軍隊みたいなものだ。クーシュ族との戦闘が始まると、きみの家族は〈ザ・ルート〉に避難した」

「だから、地下倉庫にいるのね」あたしはつぶやいた。

「その点は夢で見たとおりよ」

「そうだ」

父が〈ズィナリヤ〉で祖母と対話した意図をつきとめなければならない。

「いつ？　父はいつ祖母と話したの？」

「きみが〈ズィナリヤ〉のロックを解除された直後だ」

「オクゥの危険をあたしが察知した直後ね」と、あたし。「じゃあ、父はひょっとすると――」

「それはどうかな、ビンティ。おれたちにわかることじゃない。〈ズィナリヤ〉を介した対話は、時間の整合性に欠けることがあるから。本当のことはいずれわかるよ」

「何時間も前のことでしょ？　どうして、そのときに話してくれなかったの？」

ムウィンイは唇を引き結び、一瞬ためらった。

「きみには話すなって口止めされてたんだ。きみのためにならない知らせだからって」

あたしはそれには答えなかった。すると、ムウィンイは言葉を続けた。

「家族を助けるために家へ帰りたいなら、こんなところでぐずぐずしてられないぞ」

あたしはムウィンイをにらみつけた。

「そんな目で見るなよ」と、ムウィンイ。「メデュースとしての怒りを向けるのは、あっちだ」前方を指さした。「昨夜、おれは自分のやりたいことを自由にできると思ってた。でも、今はこうして、決して安全とはいえない場所へきみを連れてゆこうとしてる。おれだって、きみの家族のことが心配だ。最善を尽くしてるつもりだ」

あたしは片手で顔をなでおろし、涙と汗と鼻水を拭(ぬぐ)った。いっしょにオティーゼまでこすり落としたことに気づき、手を止めた。鼻の穴を広げ、大きくため息をついた。踏んだり蹴ったりだ。

「別にあなたが連れていってくれなくても——」

「絶対に連れてゆく。約束する」と、ムウィンイ。

「おれが何を考えてるか知りたい?」一瞬あたしを見た。言おうか迷っているのだろう。

「続けて」あたしは先をうながした。「聞きたいわ」

「きみはぜんぶを受け入れ、あらゆる人々を喜ばせようとして、がんばりすぎてる。ヒンバ族、メデュース、エンイ・ズィナリヤ族、クーシュ族大使。それをすべて背負うなんて無理だよ。きみは調和師(ハーモナイザー)だ。おれたち調和師はつねに平静を保ち、穏やかでいればこそ、平和をもたらすことができる。きみは地球に戻ってきて何をもたらした、ビンティ?」

あたしはオティーゼのはげ落ちた顔を隠そうともせず、ムウィンイを見つめた。濡れた頬に熱風が当たると、気化熱の作用でひんやりと感じられた。オクオコはもう荒れ狂っていない。あたしは意気消沈した。

「あたしにとって家族はかけがえのない存在なの」しゃがれ声で言った。

ムウィンイがうなずく。

「わかってる」

あたしは濃いオレンジ色の巻きスカートの両脇をつかみ、あたしたちがめざす方向をまっすぐ見た。目の前の世界が拡大してゆく気がする。本質は何も変わっていないのに、現実世界はまるで生きているかのように変化している。これからどうなるのか、不安でたまらない。あたしはなんどか深呼吸し、軽いツリーイングの状態に入った。

「すべてが……いまも拡大しているように見える」と、あたし。はじめてムウィンイを直視した。「バ……バカバカしいと思われるかもしれないけど、あたしの目に映るものこそが現実なのよ」

ムウィンイは顔をしかめ、三つ編みにした髪を左手でくるくるひねりながら、あたしを見た。両脇に一匹ずつ、茶色い野生の犬が護衛兵のようにすわっている。

ムウィンイが言った。

「きみを家へ連れて帰ることはできるが……どうすればきみの力になれるかは、わからないんだ、ビンティ。おれは〈ズィナリヤ〉の〝ロックを解除〟してもらう必要がなかったから、きみがこれからどんな目にあうのか想像もつかない」

あたしは濃いオレンジ色のブラウスの胸もとを握りしめ、オセンバ村にいる家族のことを思ってすすり泣いた。あたしとムウィンイはラクダの背に乗り、昼も夜も砂漠を進み、その翌日もほとんどずっと進みつづけてきた。太陽が正中すると、テントのなかで少し休憩した。ようやく眠りに落ちたとき、あの砂嵐が襲ってきたのだ。

「あたしが無理をしてると思ってるんでしょ。だけど――」

「そういう意味で言ったんじゃない」

あたしはムウィンイをにらみつけた。

「いいえ、そういう意味よ。心配しないで。こんな経験ははじめてじゃないから」つかのま目を閉じた。目を開けると、少し気分がよくなっていた。「行きましょう。またひと晩じゅう進みつづけてもいいのよ」

あたしが腰を上げようとすると、ムウィンイはすばやく立ちあがった。

「だめだ。少し休まないと」

「あたしは大丈夫。少し時間をちょうだい。そうしたら、すぐに出発でき――」

「ビンティ、ここにとどまろう。きみには休息が必要だ。〈ズィナリヤ〉は――」

「でも、家族が地下倉庫に閉じこめられてるかと思うと……」またも身体が震えだした。心臓の鼓動が速い。あたしは両手をもみしぼった。

「そこで何が起こってるにせよ、おれたちにはどうすることもできない」と、ムウィンイ。

　あたしが立ちあがろうとすると、ムウィンイがあたしの肩に手を置き、押しとどめた。抵抗したかったが、また目眩がして横向きに体勢を変えるのがやっとだった。お門違いな激しい怒りに身震いし、ふたたびオクオコがのたくりはじめた。

「どんなに急いでも、あと一日かかる」と、ムウィンイ。「ビンティ……落ち着け。深呼吸しろ」

「ここには危険な野生動物がいるのに？　ゆっくりしてたら、襲われる危険性も大きく――」

「おれは野生動物なんか怖くない」と、ムウィンイ。冷静な口調だ。ムウィンイにじっと目を見つめられると、あたしを悩ませているものが少しずつ消えていった。荒れ狂っていたオクオコも徐々におとなしくなり、だらりと肩や背中に垂れさがった。メデュースの怒りをコントロールする方法はまだ模索中だが、ひんやりした空気が日の出とともに暖められて消えてゆくように、怒りはあたしから去っていった。調和師どうしが見つめ合うことほど、心が安らぐことはない。

　あたしたちはそこにとどまり、それ以上は言葉を交わさないまま、キャンプを設営した。ムウィンイは好奇心旺盛な子どものような犬の群れを引き連れ、食料になる獲物を探しに砂漠へ出かけていった。一時間でも一人になれて、あたしはほっとした。あたしには静寂が必要だったから。一人きりで……〈ズィナリヤ〉に向き合う必要があった。

「〈ズィナリヤ〉は学ぶものじゃない」砂漠へ出かけるとき、ムウィンイが肩ごしに振り返って言った。「〈ズィナリヤ〉はもうきみの一部だ。理屈に頼らず、直観しろ」

それぐらいわかっている。あたしはオープン・テントのなかでラフィアを織って作られたマットにすわった。一年以上、エダンの研究を続けてきた。砂漠の謎めいた場所で見つけた謎めいた物体。その目的はわからないが、エダンの効力を知ったのは偶然の出来事がきっかけだった。あたしの命を救ったエダンは、ウウムザ大学であたしにとって主要な研究対象となった。今は、約三十個の三角形の金属片と金色の球体に分かれて、ポケットに入っている。だから、ものごとを直観するのがどういうことなのか、わかっているつもりだ。

あたしは両手を上げ、目の前にぼんやりと浮かぶバーチャル機器に、ムウィンイの名前と〝ハロー〟という言葉をオティヒンバ語で入力した。つづいて、ムウィンイの姿を思い浮かべようとした。あの砂丘の向こう側にいるはず。ムウィンイの姿が頭に浮かぶ前に、ムウィンイが近くにいて警戒していることを感じた。ムウィンイはどこにいても、あたしを監視しているのだ。それはただの推測ではなく、事実だ。緑色の文字列が現われた。ムウィンイからの返事だ。あたしが送ったメッセージとは書式が違う。きちょうめんだがリラックスした感じのオティヒンバ語だ。「大丈夫か？」

「うん」あたしは答えた。

それから、懲りずにもういちど父との対話を試みた。「パパ」あたしは入力し、父の姿を思い浮かべながら、その赤い文字列を送信しようとした。でも、壁に張りついたみたいに、ぴくりとも動かない。両手をひらひらと振り、文字列を消去した。あきらめきれずに、さらに五回、送信を試みた。あたしは焦った。メッセージの内容は支離滅裂になる一方だ。頬の涙を拭い、気力を振りしぼってオクゥに呼びかけた。五回連続で。

こんども応答はなかった。

目をこすり、数時間ぶりに両方の手の甲を見ると、オティーゼがほとんどぜんぶはげ落ちていた。息をのみ、顔をさわり、手脚を見た。砂嵐がオティーゼをこそげ取っていったようだ。どうしてムウィンイは何も言ってくれなかったんだろう。気づかなかっただけかもしれないけど。ショルダーバッグを手探りし、悲鳴を上げそうになった。瓶のなかにオティーゼは半分ほどしか残っていなかった。地球に戻ってきたとき、またいつでも作れるだろうと、たかをくくっていた。

瓶に入ったオティーゼを凝視した。その赤いペーストは、〈ザ・ルート〉周辺の粘土で作られたものほど濃厚ではない。ほかのヒンバ族の女性が作ったものとは全然違う。地球以外の惑星で作った特別なオティーゼなのだから。鼻に近づけて芳醇(ほうじゅん)な香りを嗅ぐと、惑星ウウムザ・ユニのさまざまな光景が浮かんできた。粘土を集めた森のそびえ立つ木々。やぶのなかを突進してきたブタに似た獣。オクパラ教授の顔。シャトル・ステーションのそばに生えていた巨大食虫植物。ハイファやワンをはじめとするクラスメートたち。だが、最後に浮かんできたのは〈ザ・ルート〉だった。家族の顔。オセンバ村のほこりっぽい道路。穏やかな湖。

オティーゼを顔にこすりつけ、砂漠をながめた。乾燥していて広大で開放的だ。深く息を吸い、呼吸を整える。オティーゼを顔に塗ったばかりだけど、それを洗い流すほどの涙はもう出ないはず。〈サード・フィッシュ〉号では無意識にエダンに話しかけていたが、こんどはエダンの代わりに〈ズィナリヤ〉に話しかけた。〈ズィナリヤ〉は答えてくれた。穏やかに、やさしく。でも、赤ちゃんのように無邪気に喜ぶ気にはなれなかった。あたしは十七歳。姉妹のなかで、あたしより若いのは妹のペラアだけ。村の次期調和師(マスター・ハーモナイザー)師範に指名されたが、地球を離れてウウムザ大学へ行く道を選び、そのせいで命を落としかけた。なんとか生き延び、実にさまざまなことを学んだ。〈ズィナリヤ〉とかかわることは、あたしのすべての感覚を打ちのめすことだ。遠くに、日没のやわらかな光をのみこもうと口を開けた暗いトンネルが見えた。

いったい、どうなっているのだろう?

一時間後、ムウィンイが二羽の死んだウサギを持ち帰ってきた。ムウィンイは、よだれを垂らしてマットに寝ているあたしに気づいた。あたしは涙もかれた目やにだらけの目で、近づいてくるムウィンイを見つめていた。あえぎながらムウィンイの名を口にし、膝の上に浮かんでいるバーチャル機器に力なく入力すると、目の前に赤い文字列が現われた。ムウィンイの名前がムウィンイの頭上に浮かび、ゆっくりと位置を下げ、溶けた蠟のようにポタポタとしたたりはじめた。あたしは思わず悪態をついた。すると、あたしの口から漏れた言葉が、発音どおりのつづりで、イモムシが這うようにゆっくりと砂の上に刻まれた。〈ズィナリヤ〉にもてあそばれているとしか思えない。

いくらなんでもひどすぎる。ツリーイングをすれば少しはましになるかと思い、やってみようとしたものの、頭のなかが数字であふれ返り、ハチの巣をつついたような状態におちいった。自分のまわりがどうなっているかは見えないが、なかには、あたしの怒りに比例して攻撃性を増し、猛スピードで飛びまわったり、突進してきたりする数字もあった。

「あたしは明日、どうやって起きあがればいいの?」小声でつぶやく。「もう無理……だって家族が」あたしは泣きだした。これでさらにオティーゼが流れ落ちることはわかっていた。裸を見られているような気がして、ムウィンイから顔をそむけた。犬の一匹が走り寄ってきて、オクオコのにおいをくんくん嗅いだ。ムウィンイが、捕ってきたウサギを置く音がした。やさ

しくキャンキャン言っているのは、ウサギにさわって
はだめだと、犬たちに言い聞かせているのだろう。
「まだ変なものが見えるのか?」と、ムウィンイ。
「ううん」と、あたし。
ムウィンイはいらだたしげに舌打ちした。
「起きろ、ビンティ」
「無理」あたしはわんわん泣きだした。これ以上泣く
とまたオティーゼが流れ落ちることを思い出し、ぐっ
とこらえた。さっきとは別の犬があたしの脚の上にす
わっているのを感じた。ムウィンイの気配が遠ざかっ
ていった。それから熟睡してしまったのだろう。目が
覚めると、肉を焼くいいにおいがした。お腹が鳴り、
あたしは上体を起こした。犬もいっしょに、ぐっすり
眠っていたようだ。だるそうに、あたしの脚からおり
た。
あたりを見まわす。あたしの目に映る世界は穏やか
だ。拡大していない。数字も見えない。あたしが言葉
を口にするたびに、はずんだり、這うようにゆっくり
動いたり、にじみ出てきたりする文字列もない。遠く
に見えた暗いトンネルもない。地球から宇宙へ放り出
されそうな感覚もない。安心してすわっていられた。
夜空は分厚い雲でおおわれ、真っ暗だ。ラクダのラク
ミも鞍をはずされ、そばで休んでいた。ムウィンイは
自分でおこした焚火の前にすわり、肉を食べている。
その火が闇のなかで灯台のようにあたしを手招きして
いる。あたしは立ちあがったものの、ムウィンイに近
づくことをためらった。
「大丈夫。おれはヒンバ族じゃないから」と、ムウィ
ンイ。焚火に視線を向けたままだ。「おれにとって、
きみのオティーゼはただの飾りだ。裸には見えないよ。
こっちへ来て、食べろよ。いつまでも、ここでぐずぐ
ずしてるわけにはいかないだろ」
あたしは、こっそりムウィンイに近づいた。それで
も、顔から火が出るほど恥ずかしい思いがして、横歩

きで近づいてゆくのがやっとだった。ムウィンイの隣に腰をおろした。こうすれば、ムウィンイはわざわざ横を向かないかぎり、あたしの姿を見ることができない。顔を上げると、焚火の向こうで重なり合うように寝そべる犬たちが目に入った。そのそばに、肉をしゃぶりつくしたあとの骨が山になっている。

「この子たちは野生の犬でしょ？」と、あたし。

「そうだよ」と、ムウィンイ。

「じゃあ、なんでまだここにいるの？」

ムウィンイは肩をすくめた。

「あったかい焚火があるし、おれのことが好きだから」ふいにあたしに向きなおった。あたしはぎょっとして、胸の前で腕を組み、無意識に頭をブラウスのなかにひっこめようとした。あたしの無駄な抵抗に、ムウィンイは笑みを浮かべ、ついには声を上げて笑いだした。あたしもほほえみ返していた。ムウィンイの笑顔があまりにもすてきだったから。

ムウィンイは焚火に視線を戻すと、言った。

「ウサギを一羽、分けてやったしね」

あたしはまた笑った。

「犬たちと取引をした」ムウィンイが続ける。「餌をやる代わりに、きみとおれが眠るあいだ、何時間か見張りをしてもらうことになった」

「犬が取引に応じたの？」

ムウィンイはうなずいた。

「野生の犬って、自由でいたずら好きなんだ。襲わないように言い聞かせれば」と、ムウィンイ。「犬たちのお腹が落ち着いて、焚火が消えるまで、ここにじっとしてるわけにはいかないだろう。今夜はもう危険な動物は現われそうにない。でも、ビンティ、きみの村で何かが起こっているのは、たしかだ……ひょっとすると、きみの村だけの問題じゃないかもしれない」

それがあたしのせいだったら、どうしよう？　ムウィンイも同じことを考えているのかもしれない。ぼんやりと考えこむような顔をしている。数分間、沈黙が続いた。

あたしは話題を変えた。

「あたしの親友のディーリーが……いいえ、親友だったと言うべきね」焚火を見つめながら言った。「今はもう友だちだとは思ってないわ」

「そうか。残念だね」と、ムウィンイ。

「いいのよ。どうせ、故郷を離れたときに、友だちなんか一人もいなくなっちゃったんだから」一瞬の沈黙。あたしは話を続けた。「ディーリーはずっとヒンバ族の古いならわしに興味があったの。すごく物知りなのよ。あたしはいつも言い聞かされてたわ。ヒンバ族にとって火がどれほど神聖なものなのかって。火は〈セブンの神々〉と対話するための手段なんですって。なんて呼んでたっけ……〝オクルウォ〟、聖なる炎。そう、それだわ」ため息をついた。焚火の熱で脚と顔が火照っている。「〈月祭り〉のあいだ、ほかの子たちといっしょに、ずっとディーリーのそばにすわってた。みんな歌ってたけど、あたしは焚火の前でダンスしたかった。〈セブンの神々〉は歌うことよりも、ダンスやリズムのほうが好きだと思ってたから。あたしが次期調和師師範に選ばれたあと、ディーリーに言われたわ——ダンスをしたら、おまえの名を汚すことになるんだぞって」あたしは顔をしかめた。最後に話したとき、ディーリーは評議会議長になるための教育を受けはじめていた。あたしに対するディーリーの表情と口ぶりは、まるで迷子を相手にしているみたいだった。

「おれたちエンイ・ズィナリヤ族にとっても、火は神聖なものだ」と、ムウィンイ。

何か緑色の大きなものがビュッとあたしの耳もとを通り過ぎ、焚火の上で大きく円を描いたかと思うと、火のなかに飛びこんだ。一瞬、火花が散り、小さく〝パン！〟と音がした。

「今のは何？」あたしは跳びあがった。

「いいから、すわって」と、ムウィンイ。「よく見てて」

あたしはすわらなかった。でも、じっと見た。

一秒後、トマト大の火花のようなものが、オレンジ、黄、赤に光りながら炎のなかから飛び出し、真っ暗な空へと向かっていった。そして、音もなく消えた。

「きみは砂漠で過ごしたことがあるはずだろ？」と、ムウィンイ。

「昼間だけね」

「どうりで、イカロスを見たことがないわけだ。イカロスというのは、大きい緑色のバッタで、好んで火に飛びこむ。炎のなかから飛びあがると、火のついた新たな翼でダンスし、翼が燃えつきると地面に落下する。翼は数日後に再生する。でも、また火に飛びこんで、同じことを繰り返す。〈ズィナリヤ〉によると、昔、イカロスをペットとして遺伝子的に作り変えた女性がいたらしい」

あたしはあたりを見まわし、翼のないバッタを見つけると、駆け寄っていった。つまみあげ、顔に近づける。煙のにおいがした。

「おバカさん」あたしがささやきかけると、バッタはあたしの手から砂の上へ飛びおり、翼のない身体でピョンと闇のなかへ消えた。

「あ……あなたはあのバッタたちと調和できるの？　どうして、こんなことをするのか訊いてみてよ」あたしは焚火のほうへ戻りながら言った。

「おれは気にしたことなかったけど。本当は理由なんて知らないんじゃないかな。きっと科学的にプログラムされてるんだよ」

「たしかに、そうかもね」と、あたし。「でも、どうにかして自分たちの行動を正当化しようとするはずよ」

「なるほど。いつか訊いてみるよ」

あたしがもとの場所にすわると、ムウィンイは忙しくく両手を動かしてから、たずねた。

「今、どんな気分？」

「誰が知りたがってるの？」と、あたし。

「きみのおばあちゃん」

「あたしに直接、訊けばいいのに」

ムウィンイは首をかしげ、声を立てて笑うと、もういちど両手を動かした。たちまち、あたしの世界が拡大しはじめ、あたしは悲鳴を上げた。砂漠の奥地から飛び出してきた獣の群れのように、文字列が向かってきたのだ。このままでは衝突すると思い、とっさに身を守ろうとして両手を上げた。太陽の光のようにまぶしい文字列が表示された――〝**無事かい？**〟。

「わかったわ」両手で身を守りながら、つぶやいた。

「大丈夫だって、伝えて」

文字列は消えたが、あたしの世界は拡大する一方だ。地面に触れ、ひんやりした砂をこぶしで握りしめ、両足を砂にうずめた。気分がよくなった。

「おれといっしょのとき以外は〈ズィナリヤ〉を使わないようにって、〈アーリヤ〉が言ってる」と、ムウィンイ。「慣れるまで一週間かかる。ゆっくり慣れていかないと、いらいらするだけだ。今は後ろじゃなくて、前だけを見ろ」

あたしはこめかみをさすりながら、うなずいた。

「おれがどうやって、自分は調和師だってことに気づいたか、知りたい？」少しの間のあと、ムウィンイがたずねた。

あたしはもういちど、うなずいた。指と爪先をさらに深く砂にうずめた。地球から放り出されるような感覚を忘れたかった。

「おれが八歳ぐらいのとき――」

あたしは息をのんだ。

「あたしがエダンを見つけたのも八歳のときよ！　そのとき、あなたは――」

「ビンティ、その話をこれからしようとしてるんだ。

黙って聞いて」

「ごめんなさい」と、あたし。あたしの世界が波打つのをやめればいいのに。

「で、おれが八歳のとき、歩いて砂漠へ行った」と、ムウィンイ。「家族は黙認してたよ。あまり遠くへは行かなかったし、行くとしても昼間か朝だけだったからね。自分の村の存在を忘れられる場所まで、よく歩いたものだ」

あたしは笑みを浮かべ、うなずいた。ムウィンイのそんな胸のうちを聞くと、波打つように荒れている自分の世界を一時（いっとき）でも忘れられる。あたしも子どものころ、歩いて砂漠へ行くのが好きだった。だめだとわかっていても、行かずにはいられなかった。砂漠へ行ったからこそ、あたしの人生は変わった。

「あの日、おれは砂漠で、風の音に耳を傾け、空を舞う鳥をながめてた。堅い未開墾地にマットを広げ、腰をおろした。雲の多い日で、日差しはきつくなかった。背後の砂丘の陰から、彼らが現われた。ひょっとすると、おれはその姿をすでに目にしてたのかもしれない。でも、なんの音もしなかったんだ！　それぐらい静かだった。おれがぼんやりしてただけかもしれないけど」

「何？　〝彼ら〟ってなんだったの？」と、あたし。「別の部族？」

ムウィンイはうなずいた。

「でも、人間じゃない。ゾウだ」

あたしは、あんぐりと口を開けた。

「ゾウは見たことないけど、人間を嫌ってるって聞いたわ！　クーシュ族が言うには、牛飼いを殺して、郊外の小さな村を襲う――」

「じゃあ、ゾウは人間に出くわすたびに、だれかれかまわず殺すのか？」ムウィンイは笑い声を上げながら言った。

あたしは唇を引き結び、眉をひそめ、自信なさそうに言った。

「そうなんでしょ？」

「おれがゾウに殺されなかったのは、本当は幽霊だからだ」と、ムウィンイ。

あたしは震えあがった。ほんとにムウィンイは幽霊なの？

ムウィンイは不機嫌そうに言った。

「きみはおれたちと出会って、何も学ばなかったのか？ はじめて会ったとき、おれをなんだと思ったの？ エンイ・ズィナリヤ族をなんだと思ってたんだ？」あたしは返す言葉がなかった。「野蛮人だと思ってたんだろ？ そう思いこまされて育ってきたんだろ？ きみの父親もエンイ・ズィナリヤ族だったのに。どうしてそうなったか、自分でわかってるはずだ。おれは自分が調和師だと気づいた経緯を話そうとしてる。だけど、きみの頭は、おれが本当に幽霊なのかってことでいっぱいだ。ヒンバ族の大人たちに教えこまれたことには疑問を持たないくせに、こんなつまらない嘘に疑問を持つなんて、おかしいよ」

あたしはため息をつき、やれやれというように、こめかみをさすった。

ムウィンイはあたしに向きなおり、上から下までながめまわすと、舌打ちし、あたしをじっと見つめたまま話を続けた。視線に困惑するあたしを見て、楽しんでいるのかもしれない。

「ゾウの群れはおれをめがけて突進してきた」と、ムウィンイ。「群れのリーダーは、いちばん大きなメスだった。そんなやつが襲いかかってきたんだ。砂漠のどまんなかでゾウの群れに出くわしたら……勝ち目はない。八歳のおれでも、それぐらいはわかった。でも、リーダーが命令する声が聞こえた――〝あいつを殺せ！ あいつを殺せ！〟。おれはリーダーを見あげ、大声で言った――〝どうして、そんなことするの!?〟。そのとたんにリーダーは急停止し、ほかのゾウたちは次々とリーダーに衝突した。目を疑ったよ。砂丘を転がり落ちる岩みたいに、目の前をゾウたちが転がってるんだから。あの光景は一生忘れられそうにない。

ゾウがみんな起きあがると、リーダーがまた話しかけてきた――〝あんたは何者なの？　どうして、わたしたちと話せるの？〟。おれは答えた――〝ここにはぼく一人しかいないし、ぼくはまだ子どもで、きみたちを傷つけるような真似はしない〟って。ほかのゾウはたちまち興味をなくしてその場を離れたけど、リーダーだけは残り、その日は、部族やコミュニケーションについて、おれと話した。それから何年ものあいだ、満月の夜には必ず会うことにしてる。彼女のアドバイスがほしくて会ってもらったことも、なんどかある。母の具合が悪いときとか、おれよりずっと体格のいい兄たちとけんかしたときとか」

「お姉さんや妹さんのことは？」

「女のきょうだいはいない。おれは六人兄弟の末っ子だ」

「へえ、知らなかったわ」

「もうひとつ、きみの知らないことを教えてあげるよ。おれ以外の兄弟全員が、素手で岩を叩き割れそうなほど体格がいいってことだ」ムウィンイは悲しげな笑みを浮かべた。「ひとつ上のカム兄さんなんか、村のレスリング大会で優勝したんだよ」

ムウィンイが憤慨しているのがおかしくて、あたしは笑ってしまった。

「とにかく、そういうときは満月じゃなくても、アレワナ――ゾウのリーダーの名前だ――を遠くから呼び出すことができた。アレワナがその方法を教えてくれた。ゾウやサイなど、事情通の大型動物を呼べるって言ってた。海へ足を運べば、クジラを呼ぶこともできるそうだ。

アレワナは本当にいろんなことを教えてくれた。おれが調和師であることを教えてくれたのも、アレワナだ。調和師としてのありかたも教えてくれた。ゾウはとても凶暴な生き物だが、そうなったのは人間のせいだ。人間のひどいしうちから身を守るには、暴力的になるしかなかったんだよ。ゾウにも多くの部族があって、あちこちで群れをなして生活してる」

一頭のゾウが、調和をもたらすことをムウィンイに教え、そこから数理フローや数学を導く代わりに、あらゆる者たちと対話するすべを授けた。調和師のタイプは、その師匠の世界観によって違ってくる。ムウィンイを見つめながら、たしかにそのとおりだと実感した。

ムウィンイの量の多い赤い髪はあいかわらず砂ぼこりまみれだが、暗褐色の肌はほこりひとつなく、油でつやつやしている。そういえば、さっき油を塗りこんでいた。この油のにおいはどこかで嗅いだことがある。ヤシの木の陰に自生する植物から採れる油で、花のような味とにおいがするので、デザートの香りづけに使う女性もいる。ムウィンイはその油を入れたガラスの小瓶をポケットに忍ばせ、いつも持ち歩いていた。オティーゼと同じように日焼け止めの効果があり、肌に自然なつやも与えてくれる。このにおいにはゾウを落ち着かせる効果もあるのかもしれない。

あたしはムウィンイを見つめながら、そんなことを考えていた。あたしの世界はいつのまにか、もとの穏やかさを取り戻していた。

テントのなかでマットに横になっていると、ムウィンイが外をうろうろしながら、小さくキャンキャン鳴いたり、ハアハアいったりするのが聞こえた。それを合図に野生の犬たちがいっせいに立ちあがり、たちまちテントは八匹ほどの犬の群れに囲まれた。眠っている犬は一匹もいない。おすわりをして、見張り番のように夜の闇に目を凝らしている。

ムウィンイが戻ってきて、あたしの隣で横になった。

「こんどはよく眠れそうだ。犬たちが見張りをしてくれるのは、せいぜい三時間程度だけどな。見張りがいなくなったら、ハイエナやもっとデカくて獰猛な犬どもが忍び寄ってくるかもしれない。そういうやつらには用心が必要だ」

ムウィンイがその言葉を繰り返すまでもなく、あたしは一分とたたないうちに眠りに落ちた。

2 オレンジ

毎週、砂漠で村の市場が開かれる。時間は太陽が正中する正午と決まっていた。小さな村だが、孤立しているわけではない。あちこちの村や町、地域から大勢の人々が訪れる。相互に結びついたこのような共同体は規模が小さく、どの共同体も閉鎖的で秘密主義だが、そこに暮らす人々は幸せだった。だからこそ、うまくいっていた。

子どもたちのいちばんの楽しみは携帯電話とSNSだ。なかには、ほかの地域や、世界にまで出かけてゆく者もいた。行ったきり戻ってこない者もいる。だが、大半は村にとどまり、村の秘密を守った。写真、イラスト、絵画、動画、いずれもアップロードすることはなかった。ブログの投稿、インタビュー記事、ニュース記事も、言わずもがなだ。そんなものを誰かとシェアする必要はなかった。この村の人々は世界じゅうの情報を知っていたが、探求の対象は村のなかにあり、外部ではなく内部に冒険の場を求める傾向があった。村には、地球上のどこと比べても、はるかに先進的な最新のテクノロジーがあるからだ。しかも、そのテクノロジーは地球外からもたらされた。村人と異星人とのあいだに友情が根づいたことは、毎週の市場の光景を見ても明らかだったが、友好的な〝異星人侵略〟の事実が外部に漏れることはなかった。

山と積まれたトマトやタマネギ、乾燥葉、スパイスの前に女たちがうずくまり、男たちが頭にのせたバナナの房や、大量のアンカラ布を運びこむ。村のイマームが集会を開いている。子どもたちはお使いをしたり、いたずらをしたりと、忙しい。その人々のあいだを身の丈六メートルのほっそりした異星人たちが歩いていた。全身が、熱で融けた金でできているように見えた。日差しを浴びてまぶしく輝くその姿に、人々はときどき手をかざして目をおおったが、それ以外にはなんの違和感もなく、異星人たちはなじんでいた。

異星人の一体のまわりを走っていた一人の少女が立ちどまり、両手を上げると、激しくその手を動かし、ふたたび走りつづけた。ヤムイモを値切っている二人の女のあいだを抜け、イマームの説教を熱心に聞いている男たちのグループをかき分け、少女を待っていた背の高い金色の異星人のもとへ急いで戻った。少女はにっこり笑い、皮をむいたオレンジを持ちあげた。「かじってみて」と、少女。「こんなふうに」

あたしはオレンジの味を感じながら目覚めた。目を開けると、砂漠が広がり、夢とは思えないほど生々しい光景が遠ざかってゆくのが見えた。まるで、あたしからこっそり逃げるかのように。

「隠さなくったっていいでしょ」あたしはつぶやいた。

「あたしに話を聞いてほしいなら、はっきり言ってよ。あたしは大学生なんだから、聞く耳ぐらい持ってるわ」

上体を起こし、周囲を見まわす。犬たちはもういなかった。日の出まで約一時間あるが、ムウィンイは早くも出発の準備を始めていた。あたしはすわったまま、しばらくムウィンイを見つめていた。ムウィンイはなにやらつぶやき、ラクダのラクミの背中をポンポン叩くと、鞍をつけようとした。不思議なことに、その瞬間、ラクミがムウィンイを振り返り、ラクミとムウィンイは見つめ合った。やがて、ラクミはやわらかな唇をムウィンイのおでこに軽く押し当てると前を向き、ムウィンイは鞍を固定しおわった。

あたしはオティーゼの瓶を手に取り、目の前に近づけた。残りはわずかしかない。少量を顔につけ、腕と膝下に薄く塗り、足首にもすりこんだ。こんな情けない姿を家族が見たら、激怒するだろう。家族が生きていれば、の話だが。テントから出て、背中を伸ばした。身体がこわばっているが、たっぷり四時間近く眠ったので体調はいい。

「おはよう」と、あたし。

ムウィンイは振り返り、うなずいた。

「まだだけど、じきに出発するぞ」

「今日じゅうにたどりつけそう？」と、あたし。

「たぶんね。急いで進めば」

でも、たどりついた先で何を見つけることになるのだろう？　あたしは身震いし、用を足すためにテントを離れた。戻ってくると、数理フローを呼び出し、ツリーイングに身をまかせながら夜明け前の空を見あげた。満天の星が輝いている。雲はもう消えていた。〈ザ・ルート〉に戻ったとき、周囲の状況がよく見えるだろう。

ポケットを探り、金色の球体を取り出した。表面に指紋のような模様がある。球体を一周するように数理フローをめぐらせると、球体が手のひらから浮きあがり、小さな惑星のように目の前で回転した。数理フローを消すと、球体はふたたび手のなかにおさまった。球体をポケットに押しこみ、ポケットの底に重なっている三角形の金属片を指先でなでた。

別のポケットからアストロラーベを取り出し、顔に近づけた。立ちどまり、その美しい装置に見入った。だが、アストロラーベの異常に気づき、胸がむかむかし、両脚の力が抜けた。あたしはこの一年間さまざまな変化を乗り越えてきた。身体の一部がメデュースになったり、地球以外の惑星でオティーゼを作るはめになったりもした。それ以降、とくに〈ズィナリヤ〉を使えるようになってからは、もはやアストロラーベが最先端のテクノロジーだとは思えなくなっていた。人生のすべて——自分のこと、家族のこと、将来の見通し——を記録することもできる通信装置は、アストロラーベだけだ。父かあたしの作ったアストロラーベが故障することはまずないが、まんいち故障した場合には、内蔵チップを移し替えなければならない。アストロラーベは地球のみならず、ほかの惑星でも、なくてはならないものであり、あたしたち一家が作るアストロラーベはとくに品質がいい。そういう土台があったからこそ、あたしたち家族は揺るぎない富とアイデンティティを手に入れることができた。ウウムザ大学の人たちでさえアストロラーベを使っているのに、あたしはエンイ・ズィナリヤ族とともに砂漠を歩きはじめてから、アストロラーベの存在すら忘れていた。

アストロラーベのスイッチを入れようとして、あたしの心はますます沈んだ。スイッチが入らない。アストロラーベを〝刺激〟するために、数理フローを呼び出した。これは、あたしが部品のひとつひとつにまでこだわり、自分で作ったものだ。あたし自身が最後まで仕上げたアストロラーベだ。でも、細部にいたるまですべてを知っているからこそ、スイッチを入れても、リセットしても、振動を与えても、脚に打ちつけようとしても、無駄だと、わかっていた。あたしのアストロラーベは作動しなくなった。内蔵チップがもう読みこみできないかと思うと、すすり泣きが漏れた。あたしの個人情報がすべて失われることになるからだ。アストロラーベをポケットに入れ、五回深呼吸した。息を吸って吐いてを繰り返すたびに、涙は乾いていった。ムウィンイがテントをたたみ、ラクミの背中に乗せおわった。

「出発の準備ができたら、いつでも言ってね」あたしはムウィンイに言った。

ラクミは一貫してしっかりした足どりで進みつづけた。〝前へ、前へ、もっと前へ〟と言うように、ラクミの背中が上下に波打つ。最初は乗り心地が悪かったが、しだいに慣れてきた。あたしは後ろにいるムウィンイにもたれかかり、そのまま数時間ラクミの背中で揺られつづけた。

「ビンティ？」ムウィンイが沈黙を破った。

「何？」

「もうすぐだ」

「わかってる。同じような景色が続いてるけど、どこか見覚えがあるから」

「きみに話さなきゃいけないことがある。きみのおばあちゃんからの伝言だ」

あたしのアストロラーベは壊れているし、よけいな情報を遮断するために、ムウィンイのアドバイスどおり、眠ってからは〈ズィナリヤ〉を使わないようにしてきた。オクオコを通してオクゥに呼びかけたりもしなかった。こうして、すべての通信を絶ったこの数時間は、久しぶりに穏やかに過ごせた。でも、わが家に近づくにつれ、心臓がバクバクしはじめた。急に息苦しくなり、胸がぱっくり開いたヘルーの姿が脳裏によみがえってきた。

ムウィンイがラクミからおりたので、あたしもおり、あたしたちは向き合った。

「祖母は……なんて言ってたの？」あたしは小声でたずねた。

ムウィンイはしばらく躊躇(ちゅうちょ)していた。そんなムウィンイを抱きしめたくなった。

「きみの配偶者(パートナー)のオクゥからの通信がとだえたのは、〈ザ・ルート〉を出てから三日後のことだったよな？」

あたしは〝パートナー〟という言葉に不快感をあらわにした。

「そうよ。あたしは、つまりその……あたしたちなりの手段を使ってオクゥと交信できるようになったばかりだったわ。あの日、あたしが元気よって言ったら、オクゥが、よかったって。それっきり応答がないの」

ムウィンイに向きなおった。ムウィンイはこうして面と向かい合っているのが気まずいようだ。「それがどうかした？」

「実はおれは本当のことを知ってるんだ」と、ムウィンイ。足もとに目を落とした。「昨日〈アーリヤ〉からぜんぶ聞いた」

あたしは大きく顔をしかめてムウィンイを見た。

ムウィンイはふたたび、あたしと目を合わせた。

「遅くとも数時間前にきみに話せばよかった」

あたしたちはしばし見つめ合った。ラクミが不思議(た)そうにあたしたちを見て、こっちへ来ようとした。手綱(づな)をカチャカチャ鳴らしながら、砂の上を引きずってくる。

「話すなって、〈アーリヤ〉に口止めされたんでしクゥを守ろうとしたんだよ。あたしはようやく口を開いた。どなりつけたつもりが、涙声になった。右手の指先を額に押し当てた。

「むしろ話してくれたほうがよかっ――」

「やつらのねらいはオクゥだった」

あたしはため息をついた。

「やつらってクーシュ兵たちのことよね。それはわかってる。連中が襲撃してきたから、あたしの家族は〈ザ・ルート〉の地下倉庫へ逃げこんだ。そうでしょ？」

「そうだ」

あたしの胸のなかで、怒りが残り火のようにまだ熱くくすぶっている。

「クーシュ兵は……オクゥを……」その先は言いたくない。「話してよ、ムウィンイ！」

ムウィンイは苦悩の色を浮かべた。そのせいで、ムウィンイが次に発したすべての言葉がいっそう衝撃的に聞こえた。

「まさか……まさかあんなことが起こるとは想定外だった」ムウィンイは深呼吸し、驚いたことに一歩近づいてきた。「クーシュ族の目的はオクゥを殺すことだった。ずっと前から計画していた。メデュース／クーシュ戦争が……」

「それはわかったから」あたしはにべもなく言った。「その先を聞かせて」

ムウィンイはうなずき、話を続けた。

「きみのお父さんの話では、クーシュ兵がオクゥのテントを爆破したが、オクゥはテントのなかにはいなかった。その近くにもいなかった。クーシュ兵はオクゥの居場所を教えろと、きみの家族に詰め寄った。拒否されると、言わなければ父親を殺すと脅した」

あたしは両手で口をおおった。

「じゃあ、父は殺され――」

「違う、そうじゃない」ムウィンイはあたしの両手首をつかんだ。「でも、何があっても、きみの家族はオクゥを引きわたさなかっただろう」

あたしはムウィンイの目をのぞきこんだ。

「クーシュ族がテントを燃やしたのだとしたら、それはヒンバ族の大地を冒瀆する行為よ。ヒンバ族にとって大地は神聖なものだから。そんなことをされたヒンバ族がクーシュ族に協力するなんて、絶対にありえないわ」

ムウィンイがうなずく。

「怒ったクーシュ兵は〈ザ・ルート〉を攻撃し、火をつけた。そして……」

急に気が遠くなった。

「ヒンバ族の意識は外へは向かない……内側へと向かうの」あたしは息を切らしながら言った。「だから、あたしの家族は〈ザ・ルート〉へ逃げこみ……クーシュ兵が〈ザ・ルート〉に火をつけた。そうよね？　あたしがこの目で見たとおりだったのよ！」

ムウィンイが話を続けるあいだ、あたしはオクオコがあばれないよう両手で押さえつけながら、ぐるぐると円を描くように歩きまわった。

「きみのお父さんは、オクゥが大勢のクーシュ兵を殺したと思ってる。火に包まれた〈ザ・ルート〉の地下倉庫までクーシュ兵たちの悲鳴が聞こえてきたそうだ。なんどもなんども。そこにいたメデュースはオクゥだけだから、クーシュ兵を殺したのはオクゥに間違いない。当然、オクゥは仲間にSOSを求めただろう。でも、ついにクーシュ兵の叫び声は聞こえなくなった。これはぜんぶ、きみのお父さんがおばあちゃんに話したことだ」

「地下倉庫が火に包まれてたのに？」あたしは声を荒らげた。

ムウィンイは一瞬、黙りこんだ。この先を話すべきかどうか迷っているのだろう。

「ある時点を境に――」ムウィンイはふたたび話しはじめた。「――お父さんからの通信はとだえた。だから、ビンティ、お……おれにはわからない。〈ザ・ルート〉で何を目にすることになるのか」

「〈アーリヤ〉はあたしたちが洞窟を出発する前からぜんぶ知ってたの？」

「そうだよ」

「なのに、ぜんぶは話してくれなかった。〈ザ・ルート〉へ引き返すあたしを止めようともしなかった」

「そうだ」

「たとえ〈アーリヤ〉に止められても、あたしは〈ザ・ルート〉に帰ることを選んだはずだけど」小さくつぶやいた。頭が真っ白になった。何も考えられない。〈ザ・ルート〉で何を目にするのか、ムウィンイにはわからないかもしれないが、あたしにはわかる。黒焦げになった骨の山だ。あたしの家族は死んだ。家族は死んだ。死んだ……。ファイブファイブファイブファイブファイブファイブファイブファイブファイブファイブファイブファイブファイブ。深いツリーイングの状態に入った。ムウィンイに向きなおる。自分の動きがスローモーションのように感じられた。宇宙空間からムウィンイを見たら、こんな感じなのかもしれない。

「あたしが取り乱すことがわかっていたなら、なぜ、あたしについてきたの？」

ムウィンイは眉を吊りあげた。

「誰の力も借りずに、きみをここまで安全に連れてこられるのは、おれしかいないからだ」

あたしたちは見つめ合った。ムウィンイがあたしに話してないことがまだあるはずだ。あたしはムウィンイの次の言葉を待って待って待ちつづけた。だが、ムウィンイにそのつもりがないとわかると、自分でも意外な言葉を口走った。

「オクゥが本当に仲間にSOSを求めたのだとしたら、メデュース／クーシュ戦争がまた始まるってことよね」

ムウィンイは目をそらした。

「たぶん」

「誰も残らなかったら?」

「それは――」

「あなたの口から聞くまでもなく、あたしにはわかるわ」と、あたし。「ムウィンイ、あたしはメデュースを連れて故郷へ帰ってきたのよ。〈サード・フィッシュ〉号を降りたとたんに、あたしもオクゥもクーシュ族に殺されそうになった。クーシュ族がそのぐらいであきらめると思う?」ラクミに近づいた。自分の脚が自分のものじゃないみたいな気がした。ファイブファイブ……という5(ファイブ)の呪文が効いている証拠だ。あたしはラクミの首を軽く叩いた。「それに、オクゥがやり返さないはずがないでしょ? ウウムザ大学で作った武器を使う機会をうかがってたんだから。ウウムザ大学といえば、クーシュ族がメデュースの族長の毒針を持ちこんだ因縁の場所よ。オクゥはクーシュ族への恨みを忘れてないわ。しかも、クーシュ族はずっとヒンバ族をねたみつづけてきた。オセンバ村でいちばん古い家を焼き払う口実がほしかったに決まってるわ」

目を閉じ、〝$Z=z^2+c$〟という方程式をつぶやいた。胸の動悸がおさまると、言った。「何もかも、あたしが故郷に戻ってきたせいよ」

「ビンティ」と、ムウィンイ。「きみのせいじゃないよ。こうなるのは時間の問題だった」

あたしは深いツリーイングの状態に入ったまま、ムウィンイの言葉に耳を傾けていたが、心のなかは怒りで燃えていた。

「いてっ!」ムウィンイが小声で毒づいた。あたしの全身に……というよりオクオコの一本に電流が走ったような衝撃を感じた。ラクミが後ろ脚を蹴りあげ、大きなうめき声を上げた。なにごとかと言うように、あたしたちを見ている。

「どうして、きみの髪から電流が発生するんだ?」

あたしは前方を見すえたまま顔をしかめた。

「これは髪じゃないわ」

「なんだって？」

「メデュース船に乗りこんだときに何かされたのよ」

「ごめん」と、ムウィンイ。「ほんとにごめん。そんなつもりじゃ……でも、あの……なぜ、そんなことを許し――」

「許したわけじゃないわ！」あたしはどなった。涙で目がひりひりする。なんとしても家にたどりつかなければならない。「でも、どうしようもなかった。後ろを向けない状態だったから」ふたたび、あたしの世界が爆発的に拡大しはじめた。振り返ったら、またそこにあの暗いトンネルが見えることはわかっていた。エンイ・ズィナリヤ族の未知の意識に通じるトンネルだ。大声でわめきたくなった。自分が何者なのかわからなくて、頭が混乱しているうえに、家族が〈ザ・ルート〉とともに焼け死んだのだから、無理もない……ファイブファイブファイブファイブファイブファイブファイブ。ラクミの前脚のそばにへたりこみ、ますます深いツリーイングの状態に入ると、しばらくそこを動かなかった。

ムウィンイはふたたびラクミにまたがった。数分後、あたしも立ちあがり、ラクミの背中に乗った。それから一時間、またしても沈黙が続いた。あたしは涙を流しながら、前方に広がる砂漠を見つめた。泣きすぎたので、多めに水を飲んで補充した。夕暮れどきのブヨの大群のように、数字の5（ファイブ）が周囲を飛びかっている。背後ではあの不気味なトンネルが口を開けているはずだ。ときおり、ムウィンイが両手をさかんに動かしている。誰かと対話しているのだろうが、そんなことはどうでもよかった。エンイ・ズィナリヤ族と話しても無駄だ。今は前を向かなければならない。

「あれは何？」二人で同時に声を上げた。ムウィンイは半円状に並んだ石を、あたしは遠くの煙を見ている。

「ストップ！」あたしは叫んだ。「ねえ、止まって！ラクミ、止まれ！」ラクミが止まってくれないので、あたしは飛びおりようとした。サンダルをはいたあたしの両足が砂地に届きかけたとき、ムウィンイが低くうなるような声を出すと、ようやくラクミは足を止めた。あたしは勢いよく着地したはずみでつんのめりながら、走りだした。めざす場所は何キロも先だ。アンクレットがカチャカチャ音を立てる。〈ザ・ルート〉を歩きまわる母や姉妹たちの……〈月祭り〉でダンスするヒンバ族の女性たちの……アンクレットの音を思い出した。

石のあいだで立ちどまり、膝をついてながめた。〈ザ・ルート〉を。そして、〈ザ・ルート〉に近いオセンバ村の一角を。クーシュ族の襲撃を受け、燃えたり崩壊したりしている。ここにいても煙のにおいがした。炎上中のあるいは燃え落ちた家や建物から立ちのぼっている。オセンバ村のことはよく知っているから、それがどのあたりなのか、なんとなくわかった。

「とどめを刺された気分だわ」両手を口に押し当て、つぶやいた。見開いた目は、熱風を受けて乾ききっている。クーシュ族が破壊したのは〈ザ・ルート〉だけではなかった。オセンバ村を広範囲にわたって破壊したのか？

ムウィンイがあたしの肩に手を置き、隣にひざまずいた。息を吸って吐いて……ドクター・ンワニィのアドバイスどおり、一回一回の呼吸を意識すると、少し落ち着いた。

「あたしがはじめてここを離れたとき」と、あたし。両手をもみしぼり、静かに言った。「〈サード・フィッシュ〉号という船に乗ったの。その船は……彼女は生身の生命体だった」

「クジラより大きかった？」と、ムウィンイ。

「なんですって？」

ムウィンイは頭を振った。

「いや、なんでもない。その〈サード・フィッシュ〉号とやらの話を聞かせてよ」

「ミリ12っていう生き物なの」と、あたし。今だけは、前方に見える光景ではなく、記憶に残る〈サード・フィッシュ〉号のイメージに集中しようとした。

「ミリ12は地球が生んだ最高のテクノロジー、最高の生命体かもしれないわ。身ひとつで地球を離れ、宇宙を旅することができるなんて、ミリ12だけよ。でも、あの悲劇が〈サード・フィッシュ〉号で起こった。乗員乗客がメデュースに皆殺しにされ、あたしも殺されそうになった。惑星ウウムザ・ユニから地球へ戻ってくるときに、偶然また〈サード・フィッシュ〉号に乗ることになった。船内に足を踏み入れると、すごく……安らぎを覚えたの。ここが〈サード・フィッシュ〉号のなかならいいのに。きっと彼女の穏やかさが、いやなことをすべてのみこんでくれるわ」

あたしたちは、あたしがエダンを見つけた場所にいた。地面から歯が生えているかのように、平べったい灰色の石がいくつも突き出ている。よくここでツリーイングや、ウウムザ大学の面接の練習をしたものだ。石は人がすわれるほど大きく、オセンバ村に面した西側が空く形で半円状に並んでいた。この石のひとつのすぐそばで、あたしはエダンを掘り出したのだ。

突然、その周辺の地面が金粉を撒いたかのように、ちらちらと光りはじめた。あたしは立ちあがるのももどかしく、よつんばいで近づいた。赤いスカートは砂にまみれ、サンダルをはいた足の裏にまで砂が入り、膝のオティーゼもはげ落ちた。でも、そんなことは、どうでもよかった。ヒンバ族の一少女にすぎなかったころにエダンを見つけた場所にすわり、金色に光る地面を見た。ムウィンイが近づいてきた。

「この輝きは現実のものじゃない」と、ムウィンイ。「〈ズィナリヤ〉が見せている幻だ」

あたしは砂をつまみあげた。金粉が混じっているはずなのに、どんなに強く指をこすり合わせても、金粉の感触がない。

「この場所はたしかに輝いてた」ムウィンイは膝をつきながら言った。「昔はそうだった」ムウィンイがその言葉を口にすると同時に、またもあたしの世界が拡大しはじめた。でも、こんどは宇宙に放り出されるような感覚はなく、波が引くように砂が動きだした。砂の動きが止まると、あたしは……ムウィンイも、顔をしかめた。ムウィンイがあたしの腕をつかんだ。あたしと同じ光景を見ているにちがいない。二人であたりを見まわした。石が縦横に伸びたように見えたかと思うと、その土台部分とあたしたちの真下の地面が、光り輝く純金に変わりはじめた。半円状に並んだ石を囲んで、いくつもの人影が現われた。〈ザ・ルート〉ほどの大きさがあるいびつな円を描くように、並んでいる。純金と化した地面が日差しを受けて輝き、あたしもムウィンイも思わず目を細め、手をかざした。あたしはそのなめらかな表面をなでた。温かかった。

ムウィンイがあたしの腕をつかむ手に力をこめた。

「動くな。大丈夫だから」

ムウィンイが捕まえていてくれなければ、あたしは一目散（いちもくさん）に逃げていただろう。現在のことなのか、何十年も前のことなのか、区別がつかず、頭が混乱しているので、あの石のどれかにぶつかっていったかもしれない。

あたしたちの前に現われた人々には、二本の腕と二本の脚がついていた。腕も脚も六メートル以上の長さがあり、ヤシの木のように細い。長い胴体には毛がなく、つるつるしている。全身が純金でできているように見えた。ゆったりとした優雅な歩きかたは流動性があることを示している。熱を加えると、やわらかく形が変わるのは金の特性だ。しかも、この人々は太陽光をエネルギー源としている。あたしが数学を使って呼び出す数理フローに近いエネルギーを持つ生命体なのかもしれない。

金色の人々が金色の平面に近づいてきた。動きが遅いわけではないが、水中を進むようにゆったりとしている。金色の人々がずっと前からこのような姿をしていたのだとしても、あたしにはわからない。いま目にしているのは、金色の人々が人類とともに数年を過ごしたあとのことだからだ。最初の一体が平面の中心に足を踏み入れた。ほかの者たちは砂地で待っている。最初の一体は背筋を伸ばし、両手を頭上高く上げた。その腕が、つづいて、脚が溶けてゆく。かすかにピチャピチャという音がして、全身にさざ波が走ったかと思うと、身体が平らに引き延ばされ、高さ一・五メートル、幅三メートルほどの楔形に変わった。

あたりの岩という岩が振動しはじめ、〃プシュッ〃という音とともに金色の楔が空へ打ちあがり、数秒後には見えなくなった。〈サード・フィッシュ〉号と同じように、ソニックブームも煙も残さず、風さえ起こさなかった。だが、はるか上空で一瞬だけ金色にまたたくのが見えた。二体目が金色の平面――プラットフォーム――に立ち、一体目と同じことをした。

「これがズィナリヤ人だよ。おれたちに〈ズィナリヤ〉というテクノロジーを授けてくれた異星人だ」ムウィンイが畏怖の表情を浮かべながら言った。「おれたちはズィナリヤ人が大好きだった。ズィナリヤ人にちなんだ部族名を名乗ったほどにね。ズィナリヤ人を見たのははじめてだ。こんな形で見ることになるなんて！　見たいと望んだわけでもないのに」

「ここは発着港だったのね」と、あたし。ムウィンイといっしょに、二体目が打ちあがった空を見つめた。

三体目はプラットフォームに乗ると足を止め、こっちを見た。ムウィンイがあたしの腕をぎゅっとつかみ、二人で身を寄せ合った。三体目のズィナリヤ人はかがみこみ、片腕を前へ突き出した。指がものすごく長い。その手のなかにおさまっているのは、あたしのエダンの金色の核によく似た物体だった。でも、あたしのエダンと違って、表面に指紋のような模様は刻まれていない。あたしとムウィンイが見つめていると、プラットフォームから銀色の細長い小片が次々に立ちあがり、跳ねあがった。金色の球体のまわりにまといつき、カチャカチャと音を立ててはまりこみ、バラバラじゃなかったころのあたしのエダンと同じ形になった。そのズィナリヤ人はエダンをプラットフォームに向かって投げつけた。だが、エダンは落下せず、あたしたちの前に浮かんだ。次の瞬間、周囲の景色が一変した。砂が舞いあがり、ズィナリヤ人たちは消え、あたしたちはもとの場所に戻っていた。

「あれはどういう意味だったか、わかる？」と、ムウィンイ。

あたしが首を横に振り、何か言おうとしたとき、北のほうから一隻の艦が現われた。オセンバ村へ向かってゆく。その流線形の黄色い艦は近くに着陸するようだ。オセンバ村にクーシュ艦が着陸するとは前代未聞だ。あたしはふたたび、わが家をめざして歩きはじめた。

3　ゾウが戦うとき

〈ザ・ルート〉はまだ燃えていた。

石とコンクリートでできているのに、どうやって火がついたのか？　〈ザ・ルート〉をおおっていた発光植物は焼けて灰になっていた。屋根の上のソーラーパネルはしおれた植物のようにぐにゃりと曲がり、溶けた合わせ鋼がかたまりとなって瓦礫に埋もれている。

あたしたち一家は六代前からここに住みつづけてきた。〈ザ・ルート〉はオセンバ村でいちばん古い家だ。市街地を含めても、いちばん古いだろう。居間は百人がいちどに入れるほど広く、家族や近隣住民が集う場所だった。

〈ザ・ルート〉はクーシュ族の襲撃を受けて爆発、炎上した。クーシュ族が使用したのは、石造りの〈ザ・ルート〉を燃やして溶かすほどの破壊力を持つ武器だった。〈ザ・ルート〉のすべての階が崩壊して燃えあがり、瓦礫の山となってくすぶりつづけている。〈ザ・ルート〉の爆発にともなって吹き飛んだコンクリートのかたまりや破片が、その山の周囲に散らばっていた。〈ザ・ルート〉は原形をとどめず、煙を上げてくすぶりつづける黒焦げの巨大な山でしかない。

「ママ！」あたしは大声で呼び、半狂乱になって周囲を見まわしながら、黒焦げの山に近づいた。ただよってきた煙を吸いこみ、咳きこんだ。「パパ！」数メートル歩いて立ちどまる。あたりは静まり返り、残り火がはじける音がかすかに聞こえるだけだ。あたしは目をそらした。ゆっくりと〈ザ・ルート〉の残骸に視線を向ける。こんなことになったのは、あたしのせいだ。オクオコがあばれだし、背中を打ちつけている。メデュースの怒りのせいで、あたしは敏感になっていた。

クーシュ族はあたしたちヒンバ族を消耗品だとしか思っていない。便利な道具として、おもちゃとして、家畜として、使えるだけ使ったら、あとはポイだ。ヒンバ族は戦争のじゃまというわけだろう。

「ゾウどうしが戦うとき、雑草はどんなに踏みにじられても、じっと耐えるものだ」緑色の文字列が目の前に現われた。ムウィンイが〈ズィナリヤ〉を使って送ってきたメッセージだ。一瞬、見当違いな言葉のように思えたが、言われてみると、たしかにそのとおりだ。今は悲観せず、耐えることしかできないのかもしれない。

〈ザ・ルート〉の土台部分に視線を移すと、残り火がちろちろ燃えていた。

「〈ザ・ルート〉と呼ばれてたのは、たんにあたしたち一家がここに根づいてたからじゃない」と、あたし。「土台の大部分が〈不滅の木〉の古い根の上に築かれてたからでもあるわ」このことを母から聞かされたのは、あたしが五歳のころだった。冗談だと思っていた。次の嵐が来て、獣の咆哮に似た不気味な音が、風で家がきしる音じゃないと気づくまでは。「あの地下倉庫は——」その先は言えなかった。そこで何を見つけることになるのか、わかっていた。

ムウィンイはあたしから離れ、家の周囲を歩きはじめた。

あたしはそこに立ちつづけた。何かが聞こえたわけではない。何かを感じたのだ。身体じゅうが反応している。オクオコが荒れ狂い、〝見ろ!〟と言わんばかりに頬をひっぱたく。〈ズィナリヤ〉があたしの世界を収縮させたかと思うと、拡大させた。遠くから複数の話し声が聞こえてきたが、声が小さすぎてその内容までは聞き取れない。あたしは無意識に、集中力を高める単純な方程式を口にしていた——〝$a^2+b^2=c^2$〟。つづいて、心が落ち着く数字を唱えた。なんどもなんども。「ファイブ、ファイブ、ファイブ、ファイブ、

ファイブ、ファイブ、ファイブ」数字の5がビュンビュン乱れ飛び、ひとつひとつが三角形を描くように動いている。しばらく意識をそれに集中させると、心が落ち着いてきた。〈ザ・ルート〉に続く道路に目を向けたとき、自分が冷静であることに感謝した。幽霊のようにそこに立っていたものを観察する、心の余裕があったからだ。

　そこにいたのは〈ナイト・マスカレード〉だった。〈ナイト・マスカレード〉を見たのは、これで二度目だ。しかも今回は日中に！　数日前に見たときよりも近くで見ている。あのときは自分の寝室から見えたのだが、その寝室は焼けて灰になってしまった。こうしてまぢかで見ると、背が高く、父と同じくらいある。〈ナイト・マスカレード〉はラフィアでできた身体をパキパキいわせながら、片腕を伸ばし、節くれだった枝のような長い指をあたしに突きつけた。木製の仮面の口には黄色い歯が並んでいた。

〈ナイト・マスカレード〉は男の前にしか姿を現わさず、それを見た者に大きな変化をもたらすとされている。〈ナイト・マスカレード〉を見た瞬間に変化が訪れるのか、のちのち訪れることになるのかは、さだかでない。〈ナイト・マスカレード〉は革新の権化だ。〈ナイト・マスカレード〉の出現は、英雄的行為があったことを示している。男しか見るはずのない、そして夜にしか現われるはずのない、〈ナイト・マスカレード〉を、女であるあたしが日中に見るなんて、二重にありえないことだ。家族が死んだというのに、これ以上の変化になど耐えられそうにない。こんな悲惨な出来事のどこが英雄的行為なのだろう？　これが革新というものだとしたら、最悪の革新だ。

〈ナイト・マスカレード〉がオティヒンバ語で言った。その声は嵐のなかの〈不滅の木〉のように小刻みに震えていた。

「死はつねにニュースだ」頭の上から、鼻をつく濃い煙が立ちのぼっている。

あたしは水中に沈んでゆくような感覚におちいった。家族の死とあたし自身の恐怖心がおもりとなって、あたしを深みへ引きずりこもうとしている。目に映る何もかもが震えているように見えた。涙があふれ、目がぼやけてきた。涙を振り払おうと、なんども目をしばたたいた。〈ナイト・マスカレード〉がゆっくりと近づいてくる。あたしは悲鳴を上げようとして煙を吸いこみ、咳きこんだ。

「空へ飛び立ち、地上に戻った一羽の鳥が、今も地上にとどまっている」と、〈ナイト・マスカレード〉。「靴を脱ぎ捨て、耳を傾けよ」

シューッ！ 〈ナイト・マスカレード〉の頭から大量の煙が噴き出した。その煙が晴れたとき、〈ナイト・マスカレード〉の姿は消えていた。

「ああ、〈セブンの神々〉よ、感謝します」あたしはつぶやいた。だが、〈ナイト・マスカレード〉の姿が目に焼きつき、その言葉が頭のなかで反響している。

砂にまみれたサンダルに目を落とす。惑星ウウムザ・ユニの地元市場で買ったもので、沼地に生息する無害なクモが出す糸で作られている。クモの巣が新しいうちは、どんな形にでも加工できるが、乾いてしまえば、もう形は変わらないのだと、店の人が教えてくれた。サンダルを脱ごうか考えていると、ムウィンイの声がした。

「ビンティ。来いよ」

あたしはムウィンイとラクミがいる家の裏側へと急ぎながら、目眩（めまい）を感じた。あたしの家族が地下倉庫にいる。もう生きてないけど。焼け死んだのか？ それとも窒息したのか？ 〝ここから出られない〟と、父は言っていた。黒焦げの残骸が目に入り、足を止めた。兄が屋根に設置した砂嵐分析計だ。粒子計数器つきのスチール製のその箱は、無造作に捨てられた大昔のロボットの頭のように見えた。兄も母も自慢にしていた装置だったのに。
家の横をまわりかけて、また立ちどまった。驚いて、あんぐりと口を開けたが、すぐに閉じた。息をするのも耐えられないほどの悪臭がただよっていた。そこらじゅうに転がった死体にハゲワシが群がり、くちばしでつついている。クーシュ兵たちの死体だ。男も女もいる。どの死体も胸がぱっくり開いていた。あたしの身体がびくっとなり、〈サード・フィッシュ〉号の惨劇が脳裏によみがえった。血のにおいにまじって、腐敗臭がする。どうしてこんなことになるの？　頭が混乱し、錯覚を起こした。ここは〈サード・フィッシュ〉号のなかだ。メデューサが〝ムージュ＝ハ・キ＝ビラ〟を実行した。これはついさっき起こったことなのだ。

起こってしまった。

なんの警告もなく。

大勢の犠牲者が出た。

無数の星が見える。赤、青、銀色。目の前で星がはじけた。息を吸いこもうと開けたままになっている口のなかは腐敗臭でいっぱいだ。息をしている人は誰もいない。息苦しさを覚え、よろめくと、一羽のハゲワシがけだるそうに翼を広げ、飛び去った。

目をしばたたくと、ふたたび、生まれ育った家の焼け跡にいた。こんどはここが惨劇の舞台となった。あたしが故郷を離れて別の惑星へ行ったせいだ。あたしが故郷へ戻ってきたせいだ。息が苦しい。過呼吸になっている。息ができないときは、どうすればいいんだっけ？　セラピストのサイディア・ンワニィはなんて言ってた？　頭の後ろで手を組み、背中を伸ばしてリラックスしようとしたが、無駄だった。目の前の恐ろしい光景にますます身のすくむ思いがしただけだ。倒木のように死体が転がっている。十五体……いや、二十体はあるだろう。「ファイブ、ファイブ、ファイブ、ファイブ、ファイブ、ファイブ」魔法の呪文を唱え、ツリーイングに身をまかせた。5（ファイブ）という数字を口にするたびに息が楽になってきた。ひと呼吸ごとに、われに返りはじめた。動けるようになったとたん、その場から逃げだした。

　家の裏側にまわりこむと、足もとでバリッと音がした。黄色いガラス板のようなものが割れ、ひびが入っている。もう一歩足を踏み出したところで、オクゥのテントがあった場所だと気づいた。黒焦げになった裏庭のまんなかにムウィンイがいた。左側のそう遠くない場所に、変わり果てた兄の菜園があった。生い茂っていたトマトの木は焦げ、灰にまみれている。ラクミが焼け残った緑の部分のにおいを嗅ぎ、むしゃむしゃ食べはじめた。

「ねえ、あれを——」

「見たよ」と、ムウィンイ。自分の足もとのひび割れたガラスに視線を向けたままだ。

「オクゥが殺したのよね」と、あたし。

「クーシュ族があんなことをしたからだ」ムウィンイがサンダルばきの足でガラスを踏みつけると、破片が飛び散った。

　あたしは目を閉じ、深呼吸すると、浅いツリーイングの状態に入った。数字や方程式がまわりに浮かび、車輪のように回転している。

「これほどの爆発に巻きこまれたら、オクゥはひとたまりもなかったはずよ」と、あたし。「オクゥがテントのなかにいなかったとしたら話は別だけど」

「オクゥは死んでないと思う」と、ムウィンイ。

「どうして？」

「クーシュ族はきみの家族が地下倉庫に逃げこんでから〈ザ・ルート〉に火をつけた」ムウィンイは言葉を切り、あたしの表情をうかがった。「きみ……あるいはオクゥを見つけられなかった腹いせに、やったんだよ」

　あたしはムウィンイのその言葉に強いショックを受

け、きびすを返して走りだした。ガラスの破片を踏み抜いて足をケガするかもしれないが、そんなことはどうでもよかった。

サンダルをはいた足で砂ぼこりを蹴りあげながら、市街地へ向かう道路を走りつづけた。進んでも進んでも、煙のにおいは一向に消える気配がない。エンネの家が燃えている。マハング・ビルはこっぱみじんに吹き飛んでいた。オムズムバスの家は無傷で、誰かがバルコニーから、通りを走り過ぎるあたしをじっと見ている。ほかにもたくさんの人が見ているかもしれない。無事に逃げだせた人はどれくらいいるんだろう?

一隻のクーシュ艦が上空を飛んでいった。クーシュ兵がまだ近くにいるということだ。瓦礫と化した市場に差しかかった。店主たちが取るものもとりあえず逃げだしたことがうかがえる。店舗間の仕切り板やテーブルがひっくり返り、ぐちゃぐちゃになった肉や、野菜、大量の穀物、つぶれたカゴなどが散乱している場所もあった。煙のにおいにまじって、スパイスや嗅ぎタバコやお香のにおいがする。あたしはひっくり返ったベンチを飛び越えた。汗が顔を伝い落ち、心臓が胸から飛び出しそうなほどバクバクしている。

湖のほとりで立ちどまり、しばし、たたずんだ。穏やかで波ひとつない水面は、オクゥのテント跡の砂地に焼きついたガラスを思い出させた。

「この大混乱のなかで、ここだけは静かだわ」肩で息をしながら言った。汗が目に入り、顔を拭(ぬぐ)うと、濃いオレンジ色のオティーゼが手に付いた。背後から誰かの声がした。

「ここで……何を……してるんだ?」ムウィンイが走ってきた。膝に両手を置き、背中をまるめて呼吸を整えようとしている。「近くにクーシュ兵がいるかもしれないんだぞ」

「み……見たのよ、また。〈ナイト・マスカレード〉を」と、あたし。「こんな真っ昼間に。もう何がなんだかわからない」

「〈ザ・ルート〉に現われたのか？」と、ムウィンイ。エンイ・ズィナリヤ族も〈ナイト・マスカレード〉の存在を信じている。

あたしはうなずいた。そのとき、あたしの右側で何か気配がした。見ると、二人のヒンバ族が立っていた。あたしの知ってる人だ。村の住民はほぼ全員知っている。ヒンバ評議会議長のカピカと二番目の妻ニーカだった。

「ビンティ？」カピカが言いながら、ニーカの先に立って近づいてきた。市場の仕切り板の陰や、通り向こうの家々のなかから、人々が興味津々でのぞいている。

あたしは迷ったすえにカピカたちに背を向け、湖のなかへ入っていった。薄くなりかけていた脚のオティーゼが水で流れ落ち、顔と首と腕のオティーゼも汗とともに流れた。みんなの視線を痛いほどに感じる。無理もない。ヒンバ族の前で、こんな姿をさらしているのだから。腰まで水に浸かると、大声で呼んだ。

「オクゥーっ！」

その声は湖の向こうまで響きわたった。でも、返事はなかった。背後から、こそこそささやき合う声がした。それでも、あたしは返事を待ちつづけた。

と、そのとき、水面が波立ち、オクゥが水中から姿を現わした。あたしは笑顔になった。涙が目にしみる。日差しのなかで見るオクゥの傘は濃い青色をしていた。発光巻き貝がオクゥの全身にくっついている。水中から次々に傘が現われ、あたしは思わずあとずさった。メデュースがたくさん湖のなかに潜んでいたのだ。女性の悲鳴が上がり、あわてて逃げだす人々の足音が聞こえた。

あたしは湖から上がり、ムウィンイに近づいた。

「オクゥがここにいるって、どうしてわかった？」と、ムウィンイ。困惑した口調だが、そのわりに、メデュースたちが姿を現わしても動じなかった。

「あたしはオクゥのことをよく知ってるから」と、あたし。オクゥに向きなおり、メデュース語で訊いた。

「大丈夫？」

「もちろん」

「どうして返事をしてくれなかったの？」

「きみに来てほしくなかったんだ」

「死んじゃったかと思ったのよ！」と、あたし。

「きみが死ぬよりましだよ、ビンティ」

「い……いったい何があったの？　どうして……〈ザ・ルート〉がねらわれたの!?　火をつけられるなんて！　クーシュ兵の死体があったわ。そこらじゅうにごろごろしてた！　どういうこと？」あたしは身体を震わせ、泣きだした。

オクゥがガスを吐き出したので、ムウィンイもあたしも咳きこんだ。

「きみが家を出発したとき、ぼくはテントのなかにいた」と、オクゥ。オティヒンバ語だ。「きみの家族はみんな親切にしてくれたよ。姉妹たちはぼくを見ると、ギャーギャーわめき散らしてたけどね。あの夜は、〈ザ・ルート〉に家族が集まって、わいわいやってた。クーシュ族が来たとき、ぼくはきみのパパに連れられて砂漠へ行ってた。こっそりヒンバ族の長老たちと会うために。長老たちがぼくと話をしたいと言ったそうだ。長老たちと話していると、一隻のクーシュ艦が飛んできて、ぼくのテントを吹き飛ばすのが見えた」

「なんですって？」あたしは小声で言った。

「ぼくは長老たちに言われるまま、いっしょに暗闇にひそんでた。でも、きみのパパさんだけは急いで〈ザ・ルート〉に戻った。クーシュ兵に向かって、やめろと叫ぶ一方で、ヒンバ族の人たちに避難を呼びかけた。そのときにはもうクーシュ兵たちは艦を降りて地上にいた。クーシュ兵の一人がパパさんと口論になった。話の内容がぼくには聞こえた。クー参謀総長と名乗るその男は、頭に毛がなかった。もちろんオクオコもなかった。クーはぼくがテントのなかにいないと思い、ぼくの居場所をパパさんにたずねた。パパさんが拒否すると、クーはパパさんを責めた。敵をかばうとはなにごとだ……おまけに、おまえの娘はメデュースと交わったではないか——と」

「交わった？」あたしは素っ頓狂な声を上げた。オクゥを囲んでいるメデュースたちが傘を震わせて笑った。

「そう、バカなことを言うやつらだよな」と、オクゥ。「おれの所有物を吹き飛ばしたおまえたちこそ敵だ、とパパさんは言った。これに激高したクーは部下の兵士たちに〈ザ・ルート〉の爆撃を命じた。きみの家族全員が逃げだすと思ったんだろう。でも、クーシュ兵の予想に反して、パパさんは炎を上げる〈ザ・ルート〉のなかへ駆けこんだ。そして、誰も出てこなかった」

「ヒンバ族は逃げだすことはしない。逃げこむのよ」と、あたし。静かな口調だ。「だから、燃えさかる〈ザ・ルート〉に逃げこんだのよ」あたしは舌打ちした。手が震え、頭が混乱してきた。「クーシュ族はヒンバ族のことを自己破壊的種族だと言って、笑いものにしてるわ」

「突っ立ったまま、夜の闇のなかで炎を上げる〈ザ・ルート〉を呆然と見つめる長老たちを残して……ぼくはその場を離れた。遠い砂漠からでも赤々と見えるほど、猛烈な炎だった」オクゥは話を続けた。「愚かな怒りに駆られたクーシュ兵は村じゅうの家々を爆撃した。ぼくを捜すことも忘れて。ぼくはボディ・アーマーを作動させ、〈ザ・ルート〉周辺にいたクーシュ兵に忍び寄り、手当たりしだいに殺した。クー参謀総長も殺そうとしたが、すでに艦に逃げこんだあとだった。臆病者め。

きみや、きみの家族がつらい思いをしたんだから、あんなやつら死んで当然なんだよ。殺せるだけ殺したら、ぼくは大量のガスを吐き出し、やつらが咳きこんだ隙に逃げた。とうてい太刀打ちできそうにないほど大勢のクーシュ兵が艦から降りてきたからだ。勝ち目のない戦いはするべきじゃない。ぼくは湖のなかに身を潜め、仲間の到着を待った。そのときが来たら戦い、必ず勝利してみせる」

「やつらは何もかも燃やした！」あたしの背後からカピカのどなり声がした。カピカは止めようとする妻を押しのけ、近づいてきた。数人の村人がいつのまにか戻ってきて、聞き耳を立てている。「クーシュ族が襲ってきて、何もかも燃やしおった！　腹いせにな！　おまえらのせいだ！」

あたしのそばにいる十体ほどのメデュースに向かって言っている。そのとき、一体だけ色の違うメデュースがあたしを突き飛ばしかねない勢いで、空中に浮かびあがった。身体が透明なので、太陽の光に照らされて白い毒針が透けて見えた。メデュースの族長だ。

「そなたはクーシュ族がオクゥにいかなるしうちをしたか、知っておるはずだ。われわれがクーシュ族を殺す理由がわかるだろう？」族長は低く響く声で言った。「われわれはクーシュ族に見つからぬようにここへ来て、身を潜めていた。やつらを不意打ちにするためだ」

あたしはあとずさり、メデュース全員を見た。

「和解するべきよ」

「いいや」と、族長。「われわれがここへ来たのは戦争をするためだ。戦争をするべきだ」

族長の言葉が腑に落ちて、あたしのオクオコがぴくっと動いた。あたしはメデュースたちの向こうの湖をながめて、うめいた。ムウィンイに向きなおり、つづいて、あたしたちを囲んでいるヒンバ族の人たちを見た。

「カピカ議長」あたしはカピカに歩み寄ると、あご先を胸につけ、カピカの両手を握った。カピカが身じろぎした。あたしの手を振りほどこうとしたのだろう。

無理もない。あたしのオティーゼはぜんぶ流れ落ちてしまった。あたしは裸で立っているも同然だ。こんな大勢の前で。カピカが気まずい思いをするのは、もっともだ。「お願いです」と、あたし。「今のあたしは野蛮人に見えるかもしれません。でも、今だけはそれを忘れて、あたしがヒンバ族の娘だということに注目してください。あたしの見た目や、故郷を離れて遠い惑星へ行ったこと……」

「あの化け物どもに穢(けが)されたこともな」と、カピカ。

あたしは言葉を切り、メデュースとしてのプライドを傷つけられたことへの怒りを必死に抑えた。たくさんの数字が乱舞し、あたしのなかを駆け抜けると、気持ちが落ち着いて頭がすっきりし、自信があふれてきたが、怒りはまだ煮えたぎっていた。死んだ家族のことは頭の隅に追いやり、目の前のことに意識を向けようとした。あたしは敬意をこめて頭(こうべ)を垂れたまま、カピカの両手を握りつづけた。

「おっしゃるとおり、あたしは穢れてます。でも、今も調和師師範(マスター・ハーモナイザー)であることに変わりはありません」ほかの者たちにも聞こえるよう、断固とした口調で言った。「今の自分はここを離れたときよりも、多面的になり、成長したと思っています。評議会の長老のみなさんで緊急会議を開いてください」カピカの目を見た。「迷っている暇はありません。これはヒンバ族の地の平和にかかわる問題です。どうかお願いします。これ以上の犠牲者を出すわけにはいきません」一瞬ためらってから、言葉を続けた。「オ……オクルウォを招集してください」

オクルウォが招集されるのは、ヒンバ族の存亡があやぶまれるときだけだ。長老のみが招集する権利を有している。ヒンバ族の魂を呼び出し、それを癒(いや)す行為だからだ。しかも、長老だけがあやつれる力を必要とする。通常は。ヒンバ族の癒しの力は長老たちの体内に宿っている。オクルウォという言葉自体、年長者しか口にしないほどだ。だから、この言葉をあたしごときが口にしていいのか不安だった。カピカと目が合い、あたしは咳払いした。カピカの瞳は濃い茶色で、白眼の部分は日焼けして黄色くなっていた。

「もっと状況を考えて行動するべきではなかったのか？」と、カピカ。静かな口調だ。「おまえの子どもじみた自分勝手な行動が、このような争いをもたらしたのだぞ。われわれヒンバ族が故郷を離れないのは、それなりの理由があるからだ、ビンティ。小娘のくせに生意気な口をきくんじゃない。どういうつもりでおまえごときがオクルウォを呼びかける気になったんだ？」

あたしは即答した。

「メデュース艦隊が湖のなかに隠れて、不意打ちの機会をうかがってるからです。すぐに手を打たないと、あたしたちヒンバ族はゾウどうしの戦いに巻きこまれ、雑草のように踏みにじられるでしょう」

ヒンバ評議会の長老たちは、ヒンバ族の女性が巡礼の日を知らせるのと同じ方法で情報を伝達する。ヤシの木から切り取った大きな葉を、メンバーからメンバーへまわしてゆくのだ。ヒンバ族はアストロラーベを作るほどのテクノロジーを持っているのに、重要な集まりについては何世紀も前から、この古めかしいやりかたを変えようとしない。これは今後も続いてゆくのだろう。

一人の少女がヤシの木に登り、大きな鉈で葉を切り取り、カピカに渡した。オクゥとムウィンイとあたしが黙って立っていると、カピカは瓶に入った妻のオティーゼを自宅から持ってきて、あたしに差し出した。

「オクルウォを招集したいなら、この葉にオティーゼで円を描くがよい」

「なんでヒンバ族の男はオティーゼを肌に塗らないんだ？」あたしの横に浮かびながら、オクゥがたずねた。

背後からムウィンイの含み笑いが聞こえた。あたしはオクゥを無視し、葉と瓶を受け取った。

「男は美しくなる必要などないからだ」と、カピカ。乾いた地面に葉を広げるあたしを注視している。

「美に理由は必要ない」と、オクゥ。

あたしは瓶を開けた。一瞬、いい香りが広がり、うっとりした。地球で作られたオティーゼのにおいを嗅ぐのは久しぶりだ。あたしの世界が〈ズィナリヤ〉によって圧縮され、それから拡大した。故郷のイメージが脳内に押し寄せる——市街地の広場、湖、校舎……カピカの妻はその近くでオティーゼの材料となる粘土を採取したのだろう。あたしのオティーゼはもう、こんなにおいはしない。

「おまえごときに、われわれヒンバ族のことを理解できるはずがない」カピカは軽蔑をこめた口調でオクゥに言った。

あたしがオティーゼで葉に円を描いて渡すと、カピカはまず円を見てから、あたしを見た。

「メデュースどもが湖から上がってこぬよう目を光らせておけ」と、カピカ。「われわれは会議を開き、事態の改善に努めるつもりだ」カピカはオクゥを見ながら、あたしに言った。「こいつが生きているからには、戦争をする理由などない。もう充分すぎるほど破壊しつくされた」

「戦争をするかどうかは、あんたが決めることじゃない」と。オクゥ。「いわれのない攻撃行為は戦争の理由になりうる」

「クーシュ族はあたしの家族を殺しました」あたしはきっぱりと言った。「あたしたちヒンバ族にとって、それは戦争行為以外のなにものでもないはずです」

「気の毒だったな、ビンティ」カピカはあたしの肩に手を置いた。「だが、おまえが望んでメデュースの妻となり、おまえの家族がメデュースを歓迎し、テントまでつくってやったのだとしたら、われわれはとうてい――」

「だって、あたしたちは同じヒンバ族でしょ！」あたしはこぶしを握りしめ、声を張りあげた。「オセンバ村があたしの生まれ故郷であることに変わりはないわ！」

カピカはあたしの言葉を否定するように、片手をひらひらと振った。

「それはオクルウォのときに言え」と、カピカ。「評議会がわたしと同じ考えだとはかぎらんがな」カピカはヤシの葉をまるめ、立ち去ろうとして足を止め、あたしを振り返った。「言い忘れたが、ちゃんとオティーゼを塗ってこい。手持ちのオティーゼがないなら、それを使え。そのままでは野蛮人のようだ」あてつけがましくムウィンイを見た。

あたしはちらっとムウィンイを見た。ムウィンイは無言でカピカをにらみつけている。声の届かない場所までカピカが遠ざかると、ムウィンイが口を開いた。

「だから、おれたちエンイ・ズィナリヤ族はヒンバ族の味方をしたくないんだよ」

あたしは唇を嚙んだ。

「カピカ議長には、このちっぽけな村の知識しかないのよ。その点は大目に見てあげて」

ムウィンイはそれには答えず、目をそらし、あたしに背を向けると、両手をなめらかに動かしはじめた。

誰と対話しているのだろう？

「きみたちヒンバ族は何をそんなに怖がってるんだ？」と、オクゥ。

あたしはオクゥをにらみつけた。

「この地を離れるべきだ」ムウィンイはそう言って、あたしに向きなおった。「メデュースとクーシュ族は何年も前から、いがみあってる。だから、おれたちエンイ・ズィナリヤ族はこのあたりの土地に寄りつかない。ビンティ、きみのせいじゃない。遅かれ早かれ、こうなるはずだった。きみは〈サード・フィッシュ〉

号でできるだけのことをしたが、平和が一時的なものにすぎないことを理解するべきだった」

一時的なものですって？　あたしは内心で首をかしげた。あたしが生まれる前から、世のなかはずっと平穏だった。休戦協定が守られていたからだ。その間、ヒンバ族は繁栄した。父は自分の店を開くことができた。ヒンバ族の多くがアストロラーベを売るために、クーシュ族のあちこちの街を定期的に訪れた。あたしがウウムザ大学に行かなければ、〈サード・フィッシュ〉号の惨劇も、メデュースの族長が毒針を奪われたことも、地球から遠く離れたどこか知らない世界の出来事としてすまされたはずだ。でも、あたしがヒンバ族のタブーをおかして故郷を離れる決心をしたとき、運命の歯車が狂いはじめた。

「状況を好転させるための努力は必要よ」と、あたし。

「あたしはここを離れるわけにはいかない」あたしの家族のために。あたしの愛する人たちが生きたまま焼かれ、黒焦げの遺体となって〈ザ・ルート〉に取り残されている。あたしたちが生まれ育ったあの家に。母、父、きょうだい、いとこ、めい、おい、そして家族ぐるみの友人まで。あたしは身震いし、ポケットに手をつっこみ、エダンの核である金色の球体に触れた。温かい。球体を握りしめた。指紋のような溝が刻まれた表面に触れると、たちまち気持ちが落ち着いた。浅いツリーイングの状態に入り、たくさんの数字が意識のなかを駆けめぐる感じがすると、脚の力が抜けるほどの安堵を覚えた。

あたしはため息をつくと、市場のベンチへ歩いてゆき、腰をおろした。

「ラクミはどこ？」と、あたし。弱々しい口調だ。

ムウィンイは〈ザ・ルート〉に向かう道路を指さした。あたしはうなずいた。

「大丈夫？」ムウィンイがあたしの隣にすわりながら、たずねた。

そう簡単には口にできない言葉だから。〝炎と空がひとつになるとき〟だから」

「オクルウォは決まって日没時に行なわれる。

ムウィンイとあたしは、その日の大半を人けのない市場で過ごした。ムウィンイは〈ザ・ルート〉にラクミを連れに戻ったが、あたしはいっしょに行く気になれなかった。オクゥはすでに湖へ引き返し、水中に隠れている。いちどだけ、オクオコを介して訊いてきた。

（大丈夫？）

「このとおりよ」あたしは答えた。

ムウィンイがラクミを連れて帰ってきた。ラクミは兄の菜園に残っていたものをお腹いっぱい食べたらしく、広げたあたしのマットのそばにすわると、眠りこんだ。周辺地域に残っているヒンバ族の人たちは家にこもりきりで、あたしたちに近づかないようにしていた。ときどき数人のグループが道路を行き来するが、

「全然」と、あたし。「もう立ちなおれそうにないわ」

オクゥが空中をすーっと飛んできた。

「ぼくもいっしょに行こうか？」と、オクゥ。

あたしはしばらく考えてから、うなずいた。

「そうね」と、あたし。「でも、今は湖に戻って、族長たちが湖から上がってこないように見張っててほしいの」

「クーシュ軍は引き返してきたか？」と、ムウィンイ。

「いずれ引き返してくるよ」と、オクゥ。そうなることを望んでいるような口ぶりだ。「やつらは今もぼくを捜してる。湖に隠れて不意打ちしてやるよ」傘を震わせて笑っている。「長老たちとの話し合いがうまくいくといいね。でなきゃ、明日は戦争になるぞ」

ムウィンイがあたしを見た。

「話し合いはいつ……」

「オ……オ……」あたしは口ごもった。恐れ多くて、

あたしたちを見ると、逃げるように先を急いだ。

あたしはマットに横になり、数時間を過ごした。ツリーイングの状態に入ったあたしの前に、金色の球体が浮かんでいる。三角形の金属片はぜんぶ、ポケットにしまったままだ。なぜか、もうエダンの一部ではない気がした。抜け殻のようなものだ。金色の球体は今もオクゥにとって有害なのだろうか？　銀色の金属片は球体をおおうカバーにすぎないのだろうか？　三角形の金属片をなめると舌を刺激する強い味がするが、金色の球体もそれと同じ味がした。

「金色の球体が今でも有害なのかオクゥに訊きたいけど、今はやめておいたほうがいいわね」あたしは自分に言い聞かせ、目の前で回転する球体に見入った。電気を帯びた大気が小さな惑星をおおうかのように、数理フローが球体にまといついている。

ムウィンイは隣にすわって、あたしの様子を見ていたかと思うと、すぐに立ちあがり、湖のほとりを散歩しはじめた。ある場所まで行くと足を止め、湖に背を向けて空を見あげた。そのまま一時間近く、そこを動かなかった。あたしは深い瞑想状態に入ったまま、ムウィンイをながめた。金色の球体がゆっくり回転している。頭がすっきりと冴え、気持ちは落ち着いているが、どこか他人事（ひとごと）のようだ。ムウィンイの表情は穏やかだった。両手を脇に垂らし、水色の服を風にはためかせながら、何かしゃべっているかのように唇を動かしている。湖に棲（す）む発光巻き貝の殻がたくさん転がっていて、ムウィンイはその上に立っていた。

何をしているのだろう？　調和師（ハーモナイザー）が調和をもたらすような行動をしていることは、同じ調和師が見ればわかる。ムウィンイは誰と話してるの？　〈セブンの神々〉かもしれない。ついにムウィンイはハッとわれに返り、数分間、両手を動かしつづけた。あたしのもとへ戻ってくると、自分のマットにすわった。

「おしゃべりは楽しかった？」あたしはムウィンイに

たずねた。

ムウィンイはくすくすと笑い、目をぐるりとまわした。

「本当のことを言っても、どうせ信じてくれないだろ」

あたしはふたたび金色の球体をもてあそびはじめた。ムウィンイが答えたくないなら、それはそれでかまわない。あたしの祖母か〈アーリヤ〉か、自分の両親あるいは兄弟と話していたのだろう。あたしには関係ないことだ。

日が沈み、あたしは安堵のため息をついた。結局、クーシュ軍は引き返してこなかった。オクルウォを行なうことでヒンバ族が一丸となる可能性はまだあるということだ。あたしが働きかければ、ヒンバ族は調停者としてクーシュ族とメデュースのあいだに立ち、全面戦争を回避させられるかもしれない。まんいち戦争が激化したら……メデュース、クーシュ族双方の増援部隊が到着したら……戦闘が拡大し、無関係な人たちまで巻きこむことになるだろう。すべては、あたしのせいだ。〈サード・フィッシュ〉号であたしは、たまたま、あんなことに巻きこまれたけど、こんどはあたしが大きな渦の中心にいる。

あたしたちは荷物をまとめ、食べ残しの大きなウサギ肉、乾燥デーツ、根菜を食べた。あたしは市場の売店の陰に隠れ、残っていたオティーゼを使いきる覚悟で、分厚く肌に塗り重ねた。オクオコにはとくにしっかりと塗りこんだ。これが髪ではなくて触角だということがバレないように。

そろそろ出発の時間だとオクゥにメッセージを送ると、一分とたたないうちにオクゥが湖から上がってきた。オクゥはムウィンイのところへ、すーっと飛んでゆき、そのまま二人で三十秒ほど、そこにとどまっていた。二人のあいだになんらかの意思疎通があったことは間違いない。ムウィンイにはエダンもオクオコもないが、なんといっても調和師だ。あたしは数学を使って対話するけど、ムウィンイは別の形でさまざまな種族と対話するのだろう。

あたしたちが市場を離れ、未舗装道路を進むあいだ、破壊をまぬがれたすべての砂レンガの家や建物（〈ザ・ルート〉から数分以上歩くと、クーシュ族による攻撃の痕跡はもうなかった）から、人々の視線を感じた。オクルウォが行なわれることは、すでに伝わっているだろう。ヤシの葉が評議会のメンバーからメンバーへまわされるより早く、アストロラーベや口づてによって情報が広がったはずだ。あたしは自分のことと同じくらい、ヒンバ族のことをよく知っているつもりだ。その認識が正しければ、ヒンバ族の人たちはあたしに対して怒りを覚えながらも、あたしの成功を祈ってくれているにちがいない。

評議会メンバーが定期的に集まる石造りの建物は、〈ザ・ルート〉から三キロほど離れた、オセンバ村の東のはずれに位置している。あたしたちは湖をまわり、未舗装のメイン道路に入った。ここでも、戸口や窓から人々の視線を感じた。わざわざ家の外へ出てくる者もいた。〝ヒンバ族を捨てた娘〟であるあたしを、〝凶暴なメデュース〟のオクゥを、〝野蛮な砂漠民〟のムウィンイを見ている。

「どうして、こんなにたくさんの木を放置してるんだ？　抜けばいいのに」と、ムウィンイ。あたしたちは木が密生している場所を通りかかった。分厚くて弾力のある葉を持ち、太い幹は、硬くて鋭いとげでおおわれている。ムウィンイは両手を上げ、数回動かした。大きな石造りの家の戸口に立っていた女性はこの様子を見るとぎょっとし、あたしたちを凝視しているちっちゃな男の子をつかんで家のなかに引き入れ、バタンとドアを閉めた。

「〈不滅の木〉のこと？」あたしはそのドアをちらっと見ながら言った。ムウィンイはさっきの女性のことなど気にもとめていないようだ。「〈不滅の木〉の根はものすごく深いから、抜こうとしても無理なの。それに、〈不滅の木〉のおかげで、あたしたちヒンバ族はオセンバ村の地下水脈を見つけることができたのよ。ここでヒンバ族が生きていられるのは、〈不滅の木〉のおかげよ。水道施設も〈不滅の木〉のまわりに造られたわ」

「これだけ密集してたら、子どもたちが通りでのびのびと遊べないじゃないか」と、ムウィンイ。「なぜ〝不滅〟の木と呼ばれてるんだ？ 魂が宿ってるのか？」

「魂はどんなものにも宿ってるよ」と、オクゥ。

「〈不滅の木〉はヒンバ族よりも古くから存在してるからよ」と、あたし。「ヒンバ族は〈不滅の木〉に敬意をいだいてるの。嵐が来ると、〈不滅の木〉は生き生きとするのよ。ものすごい速さで振動して、獣の咆哮に似た音を立てるの。実際に目にすることがなければ、とうてい信じられないでしょうけど。それに、葉をこすると、どんな病気にも効く塩が取れるわ」

ムウィンイは両手をすばやく動かしている。最後にその手を前へ突き出したとき、一瞬、ムウィンイの前の空気がひずんだように見えた。頭が痛くなってきた。あたしは身体の向きを変えて行く先を見すえ、頭痛がおさまるのを待った。

「誰と話してるの？」と、あたし。

「きみのおばあちゃん」と、ムウィンイ。「おばあちゃんは植物好きだろ？ 〈不滅の木〉を見たら、うっとりするだろうな」言葉を切り、含み笑いした。「でも、〈不滅の木〉のことならもう知ってるってさ」

あたしは笑みを浮かべた。そのとき急にオクゥがもうもうとガスを吐き出し、あたしは咳きこんだ。誰かが逃げてゆく足音がした。振り返ると、〈不滅の木〉

の陰に子どもたちが隠れていた。くすくす笑っている子もいる。

「きっと、あんたのことが物珍しいのよ」あたしはメデュース語でオクゥに言った。どすのきいたメデュース語の響きを聞けば、女の子たちが怖がって逃げてゆくかもしれないと思ったのだ。でも、無駄だった。

「あのなかの誰かが、ぼくのオクオコにさわったんだよ」オクゥがうなるような声であたしに言うと、子どもたちはいっせいに逃げだした。「毒針で刺し殺してやる」

「忘れたの？」と、あたし。こんどはオティヒンバ語で言い、微笑した。「あたしのオティーゼを塗ったら、あんたのオクオコのケガが治ったでしょ。あんたのオクオコにさわった女の子は、全身にオティーゼを塗ってた。あんたにとって有害にはなりえないってことよ」

「あの子のオティーゼが付いたら、ぼくは火傷してただろう」オクゥが、低く響くメデュース語でいらだたしげに言った。

「本当にさわったのなら、あんたのオクオコにオティーゼが付いてるはずよ」あたしは笑いながら言った。「焼けるようなにおいはしなかったけどね」

「ヒンバ族は失礼だ」突然ムウィンイが口を挟んだ。建物の正面に立って笑っている三人の男をにらみつけている。男の一人がムウィンイを指さし、片手を開いたり閉じたりした。「粗野で失礼なやつらだ」

あたしはムウィンイの腕をつかみ、ムウィンイをひっぱってその場を離れた。

「あたしが代わりに謝るわ。ごめん」

「心の狭い閉鎖的なやつらめ」ムウィンイはまだ、ぶつくさ言っている。「おれはヒンバ語が話せるのに、あいつらはエンイ・ズィナリヤ語で挨拶すらできない」さいわい、ムウィンイはあたしにひっぱられるままに、ついてきた。あたしだって、ヒンバ族の人たちに自分がなんて言われてるかなど考えたくない。メデュース／クーシュ戦争がふたたび始まり、オセンバ村の一部が破壊されたのに、あたしが村でいちばん神聖な場所にメデュースを連れてゆこうとしていると知ったら、村人たちは気分を害するに決まっている。三人でオセンバ村を歩いていると、大勢の子どもにまじって数人の大人がオクゥをあざ笑った。ムウィンイに唾を吐きかける者もいたが、あたしに声をかける者は一人もいなかった。

　評議会メンバーが集まるオセンバ議事堂は、砂岩でできたなめらかなドーム状の巨大建築物で、オセンバ村の東のはずれにあった。〈ザ・ルート〉は西のはずれにあるので、両者は村の端と端にあるというわけだ。議事堂は〈不滅の木〉の木立のあいだに建っており、内部には〈聖なる井戸〉を囲むように石造りの演壇がある。

　毎日、村の西部の女たちがここへ水をくみにくる。〈聖なる井戸〉の水は味がすっきりしているし、地下河川から引いた水道水と違って、胃もたれを治す効果がある。母はときどき〈ザ・ルート〉からここまで足を運んでいた。母がその不思議な水を持ち帰ると、食後にひとくち飲みたいあたしたち家族は、小さなコップ一杯の水をめぐって争った。オセンバ議事堂の裏に、砂漠に面した屋外議場がある。

「裏へまわりましょう」と、あたし。「そこで待ったほうがいいわ」ヒンバ族の基準では穢れているとされるあたしたち三人が、〈聖なる井戸〉に近づくことは許してもらえそうにない。

　オクゥが一瞬、立ちどまった。議事堂を見つめているのだろう。あたしは振り返ってオクゥを見たとたん、思わず笑った。

「ヒンバ族は受動攻撃的な部族だな」オクゥがメデュース語で言った。

あたしはうなずいた。

「あたしたちヒンバ族は、言葉以外にも考えを主張する方法をいくつも持ってるのよ」オクゥと親しくなってはじめて気づいたが、こうして見ると、オセンバ議事堂の形はクーシュ族の敵であるメデュースにそっくりだ。ヒンバ族を利口な奴隷としか思っていないクーシュ族へのあてつけだろう。世のなかのすべてが複雑に関係し合ってるものなのね――あたしは思った。そう、すべてが。偶然の一致などありえないと、いつも母が言っていた。両目のあいだがツンと痛くなった――〝いつも言っていた〟。あの言葉はもう二度と聞けないのだ。あたしは足どりを速めた。

建物の側面をまわったとき、火のはぜる音が聞こえてきた。〈聖なる炎〉は絶えることなく燃えているが、オクルウォが招集されるときはいっそう大きな炎となる。長老たちがいっせいに振り向いた。すでにあたしたちを待っていたようだ。男性はカピカ議長を含めて五人。女性が二人。そのうちの一人は巡礼団を砂漠へ導く役目をになっているティティだ。若い男性も一人いた。

あたしはため息をつき、その若い男性と目を合わせた。もと親友のディーリー。あたしがこっそりウウムザ大学に入学したときに仲たがいして、それっきりだ。この一年でディーリーはあごひげを伸ばし、カピカ議長のもとで見習いとして、次世代の議長になるための修業を始めた。あたしが最後にディーリーと話したのは、エンイ・ズィナリヤ族が迎えにくる直前のことだった。ディーリーがアストロラーベで連絡してきて、少し話をした。ディーリーは痛々しいほどの哀れみをこめた目で、あたしを見ていた。正直、会話が終わったとき、あたしはほっとした。ディーリーは最後に〝お役に立てなくて、すまない、ビンティ〟と言った。

長老たちとディーリーは車座になって火を囲んでいた。男性は深紅のカフタンにズボン、女性はあたしと同じような、赤い巻きスカートに張りのある赤い生地でできたブラウス、といういでたちだ。ティティともう一人の女性も、三角形の模様をモザイク状に編みこみ、オティーゼで塗りかためたドレッドヘアを背中に垂らしている。ディーリーは頭の両サイドを剃り、頭頂部の豊かな髪を太い一本の三つ編みにして、薄くオティーゼを塗って固め、角のように後頭部に垂らしていた。

「こちらへ来るがよい」と、カピカ議長。

オクゥの声が急に聞こえてきた。

〃ぼくは火が苦手なんだ〃と、オクゥ。

あたしはヒンバ評議会のメンバーたちに近づきながら、オクゥに言った――〃火に近づきすぎなければ大丈夫よ。あたしの後ろについてきて〃。ムウィンイをちらっと見ると、ムウィンイはすばやくうなずいた。あたしが先頭になり、ムウィンイ、オクゥと続いた。あたしは母が買ってくれた巡礼用の衣装をまだ着ていた。人生のとっておきの瞬間のためのとっておきの服なのだから。だが、いまや赤いスカートには砂がこびりつき、張りのある生地でできたブラウスは汗と乾ききったオティーゼで汚れていた。家族が死んだというのに、とっておきの服もくそもない。

ヒンバ評議会のメンバーが〈聖なる炎〉のまわりに車座になっている。いちばん奥にディーリー。その横にカピカ議長ともう一人の男性。あたしの左右に女性が一人ずつ。右にいるのがティティだ。〈聖なる炎〉を囲む人の輪が一カ所とぎれている。あたしのために用意された場所だ。あたしはそこに腰をおろし、輪を完成させた。ムウィンイとオクゥはあたしの後ろに落ち着いた。

あたしは頭を垂れた。

「ヒンバ評議会のみなさんがこの……オクルウォの招集に応えてくださったことを光栄に思います」口ごもりながらも、〃オクルウォ〃という言葉を大きすぎるほどの声で口にした。「感謝します」

「そなたを評議会の娘として認めよう」長老たちがいっせいに答えた。ディーリーだけは無言だった。長老として加わっているわけではないので、何も言えなくて当然だ。

「ビンティ」と、カピカ議長。「おまえは夜逃げ同然で故郷を離れ、家族を捨て――」

「あたしは家族を〝捨て〟てなんかいません」と、あたし。

「わたしたちは今宵あんたのためにここに集まったのだ、この小娘が」ティティがたしなめた。「長老の言うことに口を挟むでない」

あたしの怒りが爆発しそうになった。みんな、あたしが冷静でいられるかどうか、固唾をのんで見ている。

あたしは長い吐息を漏らし、目を伏せた。

「おまえは家族を捨てた」カピカ議長が同じ言葉を繰り返した。「夜逃げ同然にな。自分のわがままのためだけに。みずからの決断のせいで命を落としかけ、生き延びるためにそこにおるメデュースと交わることを余儀なくされた」言葉を切り、ほかのメンバーを見た。「だが、血は……水よりも濃い。おまえはいかにも善良なヒンバ族のごとく、戻ってきた。われわれを見くだしているクーシュ族の敵であるメデュースとともに。メデュースがクーシュ族にねらわれたとき、われわれヒンバ族にも被害が及んだ。かくして、ヒンバ族の地とその周辺でふたたび戦争が始まった。もとはと言えば、ヒンバ族の一人……おまえの取った行動が原因だ。おまえの家族は死に、おまえはもうひとつの血筋である野蛮人どもと絆を結んだ……なにゆえ、おまえをオセンバ村から追い出さずにいられようか？」

あたしはカピカ議長をにらみつけた。はらわたが煮えくりかえっている。

「ヒンバ族は同じヒンバ族を追い出したりしないからです。あたしたちの意識は内側へと向けられます。大切なものを包みこむことによって、それを守ります」と、あたし。「たとえ一族の血筋が……とだえようとも」言葉を切った。怒りと、目の前で燃えさかる炎が、あたしを強い気持ちにさせた。あたしは〈聖なる炎〉の前で立ちあがった。「あたしが故郷を離れたのは、もっと多くのものを求めたからです。家族やヒンバ族や文化を捨てたわけではありません。新しい要素を追加したかっただけです。あたしはウウムザ大学へ行くために生まれました。実際にウウムザ大学に着いてみると、あんなに悲惨な経験をしたあとなのに、その思いは確信に変わりました。ウウムザ大学はあたしの居場所にぴったりです。

　でも、故郷に戻ってくる必要もありました。あたしにはヒンバ族もウウムザ大学も宇宙も、かけがえのないものです。自分を浄化するために巡礼の旅に出たいと思いました……でも、それはあたしの進むべき道ではありませんでした」間を置き、考えをまとめた。

「オクゥは友だちです……そう、あたしのパートナーです。だからこそ、オクゥにあたしの故郷を見せたかったんです。新しい可能性を切り開きたいという思いもありました。クーシュ族、メデュース、ヒンバ族――」ムウィンイを手ぶりで示した。「そしてエンイ・ズィナリヤ族を調和させることによって」もういちど〈聖なる炎〉のほうを向いた。「ですから、こうしてお集まりいただいたんです。いちどは恐怖と死と破壊に支配されましたが、そこから調和を引き出したいのです。あたしたちにはできます」眉をひそめる評議会メンバーの顔を一人ずつ見た。「ディーリー」まっすぐにディーリーを見た。ディーリーは驚き、わずかに跳びあがった。「あんたは知ってるはずよ。あたしがどれほどヒンバ族を愛してるか……ヒンバ族のみんなを守り、幸せにするためなら、どんな犠牲もいとわないことを。あたしの頼みを聞いてほしいの」

　あたしは湖がある方角を指さした。

「あたしたちがこうしてるあいだ、メデュースたちは湖のなかに待機してるわ」

　評議会のメンバー全員が息をのんだ。

「ビンティ、嘘だ！」ディーリーが叫んだ。「そんなはずない！」

「なんだと！」あたしの知らない長老が大声を上げた。

「今この瞬間にか？」

「そうです」と、あたし。「水中に艦が隠れてます。しかも、一隻だけじゃありません」言葉を切り、自分の発言が理解されるのを待った。ほかのメンバーがひそひそささやき合うなか、ディーリーだけは目を見開き、あたしを凝視している。

「これぐらいで驚いてるようじゃ、きみたちヒンバ族は戦争を生き抜くことはできそうにない」あたしの背後からオクゥがオティヒンバ語で言った。

　ムウィンイの含み笑いが聞こえた。

「クーシュ族はオクゥを殺そうとしました。メデュースとは休戦協定を結んでいるのに……オクゥは平時にクーシュランドを訪れた平和的大使なのに」と、あたし。「オクゥが地球を訪れることについて、ウウムザ大学はクーシュ族の政府とメデュースの族長の双方から了承を得ました。でも、クーシュ族はあたしの家に火をつけ、家族をこ……殺しました。あたしと誉れ高い大使であるオクゥを殺そうとして捜したけど、見つけることができなかったからです。メデュースには戦争を始める理由があり、クーシュ族も理由をほしがってます。このままではオセンバ村をめぐってメデュースとクーシュ族が争うことになり、クーシュランドはふたたび焦土と化すでしょう。あたしたちヒンバ族が仲裁しないかぎりは」あたしはムウィンイやオクゥにも話していないことを評議会に要求した。これはヒンバ族にしか理解できないことだ。「どうか、ヒンバ族の深き大地の知恵を呼び覚ましてください」

「ならぬ！」いきなりティティが声を荒らげた。

「お願いです」と、あたし。何をしているのか、何を言っているのか、自分でもわからない。この瞬間にこの場所に自分がいるなんて、一年半前には夢にも思わなかった。深き大地の知恵は見た目よりもずっと深く、通常の文化の領域を超えて浸透している。すべてのものに宿る数学と深くかかわっており、ヒンバ評議会のメンバーが一丸とならなければ大地の知恵を呼び覚ますことはできない。

「断じてならぬ！　そのようなことを要求するとは、あんたは何様のつもりだ？」ティティが吐き捨てるように言った。深呼吸し、気持ちを落ち着けようとしている。平静を取り戻すと、言葉を続けた。「これはわれわれヒンバ族とは関係のない争いだ、ビンティ。われわれは荷物をまとめ、巡礼の地へおもむき、クーシュ族とメデュースが殺し合いをして死に絶えるのを待てばよい。アストロラーベの在庫と、ありったけの貴重品をたずさえ、かつてそうしていたように集団で放浪の生活を送る。平和が訪れるまでは！」

「あ……あたし、〈ナイト・マスカレード〉を見たんです」と、あたし。「これで二度目です。しかも、真っ昼間に。それでも、あたしの話を聞く必要はないとお思いですか？」

沈黙が流れた。全員がカピカ議長に視線を向け、カピカ議長の言葉を待っている。カピカ議長は、この件について何も言うことはないというように、首を振った。あたしの後ろでムウィンイの忍び笑いが聞こえた。ここにいるほかの誰よりも、この状況を楽しんでいるようだ。

「こいつらは何もわかっちゃいない」ムウィンイがぼそっと言った。

沈黙が続くなか、ディーリーが急に立ちあがり、あたしに近づいてきた。すわったままのあたしを上から見おろしている。

「立て、ビンティ」あたしが立ちあがると、あたしの肩を乱暴につかんだ。「来い」

すでにムウィンイが立ちあがっていた。

「どこへ連れてゆくつもりだ」と、ムウィンイ。

「ぼくも行く」オクゥもそばへ来た。

「ここにいてくれ」ディーリーは片手を上げ、ムウィンイを止めた。「評議会のメンバーと話をしてほしい。言えることを言ってくれ。ビンティのことは心配するな。どうしても話したいことがあるだけだ」

「ビンティ？」ムウィンイがあたしを見た。「大丈夫か？」

「大丈夫」と、あたし。〝助けが必要なときはオクゥを呼ぶから〟――目でそう言うと、ムウィンイはそれを理解したのか、うなずき、引き下がった。

あたしはオセンバ議事堂の裏口へ連れていかれた。オクゥとムウィンイをちらっと振り返ると、ムウィンイは、ショックと動揺を隠しきれない評議会メンバーと向き合い、話しはじめていた。

「おれはムウィンイです。砂漠に生まれ育ちました。エンイ・ズィナリヤ族を代表して申しあげます。おれが知るところによると――」

ディーリーは裏口からなかへ入ると、ドーム型の建物の中央にある〈聖なる井戸〉へあたしを導いた。

「おまえ、いったい、どうしたんだ？」ディーリーはあたしを見おろした。いつのまに、こんなに背が伸びたのだろう？

「どうした、って……」ディーリーの黒い目をのぞきこんだとたんに言葉が出なくなった。ディーリーの目が涙で濡れている。ディーリーとは幼なじみだが、子どものころでさえ、ディーリーが泣くのを見たことはなかった。ただのいちども。

「おまえは九死に一生を得て生き延びたんじゃないか」と、ディーリー。「今さら死にたいのか？」

「何か手を打たなきゃ、みんな死んじゃうのよ」と、あたし。「クーシュ族はオクゥがここに来たことに気づいたにちがいないわ。地上から攻撃できるタイミングをうかがってたのよ。今は上空からオクゥを捜してるわ。もう時間がない。今に攻撃が始まる。荷物をまとめる暇はないわ。いますぐ逃げないと、あの砂漠で死ぬことになるのよ」

「〈ナイト・マスカレード〉はおまえの前に姿を現わしたんだろ！　小娘のおまえのところに！　二度も！　しかも、二度目は夜まで待てなかった！　考えなおせ！　おまえは混乱をもたらしてるだけだ」と、ディーリー。「こんなことなら、おまえと……」ディーリーは目をそらした。

あたしはあとずさり、呆然とした。ディーリーは、〝おまえと話すんじゃなかった〟と言おうとしたのだ。ディーリーにとって、あたしはもう死んだも同然。それもそのはず。昔から、故郷を逃げだしたヒンバ族の女はただのできそこないだ。それに、〈ナイト・マスカレード〉が見える女などいない。あたしはディーリーにとって亡霊のようなもの。魂の抜け殻。

「評議会に完全に手なずけられちゃったのね」と、あたし。「この石頭。〈不滅の木〉のそばに、将来の奥さんや子どもたちといっしょに入るためのシェルターを掘っておいたほうがいいわよ。戦争が終わるまで、そこに隠れてれば？　奥さんがシェルターの壁の赤土をオティーゼ代わりに塗って、あんたのために化粧するあいだ、あんたは自然数学について、〈セブンの神々〉と語り合うつもり？　あごひげを生やしていずれ評議会議長になるための教育も受けてるなんて、ごりっぱになられましたこと」

「ヒンバ族をバカにしてるのか」と、ディーリー。

「救おうとしてるのよ！」

「そもそも、おまえが故郷を離れたりしなければ、こんなことにはならなかった」ディーリーはぴしゃりと言った。

「故郷を離れる必要があった」と、あたし。「ディーリー、あたしは……ここにとどまるつもりはないわ。わかるでしょ？　とっくにわかってたはずよね。あたしはいつも砂漠へ出かけてた。そうよね？　果てしなく広い場所だからよ。振り返って考えると、砂漠と宇宙はとても似てるわ」

「だが、ぼくの意識はつねに内側に向いてた。ヒンバ族をヒンバ族たらしめるもののほうへ」と、ディーリー。「内面の世界だって無限に広い。内面に意識を向けることが、ヒンバ族の破滅をもたらすのではなく、次世代の議長になるための修業になってる」

その言葉にあたしは胸にパンチを食らったような感じがして、ふいに息苦しくなった。こうして言い争っているあいだにも、戦いのときは迫っている。ムウィンイとオクゥが長老たちに何を言おうが無駄だ。そして、あたしがヒンバ族の一少女にすぎなかったころからあたしを知っているディーリーは、あたしへの嫌悪をあらわにしている。〈サード・フィッシュ〉号のなかで死ねばよかったのに、と言わんばかりの表情だ。

「この状況を改善するために、あたしは力になりたいの、ディーリー」あたしは懇願した。「話し合いの場に足を運ぶよう、長老たちからクーシュ族に呼びかけてもらいたいの。メデュースにはあたしが呼びかける。あとはヒンバ評議会が深き大地の知恵の力を使って、クーシュ族とメデュースを和解させるだけよ」

ディーリーは考えこむ表情で、あたしから離れ、〈聖なる井戸〉のほうへ行った。井戸をおおう石造りの屋根にもたれ、なかをのぞきこんでから、あたしに向きなおった。

「おまえがメデュースに呼びかける？　どうやって？」

あたしは目をそらさなかった。あたしはあたしだから。それに今のあたしはメデュースの要素も持ち合わせている。あたしはオクオコに触れた。

「これで」

「その髪で？」

「これはもう髪じゃないのよ」

「じゃあ、本当だったんだ」と、ディーリー。「おまえがメデュースの妻になったってのは」

あたしは顔をしかめた。

「あたしは誰の妻でもないわ」

「おまえはあのメデュースといっしょに故郷に帰ってきた」と、ディーリー。「あいつはおまえの家に泊まった。おまえの身体が変化するなんて、あいつとそれだけ親密な仲だったってことじゃないか」

「あたしを変えたのはオクゥじゃない。誰がやったのかなんて、わから――」

「メデュースは集合精神を持つ種族だ」と、ディーリー。「ひとつの意識を全員が共有してる。その触角みたいなものでオクゥに呼びかけたら、ほかのメデュースにも伝わるんだろ？」

「違う」と、あたし。「オクゥだけよ。族長とはかすかに通じてる気がするけど。あんたにはわかりっこないわ」

「おまえがどんな目にあったか、お父さんから聞いたよ。オクゥはあの船のなかでおまえを殺そうとしたらしいな。なのに、惑星ウウムザ・ユニでは親友の間柄だ。やっぱり、おまえはオクゥの妻になったんだろ」

あたしは片手を振り、きっぱり否定した。

「力を貸して、ディーリー。長老たちを説得してほしいの。きっとあんたの言うことには耳を貸すはずよ」

「本当に〈ナイト・マスカレード〉を見たのか？」

あたしはうなずいた。

「二度も？」

もういちど、うなずく。

「二度目は〈ザ・ルート〉の外の道路で」

「今日？」

「そうよ」

「真っ昼間に？」

「そうよ」

「信じられない。くそっ！」ディーリーは大声で言うと、大股で離れていったが、足を止め、戻ってきた。

「どうしたの？」近づいてくるディーリーにそっとたずねた。ディーリーが手を伸ばしてオクオコの一本をつかみ、軽く押さえたので、あたしはたじろいだ。無意識に片手を突き出し、ディーリーの手を払いのけていた。「やめて！」

ディーリーは手に付いたオティーゼを見ると、オクオコに視線を転じた。オティーゼが落ち、明るい青色の部分が少しのぞいている。ディーリーはオティーゼのにおいを嗅ぎ、あたしをまじまじと見た。オティーゼの付いた指であごひげをなでつけながら、あたしを見つめていたが、やがて背を向け、歩き去った。

あたしは井戸の屋根に近づくと、水面をのぞきこんだ。宇宙の暗さとは似ても似つかない暗い水面を。宇宙ほど完全ではない。宇宙ほど異質でもない。そのとき、叫び声に続いて、建物を揺るがす轟音が聞こえてきた。あたしは振り返り、外へ飛び出した。

「だめ、だめ、だめ、だめ！」ひとり、つぶやいた。もう時間がない。

空クジラと呼ばれるクーシュ艦がぞくぞくと砂漠に着陸している。艦の大きさは家二軒分ほどだ。ここから近いので、艦の巻きあげる砂ぼこりが〈聖なる炎〉を吹き消してしまいそうだ。クーシュ族は、ここをどこだと思っているのだろう？　ヒンバ族に対する敬意はみじんも感じられない。どの艦も青と白のソーラータイルでおおわれ、翼の下部に巨大な風力タービンが付いている。いつ見ても、トカゲの皮をかぶったカブトムシのようだ。水中を泳ぐゲンゴロウのように、すいすいと上空を進んできたくせに、着陸のしかたがものものしすぎる。すべての周辺住民に自分たちの存在を知らしめるためとしか思えない。

長老のうち二人が急いで〈聖なる炎〉の前に立ち、

服を広げて炎を守ろうとした。ディーリー、カピカ議長、ティティは一ヵ所にかたまり、空クジラから降りてくる者を待ち受けた。あたしはオクゥとムウィンイに駆け寄った。

〝オクゥ、隠れて！〟あたしはオクオコを通じて叫んだ。オクゥがあたしを見た。〝そうじゃないと──〟

〝ヒューッ！〟という鋭い音が聞こえると同時に、オクゥがものすごい勢いで飛んできた。オクゥのオクオコがあたしに触れ、つづいて傘がおおいかぶさってきた。あたしは身をこわばらせた。オクゥの重みはあまり感じなかった。やさしく包まれ、抱きしめられている感じだ。オクゥはあたしを守ってくれたのだ。オクゥの身体は刺激的なトウガラシのようなにおいがした。

何もかもが青みがかって見えた。カピカ議長とディーリーが空クジラに走り寄り、手を振りながら叫んでいる。あたしたち三人と空クジラの中間にいる。オクゥが大量のガスを吐き出し、ムウィンイの驚いた顔も、煙を上げていまにも消えそうになっている〈聖なる炎〉も、こっちを向いた数人の長老の姿も、見えなくなった。

数秒が過ぎ、あたしは思わず、息を止めた。あたしのオクオコがのたくっている。オクゥの身体の震えが伝わってきた。それに、何か硬いものがあたしの腕に触れている。毒針だ。白くてとがった毒針。あたしはほっとした。オクゥがあたしを守ろうとしている以上、クーシュ族を殺すことはできないからだ。オクゥは激しく身震いし、あたしを放り出した。あたしは砂の上に転がった。自分の姿を見るまでもなく、オティーゼのほとんどがオクゥの身体に付着したことはわかった。むき出しの肌に夜気をひんやりと感じる。

あたしはオクゥを振り返った。オクオコの何本かがいまにもちぎれそうになっている。もう吹き飛ばされたあとかもしれない。火明かりに照らされて、青いオクオコがいつもより明るく見えた。ピンク色？　赤？　間違いない。オクゥは血を浴びたのだ。あたしの血？　だが、今は自分の身体を確認するどころではない。オクゥが地面に横たわっていたからだ。メデュースは空中をただよっているのが普通で、地面に触れている状態のメデュースなど見たことがない。

「オクゥ！」あたしは叫び、あわててオクゥの身体を膝にのせると、オクゥの傘にやさしく手を触れた。ぎゅっとつぶった目から涙がこぼれ落ちた。息をするのがやっとだ。オクゥの傘は、ヒンバ族の女たちが湖から水をくむのに使う水袋のように、弾力があった。ひんやりと冷たい。「どうしたの？」声を張りあげた。

「どうしちゃったの？」

「クーシュ族に撃たれたんだよ」ムウィンイがやってきて、あたしのそばに膝をついた。

「どうしてボディ・アーマーを使わなかったの？」と、あたし。

「だって……使ったら……きみが死んでたはずだ」と、オクゥ。その声はいままで聞いたことがないほど低く、しゃがれていた。あたしは胸が痛んだ。

　ムウィンイは一心にオクゥを見つめながら、オクゥの傘に片手を置いた。ムウィンイの手が触れた瞬間、オクゥはびくっとしたが、すぐに落ち着いた。あたしは後ろを見て、息をのんだ。少なくとも百人以上のクーシュ兵がいた。男も女も、身体にぴったりした砂漠用のズボンと上着を身につけている。女は黒ずくめ、男は白ずくめだ。これまた武装した二人の男と一人の女が、カピカ議長、ティティ、ディーリーと話している。ほかのクーシュ兵たちは熱のこもった表情で、その後ろに立っていた。

「オクゥが苦しそうだ」と、ムウィンイ。「おれの問いかけに応えない」

　あたしは頭が真っ白になった。ママもパパもきょうだいも、家族はみんな死んだ。〈ズィナリヤ〉のせいで、あたしは精神的に不安定。不吉としか思えない〈ナイト・マスカレード〉の出現。そして今、ここで戦争が始まろうとしている。意識を失わないように、息をするのが精いっぱいだ。胸がぱっくり割れて心臓が飛び出しそうなほど、鼓動が激しい。〝ヘルーの胸がぱっくり開いて、生温かい血があたしの顔に飛び散った〟オクゥにすがりついて泣き叫びたい。屈服するしかないのか。オクゥを見て、クーシュ族と長老たちに視線を移し、もういちどオクゥを見た。顔をしかめ、ポケットに手を入れ、金色の球体に触れた。手がオティーゼの入った瓶をかすめた。頭をはっきりさせるためにツリーイングしようとして、ひとりごちた。

「いいえ、だめよ」

ムウィンイがいぶかしげにあたしを見た。

あたしはポケットのなかの瓶をつかんだ。オクゥの身体の内側には、すでにオティーゼがたっぷり付着しているはずだ。

「ムウィンイ、これをオクゥの傷に塗って」と、あたし。間を置き、付け加えた。「ぜんぶ使っていいから」

あたしは立ちあがった。

クーシュ兵たちに近づいてゆく。撃ちたければ、撃てばいい。どうせ、さっきもあたしを撃とうとしたじゃないか。そんなことがどうでもよく思えるほど、あたしは激怒していた。あたしが近づいていっても、クーシュ兵たちは彫像のように微動だにせず、空クジラの一団の前に、一列になって立っている。その背後に暗い砂漠が広がり、上空には星がまたたいていた。あたしはサンダルをはいた足を砂に取られながら進んだ。赤い巻きスカートが脚にまといつき、赤いブラウスは汗で濡れている。オティーゼはぜんぶ、はげ落ちた。あたしは裸同然だ。

「ビンティ」と、クーシュ族の男性兵士。

「あたしは、あんたなんか知らないわ」あたしは言いながら、ディーリーの隣に立った。ディーリーは、地球外生命体でも見るような目であたしを見た。誰もが同じ目であたしを見ている。

「カルブ・リーダーのイヤドだ」と、男性兵士。「こちらの二人はわたしの副官だ。カルブ・リーダーのデュラー」細い三つ編みを膝まで垂らした長身の女があたしに会釈した。「そして、もう一人。同じくカルブ・リーダーのヤバニ」血の気の多そうな男だ。三つ編みにした黒髪をデュラーと同じくらい長く垂らしている。ヤバニはあたしに向かって鼻の穴を広げると、いやなにおいでも嗅ぐように、くんくんと耳ざわりな音を立てた。クーシュ族にはめずらしく、三人ともうっすらと日焼けしている。

「おまえの提案をクーシュ族側に伝えた」カピカ議長があわてて言った。「休戦の話し合いに応じるよう、おまえがメデュースを説得するということもな」あたしに軽くうなずいた。あたしは肩の荷がおりたような気がした。苦難を乗り越え、休戦にこぎつけられるかもしれない。ヒンバ評議会も話し合いに加わってくれるようだ。

「この件をクー参謀総長に伝え、クー参謀総長からクーシュランド国王に伝えてもらう」イヤドがさげすみの表情であたしを見た。「だが、メデュースは〈サード・フィッシュ〉号に乗っていた有能なクーシュ族の人間を……丸腰の学生や教授を、皆殺しにした。そして、残ったのは……おまえだけだ。おまえにメデュースを説得できるのか？　あんな凶暴なやつらが冷静な話し合いができるとは、とうてい思えない」

あたしはいつから震えていたのだろう。気づいたときには、嵐に震える〈不滅の木〉のように、声まで震えていた。

「あんたたちはあたしを殺そうとした」思わず口走った。

ヤバニは一笑に付した。

「あれはただの事故だ」と、イヤド。「メデュースと間違えたのだ」

ディーリーがあたしの腕をつかもうとした。

「深呼吸して」耳もとでささやいた。

あたしは腕を引いた。オクオコがあばれはじめた。オティーゼがはげ落ちたあたしは、どんな姿に映っているのだろう？

「あんたたちは、あたしの友人を撃った」あたしは語気を強めた。「オクゥを殺そうとしたのは、あたしたちが地球に到着してからこれで三度目よ！　ウウムザ大学の仲裁で休戦に合意したはずなのに。ウウムザ大学もあんたたちとグルだったのね」

「優秀なクーシュ族が皆殺しにされたのに、たった一体のメデュースを殺そうとしただけで協定違反とは心外だ」イヤドはつっぱねた。「とにかく、メデュースなど取るに足らぬ軽い存在だ」

怒りで視界がぼやけた。

「もとはと言えば、クーシュ族の学者がメデュースの族長を襲って毒針を奪い、博物館に展示したのが発端じゃないの！」イヤドに詰め寄る。あたしは背が高いほうではないし、筋肉がムキムキというわけでもない。どうがんばってもイヤドのあごに届くかどうかという程度の身長しかなく、イヤドの目を下から見あげるしかない。それでも、イヤドはびびっていた。恐怖の色を浮かべ、恐怖のにおいをただよわせている。あたしに圧倒されているのだ。それもそのはず。あたしは〈ナイト・マスカレード〉を二度も見たし、メデュース、エンイ・ズィナリヤ族、ヒンバ族、と三つのアイデンティティを有しているうえに、家を焼かれ、家族を殺され、失うものは何もないのだから。

「あたしはオセンバ村のビンティ・エケオパラ・ズー・ズー・ダムブ・カイプカ・メデュース・エンイ・ズィナリヤ。調和師師範よ」ツリーイングに身をまかせると、気持ちは落ち着いたが、さいわい、怒りはまだ消えていなかった。数理フローを呼び出し、両手を上げた。数理フローが弱い稲妻のように、両方の人さし指へと伸びてゆく。人さし指をひねると、数理フローは渦を巻いて、ひとつの球体となり、イヤドの目の前に浮かんだ。

「なぜ憎み合ってるのか、自分たちでもわからないような種族どうしの古い理不尽な戦いに、故郷の地とヒンバ族の人々が巻きこまれるのは、見たくない。日がのぼったら、同意したとおりに〈ザ・ルート〉へいらっしゃい。あんたたちが破壊しつくした場所……あたしの家族の亡骸が横たわっている場所へ。メデュースもそこに来るはずよ。愚かな戦争をこれっきりにするために」あたしたちヒンバ族の力を借りて――あたしは怒りを覚えながら思った。メデュースもクーシュ族も、自力では分別のある行動を取れないのだから。

あたしはイヤドの答えを待たずに数理フローをひっこめると、背を向け、オクゥとムウィンイのもとへ戻った。

クーシュ族は去っていった。その瞬間は見ていないが、空クジラの一団が飛び立つ音がして、砂ぼこりが舞いあがるのがわかった。

オクゥは一命をとりとめた。あたしのオティーゼがオクゥを救った。ムウィンイが傷に塗ってやったオティーゼと、オクゥがあたしを守ってくれたときに付着したオティーゼだ。ムウィンイは指にオティーゼを付けたまま、いつまでもあたしを見ていた。

その夜、あたしたちはオセンバ議事堂にとどまった。ドーム型のドアは幅が広いが、このままだとオクゥの巨大な身体はドアを通れない。そこでオクゥに身体をすぼめてもらい、あたしとムウィンイはオクゥをなんとか押しこんだ。イヤドはメデュースのことを、取るに足らない軽い存在だと言ったが、メデュースが軽いのはたしかだ。質量とか重さが本当にない。建物のなかに入ると、オクゥは壁ぎわに力なく浮かんでいた。静かで、オクゥにとっての神である澄んだ水に近い場所だ。ムウィンイはバケツで〈聖なる井戸〉の水をくんできて行水をした。あたしも同じことをしたい衝動に駆られたが、ぐっと我慢した。

長老たちとディーリーは、オティーゼを塗っていない裸同然のあたしの扱いに困り、ティティたち女性に対処をまかせると、立ち去った。明朝、あたしたちと会うことになっている。ティティたちは食料とブランケットを持ってきてくれた。ラクダの様子を見ることも約束してくれた。外では〈聖なる炎〉が燃えていた。小さな炎だが〈不滅の木〉の樹皮をくべたので、空クジラの風力タービンが猛烈な砂ぼこりを巻きあげないかぎり消えることはないだろう。ティティが瓶に入ったオティーゼを持ってきた。あたしは〈聖なる炎〉が見える裏口のほうを向いて、ブランケットの上にあぐらをかき、目の前のマットに置いた大きな瓶を見つめていた。

ムウィンイが横にすわり、瓶を手に取ると、蓋を開けて、においを嗅いだ。

「このオティーゼも、おれがオクゥに塗ってやったオティーゼも、きみがつけてたオティーゼとは違うにおいがするね」

あたしはほほえんだ。

「あたしのは惑星ウウムザ・ユニの粘土を原料にしてるから」

ムウィンイは瓶をマットに置き、あたしに向きなおった。

「こんなこと言ったら気を悪くするかもしれないけど、きみはオティーゼを塗っていてもいなくてもきれいだよ」

あたしは一瞬ムウィンイを見つめ、あわてて目をそらした。胸がドキドキしている。

「きみのことが、よりはっきりわかった気がするよ」

と、ムウィンイ。「塗ってるきみと塗ってないきみの両方を見たけど、どっちもきみであることに変わりはない」

「本当はオティーゼを塗ってない姿を見せちゃいけないのよ」と、あたし。「あたしと同じ年ごろのヒンバ族の娘は、オティーゼを塗ってない姿を両親にしか見せないわ。将来の夫になる男性にさえ――」あたしは唇を噛み、瓶を見た。

「知ってる」ムウィンイは笑った。「でも、おれはヒンバ族じゃない。オティーゼを塗っていようといまいと、おれの目に映るきみは、きみ本来の姿だ。それを見せることは、屈辱的でもなんでもないんだよ」ムウィンイは自分の赤茶色の髪に触れた。太い一本の三つ編みにして、頭頂部から垂らしている。膝に届くほど長い。「見て。エンイ・ズィナリヤ族はこれをツァニと呼ぶ。精霊のための〝はしご〟という意味だ。十歳になると伸ばしはじめる。おれは七年前から伸ばしている。女性はこれに触れることができない。たとえ母親でも」ムウィンイは一瞬、迷ってから、その三つ編みをあたしに差し出した。

　あたしはそれを見た。

「いいの？　どうして？」

「知ってる？　砂漠で出会った野生の犬たちは、きみのことを宇宙人だと思ってたんだよ」と、ムウィンイ。「きみは何か大きな存在の一部なんじゃないかと、おれは思ってる、ビンティ」ムウィンイの自信満々な笑みが曇りはじめた。髪をさわられるのは、やはり覚悟がいるのだろう。あたしは三つ編みにしたムウィンイの髪を見た。そして、手を伸ばし、両手で押しいただくようにした。オティーゼを塗っていないこと以外は、あたしの髪と同じ手ざわりだ。

「ほら」あたしは三つ編みを下に置きながら言った。「変な感じ？」

「いや」と、ムウィンイ。「でも、やっぱり変な感じだ」にやにや笑っていたが、声を上げて笑いだした。

「何がおかしいの？」と、あたし。

　ムウィンイは満面の笑みを浮かべた。エンイ・ズィナリヤ族の村を出てから、ムウィンイのこんな笑顔ははじめて見た。

「正直、きみはもう人間じゃないと思ってるから、髪をさわらせてもいいのかなって」

　あたしは笑いながらムウィンイを小突いた。二人ですわったまま、しばらく〈聖なる炎〉をながめた。家族が死んだことを思うと、つらくてたまらず、ムウィンイに身を寄せた。ムウィンイはあたしに向きなおり、あたしのオクオコに触れたが、あたしはムウィンイの手を払いのけなかった。

「さわらせちゃだめだよ」背後からオクゥが言った。

　ムウィンイは手を放し、立ちあがった。だが、もういちど膝をつくと、顔を近づけてきて、あたしにキスをした。ムウィンイが顔を離し、あたしたちはたがいの目を見つめながら、ほほえみ合った……

　あたりが暗闇に包まれた。

　そしてあたしは、またあの場所に……

……あたしは宇宙空間にいた。無限の暗闇。無重力。宇宙空間を飛びまわり、惑星の環を上へ下へと通り抜けた。環を形作るもろい金属の塵が、きらきらした氷のかけらのように叩きつけてくる。唇に塵が当たるのを感じながら、息をしようと口を少し開けた。空気がないのに息ができるの？

　その不安をかき消すように、身体の奥から力がみなぎり、胸のなかで花開いた。肺がいっぱいに押し広げられ、満たされてゆく。緊張が解けた。

「おまえは誰だ？」誰かの声がした。オティヒンバ語だ。しかも、その声はあらゆる方向から聞こえてくる。

「ナミブのビンティ・エケオパラ・ズーズー・ダ

ムブ・カイプカ、それがあたしの名前よ」あたしは答えた。

一瞬の間。

相手の反応を待った。

「それだけか」声が言った。

「それだけよ」と、あたし。いらいらした口調になった。「それがあたしの名前よ」

「違う」

たしかに、そのとおりだ。でも、その真実はあたしをたじろがせた……

……あたしはツリーイングの状態からわれに返った。ムウィンイが呆然と見つめている。金色の球体がそばに浮かんでいた。小さな惑星のように回転しながら。

やがて、あたしのマットの上に落ちた。

「どこへ行ってたの？」と、ムウィンイ。あたしから身をそらした。「あれはどこだったんだ？」

「あなたにも見えたの？」

「人間の調和師師範はさすがに違うな」後ろでオクゥが言った。

「おれはあの場所を知ってる」と、ムウィンイ。「土星の環だ」

あたしは眉をひそめた。

「どうしてわかるの？　あなたは地球を離れたことがないはずよ」

「おれはないけど、ズィナリヤ人は違う。ズィナリヤ人がおれたちにくれた〈ズィナリヤ〉を通して、宇宙旅行の記憶を見た。土星と木星がおれのお気に入りだ。きみこそ、どうして土星の環が見えるの？　どうして、鳥のように飛びながらすり抜けられるの？」

「エダンが見せてくれるの」と、あたし。「バラバラになったあとも。きっと、あたしはあの場所へ行く運命なのよ」

「なんども故郷を離れようとするヒンバ族は本当にめ

ずらしい」ムウィンイはひとりごとのように言うと、ふたたびキスした。こんどは、あたしも身を乗り出し、ムウィンイの顔を両手で挟んで、お返しのキスをした。ムウィンイはあたしの身体に両腕をまわして抱き寄せ、つかのま、おたがいにわれを忘れた。ディーリーとも子どものころに何回かキスをしたが、ディーリーは古い言い伝えを信じるあまり、大人になるにしたがって、そういうことはしなくなった。ほかの女の子たちがよくやっているように、低木の茂みの陰でこっそりキスしようと、女友だちのエバに提案されたとき、あたしは笑って言った。「いいえ、けっこう」

でも、今のあたしは気分が高揚していた。じゃまなタブーも躊躇もなかった。ムウィンイに抱きしめられたまま、唇を離したとき、あたしはムウィンイの目を見なかった。

「まっさかさまに落下するような感じ」あたしはささやいた。ムウィンイはもういちどキスしてから、身体を離した。ムウィンイが立ちあがったとき、あたしはマットに両肘をついて寝そべっていた。全身が脈打ち、目眩がする。

「砂漠へ行ってくる」と、ムウィンイ。「また戻ってくるから」あたしが差し出した手を取った。「サンダルを脱いで、裸足で砂のなかに立ってごらん。そうしたら、地に足がついて、落下するような感じはしなくなるよ。実際、落下してるわけじゃないしね」

「それと同じことを〈ナイト・マスカレード〉に言われたわ」

「〈ナイト・マスカレード〉に?」

あたしはためらいがちに、うなずいた。

「〈ナイト・マスカレード〉が言ったの。〞死はつねにニュースだ。空へ飛び立ち、地上に戻った一羽の鳥が、今も地上にとどまっている。靴を脱ぎ捨て、耳を傾けよ〟って」

ムウィンイは三つ編みにした髪に指を巻きつけなが

ら、舌打ちした。

「もういちど言う。サンダルを脱いで、裸足で砂のなかに立ってごらん——だったかな？」

それだけ言うとムウィンイは砂漠へ向かった。あたしはオティーゼの瓶を見に戻った。瓶を手に取り、もういちど置く。不安で、ため息が出た。瓶を手に取り、立ちあがった。

「オクゥ、大丈夫？」

「大丈夫じゃなかったら、そう言ってるよ」と、オクゥ。自分の身体を包みこむほど大量のガスを吐き出した。

あたしは咳きこんだ。

「ちょっと火にあたってくるわね」

「ぼくはここで水の音を聞いてるよ」と、オクゥ。

涼しい夜だが、炎が小さくなったとはいえ〈聖なる炎〉のまわりは暖かかった。その明かりは砂漠にまで届いたが、明かりの届かない場所は真っ暗だ。〈サード・フィッシュ〉号の窓から見た宇宙を思い出す。宇宙の闇のほうがずっと深かったけど。

あたしはオティーゼの瓶をそばに置き、両手を上げ、〝大丈夫？〟と入力すると、その赤い文字列を砂漠へと送信した。文字列は見えない強風に吹き飛ばされるかのように、ムウィンイの姿が見えなくなった砂丘の向こうへと消えた。まもなく、〝大丈夫。少し休め。〈ズィナリヤ〉を試すんじゃないよ〟と、ムウィンイから緑色の文字列が返ってきた。そのとき、不思議なささやき声がして、地平線からのぼってくる惑星が見えた気がした。下を向き、ささやき声が聞こえなくなるまで、目を閉じていた。ふたたび目を開けると、惑星は消えていた。

ムウィンイにはやめろと言われたが、あたしのメッセージが遠くへ届くのか試してみたかった。何があったかを祖母に伝える必要がある。ムウィンイからではなく、あたしから伝えなければならない。だが、もし送信を試みて、まだ初心者であるあたしの意識がふたたび妙な反応をしたら、頼れる相手はケガをしているオクゥしかいない。オクゥには休養が必要だ。やっぱり今はやめておこう。祖母に連絡するのは、いいニュースがあるときにしよう。日の出のあとにやってみよう。あたしの家族が死んだ世界での新たな日の出。胸のなかの残り火がふたたび炎を上げはじめた。つらい気持ちを急いで振り払い、オクゥに念を送った——（聞こえる？）。あたしのオクオコが顔の横や肩の上で穏やかにくねくねと動いた。オクゥは近くにいるので、楽に通信できた。

（うん）

あたしはため息をつき、ポケットから金色の球体を取り出した。もうこれがエダンだとは思えない。今は小さな惑星のように思えた。理由はない。あるがままの姿だ。あたしは命綱もつけずに、その惑星のまわりをよるべなくただよっている。ツリーイングに身をまかせ、数理フローを呼び出し、金色の球体にまとわせると、球体が青い電流の力で目の前まで浮きあがり、ゆっくりと回転した。あたしは球体を両手でつかむと、表面の指紋のような模様を指の腹でなでた。

オティーゼの瓶を手に取って蓋を開け、人さし指と中指でオティーゼをすくい、全身に塗り広げた。

4　帰宅（ホームカミング）

あたしがウウムザ大学で最初に受けた授業は、〈ツリーイング101〉だった。生きて惑星ウウムザ・ユニに到着し英雄になってから、地球標準時で七日後のことだ。一年生を対象にした講座のひとつで、全学部――武器学部、数学部、有機学部、航宙学部など――で専門講座が用意されていた。あたしはその初日にツリーイングを選んだのだ。授業は、数学部地区と武器学部地区と有機学部地区のあいだにある広い原っぱで行なわれた。黄色い枯れ草は短く刈られていたものの、ントゥ・ントゥと呼ばれる昆虫がそこらじゅうを跳ねまわり、鮮やかなオレンジピンクのその身体は日差しを浴びてひときわ目を引いた。すべての学生が大きな輪になってすわり、オシシ教授の話に耳を傾けた。オシシ教授は、あたしの頭より大きい扇形の葉でおおわれた大木のような姿をしていた。

あたしたちは感嘆した。オシシ教授がツリーイングの講座について話しながら、いちどに十本の太い数理フローを呼び出したからだ。体感としては三十分ほど（まだあたしは惑星ウウムザ・ユニの時間経過の速さに慣れていなかった）の話が終わると、学生たちは約六人ずつの小グループに分けられた。各グループに一人ずつ割り当てられた指導助手の指示により、順番に前へ出てツリーイングを行なうことになった。あたしと同じグループには、メデュースに似た者が二人、ダイヤモンドでできたカニのような者が一人、全身が青いヒューマノイドが三人いた。三人のヒューマノイドはあたしのオクオコをさわりながら、ずっと鼻歌を歌っている。あたしには、楽しげに笑っているように思えた。それぞれ言語はまったく異なっていたが、代わりに音でコミュニケーションを取った。

「わたしはセイガー助手です」と、あたしのグループの指導助手。突き出た鼻づらのすぐ上に目があり、キツネに似ているが、皮膚には毛がなくつるつるしていた。二本脚で立っており、身長はあたしと同じくらいだ。のどもとにある何かをさわりながら、話している。あたしはセイガー助手の言葉を理解できたが、同時に複数の言語が聞こえていた。のどもとの翻訳機が、ほかの学生にもわかる言語に変換しているのだろう。あたしはうれしくなって笑みを浮かべた。この惑星に来てから驚かされっぱなしだ。多種多様な種族が集まっているうえに、みんなそれが当然であるかのように対処しているのだから。たがいの相違点を理由に戦争を行ない、共通点がある人としか仲よくできない人だらけの地球とは、大違いだ。

「これはクラス分けテストです」と、セイガー助手。「前へ出て、全力でツリーイングを行なってください」

「うまくできなかったら、どうなるんですか？」ダイヤモンドでできた巨大なカニのような学生がたずねた。あたしの隣で、明らかに動揺した様子で、何本もある脚を動かし、草を踏みつけている。そのたびにントゥ・ントゥがあちらこちらへと跳びはねた。あたしはまたしても笑みを浮かべた。この学生の言葉も理解できたわ！　セイガー助手があたしたちと会話するために何を使っているのか知らないが、それがグループ内の学生の相互理解に役立っていることはたしかだ。一メートルほど離れた場所にいる別のグループを見た。聞こえてくるのは、つぶやき声や、鼻歌のような音や、〝ポンポンポンポン〟という音だけだ。

あたしのグループには、まがりなりにもツリーイングができた学生は一人もいなかった。あたしの番が終わると、セイガー助手は言った。

「よろしい。今のところ成功者はきみだけだ。今日のクラス全体でも一人だけかもしれない」

その言葉どおり、二百人以上いるなかでツリーイングができたのは、あたしだけだった。〈サード・フィッシュ〉号でヘルーたちが殺されなければ、状況は違っていただろう。ヘルーなら、あたしと同じくらい上手にツリーイングができたはず。このクラス分けテストも、あたしがほかの学生たちから距離を置かれる一因となった。順番を待っているあいだは、同じグループの学生どうしでかたまっていたが、順番がきてあたしが立ちあがり、ツリーイングを成功させ、次の学生のために脇へよけたとたん、またひとりぼっちになった。

最後の二人の順番が終わったとき、あたしは空を見あげた。地球の寒い地域で見られる現象について本で読んだことがある。太陽から放出される荷電粒子が、大気中の酸素や窒素と衝突することにより、美しくも謎めいた渦巻き状の緑色の光が現われるという。雪が降る極寒の地に行きたいとは思わないが、どんな光なのか、とても興味を引かれた。あたしはほかの学生から離れて立っていた。数理フローを呼び出すために、学生たちが数学をもちいた瞑想状態に入ろうとするたびに、空気が帯電してゆくのを感じた。不思議なことに、ピンクがかったオレンジ色の明るい空に、青緑色の光が渦巻きはじめた。空気が帯電しているのを肌にも感じた。空を見あげて立っていたあのとき、あたしは可能性に満ちた新たな人生のはじまりにわくわくしていた。

オセンバ議事堂で目覚めたあたしは、あの日と同じ感じがした——両手の毛が逆立ち、全身にエネルギーが満ちあふれている。目を開け、上半身を起こした。そばのマットに寝ているムウィンイが身じろぎしたが、目は覚まさなかった。はるかかなたで雷鳴がとどろき、ぞっとするような低い咆哮が聞こえてきた。

立ちあがり、裏口から外へ出た。すでにオクゥがいた。火の前に平然と浮かんでいる。オクオコのケガは治ったようだ。先端が吹き飛んだぶんだけ短くなっていたものの、少なくとも青色に戻っていた。

「火は苦手だと思ってたわ」

「もう慣れたよ」と、オクゥ。

暖かい風が砂漠を吹きわたり、遠くに稲妻が見えた。

「まだ遠い」と、オクゥ。

「でも、近づいてくるわ。ここは雨なんてあまり降らないのに。日の出まで降らないといいけど」あたしは言葉を切り、たずねた。「族長は休戦に合意してくれそう？」

オクゥがなかなか答えないので、あたしは質問したことを後悔しはじめた。

「ぼくたちメデュースのほうは問題ない」と、オクゥ。「うまくいくかどうかは、ヒンバ評議会にかかってる。油断するなよ」

あたしたちはオセンバ議事堂を出た。風が強い。雲が垂れこめ、日の出まであと一時間ほどだというのに、あたりは暗かった。ときおり遠くでひらめく稲妻が、黒い空を背景にはっきり見える。ドアを閉めて振り向いた瞬間、あたしは思わず笑顔になった。

「まあ！」感嘆の声を上げた。「オクゥ、全身が光ってるわよ」

すっかり元気になった様子のオクゥは、傘を震わせて笑った。

「こうなったのは、あの湖の巻き貝たちのおかげだよ」と、オクゥ。

「ピカピカまたたいてた赤ちゃんたち？」やさしく光るオクゥの青い傘をそっとさわった。湖にいる発光巻き貝は今が産卵期だ。きのう、湖から上がったオクゥの全身に巻き貝の赤ちゃんがくっついていた。

「そうだよ」と、オクゥ。「ぼくたちメデュースは、長時間接触した生き物の遺伝情報を吸収し、自分のものにすることができるんだ」

「そのうちビンティも光るようになるのかな?」と、ムウィンイ。あたしがにらみつけると、くすくす笑った。

オクゥは黙って傘を震わせていた。

オクゥの放つ光は、おおいに役に立った。空は曇り、風で砂ぼこりが舞っているうえに、村じゅうが停電しているため、あたりは異常に暗い。故障したあたしのアストロラーベの代わりに、オクゥが道を照らしてくれた。発光植物が生えている家や建物もあるが、今はその光も消えていた。あたしたちは身を寄せ合い、〈ザ・ルート〉へ続く道を歩きつづけた。数日前とは違って、ほかに人影はなく、視線も感じなかった。

一歩、足を踏み出すたびに、心のなかで首をかしげた。あたしは何をめざして歩いているのだろう? わざわざ足を運ぶ意味はあるのか? 家出同然で地球を離れてから、さまざまなことが起こった。家族との関係を修復し、自分の人生を軌道修正する必要があると思った。でも、あれほど帰郷を急いだ本当の原因は、自分の弱さにあったのだ。激しい怒りが突然こみあげるようになったとき、すぐに自分のせいだと思いこんだ。メデュースの遺伝子による新たな変化を受け入れさえすればよかったのに。家族があたしを責めるからという理由で、あたしも自分に問題があるのだと思っていた。そして今、あたしの子どもじみた行動が死と戦争をもたらした。いったい、あたしは何を始めてしまったんだろう? それがなんであれ、終わらせなければならない。

風がますます強くなってきた。肌やオクオコにオティーゼを厚めに塗っておいてよかった。〈不滅の木〉の木立のそばを通るとき、ムウィンイとあたしは両手で耳をふさいだが、オクゥは猛スピードで逃げだし、あっというまに姿が見えなくなった。ムウィンイとあたしは足を止め、とほうに暮れた。

「オクゥ！」あたしの声は〈不滅の木〉の咆哮にかき消された。オクオコを介して呼びかけると、応答があった。オクゥは、道路のずっと先にある二軒の家のあいだにいた。

あたしの意識のなかでオクゥが言った――〈**とにかく来て。あんな邪悪な木々の近くになんていられないよ**〉。

あたしはムウィンイを見た。

「いい考えがあるわ」すかさず言った。数メートル離れたところで〈不滅の木〉が目にもとまらぬ速さで小刻みに振動しているが、そっちは見ないようにした。リラックスし、激しい突風に精神を集中させる。両手を上げ、方程式を口にしながら、そのとおりに〈ズィナリヤ〉に入力した。"$w= \frac{1}{2}rAv3$" という赤い文字列が目の前に浮かび、見えないポールにくっついた旗のように、風に乗ってオクゥのもとへ運ばれはじめた。あたしはそれを見届けると、両手を上げ、明るいボール状の数理フローを呼び出した。

その光の玉は周囲の何もかもを照らし出した。砂ぼこりの舞う道路、振動する〈不滅の木〉、通りの向こうの店、その隣の家の窓から外をのぞいている人々。

ムウィンイとあたしは〈不滅の木〉をちらっと見て、急いで歩きだした。オクゥに追いついてもなお、その光の玉で照らしつづけた。やがて、〈ザ・ルート〉に近いオセンバ村の一角にたどりついた。オクゥとあたしを見つけられない腹いせに、クーシュ族が破壊した家々は、かろうじて残った部分も強風で崩れたり倒れたりしていた。家や建物の残骸は、数十年前にメデュース／クーシュ戦争が起こったときのクーシュランドの光景を彷彿させた。穴だらけになった壁、爆破された家々、崩壊した建物。砂岩は戦火に耐えられないし、〈ザ・ルート〉のような石でできた建物も、爆破で吹き飛び、燃えあがる。

あたしがオセンバ村を見るのは、これが最後のような気がした。でも、ツリーイングのおかげで、まぶしい光の玉が照らし出す現実を冷静に見ることができた。

〈ザ・ルート〉の火は消えていた。

もはや黒焦げの残骸の山にすぎず、嵐の前ぶれの風によって、大量の灰が砂漠へと飛ばされてゆく。夜明けは近い。あたしはその山を前に立ちつくし、呆然と見つめた。あたしたちを迎えてくれたのは、ラクダのラクミだけだった。当然ながら、兄の菜園に残っていた植物は食べつくされていた。ここで会う約束だったヒンバ評議会のメンバーたちは、どこにもいない。ディーリーも来ていなかった。

「きっと遅れてるだけよ」と、あたし。

数分が過ぎても、現われる気配はなかった。絶望と不安に追い打ちをかけるかのように、あたしは〈ザ・ルート〉を見た。風で灰が飛ばされたあとに残ったもの——それは黒焦げになった木製の土台だった。地下倉庫の入口は燃えて、ふさがれたにちがいない。あたしの心は麻痺して空っぽだった。光の玉を持ったまま、ひたすら見つめつづけた。

オクゥは家の残骸の向こうで、父がつくったテントの残骸を調べている。砂でつくられたテントは瓦礫の山と化し、黒く焦げた黄色いガラスのようになっていた。爆発で高温になったせいだろう。ムウィンイは〈ザ・ルート〉の炭化した土台部分を掘ったり叩いたりしている。

「何してるの?」

「見てるだけだ」と、ムウィンイ。うわの空だ。こんどは土台に両手を押し当てている。

あたしはいらいらして舌打ちした。そんなことをして、ぜんぶ崩れ落ちたらどうするの? 何を明らかにするつもり? 身体が震えた。

「ムウィンイ! お願いだから、もう、やめ——」

雷鳴が大きくとどろいた。その音にまじり、差し迫った低いうなりが響いてきた。

「どうしよう」あたしはつぶやいた。ゆっくりと西を向くと、砂ぼこりがまともに顔を叩きつけた。クーシュ族が来たのだ。クーシュランドのコクレ市から来たのだろうか？　それとも、もっと西から？　地平線上に、クジラの形をしたクーシュ艦がひしめき、吹き荒れる強風と帯電した空気をものともせず、すいすいと近づいてくる。

あたしはペッと砂を吐き出し、次の瞬間、目をしばたたいた。オクゥが立ちはだかっていた。

「じゃましないで」あたしは脇へよけた。「これは平和のためなの。あたしが撃たれたら、そのときは――」

「撃たれたら、死ぬぞ」と、オクゥ。ふたたび、あたしの前に立ちはだかった。

「バカなことをするな、ビンティ」と、ムウィンイ。オクゥといっしょになって、あたしの行く手をはばんでいる。「ヒンバ評議会が現われないとしたら――」ムウィンイは唇を噛んだ。「おれたちはハメられたのかもな」

クーシュ艦隊が着陸すると、信じられないほど大勢の兵士がなだれ出てきて、これまた信じられないほどたくさんの大砲がおろされた。数分とたたないうちに、周辺一帯は、整列して待つ何百人ものクーシュ兵と、数隻の艦からトランスフォームした武装地上シャトルで埋めつくされた。黒い輪のついた長い棒が何本も、空に向かって伸びているが、その用途はわからない。

「外交使節を連れてくるだけだと思ってたわ」向かってくる三人のクーシュ族を見ながら、あたしはつぶやいた。

「ただのはったりだよ。いつものことだ」オクゥは低く響く声で言った。メデュース語だ。

「通訳してくれ」と、ムウィンイ。

「クーシュ族は力を誇示したがるってことよ」あたし

はオティヒンバ語で説明した。「オクゥ、あの三人に声をかけたほうがいい?」

「約束の時間はまだだろう。日の出まで待てよ」と、オクゥ。

約束どおり、太陽が地平線上に顔をのぞかせると、三人のクーシュ族はこちらへ近づきはじめた。だが、途中で立ちどまり、オセンバ村のほうを見た。あたしも、なにごとかと振り返った。メデュース艦隊が水中を泳ぐかのように、ゆったりと上空を進んでくる。メデュースそのものを巨大化したような形の艦で、濃い青紫色の光を発している。一年前にメデュース船に乗りこんだときは、生き物の体内にいるような錯覚におちいり、悪臭に悩まされたが、やっぱり、あの船と同じなのだろうか? メデュース艦隊は音もなく着陸した。風で艦のオクオコがひるがえり、艦体がかすかに揺れている。

5 魂での帰宅(ホームゴーイング)

あたしはクーシュ族とメデュース双方の指導者に挟まれる形で立っていた。

クーシュ族のゴルディー王を正視することができない。ニュース映像でしか見たことがないし、父の店を訪れたクーシュ族の客が〝畏(おそ)れ多いかた〟だと言っていたからだ。がっしりとした長身の男性で、日光を浴びたことはないのかと思うほど肌が青白い。輝かんばかりの真っ白な服が、砂まじりの風にそよいでいる。

ゴルディー王の左右には軍司令官がいた。ゴルディー王の紹介によると、一人はレディーという名の防衛大臣だ。よく日焼けしたふくよかな女性で、その表情は厳しい。もう一人はクー参謀総長。筋骨隆々の男性で、あたしより少し年上にしか見えないが、ピカピカのはげ頭をしている。〈ザ・ルート〉に火をつけた張本人だと、オクゥから聞いた。あたしが立っている場所からでも、オクゥのクー参謀総長に対する尋常ならぬ憎悪が伝わってくる。

その後ろからちょこちょこ走ってきたのは、コクレ市の市長アルハジ・トラック・オマゼだ。オマゼはあたしを見ると、会釈した。数日前にコクレ発着港であたしを出迎えたときと同じ笑顔を浮かべている。あのとき、すでにオクゥ暗殺計画を知っていたのだろうか？　コクレ発着港での暗殺は未遂に終わったけど。あの時点では知らなかったとしても、あたしたちがシャトルでオセンバ村へ向かった直後に知った可能性はある。あたしはオマゼをにらみつけた。

メデュースの族長も軍司令官を二人したがえていた。ムブ第一司令官とンケ・アブオ第二司令官だ。二人の身体は族長のような透明ではなく、オクゥのように半透明な青色をしている。オクゥがあたしとクーシュ族のあいだに割って入ってきた。

あたしは双方の代表団を見た。どちらもあたしが話すのを待っているようだ。あたしはどこかに隠れたくなった。肩身の狭い思いがした。口を開きかけたが、すぐに閉じた。ゴルディー王がこの役立たずと言いたげな表情で見ている。あたしはメデュースの族長をちらりと見た。一年前、族長とともに惑星ウウムザ・ユニをはじめて訪れたとき、あたしは大勢の命を救い、勇敢な英雄として称えられた。でも、この地球ではヒンバ族の一少女にすぎない。

「ヒンバ評議会がまだ来ない」ムウィンイが前へ出て、あたしと並んだ。

「あまり長くは待てぬぞ」ゴルディー王は言い、メデュースの族長に険しい目を向けた。

「それは、われわれとて同じだ」族長がメデュース語で言った。うなるような声だ。

「"われわれも同じ"という意味だ」オクゥがムウィンイのために通訳した。

沈黙が流れた。あたしは黒焦げの残骸の山を一瞥した。そのとたん、メデュースとしての激しい怒りがこみあげ、あたしの身体がひきつった。こんなことになったのはクーシュ族のせいだ。そのクーシュ族の王がすぐそばにいる。あたしの目の前に。あたしは口を開いた。

「あたしのことをご存じですか？」

ゴルディー王が薄ら笑いを浮かべたので、ますます腹が立った。

「もちろん知っているとも。想像していたよりも堂々としていて話しかたが流暢だ」ゴルディー王は含み笑いした。「少なくとも、おまえの言葉はちゃんと聞き取れる。ヒンバ族の女は発音の不明瞭な者が多いがな」

「あの黒焦げの山がなんだかわかりますか？」

またしても雷鳴がとどろいた。さっきよりも強い。ゴルディー王の返事を待たずに、あたしはツリーイングに身をまかせていた。心が穏やかになったことを、〈セブンの神々〉に感謝した。次の瞬間、耳を疑うような言葉をゴルディー王の口から聞くことになったからだ。

「おまえの家族は敵をかくまった」と、ゴルディー王。完全な真顔だ。「その報いを受けたのだ」〈ザ・ルート〉があったはずの場所を身ぶりで示した。「わたしが指揮していたら、あの場所には巨大な穴しか残らなかっただろう」

オクオコがあばれはじめ、首や背中を叩きつけてくる。それでも、あたしは平静を保った。頭のまわりをいくつもの方程式がまわりつづけている。ポケットのなかの金色の球体は熱を帯び、回転している。深く深く息を吸いこみ、ドクター・ンワニィに教わったとおり、頭のてっぺんから爪先まで全身が新鮮な空気で満たされるのを想像した。もうひとつ、ドクター・ンワニィのアドバイスを実行した。あとずさり、少し離れた場所からクーシュ族全員を一人ずつ見てゆく。最後にゴルディー王を見たが、ゴルディー王はあたしの行動に気づいてもいない。

ゴルディー王はクー参謀総長に向きなおって言った。

「ヒンバ族は臆病な連中よのう」

クーがうなずく。

「怖くなったらすぐに隠れますからな。革新的なインテリを気取っていますが、ただのずる賢い砂漠のキツネですよ」

あたしは口を開いたが、何も言わず、唇を引き結んだ。怒りに震えながら、あたりを見まわす。評議会はまだ来ないの？　ムウィンイと目が合った。

「ちょっと待て。きっと来る」ムウィンイは口の動きだけでそう言った。

だが、このままでは計画が失敗に終わってしまう。一刻も早く、なんとかしなければならない。上空では嵐が荒れ狂い、バリバリと音を立てて雷鳴がとどろき、稲妻（いなずま）が光っている。あたしは心を落ち着かせるために数理フローを呼び出し、左右それぞれの手にまといつかせた。稲妻を引きずりおろさずに、上空の稲妻からエネルギーを引き寄せると、全身に力がみなぎった。

あたしは姿勢をただした。

「わたしはクーシュ族と話をするつもりはない」メデュースの族長がオクゥに言った。「これでは話が違う」あたしに向きなおった。「ビンティ、ヒンバ評議会のメンバーはどこだ？」

ゴルディー王は完全にあたしに背を向け、クー参謀総長、レディー防衛大臣と話している。

「わたしがこのような機会を与えたのは、ウウムザ大学学長との関係を尊重したからだ。わたしは男たちと話し合うために来た。愚かなヒンバ族の小娘と話すためではない。われわれは――」

〝愚かなヒンバ族の小娘〟ですって？　よくもそんなことを。尊大きわまりない言葉だ。ウウムザ大学で高い評価を得ているあたしをあざ笑い、あたしの家族やヒンバ族全体を侮辱したに等しい。それに、いったい評議会のメンバーはどこにいるの？　もうどうでもいい。あたしの家族は死んだ。〈サード・フィッシュ〉号で死んだ人たちももう戻ってこない。胸を切り裂かれたヘルーの姿が、またしても目に浮かんだ。全身を怒りが駆けめぐり、オクオコが荒れ狂いはじめた。心の奥のドアというドアがいっせいに勢いよく開いた。あたしがつかんでいる数理フローがぐんぐん伸びてゆき、反動で身体が前へ、つづいて後ろへ揺さぶられた。上空で稲妻がひらめき、あたしのなかの何かがはじめての試みを決断させた。それは稲妻をつかむことだ。

あたしはツリーイングの状態からわれに返った。パーン！　という音とともに、たぐり寄せた電流が体内に流れこんできた。

あたしは覚醒した。とても重要なことがわかった。何もかもがこの瞬間にかかっているということだ。方法はわからないが、ヒンバ族の運命があたしの手にゆだねられていることは間違いない。

だからこそ、あたしは声を張りあげた。

「この話し合いの場を設けたのはあたしよ！　あたしが提案したことよ！」目をかっと見開き、ゴルディー王をにらみつけた。あたしの剣幕に驚いたゴルディー王は振り返り、呆然（ぼうぜん）とあたしを見た。電気を帯びた青い数理フローが、あたしの身体をらせん状に取り巻いている。温かくて、守られているような安心感がある。ゴルディー王に言うと同時に、オクオコを通して、それと同じ内容をつたないメデュース語で族長にも伝えた。あたしの意思とは関係なく、独立した存在であるかのように両手が動きはじめた。〈ズィナリヤ〉で入力したそのメッセージを、砂漠のエンイ・ズィナリヤ族に送信した。それでも、あたしの世界は変わらなかった……すでに拡大したあとだからだ。

　祖母から、文字列ではなく音声による応答があった。遠くからささやきかけるような声だ。

「その者たちによく言って聞かせるのだよ、ビンティ」と、祖母の声。視界の隅に、急に向きを変えて〈ザ・ルート〉のほうへ走ってゆくムウィンイが映った。

「あたしは正気よ」その場にいる全員に呼びかけてから、ゴルディー王と向き合った。「無力な女の子じゃないし、愚かでもない」少し間を置いた。「このなかに、何が戦争の発端になったのか覚えてる人がいますか？　メデュースがあちこちの湖の水を抜こうとしたからですか？　平和的に探索を行なっていたメデュースの集団が、クーシュ族に皆殺しにされたからですか？　それとも、クーシュ族の名士の娘が誘拐されたから？　理由をたずねたら、ひとりひとり違う答えが返ってくるでしょう。なんらかの事情を知っていた人たちは、もう何代も前に亡くなっているからです」こんどはメデュースの族長に向かって言った。「あなたがたはこの地をどうしようというんですか？　メデュースは水を神と崇めています。戦争が始まった当時はここに水があったのかもしれませんが、今はすっかり干あがっています。ヒンバ族が生きていられるのは、〈不滅の木〉のあるところに水があると知っているからです。でも、クーシュランドはその大半が砂漠地帯です。地球の七十一パーセントが海だというのに！　どうして、あなたがたはこの地に執着するんですか？　海上で暮らす地球人はそう多くないから、そこでなら誰とも争うことなく水を堪能できるはずです。乾いた土地でたった一滴の水をめぐって殺し合いをすることに、なんの意味があるというのです？」

　あたしはゴルディー王に向きなおった。

「あたしたちは、あなたがたクーシュ族に見くだされる筋合いなどありません。クーシュ族の社会が繁栄してるのは、ヒンバ族が生み出したテクノロジーのおかげです。なのに、クーシュ族はヒンバ族に敬意を払うどころか、まるで奴隷扱いです。どうして、そんなことをするんですか？　自分たちがヒンバ族よりすぐれていると思う根拠はなんですか？　説明してください！　ヒンバ族のあたしがメデュースのオクゥと友人になり、平和の象徴として連れてきたことで、あなたがたのその身勝手な自尊心が傷ついた。だから、オクゥを殺そうとした。オクゥを殺すことが、あたしにとって最大の侮辱になるとわかってたくせに！　オクゥが反撃することもわかってたくせに！　メデュースの族長の毒針を奪ったのも、自分たちの力を見せつけたい一心だった。メデュースによる報復をどうこう言える立場ですか？」

深呼吸した。

「あたしはヒンバ族の深き大地の知恵を呼び起こします」ゴルディー王とメデュースの族長をにらみつけた。「それが何か、あなたがたはご存じないでしょう。でも、かまいません。本来ならヒンバ評議会が行なうべきことですが、恐れをなして姿をくらましたようです。あたしは逃げも隠れもしません。意識のなかにひとつの集合体を持つあたしなら、評議会に代わって役目を果たすことができます。

メデュースの伝統は名誉を重んじます。クーシュ族の伝統は敬意を重んじます。あたしはオセンバ村のヒンバ族の調和師師範（マスター・ハーモナイザー）です」両手を上げると、数理フローが渦巻いてふたつの青い球体となり、両方の手のなかにおさまった。太陽のように輝いている。そのひとつをゴルディー王に向けた。「クーシュ族を代表する者よ」もう片方の手を族長に向けた。「メデュースを代表する者よ」気を落ち着かせ、身体の奥から……足もとの地面から……地球のはるか上空から……エネルギーを引き寄せた。数学を通して調和をはかる調和師師範の力を発揮し、エネルギーをつかみ、数字として感じ、数式として吸収し、言葉として吐き出した。

「どうかお願いです」冷たいのどの奥から言葉が口をついて出た。舌や唇からあふれ出た。まさに今、あたしは言葉によって支配しようとしていた。深き大地の知恵を言葉で表現しようとしていた。「この戦争を終わらせよ」落ち着いた声で、はっきり言った。「いまこそ終わらせるのだ」

その言葉を発したとたん、のどが熱くなってきた。稲妻が光り、直後に雷鳴がとどろいた。その大きな音にも、あたしは動じなかった。もう稲妻など怖くはない。体内にまだ残っていたエネルギーが、少しずつ消えてゆく。足もとから、頭のてっぺんから、荒れ狂うオクオコの先端から。自分の身体が沈んでゆくような、浮かびあがるような、不思議な感覚。水が引いてゆくようでもあり、噴き出しているようでもある。これこそが深き大地の知恵だ。それがあたしを突き動かすことになるとは、夢にも思わなかった。夢にも。ここにディーリーがいたら、驚いてひざまずくだろう。でも、ディーリーはいない。ヒンバ評議会のメンバーは誰もいない。

「わかった、ビンティ」ゴルディー士は穏やかな口調で言い、畏怖の色を浮かべてあたしを見つめ、うなずいた。「わたしは……休戦に合意する」

メデュースの族長が大量のガスを吐き出した。ムブ第一司令官、ンケ・アブオ第二司令官、オクゥ、さらにはメデュース艦のそばに浮かんでいる数体がそれに続いた。族長はメデュース語であたしに言った。

「わたしはビンティの意見にしたがう。ビンティの言うとおりだ。このような争いは無意味だ」

「これにてクーシュ族とメデュースの戦争は終結しました」あたしが両手を合わせたとたん、数理フローの球体がふたつとも消えた。エネルギーの波が全身を駆け抜け、反動で後ろへよろめいた。波がおさまったとき、あたしは咳きこんだ。血の味がする。嵐はすっかり静まり、空が晴れてきて、日がのぼりはじめていた。

クーシュ族のゴルディー王とメデュースの族長がそれぞれ仲間のもとへ戻ってゆくと、あたしは笑みを浮かべた。

「よくやった」と、オクゥ。オティヒンバ語だ。

あたしはうなずいた。あたりは静まり返っている。風は心地いい強さにまでおさまり、稲妻も雷鳴も空のかなたへ遠ざかった。ムウィンイを捜したが、すぐには見つからなかった。空を見あげると、雲の切れ間からまぶしい一筋の陽光が差していた。

「〈セブンの神々〉よ、感謝します」あたしはしゃがれ声で言った。「おかげで、なすべきことをすべて果たすことができました」声を上げて笑った。

視線を空から転じたとき、とても奇妙な光景が目にとまった。またしても〈ナイト・マスカレード〉が現われたのだ。これで三度目だった。しかも、この前と同じく日中に。〈ナイト・マスカレード〉は〈ザ・ルート〉へ続く未舗装道路に立っていた。あたしがはじめて故郷を離れたとき、まだ暗い早朝に歩いたあの道路だ。今回は〈ナイト・マスカレード〉の頭から煙は立ちのぼっていない。静寂のなか、ステップを踏む音が聞こえてきた。〈ナイト・マスカレード〉が踊っている。砂を蹴りあげ、ラフィアでおおわれた尻を揺らし、長い両腕を高く掲げながら。あたしの知るかぎり、あんな踊りかたをする人は一人だけだ。

「ディーリー？」と、あたし。目を細め、小声で言った。

そのとき、たてつづけに銃声が響き、あたしは跳びあがった。〈ナイト・マスカレード〉に気を取られていたので、最初は激しくステップを踏む音だと思った。だが、次の瞬間、オクオコに強烈な衝撃を感じ、額(ひたい)や顔、首に振動が走った。あまりの痛みに涙目になった。メデュース艦隊を見やると、火の玉が族長に襲いかかっていた。

あたしの頭のなかで聞こえているのは個々のメデューースの声ではなく、集合精神のかんだかい笑い声だった。目で確認するまでもなく、その理由をあたしは知っていた。オクゥがウウムザ大学で製作したボディ・アーマーは、一見すると装着しているとはわからないほど透明で身体にフィットしているのだ。艦外にいる者も、艦内にいる者も、すべてのメデューースがこのボディ・アーマーを装着している。もちろん、両脇を二体の司令官に守られた族長も例外ではない。その証拠に、火の玉を浴びても、すばやく体勢を立てなおした。メデューース艦がすーっと離昇し、戦闘隊形を取りはじめた。波打つ水のような動きだ……軍隊規模の〝ムージュ＝ハ・キ＝ビラ〟を実行しようとしているにちがいない。あたしがクーシュ族側を振り返った瞬間、空クジラと呼ばれるクーシュ艦の一隻が爆発し、地上にいた大勢のクーシュ兵が逃げだした。

右腕を誰かに荒々しくつかまれ、さっと振り向くと、ひきつった表情のクー参謀総長と目が合った。

「いっしょに来い！」と、クー。どなり声だ。

クーの両手の指があたしの右腕に深く食いこんでいる。あたしはかっとなり、われを忘れた。左のこぶしを握りしめ、クーの顔面を思いきりなぐりつけた。クーの歯と鼻にパンチが命中した衝撃で、指が何本か折れたにちがいない。それでも、腕を引き、もういちど、なぐりつける。クーは横によろけ、ようやく、あたしから手を放した。

「ぎゃーっ！」クーは片手を顔に押し当て、苦悶の声を上げた。しかし、こんどは制服の内側から武器を取り出した。休戦のための話し合いに武装して現われたというわけか——あたしはクーをにらみつけた。クーが武器を持った手を上げ、指を広げて防御シールドを作動させた直後に、青い火の玉がそのシールドに当たって爆発した。振り向くと、オクゥがいた。オクゥはクーに飛びかかり、砂の上で取っ組み合いを始めた。

クーをなぐった手の痛みが徐々に増してきた。あたしはその場に立ちつくした。無残な指の状態より、自分が取った行動に愕然（がくぜん）とした。いままで人をなぐったことなんかいちどもなかったのに。アドレナリンの影響で身震いしながら、その手を顔に近づけた。人さし指と中指は完全に折れ、ぎざぎざになった骨があらわになっている。あたしは呆然とあたりを見まわした。クー参謀総長は自分たちの艦へ逃げてゆくところだ。オクゥはボディ・アーマーで弾幕を撥（は）ね返している。

一瞬、奇妙な時間が流れた。クーシュ族もメデュースも自軍のほうへ逃げだし、あたし一人が取り残された。ムウィンイは、あたしが話しているあいだに姿を消したきりだ。何をしにいったのか、今は考える余裕がない。オクゥは銃撃をかわしながら、メデュース艦隊のほうへと押し戻されつつある。近くでムウィンイの叫び声が聞こえると同時に、オクゥが敵の弾丸をよけ、あたしのもとへ急行してきた。たちまち、クーシュ族、メデュース双方が攻撃を開始した——それぞれの指導者が休戦に合意したことも忘れて。

最初にメデュースの族長に発砲したのは誰なのか？その答えは永遠にわかりそうにない。ひとつだけわかっているのは、族長が撃たれた瞬間、ゴルディー王が驚きと絶望の表情を浮かべたということだ。ゴルディー王も、こんな事態になるとは知らなかった。こうなることを望んだわけではなかった。ひとたび始まったものは、もう止められない。応酬が繰り返され、あたしのことは完全に忘れ去られた。あたしなど存在しないかのように、クーシュ族とメデュースはあたしを挟んで銃撃を続けた。

赤い火球と焼けつくような青い光の波が、次々とあたしの横を飛んでいった。煙のにおいと何かが焼けるにおいがあたりに充満し、空気が熱くなってきた。兄の菜園だった場所に立っていたラクミが頭を吹き飛ばされ、倒れた。弾丸がビュンビュン音を立てて耳もとを通り過ぎる。あたしは咳きこみ、よろめいた。何かが胸に当たった。つづいて、左脚に。そのあとはもう、何がなんだかわからなくなった。あたしは悲鳴を上げ、宙を舞っていた。全身に痛みが走り、うめきながら砂地を転げまわった。

　急に視界が青くなり、耳に膜が張ったようにくぐもった音しか聞こえなくなった。オクゥがあたしの上におおいかぶさっている。オクゥの声がした。**（ビンテイ、がんばれ）**爆発が起こると同時に、オクゥは地面に身体を押しつけ、あたしをかばった。何かがオクゥの身体をかすめて炸裂すると、オクゥの身震いが伝わってきた。やがて、戦闘の舞台そのものが宙に浮かびはじめた。最初は自分が落下しているのかと思ったが、それは錯覚だった。クーシュ族とメデュースは地上戦を中止し、戦いの場を上空へと移したのだ。さらには宇宙空間へと移ってゆくのだろう。

戦いは突然始まり、突然終わった。少なくとも、ヒンバ族の地では。だが、まだどこかで続いている。はるか上空で爆発音がとどろき、巨大な物体が地面に当たって砕ける音がした。それが何かはわからない。まだオクゥがおおいかぶさっていたからだ。オクゥが離れると、自分の命が尽きかけているのを感じた。自分の血が砂の上にしたたり落ちるポタポタという音がたしかに聞こえる。背中の痛みがどこか他人事のようだ。胸には穴が開き、濡れてすうすうする。両脚はなくなっていた。ずたずたになったのか、ちぎれたのかは、わからない。

　弱々しく片腕を上げたが、力尽き、腕が鼻の上にのる形になった。腕に塗ったオティーゼのにおいを嗅ぐと、なつかしいにおいがした。ムウィンイが崩れるように膝をつき、あたしの名を呼んでいる。ムウィンイは狂ったように、あたしの身体を揺さぶりつづけた。ムウィンイのふさふさした美しい髪は砂ぼこりまみれだ。でも、あたしの心は安らかだった。なつかしいにおいがするから。あたしは目を閉じた。

死はつねにニュースだ。

6 少女

ムウィンイは絶叫した。

ふたたびビンティを見おろし、声の続くかぎり叫びつづけた。銃で撃たれたビンティの胸には大きな穴が開いていた。骨や腱や筋肉がのぞき、赤、黄、白の三色でいろどられている。両脚はぐちゃぐちゃになり、左腕は吹き飛ばされていた。右腕と顔、触角だけは無傷だった。

戦闘が始まったとき、ムウィンイは〈ザ・ルート〉の焼け跡にいた。〈ザ・ルート〉へ行こうとして振り返ると、メデュースの族長とクーシュ族のゴルディー王が畏怖(いふ)と尊敬のこもった表情でビンティを見ていた。ビンティの笑い声が聞こえた。ムウィンイは誇らしい思いでいっぱいだった。指導者たちがビンティのもとを立ち去るのを見届けてから、〈ザ・ルート〉へ向かった。確かめたいことがあったのだ。だが、ムウィンイのいないあいだに戦闘が起こり、ムウィンイが戻ってきたときには、もうビンティは事切れていた。

オクゥがムウィンイと向き合う形でビンティのそばに浮かび、ビンティのちぎれた腕に触れようとして、触角を伸ばしては引っこめ、伸ばしては引っこめ、を繰り返している。オクゥは戦場が上空に移ったことに気づいていた。それでも、あえてビンティのもとにとどまった。戦いをへて仲間となった大切な人が殺されたことを、ほかのメデュースたちに知ってもらうために。オクゥが地上にとどまっているからこそ、そして、オクゥの思いが伝わってくるからこそ、メデュースたちは怒りをますます激しくクーシュ軍にぶつけた。

ムウィンイは空を仰ぎ、大きく口を開けて泣き叫んだ。感覚が麻痺(まひ)しているため、ラフィアの化け物が狂ったように突進してきても、驚かなかった。化け物は大声で叫び、長い棒のような手でムウィンイを押しのけると、木の仮面をかなぐり捨てた。ムウィンイは横ざまに倒れ、化け物を見つめ返した。いや、化け物ではない。〈ナイト・マスカレード〉だ。〈ナイト・マスカレード〉がビンティの死を嘆き悲しんでいる。

ディーリーは〈ナイト・マスカレード〉が守るべきルールをすべて破ってしまった。一年前、〈ナイト・マスカレード〉の姿を借りてお告げを与える秘密組織の一員になった。ビンティが故郷を離れた直後のことだった。長老たちから聖歌を教わり、〈不滅の木〉の枝を燃やして、その煙を吸いこみ、〈セブンの神々〉の信奉者たちと会った。そうやって過ごすあいだはビンティのことを忘れていられた。やがて、ヒンバ評議会の議長になるための教育を受けることになった。とても誇らしく、自分が強くなった気がした。ちくちくするあごひげを生やさなければならないのは、いやだったが。しかし、ビンティを忘れようとして、どんなに修業に励んでも、ビンティのいない寂しさをまぎらすことはできなかった。

数日前、長老たちといっしょに瞑想していると、ビンティに〈ナイト・マスカレード〉を目撃させるべきだということで長老たちの意見が一致した。〈ナイト・マスカレード〉に扮して窓の下に立っていたのは、カピカ議長だ。ディーリーはこれに不快感を持った。ビンティは女の子だし、ヒンバ族としての宿命を放棄した。そんなビンティに〈ナイト・マスカレード〉を目にする資格はないと思った。カピカ議長は、昨日ふたたびビンティに〈ナイト・マスカレード〉を見せることを決めたが、長老たちは誰もそのことをディーリーに話してくれなかった。

だが昨夜、オクルウォが行なわれたとき、ビンティに対するディーリーの気持ちに変化が生じた。ビンティの言葉に耳を傾け、まぢかで見つめるうちに、ディーリーはビンティが少しも変わっていないことに気づいた。これこそ、ぼくが昔から知ってるビンティだ。やはり、ただものではない。長老が長老たる理由は、それなりにある。固定観念にとらわれているとはいえ、見識があり、たがいに認め合っている。ディーリーはまだその域に達していない……しかし、長老たちが大きな間違いをおかしているのも事実だ。数時間前、ディーリーは二度目の話し合いに出席した。こんどはオセンバ村から一キロ半以上離れた静かな砂漠で行なわれた。最初は、そこに集合し、一団となって〈ザ・ルート〉へ向かうのだと思っていた。でも、長老たちは、休戦の橋渡し役を放棄し、ビンティを犠牲にすることを、全員一致で決定した。ディーリーは耳を疑った。

そこで、ディーリーは〈ナイト・マスカレード〉の衣装をこっそり持ち出した。その衣装を身につけた瞬間、自分のなすべきことを理解した。霊的な衣装を身にまとうと、別の存在になれる。〈ザ・ルート〉へ行くのをためらう気持ちは消えていた。ディーリーは〈ザ・ルート〉に続く道路に立ち、ビンティが気づいてくれるのを待った。ビンティを励ましたかった。

　そのときすでにビンティは、クーシュ族とメデュースを和解させることに成功していた。ディーリーが立っていた場所からでも、それがわかった。ビンティはヒンバ族の深き大地の知恵をあやつったのだ！　そのエネルギーが震動となって伝わってきた。電流のように、数理フローのように、地面から足の裏を通り、両脚のなかばまで上がってきた。オセンバ村の子どもたちの大半がそうであるように、ディーリーも数理フローの呼び出しかたを知らない。小さいころからずっと、数理フローを呼び出すビンティを見つめることしかできなかった。あんな練習をしなくてもいい自分にほっとしたりもした。だが、ビンティはディーリーの目の前で、ヒンバ族の歴史のなかでも数えるほどしかないような偉業をやってのけた。数理フローを使い、二度と戦争をしないよう、クーシュ族、メデュース双方の指導者を説得したのだ。あのときのビンティは本物の調和師師範（マスター・ハーモナイザー）だった。

　ディーリーはビンティの死に顔をじっと見た。とてもきれいだ。ところどころオティーゼがはがれ落ち、何本もの奇妙な触角のようなものが、ぐにゃりと砂地に広がっているが、それでも美しかった。ディーリーは心の底から慟哭（どうこく）した。頭を振り立て、口を大きく開け、泣き叫んだ。涙がとめどなくあふれた。ビンティが死んだのだと思うと、恐ろしくて心臓が押しつぶされそうだ。長い棒のような手をかたどった革手袋を脱ぎ捨て、青や赤の布とラフィアでできた〈ナイト・マスカレード〉の衣装を引きちぎった。

　ムウィンイは立ちあがり、ビンティから離れた。青い服がビンティの血で黒ずんでいる。ムウィンイは空を見わたした。ありがたいことに、戦いの場はクーシュランドに移っていた。

「オクゥ」と、ムウィンイ。しゃがれ声だ。

「なんだい」オクゥは宙に浮かんだまま近づいてきた。

ムウィンイとオクゥの背後で、たった一人で現われたヒンバ評議会のメンバーが泣き叫びつづけている。その声は、誰もいなくなった砂漠に響きわたった。

「ビンティを宇宙へ連れてゆくべきだと思う」と、ムウィンイ。「ビンティが帰るべき場所は宇宙しかない」

「どうやって？」と、オクゥ。「発着港がある方角は戦闘の真っ最中だ。宇宙へ連れ出すのは無理なんじゃ……」

「発着港は使わない」ムウィンイは首を横に振った。

「じゃあ、メデュース船で？」と、オクゥ。「それなら、仲間たちもわかってくれるはずだ。われわれメデュースも、死者を宇宙空間に葬るから」

「いいや」ムウィンイはきっぱり否定した。「もっといい考えがある」

ムウィンイは言葉を切り、目をつぶった。ふたたび絶望感にとらわれそうになったからだ。「おれは……ビンティを連れてゆくべき場所を正確に知ってる。いっしょに来るか？」

「もちろん」と、オクゥ。

「長老たちは聞く耳を持たなかった」ムウィンイとオクゥの後ろからディーリーの涙声が聞こえてきた。ディーリーは、ビンティの残ったほうの手を握っている。

「だから、ビンティを見殺しにしたのか？」と、ムウィンイ。鋭い口調だ。

「違う」と、ディーリー。「努力はした。ぼくは長老たちの考えには反対だったから。でも、しょせん、ただの見習いだ。発言する権利さえなかった。それでも、ぼくは言った。〝ヒンバ族の仲間を見捨てるべきじゃない〟って。ビンティはもう仲間じゃない、黙ってろ、と言われ、引き下がるしかなかった。それに、本当に深き大地の知恵を呼び出せると信じてる長老は一人も……一人もいなかった。大地の知恵の存在すら信じてなかった……最初からそんなもの当てにしてなかったんだよ。カピカ議長は、ヒンバ族をバカにしてるクーシュ族がヒンバ族の言葉に耳を傾けるはずがない、と言った」ディーリーは痛みをこらえるかのように、目をぎゅっとつぶった。

「でも、ビンティは尊敬されてた」と、ムウィンイ。

「クーシュ族、メデュース、両方から。なのに、クーシュ族もメデュースも、ビンティのことをそっちのけにして戦闘を始めた」

ディーリーはビンティの亡骸(なきがら)を見ると、またしても泣きじゃくりはじめた。

「おい」ムウィンイが強い口調で言った。「ビンティを喜ばせたいなら、ちょっと来い。オクゥ、きみもだ」

ムウィンイは〈ザ・ルート〉の木でできた土台部分へと向かった。ディーリーとオクゥがついてこようとくるまいと、おかまいなしだ。一歩進むごとに、確信が強まってゆく。実にすごい。こんな経験はしたことがない。彼らがどこにいるのかはっきりわかった。足もとのずっと下のほうだ。数日前に出会い、ムウィンイの心をとらえたビンティは、クーシュ族とメデュースの対立に巻きこまれ、命を落とした。すべては、そのビンティのためだ。

ムウィンイは足を止めた。ムウィンイが脱ぎ捨てたサンダルが、砂カブトムシのちぎれた羽のように転がっている。オクゥとディーリーがムウィンイを挟む形で、三人は〈ザ・ルート〉の残骸を見おろした。ムウィンイは安堵(あんど)のため息をついた。足もとから、彼らの存在がよりいっそう強く感じられたからだ。〈ズィナリヤ〉によると、過去にもムウィンイと同じ能力を持つ者がいたそうだ。その能力は〝読地術(グラウンディング)〟と呼ばれ、

〝とにかく歩くだけ〟で発揮される。

ムウィンイは〈ズィナリヤ〉を介してメッセージを送ろうとして、両手を上げたが、すぐにその必要はないと気づいた。〈アーリヤ〉、ビンティの祖母、ムウィンイの両親、兄弟、友人などから、すでにたくさんのメッセージが届いていた。なぜか、エンイ・ズィナリヤ族の人々は何が起こったかを知っていた。ムウィンイ自身が知らせたわけではない。どうやって知ったのだろう？

「おれのそばにいて」ムウィンイはオクゥとディーリーに言った。どう説明すればいいのかわからず、詳しいことは話さなかった。嵐は去ったが、嵐によって目覚めたものの存在は感じられた。サンダルをはいていない足にじかに震動が伝わってくる。〈ザ・ルート〉の土台は〈不滅の木〉の枯れた根の上に築かれている。少なくとも、枯れた根だと信じられてきた。地下倉庫はその根の一本をくりぬいて造られた。

ビンティと同じく、ムウィンイも調和師師範だが、ビンティとは違う能力を持っている。生きとし生けるものすべてと対話できるのだ。だからこそ、オクゥと対話し、身体のどこが痛むのかを知り、そこにオティーゼをたっぷり塗って治療することができた。〈ザ・ルート〉の土台をなす〈不滅の木〉の声を聞くこともできた。

ディーリーは一人きりで横たわるビンティに視線を戻し、それから、ビンティの友人を見た。ムウィンイという名の野蛮な砂漠民だ。ふさふさした髪は奇妙な赤褐色をしており、砂嵐のように乱れ、砂ぼこりだらけで……やっぱり砂嵐そのものだ。ビンティと同じくらい黒い肌も、野蛮な印象を強めていた。もっとも、ディーリーはビンティの素肌を見たことはいちどもなかったが。ムウィンイはどう見ても野蛮人にしか見えない。ムウィンイがしゃがんで黒焦げの土台に両手を置くと、地面が震動しはじめた。ディーリーは叫んだ。

「やめろ！　何をするつもりだ？」

何をしようとしているのか知らないが、何かまずいことに決まっている。

オクゥはムウィンイをまじまじと見つめた。ムウィンイを見ていると、いやでもビンティを思い出す。こいつら調和師（ハーモナイザー）はみんな同じだ――オクゥは思った。遠くにいる仲間たちも、オクゥと同じことを感じているようだ。オクゥはその場に浮かんだまま、じっと待った。

7　〈ザ・ルート〉

丈夫な根を持つ木は嵐を笑う。

誰が言ったのか覚えてないが、子どものころによく聞いた言葉だ。まさか、このことわざが本当のことだとは想像したこともなかった。地面が激しく揺れている。ムウィンイは片手を〈ザ・ルート〉の土台に置き、繰り返し言った。

「解き放ちたまえ。解き放ちたまえ。解き放ちたまえ」

パキッという音がすると同時に、ムウィンイは叫んだ。

「ディーリー、行け！」

「なんだって？　どこへ？」と、ディーリー。「いったい……どういうことだ？　何をするつもりだ？」
「地下倉庫がある場所へだよ！」と、ムウィンイ。
「この家のことは、きみのほうがよく知ってるはずだ」
「ぼくが見てみるよ」オクゥがそう言って、宙に浮かんだまま、黒焦げの土台の上に移動した。

　ムウィンイとディーリーはオクゥのあとを追った。ムウィンイは息をのみ、土台に駆け寄ると、目を見張った。隣にいるディーリーが膝をついた。ムウィンイは目を閉じた。頭のなかで〈不滅の木〉の声がする。波のように押し寄せてきて、頭ががんがんし、視界がぼやけた。その声は意味のある言葉としては認識できないが、安堵（あんど）のため息のように聞こえた。ムウィンイはそのまま待ちつづけた。ふたたびパキッと音がし、つづいて、ディーリーが悪態をつきながら土台を引っ張ったり蹴ったりする音が聞こえた。

　ムウィンイは息を殺し、目をつぶったまま、さらに待った。足の裏を通して彼らの存在が感じられる。やがて、何人もの声が聞こえてくると、ムウィンイは地面にへたりこみ、頭をかかえた。この光景をビンティに見せられなかったことが残念でならない。家族全員が無事だったと知ったら、ビンティは大喜びしただろう。

　ディーリーは腹ばいになって手を伸ばし、一人ずつ引きあげた。ビンティの母、父、姉妹、兄弟、めい、おい、いとこ、家族ぐるみの友人も数人。みんなうれしそうに走りまわったり跳びあがったり、歌ったり踊ったりしている。肌や髪に塗ったオティーゼがほとんどはげ落ちていても、おかまいなしだ。ひざまずいて〈セブンの神々〉に感謝の祈りを捧げ、泣きじゃくりながら抱き合った。喜びを噛（か）みしめつつもまともに口がきけるのは、父親だけだった。ビンティの父はムウィンイに、家族全員が大きな地下倉庫に逃げこんだ経緯を説明した。〈ザ・ルート〉が攻撃され火をつけられたとき、何かに導かれるように家族全員が一丸となって、そのような反応をしたのだという。閉鎖された空間は家族を守ってくれた。しかも、ありがたいことに、地下倉庫には食料が豊富にあり、壁から生えている植物の莢から水分を補給することもできた。

「〈ザ・ルート〉こそがヒンバ族の象徴だ」と、ビンティの父。「ところで、ビンティはどこだ？」

　太陽が明るく輝き、クーシュランド上空から、地球の大気圏を抜けてすぐの宇宙空間へと場所を移した戦いは、遠い出来事のように感じられはじめた。そもそもクーシュ族とメデュースの戦いなので、今のところヒンバ族には関係ない。ビンティは亡くなったものの家族は無事に救出されたというニュースは、口づてにたちまち広がった。地下倉庫は通信圏外だったが、いまやビンティの家族自身がアストロラーベで友人や知人に連絡することも可能だ。ほどなく〈ザ・ルート〉に大勢の人が押し寄せた。〈ザ・ルート〉は復活したのだ。お祝いの品として、瓶入りのオティーゼや、かごいっぱいの食料が届けられた。何もかもが焼けても、〈ザ・ルート〉の土台だけはたくましく生き残った。〈ザ・ルート〉の住人たちと同じように。

　オクゥを怖がる人が大半だが、ビンティの父はオクゥのそばを離れず、お悔やみを言いにきた人がオクゥに面と向かって話さざるをえない状況を作った。ビンティの亡骸は、ビンティが倒れた場所に今も置かれていた。母はその場を動こうとしなかった。亡骸に弔いの赤いブランケットをかけ、歌を口ずさみながら、身体を前後に揺らしている。そうしなければ、自分の髪を引き抜いてしまいそうだった。

　ムウィンイはなんどもなんども、ビンティの家族や弔問客に説明した。ビンティが何を果たそうとしたのか、なぜ命を落としたのか。ムウィンイの話を聞く相手の顔には、ムウィンイが野蛮人だという証拠を探すような表情が浮かんでいた——とくに年長の血縁者はその傾向が強かった。それでもムウィンイは、ビンティの勇気ある行動と評議会の裏切りについて語り、質問にも答えた。すべてを知ってほしかったからだ。

ヒンバ評議会の面々が姿を現わすと、ムウィンイはその場を離れ、ビンティの母のもとへ向かった。オクゥもいっしょについてきた。

「あいつらの言いわけなんか聞きたくもない」と、ムウィンイ。

「そろそろ宇宙へ出発したほうがいいな」と、オクゥ。

「ああ、すぐにでも。そのまえに話をしないと」ムウィンイはビンティの母を指さした。母親は膝に娘の頭をのせ、歌を口ずさんでいた。オティーゼを塗りこんだ母親の長い髪の束は地面にこすれて、砂だらけだ。肌にオティーゼを塗ってあるとはいえ、日中の日差しはきつく、汗が顔からしたたり落ち、砂地にオティーゼと同じ赤い色のしみができた。

「ビンティのお母さん」ムウィンイは声をかけ、母親の前にすわった。ビンティの顔を見た瞬間、全身の筋肉がこわばり、声が震えた。「お気の毒です」

「あの子は知らなかったんだね」と、母親。「家族が無事だったってことを。どんなにか……心細い思いをしたことか」

ムウィンイは空中に浮かんでいるオクゥをちらっと見た。

「ビンティはあなたがた家族を愛していました」と、オクゥ。「彼女はみなさんのために戦ったんです」

母親はオクゥを見て、うなずいた。

「夫は……わたしの様子に恐れおののいてたわ。わたしがパニックで錯乱状態になったと思ったんでしょうね」顔をしかめ、言葉を続けた。「地上で何もかもが炎に包まれたとき、〈ザ・ルート〉を目覚めさせたのは、わたしよ」片手を上げ、波を描くようにひらひらと振った。「わたしの目に映るものすべてが、ひとつに合わさるの。あらゆるものがね。わたしには方程式の両面が見える。聡明な娘に忍び寄る死の影も見えた」目を閉じた。一分が過ぎても目を開けないので、ムウィンイが立ちあがろうとしたとき、突然かっと目を見開き、熱のこもった表情でムウィンイを見た。

「だ……大丈夫ですか、お母さん？」と、ムウィンイ。

「大丈夫なわけがない」母親はつぶやき、一瞬の間（ま）のあとで言った。「あんたの目はビンティと似ているね」

「おれも調和師（ハーモナイザー）ですから」と、ムウィンイ。

母親はぼんやりとうなずき、娘を見おろした。

「あのね、ビンティと夫は方程式を使って数理フローを引き出すけど、わたしは目を開けてるだけで、そういう方程式が見えるの。ビンティにもその能力があったわ。数理フローを引き出すための訓練をして身につけたのよ。わたしは訓練を受けたわけじゃない。ただ見えるっていうだけ。地下倉庫のドアや中央、壁に、方程式が見えるスポットがあった。ほかの家族は熱や煙が入りこんでくる壁から離れて、倉庫のまんなかにうずくまってたけど、わたしはドアの真向かいにあるスポットへまっすぐ向かった。倉庫の端と端をつなぐ線が見えたの。植物も計算するって知ってる？　命をつないで成長するために何が必要かを計算するの。〈ザ・ルート〉はそうやって生きながらえてきたのよ。〈ザ・ルート〉にはスポットがあった。わたしのパワーを分けてあげたら、それが目覚めた。人間の体内には電流が流れてる。だから、わたしたちは生きていられるのよ」ビンティの母は右手を上げてみせた。手のひらは痛々しいほど真っ赤で、一面に堅いまめができていた。ムウィンイはハッと息をのみ、手を伸ばしたが、母親は手をひっこめた。「そうやって〈ザ・ルート〉はわたしたち家族を守ることを学んだ」片手を胸に押し当てた。「でも、スポットが閉じてしまったら、もう開かない。わたしたちが外へ出られたのは、あんたのおかげでもあるわ、ムウィンイ」

　母親はケガしていないほうの手でムウィンイの手を握ると、急いでその手を放し、もういちど娘を見た。

「ビンティを連れてゆこうと思います」つかのまの沈黙が流れたあとで、ムウィンイが口を開いた。「宇宙へ。ビンティはいつも言ってました……いちばん自分らしくいられる場所だ、と」母親が何も言わないので、ムウィンイは先を続けた。「以前ビンティが言ってたんです。土星の環へ行く必要があると思うって。そこに呼ばれる幻視を見たそうです。ビンティが帰る場所はそこしかないと、おれは思います」

　ムウィンイは息を止め、母親の返事を待った。

「どうして、あんたたちはここへ戻ってきたの？」ようやく母親が言葉を発した。ビンティに視線を向けたままだ。「二人とも、あのまま砂漠にいればよかったのに」

　ムウィンイはため息をつき、母親の真向かいに腰をおろすと、赤く腫れあがったその目を見た。母親はビンティの残った右手を握りしめている。ムウィンイはゆっくりと手を伸ばし、母親の空(あ)いているほうの手を取った。

「おれは戻ってきたくありませんでした」と、ムウィンイ。「ここが安全だとは思えなかったから。それに、二人でラクダの背で揺られていたときも、ビンティはどこか……変でした」ムウィンイは母親の表情をうかがった。まだ娘に視線を向けたまま、目を上げようとはしない。ムウィンイは言葉を続けた。「ビンティは調和師師範(マスター・ハーモナイザー)ですが、どんな調和をもたらしたのでしょう？　おれにはビンティの行動が理解できなかった。どうかしてるようにしか見えなかった」ムウィンイは息を凝らした。だが、話しはじめた以上は最後まで話したほうがいいだろう。「でも、ビンティは……ただの調和師ではありませんでした。いいえ、そんな言葉では表わしきれません。ビンティならすごいことをなしとげるはずだと、おれは確信してました」

「でも、なしとげられなかった」母親は顔を上げてムウィンイを見た。「あの子はしくじったのよ」とめどなく流れる涙のせいで、顔のオティーゼはもう残っていない。

「しくじったのはビンティじゃありません。クーシュ族とメデュースのほうです」オクゥがムウィンイの背後から言った。

「ビンティは生まれながらにして定められたことをまっとうしました。おれたちの最古の祖先でさえ、ビンティと同じことはできなかったでしょう。ビンティのような存在にはなれなかったでしょう。ビンティと同じように、ことを進めることもできなかったでしょう。おれたちが歴史のある先進的な氏族だということは、おわかりですよね？」ムウィンイは言葉を切ったが、母親が本音を言いそうにないとわかると、話を続けた。

「ヒンバ族のあいだでは砂漠民として認識されてますが、おれたちは——」

「エンイ・ズィナリヤ族でしょ」と、母親。「知ってるわ。夫にはその血が流れてるから……夫も調和師師範よ」また娘を見た。「ビンティは何か大きなことをするつもりなんだろうって、わかってた。ウウムザ大学に合格したときも、わたしたち家族は知ってた。ビンティは、まさかわたしたちが知ってるとは思わなかったみたいだけど。ビンティが家を出たとき、夫は激怒した……でも、わたしは少しも怒ってなかった。あの子の気持ちを理解してたから」前かがみになり娘の額にキスすると、がっくりと肩を落とした。やがて、ムウィンイを見あげ、ムウィンイの反応を待った。

「ビンティを連れていってもいいですか？」と、ムウィンイ。

「どうやって？」

「メデュース船にもクーシュ船にも乗りません」と、ムウィンイ。「その点はご心配なく」

「土星の環まで連れてゆくの？」

ムウィンイはうなずいた。

「ビンティが次に行きたかった場所ですから」と、ムウィンイ。

母親はムウィンイをいつまでも見つめつづけた。ムウィンイは目をそらさなかった。二人にとっては、これも会話の一部だった。ムウィンイはすっかりリラックスし、ビンティの母に心を開いた。ようやく母親が目をそらしたとき、もう涙は止まっていた。母親は弱々しく、ひとりほほえんだ。

「まずは女衆（おんなしゅう）がビンティの旅支度をしなくちゃね」と、母親。「でも、いいわよ。わたしの娘を、行きたがってた場所へ連れていっても」

ビンティの兄たちは、ビンティの亡骸が人目に触れないようテントを張った。ビンティが倒れたまさにその場所で、女たちは一日かけてビンティの旅支度をした。外科主任は厳しい顔をした女性で、オティーゼで塗りかためた太いドレッドヘアを腰まで垂らしていた。外科主任はビンティの内臓をできるかぎりもとの状態に戻し、ぱっくり開いた胸と、ちぎれた左腕の切り口を縫い合わせた。女たちはビンティの身体を〈聖なる井戸〉の水で清め、甘い香りの油で全身をマッサージし、ビンティの母のオティーゼを塗った。最後に針子の一人が、その日縫いあげた〝帰郷（ホームカミング）〟のためのドレスをお披露目（ひろめ）した。オティーゼと同じ鮮やかな濃いオレンジ色のロングドレスで、水色の飾り帯がついている。なぜ水色にしたのか、針子は説明をこばんだ。

準備が整うと、ビンティの亡骸は〈ナイト・マスカレード〉の衣装の上に安置された。衆人の目にさらされたので、秘密組織はこれとは違う新しい衣装を考案する必要があるだろう。いずれにしても、もう〈ナイト・マスカレード〉はビンティのものだと、カピカ議長もディーリーも感じていた。ビンティこそが変化と革新の象徴であり、英雄なのだから。ビンティほど〈ナイト・マスカレード〉を体現した者はこれまで一人もいなかった。そこでカピカ議長は送別式の開催を呼びかけ、少女をヤシの木に登らせて葉を切り取らせた。古いならわしにしたがって、その葉は家から家へとまわされた。もっとも、送別式の知らせはアストロラーベによって、とっくに広まっていたが。

　夕方になると、また風が出てきた。砂漠のどこか奥地で、雷をともなった嵐が荒れ狂っているのだろう。だが、それがそう遠くないことは、ピリッと帯電した空気からわかった。ビンティの送別式には、オセンバ村のほぼ全員と思われる人々が集まった。ディーリーは感謝の意を述べると、親友だったビンティのことを力強く大きな声で語りはじめた。西のクーシュランドからとどろいてくる遠い爆撃音に気を取られる者も多かった。暗くなりはじめた空に閃光が走った。戦いは宇宙空間で続いているのだろう。

　送別式のあいだずっと、ムウィンイとオクゥだけは離れた場所にいた。ムウィンイとオクゥには関係のない儀式だ。これっぽっちも。ここにいるのはエンイ・ズィナリヤ族じゃないし、ヒンバ族は罪滅ぼしのためにこんな儀式をしているのだろうと、ムウィンイは思った。送別式が終わるのを待つあいだ、エンイ・ズィナリヤ族の全員と対話していたが、途中でやめた。みんながあまりにもヒンバ族に対する怒りと軽蔑をあらわにするからだ。自分自身が抑えようとしている感情を突きつけられているようで、とても耐えられなかった。ビンティを宇宙へ連れてゆく計画のことは、ビンティの祖母にだけ話した。

「ビンティを安らぎの場所（ホーム）へ連れていっておくれ」ビンティの祖母はひとこと、そう言った。

　夜もふけ、参列者たちが立ち去ると、ビンティの両親、きょうだい、ムウィンイ、オクゥだけが残された。オクゥのそばに、食料品を詰めこんだ箱が山積みになっている。中身は、デーツ、料理用バナナ、乾燥した食用葉、オクゥの好きな煎ったバッタ、そのほかの生活必需品だ。暗闇のなか、誰もが無言で立っていた。ムウィンイはその場を離れ、〈ザ・ルート〉の残骸の上に立った。まだ煙のにおいが立ちこめ、ムウィンイが歩くと、何かの破片が砕ける音がした。

素足を通して、〈ザ・ルート〉が健在だったころの数々の出来事が見えた。ビンティの母が、地下倉庫に飛びこんできた大きなバッタに向かって、数学的方程式を唱えている。手を差し伸べてバッタを手のひらにのせると、じっと見た。バッタは、この数学的パターンを見よと言わんばかりに、美しい紋様のある翼をゆっくりとたたんだ。何年も前にダンスのことで姉と口論していたビンティの姿や、大笑いして目をぐるりとまわす姉の姿も見えた。ビンティの父が地下倉庫に忍びこみ、〈ズィナリヤ〉で自分の母親と対話している。

ムウィンイは目を開け、深呼吸した。自分に、土の声を聞く〝読地術〟の力があってよかったと、心から思う。天地万物は歌うように物語をつむいでおり、ムウィンイはどこへ行っても、その歌を聞くことができる。

「もう二度と靴なんかはくものか」ムウィンイはひとりごちた。

満天の星を見あげ、笑みを浮かべた。いよいよだ。思ったとおり、無数の光が見えてきた。彼女が近づいてくる。ムウィンイはビンティの家族を見やった。姉妹の何人かは早くも泣きだしていた。父は頭をかかえて立ちつくし、母は悲しげにビンティを見ている。

エビに似た形のミリ12は暗闇のなかで濃い青紫色に光っていた。正面の窓をピンク色のハイライトが縁取っている。だが、これは〈サード・フィッシュ〉号ではない。〈サード・フィッシュ〉号よりもずっと小さく、健在だったころの〈ザ・ルート〉ほどの大きささしかない。〈サード・フィッシュ〉号の赤ちゃん、〈ニュー・フィッシュ〉号だ。〈ニュー・フィッシュ〉号はヒューーッと音を立てて、ビンティの家族のまわりを大きく旋回した。ビンティの亡骸に砂ぼこりをかけないよう注意しながら、ちゃめっけたっぷりに暖かい空気を巻きあげている。

「〈セブンの神々〉をたたえよ」ムウィンイはつぶやいた。

昨夜オセンバ議事堂を出発したあと、ムウィンイが〈サード・フィッシュ〉号に連絡したのだ。さまざまなこと（遠くから大型動物に呼びかける方法もそのひとつだ）を教えてくれた、偉大なるゾウのアレワナも、ムウィンイのことを誇らしく思うだろう。ビンティと違って、ムウィンイは休戦によってすべてが好転するとは思えなかった。そこで、調和師としてのスキルを利用して、〈サード・フィッシュ〉号に呼びかけることにした。はじめて呼びかけたのは、昨日、湖のほとりに立っていたときだった。驚いたことに、低い穏やかな声が返ってきた。〈サード・フィッシュ〉号は、近くにいるからいつでも手を貸すと言ってくれた。あとは必要なときにムウィンイが声をかけるだけでよかった。

ムウィンイが声をかけると、〈サード・フィッシュ〉号はビンティの悲しい旅路のためにと、自分の子どもを差し向けてくれた。

別れは、あっというまのことだった。兄たちがビンティの亡骸を慎重に持ちあげ、〈ニュー・フィッシュ〉号に運びこんだ。船内のふかふかした床を照らす青い光をたどってゆくと、その先に〈ニュー・フィッシュ〉号が遺体安置所として指定した部屋がある。申しぶんのない部屋だとムウィンイが太鼓判を押すと、ビンティの家族はあっさり納得した。本当はムウィンイも、この船のことを詳しく知っているわけではない。〈ニュー・フィッシュ〉号があの奇妙な声でこっそり教えてくれたことは別として。しかし、ムウィンイ自身、地球を離れることにまだ迷いがあるので、ごたごたを避け、できるだけスムーズに出発できれば、それにこしたことはない。ムウィンイは船内に一歩踏みこんで足を止め、ずきずきするこめかみをさすると、サンダルをはきなおした。はじめて地球を離れるからには、なによりもまず身だしなみをきちんとしなければならない。

ムウィンイはビンティの家族とともに青い光に導かれ、上層階にある呼吸室のひとつにたどりついた。生まれたての〈ニュー・フィッシュ〉号に根づいたばかりの地球の植物が、部屋いっぱいにあふれ、緑の葉を茂らせている。床はやわらかく、〈ニュー・フィッシュ〉号の肌と同じようなピンク色をしていた。ビンティの亡骸をこの部屋に安置するべきだと、〈ニュー・フィッシュ〉号自身がムウィンイに教えてくれたのだ。ムウィンイはすぐに、ビンティの祖母が見つけて育てた植物でいっぱいの部屋を思い出した。この呼吸室はなつかしいにおいがする。めったに雨が降らない時期の湿った砂のにおい。水分をたっぷり含んだ葉のにおい。嵐のあとの新鮮な空気のにおい。ビンティの祖母が植物にやるためにくんできた井戸水のにおい。すべてが新鮮で生き生きとしている。

オクゥが大きな身体を縮めるようにして部屋に入ってきたかと思うと、すぐに出ていった。

「ビンティは〈サード・フィッシュ〉号の呼吸室が大のお気に入りだった」ムウィンイとビンティの兄たちがビンティの亡骸を床におろしていると、オクゥは言った。「湿り気も、暖かさも、においも好きだって言ってた。ぼくには微生物のにおいしかしないけど」

それだけ言うと、船内を探索しにいってしまった。ビンティの兄のオメヴァとベナも、そそくさと出ていった。妹の亡骸といっしょにいることが、いたたまれなかったのだろう。ビンティの母は自分の服を引き裂き、ドレッドヘアの一本を引きちぎりはじめたので、出航直前にビンティの父に引きずり出された。姉妹たちは、ムウィンイが二度と聞きたくないと思うほど悲しい歌を歌いはじめた。そのほかのヒンバ族の人たちは、呆然と突っ立っていることしかできなかった。この二十四時間に起こったことがまだ信じられないというように。

ムウィンイはしばらく残っていたが、やがて部屋を出た。背後でドアがすっと閉まった。

8 宇宙こそが帰るべき場所

「やっと地球を離れることができる」と、オクゥ。船窓の外をながめながら、大量のガスを吐き出した。

ムウィンイは操縦室中央の柱にしがみついたままだ。砂漠で生まれ育った自分が地球を離れることになるとは、夢にも思わなかった。ほかのエンイ・ズィナリヤ族とともに砂漠を渡るときに、用心棒として危険動物から仲間を守ったり、キツネ、犬、タカ、アリにいたるまでさまざまな種族と語り合ったりするだけで、幸せだった。ムウィンイの人生は単純そのものだった。ビンティと出会うまでは。

ムウィンイは奇妙なほど身体をぴったりと包みこむ座席にすわって安全ベルトを締め、地球を離れようとしていた。言葉では表現しきれない感覚だ。一時間たっても、ムウィンイは口もきけなかった。オクゥはムウィンイの心情を察しているのか、ムウィンイから離れ、壁いっぱいの大きさがある窓のひとつのそばに浮かんでいた。そもそも安全ベルトを締める必要はなく、地球に似た環境をつくるために船内の気圧や重力が変化しても、影響を受けないようだ。

乗船してからはじめてムウィンイが口をきいた相手は、〈ニュー・フィッシュ〉号だった。

（そのあとはどうするの？）

出航して数時間後、船の最上階に近い星室（せいしつ）と呼ばれる大きな部屋でムウィンイが眠っていると、〈ニュー・フィッシュ〉号が話しかけてきた。ムウィンイの背中に船体の振動が伝わり、脳内で、理解可能な言葉に変換されるのだ。

ムウィンイがこの部屋を選んだのは、天井全体が窓になっているからだ。床にあおむけに寝転んで宇宙を見あげると、故郷の砂漠でひとり、空をながめたときのことを思い出す。〈ニュー・フィッシュ〉号の床はとてもやわらかく、マットを敷く必要はなかった。ムウィンイは寝返りを打ち、紫色に光る床に両手を当てた。

「そのあとって、なんのあとだ？」ムウィンイは声に出して言った。

（土星へ行ったあとよ。ビンティを宇宙空間に解き放ったあと）

「ああ、そうか」ふいにすべての記憶がよみがえり、ムウィンイはがっくりと肩を落とした。疲れて熟睡しているあいだは忘れていられたのに。ビンティが死んだことも、心の準備もできないまま大急ぎで故郷を離れたことも。「おれは……いや、オクゥが大学へ行こうって言ってる。ウウムザ大学へ」

（とても遠いところよ）

「わかってる」と、ムウィンイ。

(あなたはどうしたいの?)

ムウィンイはため息をついた。

「それでいいと思う。きみこそ、どうしたいんだ?」

〈ニュー・フィッシュ〉号は船体を震わせた。天井がきしみ、床が青紫とピンクの縞模様を描いて明滅した。喜びの表現だ。ムウィンイはほほえんだ。

(飛びたい。うんと遠くまで)

ムウィンイはうつぶせになった。両手を床に押し当てたままだ。

「また眠ってもいいか?」

(いいわよ。でも……やっぱり、だめ。ビンティの話を聞かせてよ。ママからたくさん聞いたわ。あなたからも聞きたいの)

ムウィンイがふたたび眠ったのは、それから一時間後のことだった。ムウィンイはビンティについて知っているかぎりのことを話した。自分でも驚いたことに、最後には、どれほどビンティを愛していたかということまで話していた。ウウムザ大学へ行ってみたいと心から思った。恋しい故郷からはるかかなたにある場所だが、ビンティの一部がまだそこで生きている気がした。ムウィンイは、ビンティの友だちや数学の教授に会いたいと、〈ニュー・フィッシュ〉号に言った。ビンティがオティーゼのための粘土を採取した場所も見てみたい。ようやく話しおわると、〈ニュー・フィッシュ〉号のやわらかくて気持ちのいい床で、さっきよりもぐっすり眠った。ムウィンイが見た夢は、色とりどりにまたたく美しい光と船体の心地よい振動音に満ちていた。

ムウィンイもオクゥも、あの部屋に入る気になれなかった。何日かが過ぎ、土星に近づくにつれて、呼吸室へ行きたくない気持ちはますます強くなった。ムウィンイはビンティの亡骸（なきがら）を見るのが怖かった。植物や土やオクゥのいう微生物とやらでいっぱいのジャングルのような暖かい部屋だから、亡骸が腐敗して異臭を放っているかもしれない。

オクゥにとって、呼吸室のドアを開けることは、ビンティを宇宙空間へ解き放つことを意味していた。メデュースは好戦的だが、オクゥも仲間のメデュースたちも、平和を愛する少女ビンティを一人きりで宇宙に放り出すことが忍びなかった。それに、ビンティはオクゥの大切な友人だ。こんな最悪な形で別れを迎えることになるなんて、とても耐えられない。

だが、地球標準時で三日が過ぎ、〈ニュー・フィッシュ〉号が興奮した口調で、一時間後に土星に接近することをムウィンイに告げると、ついに現実と向き合うときが来た。

（いよいよ到着よ）〈ニュー・フィッシュ〉号が興奮気味に船体を震わせた。

近づいてくる土星を星室の窓からながめていたムウィンイは、心が沈むのを感じた。〈ニュー・フィッシュ〉号はなおも進みつづけ、やがて、ぴたりと停止した。深宇宙に浮かんだまま、ビンティが解き放たれる瞬間を待っている。ムウィンイは、〈ニュー・フィッシュ〉号がはしゃぎすぎていることにいらだっていた。最後の二十四時間はとくに。でも、何も言わなかった。〈ニュー・フィッシュ〉号は速く遠くへ飛ぶために生まれてきた。まだ赤ちゃんの〈ニュー・フィッシュ〉号にとって、今回ははじめての宇宙の旅だ。自由で大胆な気分になるのは無理もない。

呼吸室につながる通路は狭く、左側に並ぶ窓の向こうに漆黒の闇が見えた。オクゥが先になって進んでゆく。

「待ってくれ。まだ心の準備が……」と、ムウィンイ。

「こんな状況で心の準備なんてできるものか」と、オクゥ。「でも、ビンティを新たな旅へと送り出してやらなければならない」

ムウィンイはビンティの顔を思い浮かべた。オティーゼを塗った顔と、塗っていない顔。またしても胸が張り裂けそうになった。

「立ちどまるな」と、オクゥ。

呼吸室に着くと、オクゥはさっさとなかへ入った。ムウィンイはためらいながらもオクゥに続き、ドアを閉めた。呼吸室は美しい植物でいっぱいだ。船内をめぐる新鮮な水が各呼吸室へと引かれ、植物をうるおしている。ビンティの亡骸はやわらかな赤い布でおおわれ、〈ナイト・マスカレード〉の衣装の上に横たわっていた。

「全然変わってないみたいだね」オクゥが言うと、ムウィンイはその意味を理解し、身震いした。死体は体内で発生したガスにより膨張するものだが、まだその兆候はない。ムウィンイは不気味な〈ナイト・マスカレード〉の衣装を見ないようにしながら、トランスポーターをビンティの横に置き、スイッチを入れた。一秒とたたないうちに、トランスポーターが振動し、静かな動作音を立てはじめた。布でおおわれたビンティの亡骸と〈ナイト・マスカレード〉の衣装が宙に浮いた。

ムウィンイはため息をついた。

「これでよし」しゃがれ声でつぶやいた。ムウィンイがそっと押すと、ビンティの身体がドアのほうへすべるように移動しはじめた。ムウィンイはビンティを止め、オクゥを見た。

「どうした？」と、オクゥ。「ぐずぐずしてる暇はないぞ」オクゥは急いでドアへ向かい、ドアが開くと、大きな身体を縮めるようにして通り抜けた。外へ出たとたん、ガスを大量に吐いて、また吸いこんだ。もういちどガスを吐き出すと、遠ざかっていった。

ムウィンイはビンティを見おろし、息を吸いこんで止めた。腐敗臭がするのではないかと怖かった。ムウィンイは手を伸ばした。最後にもういちどビンティの顔を見なければ。膨張していようと、微生物のせいで腐敗していようと、かまうものか。もういちど見なければならない。本当のさよならを言うために。赤い布をめくった。ムウィンイはビンティを見つめ、大きく息を吐き出した。

ビンティのオクオコがヘビのようにのたくっている。

あたしはムウィンイを見つめ返した。

9 目覚め

あたしはそこにいた。

目を開ける。

「すべては数学のなせるわざなり」と、あたし。

この言葉が何に由来するのか、どうして、こんなことを言ったのか、わからない。ムウィンイが口をぽかんと開け、あたしを見つめている。

「命も、宇宙も、何もかも」頭を横に向けると、〈ナイト・マスカレード〉が目に入った。あたしは〈ナイト・マスカレード〉の衣装の上に横たわっていた。

ムウィンイが片手を伸ばし、あたしにかけられていた赤い布をめくりあげた。あたしも自分の身体を見た。ムウィンイは息をのんで跳びあがり、よろよろとあとずさった。

「オクゥ！」しばらくしてムウィンイが声を上げた。「オクゥ！　来いよ！」

あたしはドアに視線を向けた。部屋のすぐ外にオクゥが浮かんでいる。あたしがオクゥに目をとめたとたん、オクゥはラベンダー色のガスを大量に吐き出しながら、さっと後ろに下がった。ガスを吸ったり吐いたりを繰り返す音が聞こえる。

「ビンティ」ムウィンイがそっと言った。「本当に……きみなのか？」涙を浮かべ、唇を震わせている。あたしは何時間も前から、船内を動きまわるムウィンイを見つめていた。ツリーイングの状態に入ったまま、泳いだり、回転したり、浮遊したりしている感じがしていた。あたしがこの場所へ……この船へ連れてこられると、船は喜んで迎え入れてくれた。それから、あたしはオクゥとムウィンイの動きを目で追いつづけた。二人とも、悲しみのあまり呆然（ぼうぜん）としていて、口数も少なかった。あたしはムウィンイとオクゥのあとを追うように、この部屋へ運ばれ、目を開けたのだ。

上半身を起こすと、ムウィンイがじっと見ていた。左腕にさわってみる。ちぎれたはずの左腕はちゃんとついていた。ムウィンイは床にへたりこみ、一本の若木の細い幹に背中をもたせかけた。弾力のあるゴムのような葉を持つその木は、床に開いた穴から伸びていた。奇妙なほど〈不滅の木〉に似ている。〝なつかしい故郷〟。胸を押さえると、クーシュ兵に撃たれた瞬間のことが、まざまざとよみがえってきた。銃弾は胸に穴を開け、突き刺すような痛みをもたらしたあと、その炎で容赦なくあたしの身体をむさぼりつくした。あたしは次に赤いドレスの下の乳房を押さえた。やわらかい。寝返りを打ち、〈ナイト・マスカレード〉の長い棒のような手に触れた。左手でそれをつかみ、指の関節で締めつけた。

寝室の窓から、はじめて〈ナイト・マスカレード〉

を見たときのことを思い出し、吹きだしそうになった。あのとき、あたしの心の奥の声がささやきかけてきた――あんたは男の魂を持ってるんじゃないの？　女に〈ナイト・マスカレード〉が見えるわけないわ、と。

当時すでに、あたしはいくつもの変化をもたらしていたのに、そのことに少しも気づいてなかった。そんな能力を持ってるなら誇りに思ってもよかったのに、自分は欠陥のある人間だと思いこんでいた。でも、欠陥のある人間でも、変化をもたらすことはできるのかもしれない。

トランスポーターに手を伸ばし、出力を下げると、あたしの身体は床の上におりた。目を閉じ、心のなかで〈セブンの神々〉の〈不可解な神秘〉に対して感謝の祈りを捧げた。ゆっくりと立ちあがると、筋肉がみしみしと悲鳴を上げ、乾ききったオティーゼがパラパラとはがれて床に落ちた。失ったはずの両脚も、もとどおりになっていた。〈ニュー・フィッシュ〉号が低く響くような音を立て、室内の植物の葉や花、茎、枝が揺れた。あたしは〈ニュー・フィッシュ〉号の声を耳ではなく全身で感じていた。とくに胸と左腕と両脚が敏感に感じ取っている。

「**はじめまして、ビンティ**」〈ニュー・フィッシュ〉号がクーシュ語で言った。ムウィンイはあたりを見まわし、もういちど、あたしを見た。

「きみに話しかけてるのは、〈ニュー・フィッシュ〉号だよな？」と、ムウィンイ。「かすかにだけど声が聞こえた」

あたしはうなずいた。

「はじめまして」はっきりと声に出して言った。ほかにどうやって話しかければいいのか、わからない。「あなたが〈ニュー・フィッシュ〉号？　つまり――」

「**そう。〈サード・フィッシュ〉号の娘よ**」

「あたしは命を奪われた」思わず口走っていた。「覚えてるわ。メデュースもクーシュ族も休戦に合意したのに、どういうわけか戦いを始めた。あたしの存在は忘れられ、あたしは十字砲火を浴びた。あたしの命を奪ったのが、クーシュ族なのかメデュースなのかはわからない……」さらなる記憶がよみがえり、言葉を切った。あの瞬間、青や赤の閃光が激しく飛びかうのが見え、あたしは熱さと寒さを同時に感じた。メデュースにもクーシュ族にも同じくらいなんども撃たれた。

「信じられない。自分があなたの呼吸室でムウィンイの姿を見てるなんて。しかも、ちゃんと息をしてるなんて」あたしがムウィンイに向かって両腕を広げると、ムウィンイが駆け寄ってきた。

ムウィンイはあたしを抱きしめた。

「微生物のおかげだ」戸口からオクゥの声が聞こえてきた。ドア全体をふさぐようにして浮かんでいる。

「オクゥ」と、あたし。自分のオクオコがくねくねと動くのを感じた。いまはじめてオクオコの動かしかたがわかった。オクゥのほうへわずかなエネルギーを送ると、オクゥのオクオコが続けざまに青い火花を発した。オクゥの傘がドアからはみ出しそうなほど広がり、やがて、しぼんだ。

「わたしの呼吸室に置いたら、あなたが生き返るかもしれないって、ママが言ったの。生まれたてのわたしはエネルギーが満ちあふれてるからなんですって」と、〈ニュー・フィッシュ〉号。**「だから、ママは自分の代わりにわたしをよこしたの。戦争が始まって、すべての発着港に船の出入りを禁止するゲートが設置されたけど、ママなら、そのゲートを突き破ってでも出航したはずよ。ママは、自分とクーシュ族の関係が悪化するかもしれないなんてこと、気にしてない。そうなることはわかってたけど。それに、ママはウウムザ大学への旅のあいだ、あなたの根性を目**の**当**(ま)**たりにした。あなたのことを〝心やさしき戦士〟と呼び、あなたとわたしが結合することでミリ12船隊がますます強化**

されると信じてるわ」

「結合ですって？」と、あたし。またしても新たなつながりが生まれるということか。

「ねえ、〈ニュー・フィッシュ〉号はなんて言ってるの？」と、ムウィンイ。「おれには全然――」

「しーっ」あたしはムウィンイを抱擁したまま言った。「**星室に来てくれたら、説明するわ**」と、〈ニュー・フィッシュ〉号。

あたしは星室の床にすわり、大きな窓の外をながめた。少し前までムウィンイがすわっていた場所だ。この場所を選んだ理由がわかる気がする。遠い土星を見つめながら、二杯目の水を飲み、ボウル一杯の乾燥肉をたいらげた。〈ニュー・フィッシュ〉号の泉からくんできた水は、泥くさい味がした。肉は香ばしくて嚙みごたえがあった。とてもおいしい。オセンバ村の誰かがこの旅のために用意してくれた肉だということは、すぐにわかった。薄くスライスしたヤギ肉を村の工場で燻製にしたものだ。

ムウィンイの後ろから、この部屋に続く通路を進むあいだ、あたしは〈ニュー・フィッシュ〉号の若々しい内装に目を見張った。たちまち、あたしの足どりが重くなった。どうしようもないほどの空腹とのどの渇きに襲われたのだ。なんとか星室にたどりつくと同時に、部屋のまんなかにすわりこみ、「水」と言うのがやっとだった。水を飲みおわると、こんどはひとこと「食べもの」と言った。

飲んだり食べたりして、人心地がつくと、またあの肉を嚙みはじめた。それほどおいしい肉だった。オクゥが奥の壁いっぱいの窓のそばに浮かんでおり、その真下の床にチキンの骨が散らばっている。いままでオクゥが食事しているところを見たことはなかった。オクゥはいつも、ふらっといなくなり、一人で食事をしていた。本当に食事をしているのかと、あたしは疑問に思ったものだ。だから、貯蔵室から持ってきたローストチキンをオクゥがたいらげる姿は、見ものだった。メデュースは上品な老婦人のように、オクオコでゆっくりと肉をつまみ、少しずつすする。オクゥのその姿を見ているうちに、あたしは生き返ってからはじめて、心からの笑顔を浮かべた。

「もう大丈夫よ」あたしは水をもうひと飲みすると、ようやく口をきいた。「話を聞かせて」右腕を見ると、乾いたオティーゼがはがれ落ち、暗褐色の肌があらわになっていた。

「待て」と、ムウィンイ。「〈ニュー・フィッシュ〉号の話を聞く前に、おれとオクゥの話を聞いてくれ。きみが……殺されたあとのことについて」つらそうに顔をゆがめた。「まさか、きみに向かって、こんな言葉を口にすることになるとはね。〝殺された〟なんて」フーッと息をついた。

「そうよね」と、あたし。殺されたはずなのに、どういうわけか、〈ニュー・フィッシュ〉号に乗って宇宙にいる。一体のメデュースと、エンイ・ズィナリヤ族の調和師師範（マスター・ハーモナイザー）とともに。それだけでも信じがたいことだが、あたしが奇跡の生還をしたこと以外にまだ何があるというのか？

「人は死ぬと、何者であれ、〈セブンの神々〉の御許（みもと）に召され、ふたたび全体の一部となる。自然に還り、二度と戻ってはこない」

「メデュースはなんどでも戻ってくる」と、オクゥ。静かな口調だ。「転生するから」

「〈セブンの神々〉にまみえたことを覚えてるのか？」ムウィンイがオクゥを無視して、あたしにたずねた。「〈万物の創造者たち〉にまみえたことを？」

「もちろんよ」と、あたし。ムウィンイは驚きをあらわにし、オクゥはガスを噴き出した。あたしはそれを見て、おかしくなった。二人にとっては予想外の答えだったようだ。でも、あたしは本当に覚えていた。

「で、あたしに話したいことって何？」

たしは歓喜の叫びを上げ、跳びあがった。その拍子に、コップに入った水をひっくり返した。立ちあがったはいいが、どこへ行けばいいかわからず、その場に立ちつくすしかなかった。ただ立ちつくしていた。胸がぎゅっと締めつけられ、心臓の鼓動が激しくなった。両脚はしっかりと床を踏みしめている。肌に塗ったオティーゼはほとんどはがれ落ち、残っていない。いつのまに伸びたのか、今は腰の下まであるオクオコが震えている。あたしは顔を両手で挟み、次に、ドレスを膝まで持ちあげると、オセンバ村のファイアーダンスを踊りはじめた。ステップを激しく踏み、アンクレットをジャラジャラ鳴らそうとして脚を見た。アンクレットはついていなかった。それでも、アンクレットの音を頭のなかで再生しながら、踊りつづけた。

「おれは〈ザ・ルート〉と対話した」と、ムウィンイ。歓喜のダンスを続けるあたしを見て笑っている。「すると、〈ザ・ルート〉が開き、全員を救い出すことができた」

「全員？」と、あたし。両手を窓のほうへ——窓の向こうの宇宙へと伸ばした。「誰もケガしなかったの？」

「みんなぴんぴんしてた」と、ムウィンイ。

あたしはぐるぐるまわってムウィンイに走り寄り、抱きつくと、長く激しいキスをした。オクゥには、オクオコを通して、サイズも形も大きめのトマトと同じくらいの青い火花を投げた。あたしは後ろに飛びのき、また踊りはじめた。傘を震わせて笑うオクゥを見て、ますます激しく踊り狂った。あたしの家族が生きてる！　家族が生きてる！　〈ザ・ルート〉も生きてる。建物自体は燃えて灰になってしまったけど。〈ザ・ルート〉も、あたしたち家族も生き残った。

「詳しく聞かせて」と、あたし。

母がなんと言ったのかをムウィンイから聞くと、あたしは畏怖の表情を浮かべてムウィンイを見つめた。

「母は数学的視覚を使ったの？」あたしは小声で言った。「母は生まれつき、世界を数学的に見ることができるの。あたしの数学的才能は母から受け継いだものよ。でも、母は訓練を受けたことはない。母がその力を使ったのは、嵐から家族を守るために〈ザ・ルート〉を強化したときぐらいね。誰かの病気を治すためにも使ったわ。とにかく母はすごい力を持ってるの」あたしはひとり笑いをしながら、涙を流した。「信じられない！　〈セブンの神々〉を称え、感謝します！　偉大なる〈セブンの神々〉は、砂漠に暮らすあたしたちヒンバ族をお守りくださってるのよ！」〈ズィナリヤ〉に幻を見せられてあたしがパニックになっていたとき、母の姿が見えなかったのは、そういうわけだったのね。ほかの家族は煙や熱からのがれて地下倉庫の中央にかたまっていたのに、母は危険を承知で、〈ザ・ルート〉の防衛本能を目覚めさせるスポットを探していたのだ。

「エンイ・ズィナリヤ族の人たちに連絡した」ムウィンイが話を続けた。「ヒンバ族との話し合いの場に来てくれることになった。話し合いを主導するのは、きみの彼氏のディーリーだ」

　ディーリーのことを彼氏と言われ、あたしは言葉に詰まったが、すぐにたずねた。

「あそこにディーリーもいたの？」記憶がよみがえってきた。「そうよ！　ムウィンイ、あのときの〈ナイト・マスカレード〉はディーリーだったの！　あたし、見たのよ！　この目でディーリーを見たの」あたしは両腕で自分の身体をかかえこんだ。涙があふれてきた。

「ヒンバ評議会はきみを裏切った」と、ムウィンイ。

「でも、ディーリーだけは裏切らなかった。きみに希望と力を与えるために、〈ナイト・マスカレード〉としてあの場所に現われたんだ」

　あたしは無言でムウィンイの説明に耳を傾けた。まだぴんとこない。〈ナイト・マスカレード〉は男性のみで構成される秘密組織なの？　ディーリーもその一員なの？　心のどこかに、それが事実だと認めたくない気持ちがある。はじめて〈ナイト・マスカレード〉を見たとき、化け物かと思った。衣装を身につけた人間にはとても見えなかった。おじや父も〈ナイト・マスカレード〉を見たことがあるはずだけど、そういう伝統があることを知ってるんだろうか？

それでも、あたしはいい気分だった。すべてに満足していた。戦争がふたたび始まり、〈ザ・ルート〉はもとには戻らないだろう。でも、こうなることは不可避だったのだと、これまで以上に実感している。変化は必然であり、〈セブンの神々〉がかかわっている場合には成長もまた必然だ。あたしの家族は生きていた。しかも、エンイ・ズィナリヤ族がオセンバ村の存続と進化に力を貸してくれるという。生きながらえ進化する方法を知っている人々がいるとしたら、それはエンイ・ズィナリヤ族だから。オセンバ村はきっと変化し、成長してゆくことだろう。

ディーリーは調和師（ハーモナイザー）ではないが、あたしとともに成長してきたし、ヒンバ評議会との今回の一件は自分をよく知るいい機会になったはずだ。ヒンバ族の次世代の首長として教育を受けはじめたばかりで、融通がきかず保守的だが、評議会が間違いをおかしたと確信したときには、迷わず、これまでのやりかたをぶち壊した。ヒンバ族を愛し、守ろうとするがゆえに、伝統をよりよい方向へ変えることもいとわない。この先何があろうと、ディーリーなら対処できる。ディーリーになら、ヒンバ族の未来を託せるだろう。

そのとき、大変なことを思い出した。心臓がバクバクしはじめた。この船に乗ってから、もう三日もたっている。そう簡単には地球に帰れない。右の尻ポケットに手をつっこんだ。ここに入れておいたはず。船に乗せられる前に着替えさせられたけど、もしかしたら……。あたしはがっくりと肩を落とした。エダンのかけらと金色の球体はポケットには入っていなかった。なくしてしまった。

「〈ニュー・フィッシュ〉号」と、あたし。「そろそろ、あなたの話を聞かせてくれる？」腰をおろしながら、こんどは左の胸ポケットを探った。何かとがったものに手が触れた。あたしは満面の笑みを浮かべ、さらに奥を探り、金色の球体をつかんだ。「〈セブンの神々〉よ、感謝します」そっとつぶやいた。「それから、あたしの家族にも」

「わたしはまだ生まれてまもない子どもよ」〈ニュー・フィッシュ〉号があたしに言った。

ムウィンイは床にすわっていた。胸を床につけ、両腕を広げて手のひらを床に押し当てている。あたしがいぶかしげに見ると、ムウィンイは言った。

「こうすると〈ニュー・フィッシュ〉号の声がよく聞こえるんだ」

あたしはうなずき、オクゥに視線を移した。

「話が終わったら教えてくれ」オクゥはひとこと、そう言った。

「だから、あまりよく知らないけど」〈ニュー・フィッシュ〉号は話を続けた。**「ほとんどのミリ12はこんなことはしないわ。わたしたちは船の役目しかしない。船として生きてるのは、飛ぶのが好きだからだって、ママが言ってた。でも、ママはあなたを乗せてから、ほかに何かできるんじゃないかと考えはじめた。ムウィンイに呼びかけられるずっと前からね。ママは新たな役目をわたしに託すために、〝深層ミリ〟とその使いかたについて教えてくれた。わたしたちミリ12のなかにある呼吸室が重要な意味を持つの。**

ママが言うには、生まれる前のわたしの呼吸室に、ママの体内にある植物の種が植えつけられたんですって。その植物は、ミリ12が空気のない宇宙空間でも呼吸できるように気体を生成するだけでなく、さまざ

まなバクテリアや無害なウイルス、微生物を有していて、そういう微生物がわたしの身体のいたるところに棲みついてるの。わたしみたいな生まれたてのミリ12の場合は、呼吸室に棲みつくことが多いわ。

あなたの亡骸がわたしの呼吸室に運びこまれると、微生物が働きはじめた。今のあなたは、人間というよりも、微生物と言ったほうがいいのかもしれないわね」

あたしは顔をしかめた。

「どういう意味？　外見的にも内面的にもあたしは変わってないと思うんだけど。今のあたしは記憶にあるとおりの自分よ。あたしはいちど死んだのよね？」

「それがママの言った〝深層ミリ〟の力よ。わたし自身もよく理解してないんだけど、あなたの遺伝子と結合した微生物によって、あなたの身体は修復された。片腕も両脚も再生されて、あなたは生き返ったの。でも、話はこれで終わりじゃないわ」〈ニュー・フィッシュ〉号が言葉を切ったので、あたしはほっとした。少し考える時間が必要だから。

あたしは死んだ。その事実が頭のなかで反響した。壁にぶつかって撥ね返るようになんどもなんども。あたしは死んだ。あたしは死んだ。あたしは死んだ。〈セブンの神々〉に召されたことを覚えている。今ここにいるのは本当のあたしなのか？　肉体的には人間よりもミリ12に近いのではないか？　頭のオクオコに触れると、こめかみがずきずきした。両手を上げ、文字を入力し、ムウィンイにメッセージを送信した。地球にいたときよりも簡単にできた。

「あたしは今でもエンイ・ズィナリヤ族なの？」あたしの目に映る世界は穏やかで、遠くからの声も聞こえない。でも、窓のほうを見るのが怖かった。暗いトンネル、あるいは、土星のそばではずむように動く奇妙な惑星が見えそうな気がした。

「きみはこれからもずっとエンイ・ズィナリヤ族の仲

間だ」目の前に緑色の文字列がはっきりと現われた。

ムウィンイからの返事だ。手を触れると、お香の煙のようにかき消えた。

「**エンイ・ズィナリヤ族って何?**」明るいピンク色の文字列がただよってきて、あたしは息をのんだ。〈ニュー・フィッシュ〉号からのメッセージだった。

ムウィンイもハッとした。

「あなたにも届いたの?」と、あたし。

ムウィンイはうなずいた。

「**もう、あなたの一部はわたしのものでもあるのよ、ビンティ**」と、〈ニュー・フィッシュ〉号。こんどは部屋がオレンジピンクの光で満たされた。

「エンイ・ズィナリヤ族というのは、おれの部族のことで、ビンティもその一員だ」と、ムウィンイ。「昔、宇宙からやってきて、おれたちの祖先に変化をもたらしたズィナリヤ人にちなんで、名づけられた」ムウィンイはあたしを鋭い目で見ると、付け加えた。「〝砂漠民〟と言ったほうがわかりやすいかもしれないな」

「**ああ、そうだったのね**」と、〈ニュー・フィッシュ〉号。「**ママはよく、ビンティの暗褐色の肌や、量の多い髪や、古代アフリカ人ふうの顔のことを話してた。ビンティが打たれ強いのは砂漠民の血が流れているせいかもしれないって。ビンティは本当にヒンバ族なのかと、ママもわたしも不思議に思ってたの**」

「あたしはヒンバ族よ」と、あたし。断固とした口調だ。

ふたたび部屋がオレンジピンクになり、そのままの色を保った。ムウィンイがあきれたように、ぐるりと目をまわして言った。

「そうだよ、ビンティ、もちろんきみはヒンバ族だとも。その事実に変わりはない」

あたしはさらに大きく顔をしかめると、ムウィンイに背を向けた。怒りといらだちが募り、言葉が出ない。

「ちょっと訊いてもいいか、〈ニュー・フィッシュ〉

号?」と、ムウィンイ。

「**どうぞ**」と、〈ニュー・フィッシュ〉号。

「きみは数日前に生まれたばかりなのに、どうしてそんなにコミュニケーションがうまいんだ?」

室内がオレンジピンクのやわらかな光で染まり、あたしはたちまち穏やかな気持ちになった。惑星ウウムザ・ユニのントゥ・ントゥと同じ色だ。

「**地球標準時で五年間、ずっとママと話してたから。ママは長いあいだ生きてるから、いろんなことを知ってるのよ。ミリ12は出産適齢期になると〝妊娠〟する。でも、出産はミリ12にとって始まりではなく、変化にすぎないの**」

ムウィンイは驚きの色を浮かべて、うなずいた。

「じゃあ、きみは五年間、お母さんのお腹のなかにいて、お母さんと話してたのか?」

「**ママといっしょに銀河系じゅうを飛んだわ。地球と惑星ウウムザ・ユニとの往復ばかりだったけど。ママは地球生まれだし、わたしを身ごもってからはずっとその航路を行き来してた。だから、わたしはクーシュ語が話せるの**」

「すると、きみはあのとき〈サード・フィッシュ〉号のお腹にいたんだね……乗員乗客がメデュースに皆殺しにされたときのことを知ってたのか?」

「〝**ムージュ=ハ・キ=ビラ**〟**のことね**」と、〈ニュー・フィッシュ〉号。「**もちろんよ。ウウムザ・ユニに着くまでは騒ぎ立てないでおこうって、ママに言われたわ。わたしが悪夢を見たのは、あのときがはじめてよ**」

しばらく沈黙が流れたあと、あたしはたずねた。

「さっき、あたしにまだ話は終わってないって言ったわよね? 何を話そうとしたの?」

「**その話はあとでするわ**」少し間を置いてから〈ニュー・フィッシュ〉号が言った。「**あなたは目覚めたばかりで、食事もすませたばかりだし**」

「かまわないわ」と、あたし。いらいらした口調になった。「お願いだから、今ここでぜんぶ話して。どうせショックを受けるなら、まとめて受けたほうがいいわ。すべてを話してちょうだい」呼吸が荒くなった。〈ニュー・フィッシュ〉号が最初に話しかけてきたとき、いやな予感がした。何か重大なことを話そうとしているにちがいない。「まずツリーイングしたほうがいい？　そうすれば、少しはショックがやわらぐんじゃ――」

「**だめ。ツリーイングはしないで。そんなことしても無駄よ**」

「どうして？」

「**今にわかるわ**」

そのとおりだった。

ふいに何もかもが消えた。星室もムウィンイもオクゥも。あたしは宇宙空間にいた。無限の暗闇に包まれている。遠くに青い土星がぼんやりと見え、その反対側に太陽が見えた。〈ニュー・フィッシュ〉号が放つ光と同じ青みがかったピンクの光が、あたしの身体から放射されている気がした。一秒ごとに状況がわかりはじめたかと思うと、急に身体が落下しはじめた。加速しながら落下してゆく。腕を振りまわそうにも、腕がない。あたしはパニックになり、悲鳴を上げようとした。全身が震え、悲鳴の代わりに低いうなり声が漏れた。

（**リラックスして**）〈ニュー・フィッシュ〉号の声がした。頭のなかで聞こえる。（**そのままでいいのよ。大丈夫**）

（あたし、どうなってるの？）叫んだつもりが、うなり声にしか聞こえない。身体が激しく振動しているのがわかった。これはあたしじゃない。あたしの身体じゃない。〈ニュー・フィッシュ〉号の身体だ。

（**今はあなたの身体でもあるのよ**）と、〈ニュー・フィッシュ〉号。

〈ニュー・フィッシュ〉号が口にした〝結合〟という言葉を思い出した。

（あなたの身体はわたしの一部なの）と、〈ニュー・フィッシュ〉号。**（そうやって、深層ミリはあなたを生き返らせたのよ。逆に、わたしの身体はあなたの一部でもある）**

リラックスすると、ようやく気づいた。子どものころに夢見ていたことが現実になったのだ、と。あたしは宇宙空間にいる。宇宙服も着ず、航宙船にも乗らずに。それでも、ちゃんと生きている。いままでやりたかったことを試すチャンスかもしれない。〈ニュー・フィッシュ〉号に身をゆだねた。ただ浮かんでいるだけだ。上も下もわからず、暑さ寒さも感じない。身体の奥から伝わってくるぬくもりだけで充分だった。あたしは前方の土星を見すえた。

（〈セブンの神々〉は偉大なり）あたしは言った。

（まさしく、そのとおりね）

（でも、どうやって――）

だが、次の瞬間には身体が勝手に動いていた。前へ前へと飛んでいる。くるりと方向転換し、勘を頼りに下降した。歓喜の笑い声を上げ、猛スピードで飛んでは止まる。さらに猛スピードで飛んでは止まる。宇宙空間をただよう感覚にうっとりした。自由そのものだ。横転飛行（バレルロール）を始めたとき、ムウィンイとオクゥを乗せていることを思い出した。そのとたんに奇妙なことが起こった。徐々にスピードが落ちてゆく。気づくと、星室にいるオクゥとムウィンイを見おろしていた。ムウィンイが恐怖に顔をひきつらせ、柱にしがみついている。オクゥは部屋の奥に平然と浮かんでいた。あたしの意識はもとの肉体へと戻った。部屋のまんなかに、あぐらをかいてすわっている。あたしは周囲を見まわし、目をしばたたいた。

「ビンティ？　おれの声が聞こえるか？」ムウィンイが大声で言った。

「え?」と、あたし。やわらかい床に片手をついた。

「きみのせいでおれたちは死にかけたんだぞ!」と、ムウィンイ。

「死にかけたのはおまえだけだ。ぼくは違う」、オクゥ。「おまえが転げまわらないように、ぼくがつかまえててやったんだ。おまえが無事だったのは、ぼくのおかげだ」

ムウィンイはむっとして、オクゥをにらみつけた。

「悪かったわ」と、あたし。両脚を伸ばそうとするが、なかなか言うことをきかない。見ると、太ももの裏が粘液のようなもので床にくっついている。この粘液のおかげで、あたしの身体は固定され、ムウィンイみたいにあちこちぶつからずにすんだのだ。あたしは脚の裏側とドレスに付着しているゴム状の粘着物を引きはがした。

「あたしがあなたになりかわったってことは、あなたもあたしになりかわれるってこと?」あたしは〈ニュー・フィッシュ〉号にたずねた。

「**あなたは、わたしになりかわったわけじゃない。わたしはミリ12だから、あなたになりかわれる。でも、そんなことするつもりはないわ。あなたは能力不足だから**」

それとなく〈ニュー・フィッシュ〉号にバカにされても、疲れて言い返すこともできなかった。

「**最後にもうひとつ言っておくわ。惑星上では、あなたとわたしは物理的に離れすぎちゃいけないの。わたしからあなたへ、生きるために必要なエネルギーが供給されているからよ**」

あたしは、あくびをしながらたずねた。

「なぜ? 離れすぎるとどうなるの?」

「**さあね**」

「どれくらい離れると、離れすぎたことになるの?」

「**それも、よくわからない**」と、〈ニュー・フィッシュ〉号。「**ママに送り出されたとき、いろいろ質問し**

たけど、ママもぜんぶの質問には答えられなかった。わたしも、発着港の近くから出航したのに、ちゃんとあなたのもとへたどりつけるかどうかってことで、頭がいっぱいだったし」

「いいのよ」あたしは立ちあがった。もうこの問題についてあれこれ考える元気はなかった。それに、ここは宇宙空間だから、すぐに〈ニュー・フィッシュ〉号から離れるような状況にはならない。そもそも、あたしたちはどこをめざしてるんだろう？　とりあえず、今のあたしに必要なのは休息だ。

10　土星の石

「土星の環を通り抜けるわよ」数時間後、長いうたた寝から目覚めると、あたしは言った。「もう決めたの。議論の余地はないわ。そのあと方向転換して、当初の予定どおりにウウムザ大学へ向かう」

「了解」ムウィンイはひとこと言った。

オクゥも〈ニュー・フィッシュ〉号も何も言わなかった。あたしはすっかり満足して、大きな窓を振り返った。異議を唱えられたら徹底抗戦するつもりだったが、あっさり受け入れてもらえてよかった。

九時間の眠りから目を覚ますと、ふたたび〈ニュー・フィッシュ〉号と結合した。こんどは自力でやってみた。〈ニュー・フィッシュ〉号は眠っていたのかもしれない。その存在が感じられなかったから。今のあたしは一隻の生物船だ。呼吸室に空気が満たされ、全身に力がみなぎってゆくのを感じた。部屋の隅にムウィンイが立っているのも、わかった。両手を動かし、地球のエンイ・ズィナリヤ族数人と会話している。オクゥは地球上のメデュースたちとは交信せず、なりゆきを注意深く観察していた。〈ニュー・フィッシュ〉号と結合しても、あたしのもともとの能力は健在だった。結合したままツリーイングすることも考えたが、やめておいた。ツリーイングの結果は身体の大きさに左右されるので、この状態でツリーイングをしたら、どんなものを呼び出してしまうか、見当もつかない。

あたしは宇宙空間をただよい、完全なる静寂を楽しみながら、土星をながめた。土星の形と環を視認できる位置にいる。ゆっくり進んでも、数時間以内にたどりつけるだろう。土星へ突き進むべきだとあたしが心に決めたのは、まさにこの瞬間だった。

「**ママが言ってるわ。エダンにどんな力があるかは予測がつかないって**」〈ニュー・フィッシュ〉号が言った。「**とくに、あなたのエダンは意識を持ってるかもしれないから**」

それでも、あたしは確かめたい。確かめる必要がある。ここまで、さまざまな経験をしてきたからには、この謎を解き明かさなければならない。

「かまわない」あたしはぴしゃりと言った。「このまま突き進むわ。たとえ、あなたをハイジャックすることになろうと」

「**あなたには無理よ**」と、〈ニュー・フィッシュ〉号。

「やってみせる」と、あたし。

「**どうぞお好きに**」と、〈ニュー・フィッシュ〉号。

「ハイジャックする必要があれば、の話よ」と、あたし。

「おい、二人ともいいかげんにしろよ」床に両手を当てて〈ニュー・フィッシュ〉号の声を聞いていたムウィンイが、口を挟んだ。「きみの考えに異論のある者などいないよ、ビンティ。ハイジャックなんかする必要はない」

オクゥが傘を震わせ、ガスを吐き出したので、ムウィンイとあたしは咳きこんだ。

あたしは立ちあがり、呼吸室へ行った。あたしの亡骸が数日間、横たえられていた場所だ。〈ナイト・マスカレード〉の衣装を手に取り、別の呼吸室へ向かった。〈ニュー・フィッシュ〉号と結合したときに、この部屋の存在を強く感じたからだ。室内は、真昼の砂漠を思わせる光で満ちあふれていた。木々が目に入ると、その理由がわかった。十本ある木のほとんどが苗木か、成木に近い若木だが、一本だけ、りっぱな成木があった。天井に届く高さがあり、その先端は天井を這うように伸びている。〈不滅の木〉だ！　苗木はつい最近、植えつけられたばかりのようだが、成木は神経回路のように根を伸ばしていた。床が少し透けているので、深いところまで根が伸びているのがよくわかる。

あたしはまた考えていた――〈サード・フィッシュ〉号にも超自然的な能力があるのだろうか？　〈ニュー・フィッシュ〉号にもその能力があるということなのか？　オセンバ村から持ちこまれたと思われる植物がほかにもあった。普通なら、陸生のカニやトカゲなどの生物が棲みついている植物だ。このような植物には、昆虫などの小さな生き物を引き寄せる力がある。命を引き寄せる力があるのだ。床は乾いていて、ところどころ、うっすらと砂でおおわれている。〈不滅の木〉の葉に触れると、ざらざらしていた。ヒンバ族が〝命の塩〟と呼ぶ塩を蓄えているせいだ。このピンクがかった塩はあらゆる病気の治療に使われている。

なめてみると、舌を刺激する味がした。あたしの見つけたエダンをはじめて見せたとき、父はそれを舌先でなめた。なんの金属でできているか判別することはできなかったが、〝命の塩〟の味がすると言った。あたしは〈ナイト・マスカレード〉の衣装を床に置き、ながめた。頭部には、さまざまな表情の仮面がついていて、そのなかの笑顔の仮面があたしを見つめ返している。あたしは身震いした。これが衣装だということが、いまだに信じられない。本当にただの衣装なのか？　あたしはその頭部に顔を向けながら腰をおろすと、エダンのかけらと金色の球体を取り出した。

　金色の球体を顔に近づけ、表面に刻まれた指紋のような溝を見た。つづいて、左手を上げ、自分の指紋を見る。左手の中指と人さし指の指紋が、球体表面の模様と一致しているように見える。いつからそうだったのだろう？　左腕を失う前は見比べたことがなかったから、わからない。だが、いま見ると、完全に一致している。あたしは驚かなかった。〈不滅の木〉がここにあることも腑に落ちた。

　右の手のひらに球体をのせ、左手の人さし指と中指で表面の模様に触れると、たちまち球体がかすかな音を立てて振動しはじめた。

「なるほどね」そっとつぶやき、球体を床に置いた。薄い砂の層がなければ、球体は転がりだしていただろう。あたしは小声で言った――〝$(x-h)^2+(y-k)^2=r^2$〟。〈ズィナリヤ〉を使って入力した文字列のように、その方程式があたしの唇からただよい出た。これまた、あたしのイメージカラーである赤だ。なんども繰り返すという意味で、円を表わす方程式を選んだのだ。ツリーイングの状態に入ると、方程式は伸びて円になり、あたしを取り巻いて消えた。

　オクゥの身体のような青色をした太くて力強い数理フローを呼び出すと同時に、室内の〈不滅の木〉がいっせいに振動した。嵐になると小刻みに震えるオセンバ村の〈不滅の木〉とまったく同じだ。数理フローを金色の球体へと導くと、〈不滅の木〉はますます激しく振動し、うなりを上げた。球体が徐々に浮かびあがり、あたしの顔から三十センチほどの位置で停止し、ゆっくりと回転しはじめた。

さらに深いツリーイングの状態に入りながら、ズィナリヤ人のことを考えた。かつてズィナリヤ人は、アフリカの静かな集落にやってきた。砂漠に近いその小さな集落で暮らす人々は閉鎖的で、周囲から孤立していたため、ズィナリヤ人について口外することはなかった。こうして、太陽が地球の大気と反応するさまをこよなく愛する、恐ろしく背の高い金色の異星人たちの存在は秘されたままとなった。ズィナリヤ人は地球のこの狭い一角を休暇にうってつけの場所とみなし、住民もそれを気にしなかった。ズィナリヤ人と住民たちとの友情は、カンデという少女との出会いから始まった。カンデがズィナリヤ人と心を通わせたことは、結果として、小さな集落の住民に成長をもたらした。

ズィナリヤ人にも成長をもたらした。

ズィナリヤ人はひとつのエダンを残していった。なんの説明もなく。意図も告げず。でも、エダンは人を成長させる可能性を秘めている。そのエダンを見つけたのは、あたしだった。

あたしはどんどん深いツリーイングの状態に入りながら、どれくらい時間がたったのかわからないほど、回転する球体を見つめつづけた。あとでムウィンイに聞いたのだが、そのときムウィンイは星室(せいしつ)にいて、オクゥといっしょに食事をし、オクゥから、昔メデュースの族長どうしの会合がひどい結果に終わった話を聞かされたという。

「おれもオクゥも、きみはどこか別の場所で考えごとでもしてるんだろうと思ってた」ムウィンイはそう言った。

金色の球体は数理フローとともに回転速度を上げ、〈不滅の木〉とともにうなりを上げている。帯電した空気で腕のうぶ毛が逆立った。くねくねと動くオクオコがあたしの体側や背中にこすれ、乾ききったオティーゼがパラパラと床に散乱した。次の瞬間、あたしは宇宙空間にいた！

無限の暗闇。

無重力。あたしは飛んでいる。

少し落下する。

姿勢を立てなおす。

もういちど飛ぶ。

歓喜の悲鳴を上げながら笑いたくなった。ふたたび自分を超えた存在になったのだから。生身の人間が生きていられるはずのない宇宙空間を飛びまわれるようになったのは、大きな変化だ。広々とした宇宙空間で生きていられる。あたしは土星の環を形作る、もろい金属の塵のあいだを通り抜けた。塵がきらきらした氷のかけらのように、外骨格を叩きつけてくる。楽しくなって、ますますスピードを上げた。ムウィンイとオクゥにまた怖い思いをさせることになるので、連続横転をするのは我慢した。〈ニュー・フィッシュ〉号は何も言わず、すべてをあたしにまかせてくれた。これはあたしの使命だ。あたしがやると決めたことだ。それに、最高にいい気分だ。

あたしが今すわっている呼吸室では、金色の球体が回転しながら〈不滅の木〉とともにうなりを上げていた。その呼吸室で生成される新鮮な酸素があたしのなかに満たされた。きらきらした塵が砂嵐のように濃くなり、目の前で回転しはじめた。金色の球体を思わせる動きだ。あたしは停止した。

「おまえは誰だ？」誰かの声がした。オティヒンバ語だ。しかも、その声はあらゆる方向から聞こえてくる。

「ナミブのビンティ・エケオパラ・ズーズー・ダムブ・カイプカ、それがあたしの名前よ」状況をよく考えもせずに、そう口にした。「いいえ、違うわ。あたしの名前はナミブのビンティ・エケオパラ・ズーズー・ダムブ・カイプカ・メデューズ・エンイ・ズィナリヤ・ニュー・フィッシュよ」しばらく待ったが反応がないので、あたしからたずねた。「あなたは誰？」

「われわれは……」一瞬、何も聞こえなくなった。やがて、彼らが口にした名前の響きが、あたしの頭のなかで次元分裂図形のように分裂を繰り返しはじめた。ツリーイングの練習を具現化すると、こんな感じかもしれない。その名前は方程式だったが、あまりにも複雑で多様で変化に富んでいたので、ぴんとこなかった。もちろん、あたしが口にできる言語に翻訳することは不可能だ。美しい名前だった。あたしは喜びを感じながら、その名前を頭のなかで自由に回転させ、跳ねまわらせた。その喜びは、土星の環のきらきら輝く嵐のなかで、〈ニュー・フィッシュ〉号が放射する色となって現われた。

　ようやく口がきけるようになると、あたしは言った。

「あたしをここへ呼び寄せたのは、あなたたちね。どうして？　あたしになんの用？」

　塵が激しく渦を巻き、じょうご状になった。

「われわれが呼び寄せた、だと？」その声がからからように、たずねた。

「そうよ」さっき聞いた名前がまだ頭から離れないが、あたしは塵の激流に心を注いだ。

「あの球体は、われわれが出会ったある人々のものだ。その人々は、しかるべき者たちが球体を見つけるよう、ゆだねた。贈り物として、美しい金属のかけらで球体を包んで」

「あの球体はなんなの？」

「なんだと思う？」

　あたしはいらだちを覚えた。それにともなって、〈ニュー・フィッシュ〉号が発する光が濃い紫色に変化した。

「あなたたちがあたしを呼び寄せたんでしょ？　なんのために？」あたしは繰り返した。

「いいだろう」と、声。「たしかに、われわれはおまえを呼び寄せた。おまえの〈ズィナリヤ〉を通して」

「あたしは、やっとここへたどりついたのよ。いったい、なんの用なの？」

長い間があった。塵はさらに渦を巻きつづけ、一瞬、濃いオレンジ色の閃光を発した。この声の主が誰なのか……どこから来たのか……どんな姿をしているのか……。そんなことはどうでもいい。あたしがそれを知ることになっているなら、いずれわかるだろう。知る運命にないなら、知らないままだろう。いくつもの奇妙な旅をへて、わかったことがひとつある。ものごとはなるようにしかならない……静観するしかないことだってある、ということだ。それでいい。少なくとも、あたしのエダンと、宇宙空間を飛びまわる幻視についての疑問が解決し、それはあたしが想像していたとおりに奇妙だった。

「ウウムザ大学のことを教えてほしい」声が言った。

あたしは驚いて、一瞬、絶句した。

「なんですって？」

「おまえはウウムザ大学の学生ではないのか？」

「そうだけど――」

「ウウムザ大学について訊きたいから、おまえを呼んだのだ。われわれと同じような者の口から意見を聞きたい」

「でも……あなたたちと同じような者って、あたしのどこが――」

「われわれは時間と空間の種族だ。時空をさまよいながら経験を積み、知識を収集し、さらに大きな存在へと進化する。これこそがわれわれという方程式の哲学であり、文化なのだ。ウウムザ大学にはわれわれの仲間はいないが、銀河系屈指の大学だと聞いている。ウウムザ大学へ行けば、多くのことが学べる可能性があるので、ぜひとも出願したい。その前に、信用できる者からの心強い推薦の言葉が必要だ。おまえなら信用できる」

「じゃあ、あなたたちは、いずれ、あたしが……今みたいな存在になると知ってて、あたしを呼び寄せたの？」

「そうだ。われわれも多面性を持つ存在だ。ウウムザ大学についての意見を聞かせてほしい」

「わかったわ……あたしは故郷を離れ、途中で命を落としかけながらもウウムザ大学にたどりついた。そこでわかったのは、最高の経験を積める教育機関だということよ。最高の教授陣、最高の学生たち、最高の環境。あたしにとっては完璧な場所だわ」

ややあって、声が言った。

「感謝する」

それと同時に、激しく渦を巻いていた塵がぴたりと動きを止めた。推薦の言葉。彼らがほしかったのは、それだけか。なんだか……拍子抜けしてしまった。だからといって不満に思っているわけではない。

あたしはしばらくのあいだ、宇宙空間や、〈ニュー・フィッシュ〉号の身体に当たっては撥ね返る大小の石の感覚を楽しんだ。ふと、ひらめいて、〈ニュー・フィッシュ〉号の大きなハサミで、動きまわるこぶし大の石ふたつをつかみ取った。あたしは〈ニュー・フィッシュ〉号として、石や塵を〝味わう〟ことができる。舌を刺激する味がした。〈不滅の木〉が葉に蓄える〝命の塩〟や、アストロラーベの材料となる砂岩の味と似ている。あたしはふたつの石を〈ニュー・フィッシュ〉号の体表に複数ある腹節のあいだにしまった。

あたし自身の身体に戻ったとき、金色の球体は床の上に置かれ、〈不滅の木〉はもう振動していなかった。ムウィンイが当惑の色を浮かべて、あたしを見おろしている。

「あれはなんだったんだ？」と、ムウィンイ。

「拍子抜けしちゃったわ」あたしは笑ってそう言うと、立ちあがった。

11 ントゥ・ントゥと日光

〈ニュー・フィッシュ〉号は黄色い草地に着陸した。あたしがウウムザ大学ではじめての授業――〈ツリーイング101〉――を受けた場所だ。武器学部地区と数学部地区と有機学部地区のあいだにある広い原っぱで、普段は人けがない。この日はメデューースに似た種族が数人いた。虫取り網で研究用のントゥ・ントゥを捕まえている。〈ニュー・フィッシュ〉号が着陸した瞬間、そのうちの一人が大声を上げ、空中を飛んで逃げていった。ほかの者たちはガスを吐き出し、固唾をのんで見つめている。大学専用シャトルがすべるように近づいてきて、下船するあたしたちを待ち受けた。

ムウィンイとオクゥが〈ニュー・フィッシュ〉号の通路を進むあいだ、あたしは無言だった。オクゥは興奮しているし、ムウィンイはまだ迷いがあるようで、あたしと話すどころではなかった。あたしにとっては好都合だ。あたしもこの不安を自力でなんとかしたい。今の自分にできる範囲で。

「**ゆっくり歩くのよ**」あたしが船の出口で立ちどまると、〈ニュー・フィッシュ〉号が言った。

「そうするしかないわね」と、あたし。オティーゼがはがれ落ちて裸同然だということは考えないようにした。いつもと違って、熱い外気が不快に感じられた。〈ニュー・フィッシュ〉号と結合しているせいだろう。それに、船内の安定した人工重力とは違う惑星の重力にすぐには対応できず、ふらふらしていた。原っぱの草が黄色いのは、惑星ウウムザ・ユニのふたつの太陽の光を浴びて育ったからだ。土や草のにおいに混じって、ここに生息するントゥ・ントゥのにおいがした。

オクゥが船外のずっと遠くにいる誰かと話している

声がした。ムウィンイは靴を脱いで、地面にひれ伏し、目を閉じている。あたしはタラップを降りはじめた。今のあたしは〈ニュー・フィッシュ〉号の一部だから、船体から離れすぎてはいけないと、〈ニュー・フィッシュ〉号に言われている。だが、どのくらい離れたら〝離れすぎ〟になるのか、〈ニュー・フィッシュ〉号自身にもわからない。船を降りたらだめということなのか？ 数メートル離れるぐらいは大丈夫なのか？ じきにわかるだろう。でも、離れすぎたら、どうなってしまうんだろう？

草地に降り立つと、ほっとため息をつき、船を振り返った。立ちどまったまま、はじめて〈ニュー・フィッシュ〉号の姿をまじまじと見た。〈ザ・ルート〉より大きいが、〈ザ・ルート〉と同じように、自然な優雅さがある。あたしはひとりで、ほほえんだ。〈ニュー・フィッシュ〉号も〈ザ・ルート〉も、生きているからこそ美しい。〈ニュー・フィッシュ〉号は母親の〈サード・フィッシュ〉号ほどにはエビに似ていない。名前が出てこないが、水生生物の一種に似ている。まるくふくらんだ身体は、透明なメデュース船を彷彿させた。ウウムザ・ユニの空気と日光のなかで見ると、紫がかったピンク色の身体の両側とひれの付け根のまわりに、太い金色の線が入っているのがよくわかる。なんといっても、この目！ 〈ニュー・フィッシュ〉号が金色に輝くこんなに大きな目を持っていることに、どうして気づかなかったのか？ この目を通して土星を見たのだとしたら、えもいわれぬさまざまな色が見えた説明がつく。その美しい目があたしを見ている。あたしは後ろ向きで〈ニュー・フィッシュ〉号から離れ、出迎えの代表者とシャトルのもとへ向かった。

「**大丈夫？**」と、〈ニュー・フィッシュ〉号。

あたしはうなずき、にっこり笑った。

カニに似た二人の代表者にゆっくりと近づいた。一人は外骨格の色がバラ色で、もう一人は緑色だ。どちらもウウムザ大学の青い制服を身にまとい、ハサミのついた左前脚の根元から、金色のチェーンでアストロラーベをぶら下げている。そのアストロラーベから、陽気な声が聞こえてきた。

「おかえりなさい、ビンティ」二人が高らかに言った。

「ありがとうございます」と、あたし。「こんな場所に着陸して申しわけありません。発着港に着陸して大騒ぎになってはいけないと思いまして」

「しかたありませんよ。あなたは英雄なんですから」バラ色のほうが言った。「それに、小型の生物船なので、草地へのダメージはありません」

「ハラス学長は〈ニュー・フィッシュ〉号の滞在を許可すると言っています」緑色のほうが言った。「あなたとオクゥ、そしてムウィンイどのに早く会いたいそうです」

「ただの〝ムウィンイ〟でけっこうです」と、ムウィンイ。地面に両手をつけてかがんだまま顔を上げた。

「では、ムウィンイとお呼びします」緑色のほうが言った。「みなさんをシャトルでお送りいたします。〈ニュー・フィッシュ〉号には休息と軽食をとっていただき……ほかに何か必要なものはありますか？」

あたしは〈ニュー・フィッシュ〉号を見ると、たずねた。

「あたし、シャトルに乗っていっちゃうけど、いい？ 大丈夫？」

「**わたしもいっしょに行けばいいわ**」と、〈ニュー・フィッシュ〉号。

結局、〈ニュー・フィッシュ〉号の言うとおりにした。〈ニュー・フィッシュ〉号は、あたしたちの乗ったシャトルの真上を飛んでいる。こんな光景はありふれているとは言いがたいが、この惑星では特別なことではないのかもしれない。ここでは何が起こっても、不思議ではないのだから。

12　ハラス学長

ウウムザ大学の学長の名前には、故郷の砂丘を吹きわたる風の音に似た響きがあった。あたしには〝ハアアラアアアスウウウ〟と聞こえるので、ハラスと呼んでいる。〝学長〟という敬称さえつければ、本人は気にしないようだ。ハラス学長とはじめて会ったのは、〈サード・フィッシュ〉号を降りてすぐの話し合いの場だった。そのとき、あたしはメデュースについての私見と、メデュースが〈サード・フィッシュ〉号でパイロットをのぞくクーシュ族を皆殺しにした件についての私見を述べた。

エンイ・ズィナリヤ族（当時は〝砂漠民〟と呼んでいたが）の神に似ているというのが、ハラス学長の第一印象だった。横幅はオクゥと同じくらい、身長はあたしくらいのクモ型種族だ。ハラスという名のとおり、クモに似た灰色の身体が風を受けたように波打っていた。それ以降も、ウウムザ大学で過ごした一年間になんどかハラス学長と会った。居心地のいい学長室は、あたしのお気に入りだ。

中央地区に、砂岩でできたハチの巣構造の本部ビルがあり、学長室はその最上階に位置していた。その部屋は、青みがかった水晶の巨大な泡のようだった。床は、やわらかな赤い草地になっていて、太陽に温められている。三角形のドアの向かいの壁には、ハラス学長のアストロラーベが埋めこまれており、誰かが入口にやってくるたびに音を立てる。

「サンダルを脱いで」あたしはムウィンイに言った。

ムウィンイはすぐにサンダルを脱ぐと、畏怖の色を浮かべて青いドーム状の部屋を見まわした。また、にやにやしている。この惑星に着いてから、ずっとこの調子だ。学長室のやわらかな草を踏むと上機嫌になり、ひとり笑いをしはじめた。

「ここでも声が聞こえる」ムウィンイはくすくす笑った。

「ムウィンイは頭がどうかしちゃったのか？」ハラス学長に近づきながら、オクゥがメデュース語であたしにたずねた。

「ムウィンイはすべての生き物と対話できるの」と、あたし。「土の声を聞く〝読地術〟という能力も持ってるの。それに、地球以外の惑星にはじめて来たから、興奮してるのよ」

「うれしすぎて死ぬんじゃないか？」と、オクゥ。

「ハラス学長」あたしはオクゥとムウィンイを無視して言うと、足もとの草を見た。ムウィンイはまだ、くすくす笑っている。

「おかえり、ビンティ、オクゥ」ハラス学長はオティヒンバ語で言った。部屋の中央に立っていたが、一瞬、跡形もなく姿を消したかと思うと、ふたたび現われた。あたしは慣れているが、ムウィンイはそうではない。あたしの後ろで息をのんでいる。

「ちょうどいいタイミングで帰ってきましたね。今なら、少し休んで、次年度の新学期にまにあいます。大学は続けるつもりですよね？」

「もちろんです」と、オクゥとあたし。

「けっこう」と、ハラス学長。「そして、本当によくおいでくださいました、エンイ・ズィナリヤ族のムウィンイ・ンジェム」

「ここに来られたことを大変うれしく思います、ハラス学長」と、ムウィンイ。

「この惑星に来たエンイ・ズィナリヤ族はあなたがはじめてです」と、学長。「ズィナリヤ人はあなたがたの祖先について研究論文を記し、今の時代のあなたがたがどうなっているかを推測しました。ズィナリヤ人の学生グループは、あなたがたとふたたび親交を持ちたいと考えているようです。久しぶりの再会ということになりますね」

　ムウィンイはぽかんと口を開け、学長を見つめることしかできなかった。それを見て、学長が含み笑いを漏らした。

「あなたは調和師（ハーモナイザー）ですね？」

「はい、ご婦人（ムマ）」と、ムウィンイ。眉をひそめた。

「失礼。なんとお呼びしたらいいんでしょう……紳士（オーガ）ですか？　それとも学長？　おれの村には、男、女、男でもあり女でもある者、どちらでもない者、三つ以上の性を持つ者がいますが、みんな人間です。少なくとも、大昔にズィナリヤ人がおれたちのもとを去ってからは、ずっとそうでした」

「オクゥのことはなんと呼んでいるんです？」

「ビンティが呼ぶとおりに呼んでます。でも、頭のなかでは〝彼〟と呼ぶことが多いです」

　あたしの隣で、オクゥが大量のガスを吐き出した。あたしは笑みを浮かべながら、足もとに目を落とした。

　ムウィンイは、あたしを見てからオクゥを見ると、肩をすくめた。

「では、〝ムマ〟と呼んでください」と、ハラス学長。

　ムウィンイはうなずいた。

「ありがとうございます、ムマ」

「それでは」学長はそう言って身体の向きを変えると、ドームの向こう端へすばやく移動した。あたしたち三人も、あとを追った。話しながら円を描くように部屋を歩きまわるのが、学長の癖（くせ）だ。学長は高い透明な天井の向こうを見た。ビルの真上を〈ニュー・フィッシュ〉号がただよっている。

「何か不測の事態が起こったのですか？」と、学長。

　あたしたちは代わるがわる、学長にすべてを話した。ハラス学長は前脚をカチッと鳴らすと、話を聞きながら二度ほど姿をすっかり消したように見えた。それでも、ほとんどは、その場にちゃんと姿をとどめたまま、無言で話を聞いていた。〈ザ・ルート〉が焼け、家族が死んだと思いこんだときのことに話が及ぶと、あたしは我慢できずに声を上げて泣いた。ムウィンイは、あたしの〈ズィナリヤ〉のロックが解除されたときのことを話した。あたしがフクロウに似た生き物の羽根を親指に突き立てると、何かが噴き出すのが遠くから見えたという。

「地面が揺れ、おれのまわりや〈アーリヤ〉の洞窟やその周辺の地面に小さい裂け目がいくつもできたんです。しばらくすると、青紫色の一筋の光が現われました」と、ムウィンイ。「その光は水のように噴き上がったかと思うと、地面に落ちました」

あたしがわれに返ったときには、〈アーリヤ〉の服に火がついていた。あたしは自分が数理フローをコントロールできなくなったのかと、恐ろしかった。ムウィンイが説明したことは、まったくの初耳だった。あたしの家族が逃げこんだ〈ザ・ルート〉が炎上するなか、クーシュ兵を皆殺しにしたと、オクゥは言った。それを聞いたあたしは、激しい怒りと歓喜が同時にこみあげるのを感じた。家族は死ななかったが、オセンバ村のヒンバ族にとってオセンバ議事堂以上に愛着のある〈ザ・ルート〉は、クーシュ族の悪意により全焼した。クーシュ兵たちも、生きてそこから離れることはできなかった。あたしのなかのメデュースの部分が、ざまあみろと喜んでいる。あたしは困惑した……でも、数週間前なら、もっと喜んでいただろう。あたしはあえて、その感情を抑えなかった。

話しながら、あたしたちは学長のあとを追って、学長室をぐるぐるとまわりつづけた。学長は質問するために、いちどだけ足を止めた。あたしが〈ニュー・フィッシュ〉号として生き返った話をしたときのことだった。

「メデュースもクーシュ族も休戦に合意したのでしょう?」と、学長。「なのに、なぜ戦いが始まったのですか?」

「わかりません」と、あたし。「メデュースの族長が撃たれたのをきっかけに、銃撃戦が始まったんです」

「クーシュ族は本当にひどい連中だ」と、オクゥ。

あたしはオクゥをにらみつけた。

「メデュースだって、あたしの友人たちを虐殺したじゃない」と、あたし。「船に乗ってたのは、丸腰の学生や教授ばかりだった。事情を話せば、みんな仲裁役を買って出て、族長の毒針を奪い返すために力を貸してくれたはずなのに。メデュースのどこがクーシュ族と違うというの?」

「ぼくたちメデュースは義務感と忠誠心と道義心にもとづいて行動した、ビンティ」と、オクゥ。

あたしは身震いした。あたしのオクオコの先端が小刻みに震えながら、背中に当たっている。またしてもヘルーの姿が目に浮かんだ。毒針を刺されて、胸がぱっくり開いている。あれはオクゥの毒針だったのだろうか? そう疑問に思ったのは、これがはじめてではない。可能性はある。当時、あたしはオクゥのことをよく知らなかった。目の前で行なわれた〝ムージュ＝ハ・キ＝ビラ〟にはたくさんのメデュースが加わっていたから、記憶だけを頼りに、ヘルーを殺したのはオクゥだと断定することはできない。あたしがメデュース船のなかで背中を毒針で刺されたときも、オクゥは族長のそばにいたが、動きの俊敏なオクゥなら、すばやくあたしの背後にまわりこめたかもしれない。

「ビンティ」と、ハラス学長。前脚をあたしの肩に置いた。あたしがびくっとすると、前脚にさらに力をこめた。「草をごらんなさい。魔法の呪文を思い出して」

「成長するのは生きている証」あたしは赤い草を見ながら、そっとつぶやいた。「成長するのは生きている証」ハラス学長が教えてくれた魔法の呪文だ。あたしが学長室でパニック発作を起こすたびに、この呪文を唱えさせられた。あたしが今、素足で踏んでいる草は血のように真っ赤だが、血を流しているわけではない。この草が赤いのは、生きているからだ。赤イコール悪じゃない——自分に繰り返し言い聞かせた。あたしが着てるのは、ヒンバ族がよく着る赤い服。オティーゼだって赤い。〈ズィナリヤ〉を介して対話するとき、あたしの言葉は赤い文字列となって現われる。「成長するのは生きている証」息を吸って吐いて。気分がよくなり、落ち着いてきた。それでも、オクゥを正視することはできなかった。

「ムウィンイ」と、ハラス学長。「覚えていることを話してください」

「あのとき、おれは〈ザ・ルート〉の土台にいました」と、ムウィンイ。「声が聞こえたんです……おれは……さわらなくても聞こえました。稲妻(いなずま)のおかげかもしれません。おれは調和師なので——」

「ええ、あなたの能力はよく理解しています」と、ハラス学長。「相手の言語を知らなくても、すべての生き物と対話できる。ビンティとは違うタイプの調和師ですよね」

ムウィンイは安堵(あんど)の表情でうなずいた。

「人に説明するのは難しくて」

「ウウムザ・ユニでは何が起こっても不思議ではありませんよ」と、学長。

「おれの足にも、すごい能力があるんです。今この瞬間も、読地術(グラウンディング)で土の声に耳を傾けてます。ビンティの死を目の当(ま)たりにしたせいで、その能力が目覚めたのかもしれません」

「きっと、そうでしょう」と、ハラス学長。「惑星と親密な絆(きずな)を結ぶ人は、グラウンディングの能力が発達しやすい傾向にありますから。あなたは生まれつきの調和師なので、自然界に惹きつけられるのでしょう。それまでグラウンディングの能力が目覚めなかったのが不思議なくらいです。それで、何か聞こえましたか？」

「はい。〈ザ・ルート〉の声に耳を傾けていると、〈ザ・ルート〉がまぎれもなく根っこ……いや、〈不滅の木〉であることがわかりました。上へ伸びる普通の木と違って、地下深くに向かって伸びていました。ビンティがクーシュ族、メデュース双方の代表者と話をし、万事順調のように思われました。おれたちは勝利したのだと思いました。おれが顔を上げたとき、族長が撃たれる瞬間が目に飛びこんできました。クーシュ族の王の表情も見えました。王自身、あんなことになるとは思ってなかったようです。やがて、王は怒りの色を浮かべました。王の側近であるクー参謀総長の顔も見えましたが、クーのほうはすべて想定内という感じでした。クーはビンティに向かって突進しました」

　あたしは目をしばたたいた。思い出した。クーに腕をつかまれたことを。あたしはクーをなぐった。二度なぐった。オクゥが来て、クーと取っ組み合いを始めて……でも、そこに銃弾が飛んできて、オクゥは自分の身体を盾にして戦うはめになった。クーはすでに逃げたあとだった。そして、あたしは殺された。

「クーシュ族のあいだで意見の対立があったのでしょう」ムウィンイは話しつづけた。「あんなことになったのは、きっと誰かの画策ですよ」

「そうかもしれません」と、ハラス学長。「王の第二司令官か第三司令官が王を裏切った可能性もあります。ヒンバ評議会がビンティを裏切ったように。あるいは、武器が暴発したか。休戦協定が結ばれたことに不満を持った一兵士が、流れを変えるためにしでかしたのか。真相はわからないままかもしれませんね」学長は〈ニュー・フィッシュ〉号を見あげた。「実は、船と結合した学生は、あなたがはじめてではありません、ビンティ」

　あたしは草から視線を上げ、学長を見つめた。

学長が前脚を交差させて震わせると、その姿がわずかに薄くなった。笑っているしるしだ。

「なんども言いますが、ここはウウムザ大学ですよ。何が起こっても不思議ではありません。たいていのことは研究され、文書化され、考えつくされています。別の生物と結合した人たち――とくに船とペアになり、旅をした人たち――について記した完全な論文が残っているはずです。そのようなペアは非常に見聞が広く、人類についての知識が豊富だからです」少し間を置き、言葉を続けた。「今日はここまでにしましょう。ビンティ、あなたは新異星人医療ビルへ行ってください。ここから近い場所にあります。検査を受けられるよう手配しておきました。〈ニュー・フィッシュ〉号からどのくらい離れても大丈夫か、調べてもらえるでしょう。船と結合した人たちと話がしたければ、頼んでみてください」

あたしは眉をひそめた。あたしの血液とか身体とか、あれこれ調べられたくない。ここはウウムザ大学だから、あたしと似たような前例はあっただろう。でも、積極的に詳しく知りたいとは思わない。

「ムウィンイ、あなたさえその気なら、入学試験を受けてみませんか？　入学できる年齢に達していますし、合格すればエンイ・ズィナリヤ族初の学生ということになります。お見受けしたところ、生まれついての調和師師範（マスター・ハーモナイザー）のようですし」

「お断りします」と、ムウィンイ。靴をはいていない自分の足を見て、首を横に振った。「すみません、ムマ。失礼なことを申しあげて。でも、本当にけっこうです、ムマ……ハラス学長。おれがここに来たのは、ビンティ……とオクゥのためですから。学生になるつもりはありません。あちこち放浪することが、おれにとっていちばんの勉強です」

　ハラス学長は黒い複眼でしばらくムウィンイをじっと見ると、言った。

「では、特別受講生として、好きな授業を自由に聴講してください。そのうち、気が変わるかもしれません」

ムウィンイはにっこり笑って言った。

「ありがとうございます」気が変わることは断じてないと言いたげな口調だ。

「わたしはメデュース／クーシュ戦争関連の委員会に出席しなければなりません。わたしたちは当事者ではありませんが、かかわっていることは事実です。メデュースの族長の毒針を奪い、戦いが再燃する原因を作ったのは、わが大学のクーシュ族の学者たちです。ウゥムザ大学には、新たな協定とオクゥの地球訪問を承認した責任もあります。わたしたちは集まって議論し、行動を起こすつもりです。あなたがたの力を借りたいときはお呼びします。でも、それまでは、あまり心配しないでください。メデュースとクーシュ族の戦いは今に始まったことではありませんし、エンイ・ズィナリヤ族がヒンバ族の力になるのであれば、少なくともあなたの家族に危険が及ぶことはないでしょう。あなたがいなくても、クーシュ族がヒンバ族を悩ませることはないと思います」

でも、あたしが故郷に戻ったら、どうなるんだろう？

「お父さんに連絡しましたか？」と、学長。

「連絡するつもりです」あたしはそれだけ言うと、目をそらした。あたしがまだ生きてるって、本当に知らせる必要があるのか？　あっちでは、もうすべてが終わり、いろいろなことが動きだしているかもしれないのに？　家族には当分、今やるべきことに集中してもらいたい。それは、エンイ・ズィナリヤ族に心を開くことだ。自分がその場にいないことに罪悪感を覚えたが、そんな考えはすぐに頭から追い出した。

「そういえば、あなたがたが土星の環で出会った人たちから連絡がありました」と、ハラス学長。「すでに入学試験を受け、若者が数人と、年配のかたも何人かが合格しています」

「本当ですか？　もう？」

「ええ、そうなんです」と、ハラス学長。「確信をいだいたら、行動が速い人たちですからね。あなたが推薦してくれたおかげで、この大学に入るべきだと強く確信したようです。いつか、あなたがた三人のうちの誰かが、その人たちと会うことになりそうですね」

あたしはムウィンイをちらっと見た。ムウィンイはまたしても、にやにや笑っていた。

13　診　察

二十五時間後、あたしは白い建物に続く小道を歩いていた。建物の正面に、身を寄せ合って立つさまざまな種族の個体（ヒューマノイドは一体だけだ）を組み合わせたシンボルがある。寄宿舎の部屋を出てから、クラスメートたちの好奇の目を無視し、オティーゼがはげ落ちた肌やオクオコに容赦なく照りつける日差しに耐えながら、ここまで来た。ハラス学長と教授の話を数人の学生が立ち聞きしたことから、地球であたしの身に何が起こったのか、こまごまとした情報が大半の人の耳に入っただけでなく、あたしの見た目が大きく変わったことも影響していた。オティーゼを塗っていない暗褐色の肌は、クーシュ族ばかりの地球人学生のなかでは目立ちすぎるし、十本ある太いオクォコもオティーゼで隠すことができず、むき出しの状態だ。先端に濃い青色の斑点がある、明るい青色の触角を膝まで垂らしている人間など、あたしのほかにはいない。ただでさえ恐ろしい存在であるオクゥといままで以上に深い関係にあるのではないかと、疑われるのも当然だ。

あたしの部屋まで押しかけてきて、詳しく聞かせてと迫ったのは、友人のハイファだけだった。あたしがすべてを話すあいだ、ハイファはずっとあたしの顔を見つめていた。あたしは落ち着かない気分になり、汗をかきはじめた。落ち着きを取り戻すために、軽いツリーイングの状態に入らなければならなかった。あんまり見つめられるのは困るが、ハイファに会いたいと思っていたので、再会できて本当にうれしかった。でも、オティーゼを塗っていない裸同然の姿をまじまじと見られ、疲労感が残った。

これから検診を受けるのかと思うと、あのときと同じ気疲れがした。ムウィンイについてきてもらおうかとも思ったが、ムウィンイがあまりにも楽しそうに裸足（はだし）で駆けまわったり、だれかれかまわず会ったりしているので、あたしの用事に付き合わせるのは気が引けた。オクゥは「検診を受けてこいよ。ぼくはここにいるから」とひとこと言うと、自分の寄宿舎に引っこんでしまった。

あたしは新異星人医療ビルに入った。その上空を〈ニュー・フィッシュ〉号がただよっていた。

驚いたことに、あたしの担当医師は地球人だった。長身でぽっちゃりしたクーシュ族の女性で、母と同じくらいの年齢だ。ゆったりした長めの黒いローブをまとい、きらきらした緑色のイヤリングが緑色の目とよく合っていた。ハラス学長が、あたしのために手配してくれたのだろう。見あげるほど背の高いその医師は、片手を差し出した。

「ようこそ、ビンティ。トゥカです」

あたしはドクター・トゥカと握手した。

「はじめまして」と、あたし。狭い部屋をちらっと見まわした。生まれ故郷の診察室に似ているが、見たこともないほど大きくて頑丈そうな診察台がある。

「今朝、ハラス学長とじっくり話をしたわ」トゥカは笑みを浮かべ、あたしのオクオコを凝視した。「あなたは驚くべきかたね、お嬢さん」

「ありがとうございます」あたしは静かに言った。

「ひととおりの検査を行なうつもりよ。血液、皮膚、消化器系、脳、すべてをチェックさせてもらうわ。数時間後に結果が出ると思うわ」

「数時間？」と、あたし。

トゥカはうなずいた。

「それから、あなたと〈ニュー・フィッシュ〉号がどれくらい離れても大丈夫なのかということも、はっきりするはずよ」

心臓の鼓動が速くなり、あたしは後ろの黄色い椅子にどさりとすわりこんだ。

「どうしたの？」トゥカが心配そうにたずねた。

「どんな結果が出るか、不安で」

「きっと興味深い結果が出るわ。でも、心配しないで、ビンティ。あなたは健康体で、なんの問題もないから」

「本当に？」と、あたし。

トゥカはあたしの肩をポンと叩いた。

「始めるわよ。すわったままでいいわ。まず反射能力を調べるわね」

検査が終わってから三時間、あたしはずっと待合室にいた。不安のせいで感覚が麻痺（まひ）し、立ちあがることも動くこともできないでいると、メデュースに似た患者が来た。あたしのそばに浮かんだまま、ガスを吐き出すばかりでほとんど吸いこんでいない。あたしと同じように不安なのだろう。気持ちが落ち着くような曲をアストロラーベで再生したいところだが、あいにく、あたしのアストロラーベは壊れてしまった。〈ニュー・フィッシュ〉号で目覚めたとき、エダンは見つかったけど、壊れたアストロラーベはどこにもなかった。生き返ってからというもの、アストロラーベがなくても、〈ズィナリヤ〉を通して楽に対話できるようになった。〈ズィナリヤ〉に慣れていないときは、目眩がしたり、振り返ると、ぽっかり口を開けた暗いトンネルや奇妙な惑星が見えたりしたが、そんなこともなくなった。でも、今は〈ズィナリヤ〉を使って祖母やムウィンイに呼びかけないほうがいい。検査の結果が出たかどうか、うるさく訊かれるだけだから。いつのまにか、あたしは青い椅子の上でまるくなり、眠りこんでいた。

自分の名前が呼ばれると、ハッと目を覚まし、ホバリングする小型ロボットに案内されて診察室に戻った。ドクター・トゥカはテーブル付きの椅子にすわっていた。テーブルの上に置かれたアストロラーベを通して、トゥカの目の前にグラフが投影されている。

「かけて」グラフに目を向けたまま、トゥカが言った。

あたしは黄色い椅子にすわった。震えが止まらない。

「さて、検査結果が出たわよ」トゥカはあたしに向きなおった。

「まず、〈ニュー・フィッシュ〉号からどれくらい離れても大丈夫なのか、聞かせてください」あたしはすかさず言った。

「地上では約八キロ、空中では約十一キロよ」と、トゥカ。「まあまあでしょ？」

あたしはにっこり笑って言った。

「ああ、よかった」

「でも、単独で大学専用シャトルやソーラー・シャトルには乗らないように。〈ニュー・フィッシュ〉号が並走していれば話は別だけど。移動手段には〈ニュー・フィッシュ〉号を使えばいいわ」

あたしはうなずき、もっとも恐れていた質問をした。

「おたがいに離れすぎたら、どうなるんでしょう？ どっちも……死ぬんですか？」

「〈ニュー・フィッシュ〉号は死なないわ」と、ドクター・トゥカ。「だけど、あなたは死ぬかもしれない。離れかたが急激で、その距離が大きければ。でも、まずは強烈な痛みが襲ってくるはず。症状は人それぞれよ。とにかく気をつけてね」

トゥカは言葉を切り、あたしの次の質問を待った。でも、あたしには、ほかに知りたいことは何もない。

「それから、あなたのDNAは実に興味深いわ、ビンティ」と、トゥカ。「あなたは……」

「あたし……あたしは今でも人間なんですか？」と、あたし。

「人間だと思う？」

「つまり、その、それは……」

「あなたはヒンバ族の少女でしょ？ 自分でそう言ってたわよね？」

「はい。でも……」あたしはオクオコに触れ、おどおどした笑みを浮かべた。「あたしは、〈ニュー・フィッシュ〉号の微生物でもあるんでしょう？ あたしが生きているのは、そのおかげなんですよね？」

「あなたはヒンバ族、エンイ・ズィナリヤ族、メデュースのDNAを持っていて……わずかながら〈ニュー・フィッシュ〉号のDNAも持ってるわ」と、トゥカ。「でも、あなたのなかにある微生物は、たしかにほとんどが〈ニュー・フィッシュ〉号のものよ。微生物はあなたの細胞と共存しているので、両者がミックスされることで今のあなたを形成してるの。だから、生まれたときのあなたとは違うけど、すでに言ったように、健康に問題はないわ」

あたしは安堵（あんど）のため息をついた。

「話はまだ終わってないわ」と、ドクター・トゥカ。

「知っておいてほしいことがあるの」

あたしは眉をひそめた。

「どんなことですか？」

「そうね、現時点では、たいした驚きでも大きな問題でもないかもしれない。ウウムザ大学で一年を過ごし、さまざまな人と出会い、さまざまな経験をしたあとだから」トゥカは言葉を切ると、ホログラムのグラフを見つめ、やがて言った。「あなたは地球の年齢で十七歳よね？」

あたしはうなずいたが、トゥカはこちらを見ていない。

「子どもを持つことを考えたことはある？」

あたしは、さらに大きく眉をひそめた。

「もちろんです」と、あたし。「これだけいろんな経験をしてきたのに、子どもを持たないなんて、ヒンバ族としてありえない――」

トゥカがあたしに向きなおった。その表情を見て、あたしは口を閉じた。

「相手がオクゥだとしたら、どう？」

「は!?」

「充分に起こりうることよ。いますぐじゃないけど、そのうちに」

「でも――」

「あなたの子どもはオクオコを持って生まれる可能性が高いわ。メデュースのDNAが強いからよ。子々孫々まで受け継がれてゆくわ」

「でも、オクゥとあたしは――」そう言いかけて、ふと思った――あたしにとって、オクゥはなんだろう？

ムウィンイとはキスしたけど。

「〈ニュー・フィッシュ〉号の微生物も受け継がれ、あなたの子は〈ニュー・フィッシュ〉号の一部になる可能性がある。結合という形ではないけど。さらに――」

「やめて！」あたしは目を閉じ、金切り声を上げた。

「もういい。たくさん！」耳鳴りがしはじめ、それはどんどん大きくなっていった。顔が熱を帯び、締めつけられているかのように頭が痛い。落下と上昇を同時に行なっている気分だ。「アストロラーベも壊れたんです」あたしは深呼吸した。「チップが破損してしまって。あたしの身分を証明する文書データはもうないんです」かんだかい声で笑い、叫んだ。「あたしは何者なの？　どうして、こんな複雑な存在になってしまったの？」涙があふれてきた。

「こ……故郷に帰ったのは、巡礼の旅に出るためだった。巡礼を終えて、ヒンバ族の女性として一人前になるはずだったのに。でも、あたしが帰ったせいで、戦争が始まった！　あたしの生まれ故郷で！　あたしは家を焼かれた！　そして、殺された！　あたしは死んだの！　だけど、生き返って……今のあたしは本当にあたしなの？」あたしは立ちあがり、狭い部屋をうろうろ歩きながら、額をぴしゃりと叩いた。

部屋のカウンターに、やわらかそうな黄色い花でいっぱいの花瓶が置かれていた。袋状になった花びらのひとつひとつが、たっぷりと水を含んでいる。あたしは花をひとつつかんで握りつぶし、ドクター・トゥカをにらみつけた。トゥカは穏やかなまなざしであたしを見つめている。つぶれた花びらから液体がほとばしり、あたしの手首を伝って肘へと流れ落ちた。たちまち室内に土のような甘い香りが広がった。

「あたしの過去と現在は大きく変わってしまった。じゃあ、未来はどうなるの？」

あたしはすすり泣き、ぺちゃんこになった花を足もとに投げ捨てて床にへたりこむと、両手で頭をかかえた。

「あたしはいつだって自分のことが好きでした、ドクター・トゥカ」顔を上げてトゥカを見た。「ありのままの自分が好きです。家族を愛してます。家出なんて、するつもりはありませんでした。あたしは変わりたいわけじゃない。成長したいだけなんです！　何も変わらなくてもよかったのに……何もかもがこんなに変わるなんて……こんな化け物みたいになるなんて！　ひどすぎる！　ありのままの自分でいたいだけなのに」

トゥカは無言であたしを見つめた。

「あたしは人間なんですか？」すがるような目をトゥカに向けたが、トゥカは答えてくれない。とめどなく涙があふれ、トゥカの姿がぼやけてきた。今はじめて疑問に思った——あたしは本当に故郷を離れるべきだったのだろうか？

「ビンティ」と、トゥカ。「ヒンバ族の女性は男性と婚姻することで、男性の家族と絆を結ぶのよね？」

「はい」と、あたし。消え入りそうな声だ。

「女性は結婚相手を家族とともに選び、夫となった男性は妻を養い、守り、妻の人間性を育ててゆく」

「そうです」

「ヒンバ族のあいだでは、そのような生きかたが尊重されているみたいね。あなたに会う前に調べたの。わたしはこう考えるわ——あなたは〈ニュー・フィッシュ〉号ともオクゥとも結婚したも同然。だから、〈ニュー・フィッシュ〉号もオクゥも、もうあなたの家族よ。あなたには、一般的なヒンバ族の少女では考えられないほどたくさんの家族がいるというわけ。あなたは二度、命を落としかけた。でも、今はこうして、ぴんぴんしてる。力強く……」トゥカはくすっと笑い、付け加えた。「奇妙な存在として。あなたみたいな人、この大学にはほかにいないわ」

あたしはふたたび、へたりこんだ。事実を……現実を突きつけられ、まだ震えが止まらない。

「花をめちゃめちゃにして、ごめんなさい。どうして……こんな乱暴なことをしたのか、自分でもわかりません」

「いいのよ。花はまた咲くんだから」

あたしはうなずいた。

「よかった」

「さらに詳しい検査が必要ね、ビンティ」と、ドクター・トゥカ。ホログラムのグラフに視線を戻した。

「セラピストにも予約を入れておくわ」


地上では八キロ、空中では十一キロまで離れても大丈夫だと話すと、〈ニュー・フィッシュ〉号は飛びあがり、うれしそうに高度三千メートルまで急上昇すると、つづいて自由落下し、大きく旋回を繰り返した。だが、百六十キロのかなたにある大好きな宇宙空間へは戻れない。あたしがいっしょでないかぎりは。あたしは早く寄宿舎に帰って横になりたい気分だった。どんな検査結果が出るか心配だったが、まずまずの結果でよかった。問題はない。まあまあってところだ。

あたしの寄宿舎の近くに、ちょっとした空き地がある。おいしそうな黄色い草もなければ、〈ニュー・フィッシュ〉号が食べてみたいというントゥ・ントゥもいない。おまけに、大学に通う学生たちの通り道になっている。でも、わりと静かだし、ほかに二隻の生物船が停泊していた。〈ニュー・フィッシュ〉号はそこに停泊することを承知してくれた。


あたしは部屋に入ってドアを閉めると床にすわりこんだ。ほっとするまもなく立ちあがった。ゆうべ調合したオティーゼのことが気になる。瓶の蓋を取って、においを嗅ぎ、濃いオレンジ色をしたペースト状のオティーゼを見た。まだ少し水分が多い。完成まで、あと一日かかるだろう。あと一日、裸同然でいなければならないということだ。ため息をつき、瓶を窓台に戻した。ここに置いておけば、惑星ウウムザ・ユニの大きな月からの光と、明日の日光を浴びて、オティーゼが熟成されるはず。ひと眠りしようとベッドに横になったとたん、ドアをノックする音がした。あたしはぶつぶつ言いながら、アストロラーベの画面で来訪者を確認しようと、ポケットに手を入れ、アストロラーベを地球に残してきたことを思い出した。壊れたアストロラーベは、あたしが撃たれたときから土に埋もれたままだろう。

「誰？」と、あたし。

「開けて」ハイファだ。

あたしは微笑しながら言った。

「オープン」

ハイファが満面の笑みを浮かべて立っていた。その後ろに真顔のムウィンイがいる。

「彼が玄関ホールにいたから、ここまで案内してあげたの」

「ここに来たのははじめてじゃない。もう三度目なのに」ムウィンイはほほえんだ。

「いいのよ、いっしょに散歩できて、うれしかったわ」と、ハイファ。ムウィンイに向かって、誘うようにウインクした。「あなた、なんだか寂しそうだったから」ハイファはムウィンイに〝一目惚れ〟したらしい。

ムウィンイは声を上げて笑った。

「ご同行いただき、感謝します」と、ムウィンイ。勉強机の前にある木製の椅子にすわった。ハイファはくすくす笑い、あたしといっしょにベッドに腰をおろした。

「部屋に帰ってきてたんなら、連絡してくれればよかったのに」ムウィンイがあたしに言った。

「新しい友だちがたくさんできて、忙しいんじゃないかと思ったのよ」あたしはにやにや笑った。「時間のあるときに来てくれれば、それでいいわ」

惑星ウウムザ・ユニに来てから、あたしにはなかなか友だちができなかった。みんな、あたしといっしょにいるオクゥを怖がっていたからだ。そんなあたしと違って、ムウィンイはまるで磁石のように人を引きつけた。あたしの寄宿舎の隣に大半がヒューマノイドの寄宿舎があり、昨日、大学からその一室を与えられた瞬間から、信じられないほど人気者になった。ムウィンイ本人はウウムザ大学の学生になるつもりはないと明言しているのに。ムウィンイがはじめて寄宿舎に足を踏み入れたとき、あたしもいっしょにいた。ムウィンイはすぐさま、木に似た姿をした年長の寄宿生とおしゃべりを始めた。その寄宿生の声は耳ざわりな音にしか聞こえなかったが、なぜかムウィンイはその言葉を理解することができた。リラックスし、熱のこもった表情を浮かべ、やがて身ぶり手ぶりを交えはじめた。年長の寄宿生はすっかりムウィンイを気に入り、自分と同じ階に部屋がある全員に紹介すると、ほかの数人とともにムウィンイの部屋に押しかけ、あれこれと部屋の整理を手伝ったり、〝雑談〟したりした。あたしは結局、そっといとまを告げ、自分の寄宿舎に戻った。ムウィンイは最初から、あらゆる種族の人々を惹きつけて放さなかった。

「検査の結果はどうだった?」と、ムウィンイ。

あたしはハイファに視線を向けられ、またしても自分が裸同然だということを痛感した。熟成中のオティーゼが入った瓶をちらっと見て、うめき声を上げたくなった。あと一日で完成するといいんだけど。

「じろじろ見ないでよ」あたしはぼそっと言った。

ハイファが笑った。

「またあなたと会えて、うれしいのよ。それだけ」と、ハイファ。「クマさんも、あなたに会いたがってたわ」

「そんなはずないわ」あたしは、ぐるりと目をまわした。「彼女は人嫌いなんだもの」

クマさんことクマ型異星人の部屋は廊下の先にある。クマさんは身体の大部分がもさもさした茶色の毛でおおわれている。言葉を交わしたことはほとんどないが、気づくと、あたしとクマさんはよく大部屋の大きな長椅子に二人並んですわっていた。あたしは以前からクマさんに親しみを感じていた。毛でおおわれたクマさんなら、あたしがオティーゼを塗る意味を理解してくれるかもしれないからだ。

「わたしはクマさんとしょっちゅう話をしてるの」と、ハイファ。「どうしてあなたが大学の休暇期間に地球へ帰っちゃったのか、訊かれたわ。わたしたちといっしょに過ごせばいいのに……わたしたちのことが嫌いだったのかな、って」

「ビンティ、検査結果はどうだったんだよ?」ムウィンイがしつこくたずねた。

「問題なかったわ、ムウィンイ」と、あたし。「地上では約八キロ、空中では約十一キロまでは、〈ニュー・フィッシュ〉号から離れても大丈夫ですって」

あたしが言いおわるのを待たずに、ムウィンイは安堵のあまり、椅子からゆっくりすべり落ちた。あたしは笑った。すると、ムウィンイが勢いよく立ちあがり、あたしに抱きつこうとしたが、ハイファを見ると、困ったようにうろたえはじめた。ハイファはあたしとムウィンイを交互に見ると、驚きの表情を浮かべた。

「ああ、そういうこと!」と、ハイファ。あたしを見てムウィンイを指さした。あたしはうなずいた。

「あなたたち、付き合ってるなら、付き合ってるって言ってよね」ハイファはそう言って、にやにや笑った。

「あたし、昨日、帰ってきたばかりで、あなたにまだ話してないことがたくさんあるのよ」

ハイファが立ちあがった。

「明日……クマさんも誘って、〈とりどりの滝(フォールズ)〉を見にいかない?」あたしはハイファにたずねると、ムウィンイに向きなおった。「あなたもオクゥもいっしょに。ずっと見たいと思ってたんだけど、いままで時間がなかったし」その言葉には続きがあった。〝見ることができるうちに見ておいたほうがいいわ。明日のことなんて、わからないから〟

ハイファはあたしの頬にキスした。

「もちろん行くわよ。あなたが帰ってきたことを盛大に祝いましょう。クマさんもきっと行くわよ。いろんな色を見せる〈とりどりの滝（フォールズ）〉が大好きだから」

「ムウィンイは？」と、あたし。

ムウィンイがうなずく。

「シャトルじゃなくて、〈ニュー・フィッシュ〉号で行くことになるけど、いい？」

ハイファは顔を輝かせ、手を叩いた。

「もちろんよ！　みんな、うらやましがるわ。寄宿生たちのあいだじゃ、〈ニュー・フィッシュ〉号の話でもちきりなんだから」

「本当に？」と、あたし。

「本当だってば」ムウィンイとハイファが同時に言い、声を立てて笑った。

ハイファが部屋を出てゆくと、ムウィンイはあたしに向きなおった。

「検査結果のことだけど、ほかになんて言われた？」

「今はまだ、あんまり話したくないな。だめ？」

部屋の奥にいたムウィンイが近づいてきた。あたしはうつむいてムウィンイの視線を避けようとしたが、ムウィンイはあたしのあごに手をかけ、顔を上に向けさせた。

「本当に大丈夫なのか？」と、ムウィンイ。その目を見た瞬間、あたしは身体の緊張が解けてゆく気がした。ムウィンイの目をのぞきこむのは、合わせ鏡をのぞきこむようなものだ。その奥にいくつもの世界が広がっている。

「問題なし」と、あたし。

「問題なし」ムウィンイが繰り返した。

ムウィンイは少しずつ距離を縮め、ついに、あたしを抱きしめた。ゆっくりと全身の力が抜けてゆくのを感じた。あたしはムウィンイの肩に頭をのせ、その豊かな髪に顔を寄せた。なぜだか、ムウィンイは今も砂漠のにおいがした。あたしはムウィンイの首筋にキスをし、すばやく唇を探り当てた。
あたしたちはわれを忘れて愛し合った。

14　形を変える物体

朝、あたしはオティーゼの瓶を膝にのせ、窓台にすわっていた。

ちょうど第一の太陽がのぼりはじめたところで、部屋に黄色い光がたっぷりと差しこんでいる。あたしは壁にもたれながら、水で洗ったばかりの顔に日光を浴び、その温かさを楽しんだ。長めのシャワーを浴びて濡れていたオクオコも、朝日を受けてすぐに乾いた。明るい青色をしたオクオコの表面は、乾いてもやわらかいままだ。あたしの肌はオティーゼを塗らないと、がさがさになるが、オクオコは違った。つぶっていた目を開けると、ふたつの大きな石が目に入った。〈ニュー・フィッシュ〉号に土星の環から取ってもらった石だ。
〈ニュー・フィッシュ〉号の腹節のあいだに隠しておいた石を引き出し、自室へ運びこんでおいた。まわりをおおっていた氷は解けてしまっている。あたしはその石を数分間、しげしげとながめた。すでに味見はすんでいる。本当に、〈不滅の木〉から取れる命の塩やエダンと同じ刺激的な味がした。考えていたことを試してみようと、ツリーイングを始め、複雑な数理フローを呼び出した。数理フローをバラバラにして木のような形を作ると、両方の石の上に置き、枝分かれした数理フローがうまく石のなかに入ってゆくか見守った。やがて、あたしは満面の笑みを浮かべた。この石から、アストロラーベの部品となる複雑なダイヤルや母体盤、雷文盤、恒星指針、地域盤、回路基板を切り出せそうだ。いままでヒンバ族の誰も作りえなかったようなアストロラーベができあがるだろう。

　オティーゼの瓶を手に取り、両方の手のひらで押し包んだ。まるで太陽を吸収したかのように、瓶も温かい。お気に入りの赤い巻きスカートをはき、それに合うブラウスを着た。最初に惑星ウウムザ・ユニに来たときに持ってきたものだ。生地はやわらかく、何回も洗っているので薄くなっている。色あせているのは、この服を着てなんども砂漠へ行き、風にさらされたからだ。

　惑星ウウムザ・ユニに帰ってきた日の夜、粘土を採取するために、近くの森のいつもの場所へ行った。小さな穴を掘って目印に小枝を置いてあったのだが、あたしがいないあいだに、なんどか見かけたことのあるまるっこい動物が、そこをねぐらにしていたらしい。粘土の表面に、ごわごわした黒い毛と蹄の跡が残っていた。その部分を削り取って掘り出した大きな粘土のかたまりと、黒い花から採った特別な油を混ぜ合わせ、秒読みを開始した。

「ゼロ」あたしはそうつぶやき、蓋をひねって瓶を開けた。瓶から立ちのぼったにおいに、にっこりした。窓辺の壁に吊るしてある〈ナイト・マスカレード〉の衣装を見ながら言った。「よし。できた」右手の人さし指と中指を瓶に入れた。この二本の指は、持って生まれたものだ。左手にオティーゼを塗り、はたと考えた。そういえば、左手が再生してからオティーゼを塗るのははじめてだ。だが、なんの違和感もなく、オティーゼはなめらかに広がった。身体にひととおり塗りおわると、いつものように首から上を残すだけとなった。

　あたしはため息をつきながら大きめのかたまりを指に取り、両頬に塗りこんだ。久しぶりに、本来の自分に戻った気がする。顔が終わったら、こんどは十本のオクオコに塗りはじめた。明るい青色のオクオコを、先端の斑点にいたるまで、オティーゼで隠してゆく。オクオコはとても長いので、大量のオティーゼを必要とした。最後の一本を両手で挟んで塗りはじめたとき、背後でかんだかい金属音がしたかと思うと、低いうなりが響いてきた。

　あたしは、ゆっくりと振り返った。机の上に置いていた金色の球体と三角形の金属片が、十二、三センチ浮かびあがり、空中で静止した。金属片が金色の球体に引き寄せられ、さらになんどかカチャッという音を立てて、金属片と金色の球体はもとのように一体化した。その形が、放射状……立方体……星形……円柱と、めまぐるしく変化した。あたしは一本だけオティーゼを塗っていないオクオコを握りしめたまま、よつんばいで近づいていった。

　ピタゴラスの定理を思い浮かべながら、すばやくツリーイングの状態に入った。数理フローを呼び出し、三十センチほどの距離まで顔を近づけた。両手を上げた瞬間、両方の手のあいだで数理フローがうなりを上げ、三角形の金属片は突然、動きを止めた。金色の球体が金属片を引き寄せようとする力をまざまざと感じる。しばらくすると、その物体は机の上にどすんと落ちた。

「これは何？」金色の球体をおおう、きらきらした銀色のピラミッドの先端に触れながら、ひとりごちた。

　物体がもう変化しなくなると、あたしはオティーゼの瓶がある場所へ戻り、オクオコの最後の一本にオティーゼを塗りこんだ。両方の足首に五本ずつつけたアンクレットにも少し塗り、最後に、新しく生まれ変わったエダンを見てから、ムウィンイ、オクゥ、ハイファ、クマさんと会うために部屋を出た。地球標準時で数日後に新学期が始まったら、エダンをオクパラ教授に見せるのが楽しみだ。でも今は〈とりどりの滝（フォールズ）〉のことだけを考えよう。ようやく、友人といっしょに見ることができるのだから。

　目的地に到着したあたしたちは、美しい夢を目（ま）の当たりにした気がした。

解説

SF書評家
橋本輝幸

本書について

米国のSF作家ンネディ・オコラフォーの〈ビンティ〉の世界へようこそ。本書は、中篇として刊行された三篇を一冊にまとめたものだ。第一部「ビンティ」は二〇一六年にヒューゴー賞、ネビュラ賞、そしてアフリカ人あるいはアフリカ系作家のSF・ファンタジイに贈られるノンモ賞で中篇（ノヴェラ）部門を受賞した。またローカス賞、英国SF協会賞、英国幻想文学大賞にもノミネートされた。

主人公であるヒンバ族の少女ビンティは宇宙の遠方にある名門大学に進学しようとするが、家族には反対されてしまう。ビンティの家は町でも屈指の旧家で、アストロラーベと呼ばれる高機能携帯端末を商う。高級なアストロラーベ作りには優れた技能が必要で、若くして調和師（マスター・ハーモナイザー）師範と呼ばれる域に達したビンティは父親の跡を継ぐと思われていた。しかたなく彼女は家出同然に地球を離れる。ところが乗りこんだエビ型星間宇宙船では大事件が勃発。ビンティの孤独なサバイバルが始まる。

これは第一部のあらすじにすぎない。読者の皆さんには、ショッキングな展開と多数の固有名詞に負けず、まずはビンティと共に大学へたどりついてほしい。第二部「故郷」で、待望の学園生活を始めたものの怒りの衝動に悩まされるようになったビンティは、帰郷して巡礼し、問題の改善を試みる。しかし里帰りは予想外の波乱に見舞われる。

緊迫感ある物語と、はしばしで発揮されるユーモア。エビ型生物ミリ12や毒クラゲ風の誇り高いメデュースといった異星種族の数々。若き主人公の成長と変化。〈ビンティ〉シリーズはスリリングな娯楽作であり、どこか懐かしい宇宙冒険ものでありつつ、人間や社会の問題に対してきわめて真摯である。その詳細は最後に回すとして、まずは著者を紹介しよう。

著者について

ンネディ・オコラフォーは一九七四年、米国オハイオ州生まれのアフリカ系アメリカ人だ。両親はナイジェリア出身である。本名はンネディンマ・ンケムディリ・オコラフォー。アフリカ系アメリカ人のSF・ファンタジイ作家として、N・K・ジェミシンと並ぶ現役作家の代表格だ。子供のころから本格的にテニスをやっていたが、十三歳で脊椎側彎（そくわん）症を患い、十九歳で受けた手術の合併症で下半身が麻痺してしまう。イリノイ州で年間最優秀選手として表彰されたばかりのことだった。ひと夏をかけてリハビリを続け、行きどころのない感情を発散するために執筆活動を始めた。二〇〇〇年に《ストレンジ・ホライズンズ》誌に短篇が採用されてデビューし、二〇〇五年に第一長篇のヤングアダルト向けファンタジイを上梓した。また、ミシガン州立大学でジャーナリズムの修士号を、イリノイ大学シカゴ校で英語の博士号を取得している。

現在ではノベライズやコミック原作でも活躍する。二〇一二年には、ディズニー映画〈ティンカーベル〉シリーズのサブキャラクターが主人公の児童書『光の妖精イリデッサ』(ナディ・オコルフォア表記、新ディズニーフェアリーズ文庫、講談社)を出版した。本書を除けば、これが唯一日本語に翻訳された作品だ。二〇一七年からはマーベルの〈ブラックパンサー〉シリーズのコミック原作を手がける。二〇一八年、ブラックパンサーことワカンダ王ティチャラの妹シュリを主役にした番外篇の原作者を単独で務めた。二〇一九年、アマゾン・プライムのオクテイヴィア・バトラーのSF長篇 *Wild Seed* 映像化の企画に脚本家として加わると発表された。

さらに、彼女自身の作品もメディアミックスが相次ぐ。短篇 "Hello, Moto" は、ナイジェリアの映画プロダクションのファイアリー・フィルムによって "Hello, Rain" の題名でショートフィルム化され、二〇一八年に公開された。世界幻想文学大賞を受賞した *Who Fears Death* はHBOでドラマ化される予定である。そして本書〈ビンティ〉三部作はHuluでの映像化予定が発表され、本人も共同脚本家として参加する予定だ。実に勢いのある作家である。

黒人作家とSF

二〇〇〇年代末から二〇一〇年代末まで、米国では黒人(黒人とアフリカ系米国人、どちらの表記を使用するか検討し、この項では黒人を使用する。次の項で後述するようにアフリカの文化や民族アイデンティティを継承していない者も多いため）作家のSFやファンタジイが徐々に注目を高めた。小説ではN・K・ジェミシンとンネディ・オコラフォー、音楽ではジャネール・モネイが先駆者となった。米国初の黒人大統領バラク・オバマの任期はちょうど二〇〇九年から二〇一七年。二〇一八年に公開された映画『ブラックパンサー』はスーパーヒーロー映画として史上最高の興行成績を達成した。しかし輝かしい功績は、黒人が置かれた困難と表裏の関係にある。ウェブSF誌《ファイアサイド》を運営するファイアサイド・フィクション社の調査によれば、二〇一五年に六十三誌で発表されたSF・ファンタジイ短篇二〇三九作のうち、黒人作家の作品はわずか二パーセント未満。なお米国の黒人人口は十三パーセント以上だ。

こんな逸話もある。N・K・ジェミシンは、オクテイヴィア・バトラーのSF長篇 *Dawn* を読んだ当時、彼女が黒人であるとは思いもしなかったと語っている。著者近影がなかったし、当時の表紙には白人しか描かれていなかったからだ。一方、オコラフォーはバトラーのことを知らぬまま、表紙に黒人女性が描かれているという理由で *Wild Seed* を購入した。そしてバトラーがSF・ファンタジイ創作講座の老舗クラリオンで教えていると知り、ただちに講座に応募する。なお彼女の第二長篇 *The Shadow Speaker* はナイジェリア人の少女が主人公にもかかわらず、当初の表紙に描かれたのは白人だったという。幸い彼女の抗議により、表紙は発売前に変わったそうだ。

二〇一九年、オコラフォーは自分の作品はアフリカン・フューチャリズムであって、アフロフューチャリズムには属さないと明言した。そもそもアフロフューチャリズムとは何か。もともとはアフリカ人の離散（アフリカ大陸の人間がアメリカに奴隷として連れてこられたことを指す言葉）とその影響をテーマにSFを通じて黒人の未来を描く作品や、そのような志向を意味する。一九九三年に文化批評家マーク・デリーが作家サミュエル・R・ディレイニー、文筆家で音楽家のグレッグ・テート、HIPHOP研究者の草分けトリシア・ローズの三名にインタビューした記事"Black to the Future"で使ったのが初出だ。対するアフリカン・フューチャリズムは、西欧中心ではなく、よりアフリカの視点や文化に根ざす。彼女は以下のような例えも記した。

アフロフューチャリズム：ワカンダ王国（マーベルのコミックシリーズに登場する架空のアフリカの王国。〈ブラックパンサー〉の主役たちの母国である）が、米国カリフォルニア州オークランドに最初の出先機関を設立する。

アフリカン・フューチャリズム：ワカンダ王国が、近隣のアフリカの国に最初の出先機関を設立する。

これは、米国に関わることだけに人々の価値と関心がある現状に対抗する宣言ではなかろうか。オコラフォーの両親やオバマ元大統領の父親はみずから米国へ留学に来ており、奴隷貿易に直接の関係はない。今日のアフリカ系アメリカ人や、アフリカで生まれ育った者にとっては、アフロフューチャリズムの定義はもはや狭いのだろう。

読み解き〈ビンティ〉

さて〈ビンティ〉の中にも、オコラフォーがぜひ紹介したかったアフリカの文化が散りばめてある。

まず言及すべきは、ヒンバ人（本文ではヒンバ族）は実在するということだろう。ナミビア共和国に住み、現在の人口は二万人から五万人程度。オティーゼと呼ばれる赤土で身体をコーティングするのも、編みこんだ（ブレイズ）髪型（ヘア）も、アンクレットも実際の習慣だ。オティーゼは高温で激しく乾燥した気候から身を守り、香料で虫を避けるための工夫と推測されている。

エンイ・ズィナリヤ族という砂漠民の名前にも意味がある。エンイはナイジェリアのイグボ人（Igbo。日本ではイボという表記も使われる）の言葉で、友達を意味する。ズィナリヤはナイジェリアのハウサ人の言葉で黄金を意味する。つまり砂漠民は、イグボ人とハウサ人が混交した集団だったのかもしれないのだ。著者の両親はイグボ人で、ビアフラ戦争（ナイジェリア内戦）の勃発のために米国に定住せざるを得なくなった。ハウサ人とイグボ人は内戦で対立したが、著者の母はイグボ人だがハウサ人のコミュニティで育ち、ハウサ語を母語としていた。ビンティの複雑な身の上には、著者やその家族がアメリカ人とナイジェリア人、さらにその中に包摂される黒人やイグボ人といった属性に向き合わざるを得なかった経験が投影されているのだろう。ビンティの名乗りは、彼女のアイデンティティの変化を反映してどんどん変わる。なお属性や名前に縛られるのは、なにも民族や人種だけの話でない。オコラフォーは一時期、姓名の最後にンバチュをつけて執筆活動をしていた。これは夫の姓で、二〇〇八年の離婚後から使われなくなった。名前はしがらみの表れである。その一方でビンティは敵対的な異星人メデユースをオクゥという個人名で認識し、砂漠民の少年から個人名と民族名を教えられ、彼らと心を通わせる。本書は異星人との接触テーマSFであり、異なる他者との接触を一貫して描く。家族や友人もまた他人であり、ビンティは故郷への愛と、自分らしく生きられないフラストレーションに悩まされる。ビンティは単なるかわいそうな被害者ではない。彼女もまた、理解不足や偏見とは無縁ではないのだ。万能でもない。心身の不調に悩むこともある。女性ゆえに立ちはだかる障害にうんざりさせられもする。変化に翻弄されながら人生を続ける。そんな等身大で、共感できる主人公像からも、著者の地道でポジティブな未来への前進の姿勢が感じられる。本書はきっと広く愛されるに違いない。

A HAYAKAWA SCIENCE FICTION SERIES No. 5054

月 岡 小 穂（つきおか さほ）
英米文学翻訳家
訳書
『時空大戦』ディトマー・アーサー・ヴェアー
『女王陛下の航宙艦』クリストファー・ナトール
『彷徨える艦隊』ジャック・キャンベル
『孤児たちの軍隊』ロバート・ブートナー
（以上早川書房刊）他多数

この本の型は、縦 18.4 センチ、横 10.6 センチのポケット・ブック判です。

〔ビンティ —調和師の旅立ち—〕

2021年8月20日印刷　2021年8月25日発行

著者	ンネディ・オコラフォー
訳者	月岡小穂
発行者	早川浩
印刷所	株式会社亨有堂印刷所
表紙印刷	株式会社文化カラー印刷
製本所	株式会社川島製本所

発行所 株式会社 早川書房
東京都千代田区神田多町2－2
電話 03-3252-3111
振替 00160-3-47799
https://www.hayakawa-online.co.jp

（乱丁・落丁本は小社制作部宛お送り下さい
送料小社負担にてお取りかえいたします）

ISBN978-4-15-335054-0 C0297
Printed and bound in Japan

本書のコピー、スキャン、デジタル化等の無断複製は著作権法上の例外を除き禁じられています。

こうしてあなたたちは
時間戦争に負ける

THIS IS HOW YOU LOSE THE TIME WAR (2019)

**アマル・エル＝モフタール＆
マックス・グラッドストーン**

山田和子／訳

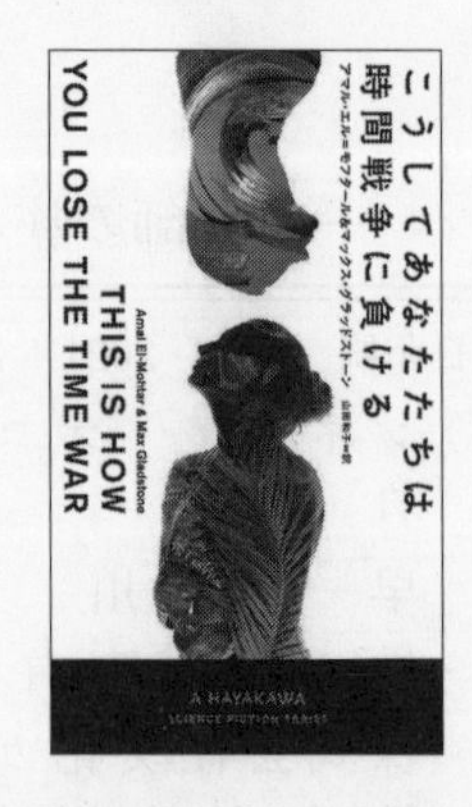

あらゆる時間と平行世界の覇権を争う二大勢力それぞれの工作員(エージェント)レッドとブルー。二人の女性は幾多の時間線でお互いを好敵手(ライバル)として意識するうち秘密裏に手紙を交換する関係になり……超絶技巧の多世界解釈ＳＦ

新☆ハヤカワ・ＳＦ・シリーズ